DROEMER

EVA VÖLLER

DER SOMMER AM ENDE DER WELT

ROMAN

DROEMER

Besuchen Sie uns im Internet:
www.droemer-knaur.de

MIX
Papier | Fördert gute Waldnutzung
FSC® C014496

Originalausgabe Juli 2025

Ein Imprint der
Verlagsgruppe Droemer Knaur GmbH & Co. KG
Maria-Luiko-Straße 54, 80636 München

Redaktion: Anna Hahn
Covergestaltung: Favoritbuero, Elke Krauss
Coverabbildung: Favoritbuero unter Verwendung
verschiedener Motive von Arcangel, Trevillion
und Shutterstock.com.
Satz und Layout: Adobe InDesign im Verlag
Druck und Bindung: GGP Media GmbH, Pößneck
ISBN 978-3-426-56466-0

Kontaktadresse nach EU-Produktsicherheitsverordnung:
produktsicherheit@droemer-knaur.de

2 4 5 3 1

Für meinen Bruder, der Nummer 16 war.
Für meine Schwester, die zu klein war, um sich zu erinnern.

Wenn du dich diesem Orte näherst,
so wird es dir ergehen,
wie du mir getan hast.
(Annette von Droste-Hülshoff)

Triggerwarnung: Der vorliegende Roman enthält Beschreibungen von bestimmten Zuständen in früheren Kindererholungsheimen, durch die ehemalige Verschickungskinder retraumatisiert werden könnten.

PROLOG

BORKUM, SOMMER 1963

Manchmal, wenn sie mit den Nerven am Ende war, marschierte sie einfach los, mit wehenden Haaren und keuchendem Atem, geradewegs hinaus ins Watt. Dort wanderte sie immer weiter, so lange, bis ihr ein allzu tiefer Wasserlauf im Weg war oder sie stehen bleiben musste, weil ihr die Puste ausging. Spätestens dann wurde es Zeit, umzukehren. Sie wusste genau, wie gefährlich es hier draußen war, auch wenn der Gezeitenkalender einem sagte, wann die nächste Flut kam.

Doch sie brauchte diese endlose Leere vor sich, die vollständige Einsamkeit. Kein Mensch sollte in ihrer Nähe sein, wenn sie das tat, wonach es sie mit solcher Macht verlangte: laut schreien, damit all das Böse, das sie tief in ihrem Inneren verwahren musste, wenigstens vorübergehend herauskonnte.

Und so stand sie inmitten der bleifarbenen, gewellten Ebene aus Sand und Schlick und schrie sich die Seele aus dem Leib, bis ihr die Stimme brach und endlich wieder so etwas wie Frieden in ihr einkehrte, auch wenn es nur zeitweilig war. Dann konnte sie zurückstapfen, mit schweren Füßen, über diesen nachgiebigen Boden, der es darauf anzulegen schien, sie hinabzusaugen.

Wenn man nicht genau hinsah, gewann man den Eindruck, über Wasser zu schreiten, über das vom Wind gekräuselte Meer, das seinen Abdruck auf dem Untergrund hinterlassen hatte. Zwischendurch bemerkte man Mengen in sich verschlungener Sandhäufchen, die zahllose Strandwürmer aus ihren Höhlen geschoben hatten. An manchen Stellen war die gerillte Ebene mit Muscheln übersät, an anderen wuchsen Seegras und Blasentang. Aufpassen musste man dort, wo der Boden eine schwärzliche Färbung aufwies, da konnte man für immer versinken.

Es gab Tage, da kehrte sie nicht schnell genug um, dann füllten sich die Priele rasant, und plötzlich war das steigende Wasser überall. Ein paarmal hatte sie es nur mit knapper Not auf festen Grund geschafft, und einmal war es fast zu spät gewesen. Ein Fischer hatte sie in letzter Sekunde rausgezogen, und hinterher hatte er sie zum Arzt gebracht. Es war einer der besten Tage ihres Lebens gewesen, und sie wünschte sich, ihn immer und immer wieder neu zu erleben.

Doch das war nur ein völlig verrückter Traum, also riss sie sich zusammen und beschränkte sich auf ihre Ausflüge ins Watt, die wahrscheinlich nicht minder verrückt waren, wenn auch auf eine andere Art.

Trotzdem gab sie die Hoffnung nicht auf, dass die Dinge sich änderten, irgendwann. Sie durfte bloß nicht aufhören, daran zu glauben.

*

AUGUST, GEGENWART

TAG EINS

Hier war ich schon mal. Auf so einem Schiff, auf der Überfahrt nach Borkum.

Hanna blinzelte und versuchte, das Gefühl aus diesem seltsamen Déjà-vu festzuhalten, doch es war so flüchtig wie die Wellen, die sich schäumend vor dem Bug des Schiffes teilten und binnen Augenblicken zerflossen.

Natürlich war sie nicht zum ersten Mal auf einer Fähre, sie hatte schon zu etlichen anderen Inseln übergesetzt. Aber nicht nach Borkum. Als Urlaubsziel war die Insel für Hanna nie in die engere Wahl gekommen. Direktflüge gab es nur von Emden aus, folglich nahm die Anreise entsprechend viel Zeit in Anspruch. Sie und Katie waren am Morgen um kurz nach acht in Frankfurt aufgebrochen, mit dem Zug, weil um diese Jahreszeit das Autofahren auf der Insel fast überall verboten war. Mittlerweile war es drei Uhr nachmittags, und vor ihnen lag immer noch eine gute Stunde auf See.

Wäre es nach Katie gegangen, hätten sie für die Überfahrt ab Emden Außenhafen den Katamaran genommen, der war doppelt so schnell wie die Fähre, nur hätten sie dafür einen happigen Aufpreis berappen müssen, und das sah Hanna nicht ein. Ihren Anteil an den Reisekosten konnte sie als Spesen abrechnen, doch für die Zusatzausgaben musste sie selbst aufkommen. Dass sie ihre Tochter mitnahm, fiel unter Privatvergnügen. Soweit von *Vergnügen* überhaupt die Rede sein konnte.

Katie hatte sich bis zum letzten Tag gegen diese Reise gesperrt. Am Vorabend hatte Hanna sie nur mühsam bewegen können, wenigstens das Nötigste zu packen, und am Ende hatte sie den meisten Kram eigenhändig in Katies Rucksack gestopft – die Benutzung eines Koffers hatte ihre Tochter rundheraus abgelehnt, das war ihr zu boomermäßig. Zu dem Zeitpunkt hatte Hanna es bereits aufgegeben, mit Katie zu diskutieren. Sie wollte bloß noch ihre Ruhe, und auch Katie hatte keine Lust mehr auf irgendwelche Grundsatzgespräche gehabt – folglich hatten sie einander stundenlang angeschwiegen. Jedenfalls bis zu dem Moment, als Hanna in der Tür stand, fix und fertig zum Ausgehen. Sie wollte mit ein paar guten Freunden und Kollegen in ihren Vierzigsten reinfeiern, das war schon seit Wochen ausgemacht, und natürlich wusste auch Katie davon.

»Du kannst gerne mitkommen«, hatte Hanna angeboten, im vollen Bewusstsein, wie lächerlich das in den Ohren ihrer fast sechzehnjährigen Tochter klingen musste. Katie hatte sich nicht mal die Mühe gemacht, darauf zu antworten, und Hanna hatte es einfach abgehakt. Danach war sie voller Vorfreude auf einen schönen Abend gewesen – bis Katie dazwischengefunkt hatte.

»Willst du etwa *so* gehen?«, war es aus ihr herausgeplatzt, und Hanna, schon im Aufbruch begriffen, hatte den Fehler begangen, innezuhalten und verunsichert an sich herabzublicken. Dabei war völlig klar, was Katie meinte. Nicht die engen Jeans und auch nicht die Boots, die hatte Hanna schon öfters getragen, beides hatte bereits Gnade vor den Augen ihrer Tochter gefunden. Aber das Neckholder-Top war neu, und es ließ einen Streifen Bauch überm Hosenbund sehen. Hanna *wusste*, dass es gut aussah. Sie ging regelmäßig joggen und ins Fitnessstudio und war bestens in Form. Es war nur eine harmlose Handbreit nackter Haut, und draußen war es warm – wo war das Problem? Dennoch hatte sie dicht davorgestanden, in ihr Zimmer zurückzukehren und was anderes anzuziehen. *Sehr* dicht. Sie hatte diesen Impuls bewusst unterdrücken müssen. Und wäre später nicht ihre gleichaltrige Freundin und Kollegin Helen ebenfalls bauchfrei aufgelaufen, hätte sie sich vermutlich den ganzen Abend über falsch angezogen gefühlt.

Hanna schaute hinüber zu Katie, die sich auf eine der weißen Bänke gefläzt hatte, die langen Beine ausgestreckt und das Handy vor der Nase. Die Welt um sie herum interessierte sie nicht. Weder die grandiose Aussicht noch die übrigen Passagiere, die sich zahlreich am Oberdeck der Fähre tummelten. Und von denen sich nicht gerade wenige ebenfalls auf ihre Handys konzentrierten, wie Hanna bei genauerem Hinsehen feststellte. Die unendlich große Welt hinter den Displays bot ihnen mehr Abwechslung als das Meer und der mit Schönwetterwolken getüpfelte Augusthimmel.

Gegen ihren Willen verspürte Hanna den Drang, ihr eigenes Handy herauszuholen. Nur mal kurz die Tagesnachrichten checken. Und die Mails. Schließlich war das hier für sie keine Urlaubsreise, jedenfalls keine richtige. Sie wollte in erster Linie beruflich nach Borkum. Eine traurige Vergangenheit aufarbeiten. Nicht ihre eigene, sondern die von anderen.

Mit einigen Betroffenen stand Hanna in Mailkontakt. Manche von den Älteren schrieben sogar noch richtige Briefe, mit Kuli oder Tinte auf Papier, teilweise mit altmodisch eingedrucktem Absender auf Bogen und Umschlag.

Hanna gab der Versuchung nach und zog ihr Smartphone aus der Hosentasche. Die App auf dem Display zeigte den Eingang einer Mail an, Hanna rief sie auf. Sie stammte von Sabine, der Frau, mit der sie sich für ein weiteres Interview verabredet hatte. Sie war Ende sechzig, nicht viel älter als Hannas Mutter.

Liebe Hanna, schrieb sie. *Morgen Nachmittag um drei würde es gut bei mir passen. Herzliche Grüße, Sabine.*

Sie waren per Du, auch ohne es vorher abgesprochen zu haben – der Kontakt war über eine Facebook-Gruppe zustande gekommen, in der alle sich duzten.

Hanna tippte eine kurze Antwort: *Liebe Sabine, ich freu mich! Werde dich dann morgen pünktlich um 15 Uhr über WhatsApp anrufen! Herzlichst, Hanna.*

Bei dem Gedanken an das Telefonat beschlich sie dasselbe mulmige Gefühl wie vor einer Woche, als Sabine ihr das erste Mal geschrieben hatte.

Ich war im August und im September 1963 zur Kinderkur auf Borkum. Das Erholungsheim hieß Villa Aurelia. In einem persönlichen Gespräch kann ich dir mehr über die Zeit erzählen, die ich dort verbracht habe. Ich trage schlimme Erinnerungen mit mir herum, die mich immer noch belasten.

Hanna hatte eine Menge solcher Nachrichten erhalten, Hunderte hatten sich auf ihren Aufruf hin gemeldet, lauter ehemalige Verschickungskinder, so nannte man das früher. Aber ihre Wahl war auf Sabine gefallen, denn sie war zur selben Zeit und im selben Heim auf Borkum gewesen wie Hannas Mutter. August und September 1963, Villa Aurelia. Hannas Mutter war damals fünf Jahre alt gewesen, Sabine sechseinhalb.

Nach Sabines erster Mail hatte Hanna schon einmal persönlich mit ihr gesprochen, per Videochat. Mit Sabines Erlaubnis hatte sie das Gespräch aufgenommen, um später auf O-Töne zurückgreifen zu können. Die Unterhaltung hatte sich bislang eher um die Zeit vor Beginn der Kur gedreht – der Besuch beim Kinderarzt, die Verordnung, das Kofferpacken, die Reise ins Ungewisse. In Sabines Fall auf eine weit entfernte Nordseeinsel, in ein von Dünen eingerahmtes Haus mit Blick auf das weite Meer. Mutterseelenallein, im wahrsten

Sinne des Wortes. Eltern-Kind-Kuren gab es damals noch nicht. Die Kinder mussten allein auf diese Reise gehen, auch die kleinen.

Noch bis in die späten Siebzigerjahre hatten die Krankenkassen Kinder im Alter zwischen vier und dreizehn Jahren zur Erholung in dieses Heim geschickt, bevor nach einem Besitzerwechsel der Betrieb eingestellt worden war. Offizielle Unterlagen über die damaligen Betreuungspersonen oder die im Laufe der Jahre dort untergebrachten Kinder existierten nicht mehr. Hannas Anfragen bei Krankenkassen und Behörden waren im Sande verlaufen, keiner fühlte sich nach der langen Zeit noch zuständig, weder für dieses Kinderkurheim noch für andere, von denen es in Westdeutschland zu jener Zeit mindestens achthundertsiebzig gegeben hatte. Inzwischen existierten zwar Interessenverbände ehemaliger Verschickungskinder, sogar mit Kongressen und Bundestagsinitiativen, und es mehrten sich die Stimmen, die eine Aufarbeitung auf breiter Ebene forderten. Trotzdem hielt sich die öffentliche Anteilnahme in Grenzen. Das schien generell für das Thema Verschickungskinder zu gelten, obwohl es Schätzungen zufolge deutschlandweit zwischen acht und zehn Millionen von ihnen gegeben hatte. Oder genauer: immer noch gab, denn die weitaus meisten lebten noch – sie gehörten zu der Generation von Menschen, die von ihren Kindern *Boomer* genannt wurden, auf diese nachsichtig-mitleidsvolle, manchmal auch entnervte Art, wenn sie wieder mal Probleme mit dem Internet oder mit den Einstellungen an ihrem Smartphone hatten.

Millionen von Menschen teilten eine Kindheitserfahrung, die für viele von ihnen so leidvoll gewesen war, dass es bis ins Rentenalter nachwirkte. So wie bei Hannas Mutter, die sich zwar kaum noch an ihre Kur als kleines Kind erinnerte, es jedoch seither rigoros ablehnte, je wieder einen Fuß auf eine

Nordseeinsel zu setzen. Die Recherchepläne ihrer Tochter erfüllten sie mit Skepsis und Besorgnis. Hanna hatte ihr vorsorglich gar nicht erst verraten, dass sie und Katie im selben Gebäude logieren würden, in welchem sich früher das Kurheim befunden hatte.

Auf dem Display von Hannas Handy erschien ein Anruf, sie ging sofort dran. »Hallo, Mama«, sagte sie. »Ich habe gerade an dich gedacht.«

»Bist du deshalb so schnell in der Leitung gewesen?« Die Stimme ihrer Mutter klang erstaunt. »Ich habe überhaupt kein Freizeichen gehört!«

»Zufällig hatte ich gerade aufs Handy geschaut.«

»Mein Schatz, ich wollte dir doch unbedingt noch persönlich zum Geburtstag gratulieren! Meine Güte, vierzig Jahre, ist es zu fassen? Alles, alles Liebe!«

»Danke, Mama.«

»Meine WhatsApp von heute Morgen hast du bekommen? Es waren zwei blaue Häkchen dran, aber weil du nicht geantwortet hast …«

»Ja, habe ich, danke«, sagte Hanna mit schlechtem Gewissen. Sie hatte schon häufig überlegt, die Funktion zu deaktivieren, es war nervtötend, dass andere sofort sehen konnten, ob und wann man online war. Auf der anderen Seite bestand sie selbst darauf, dass Katie die Lesebestätigung anließ, da konnte sie schlecht mit zweierlei Maß messen. »Als deine Nachricht kam, sind wir gerade in den Zug gestiegen, und dann ist es irgendwie untergegangen. Wir mussten mehrmals umsteigen«, fügte sie hinzu, als wäre das eine ausreichende Erklärung.

»Macht nichts«, meinte ihre Mutter. »Jetzt hab ich dich ja am Telefon. Wie fühlt man sich denn so mit vierzig?«

»Auch nicht anders als mit neununddreißig«, behauptete Hanna, obwohl es nicht stimmte. Als sie um Mitternacht mit

Helen und den anderen angestoßen hatte, war es ihr für einen Moment wie ein Abgesang auf ihre Jugend erschienen, beinahe so einschneidend wie damals an ihrem Dreißigsten.

»Hattet ihr gestern eine nette Feier?«

»Ja, es war toll, wir hatten viel Spaß.« Das wiederum war die reine Wahrheit, sie hatten bis in die frühen Morgenstunden gelacht, gesungen und getanzt, und am Ende war es Hanna ganz normal vorgekommen, nun eine Frau in mittleren Jahren zu sein. So hatte Helen es aus Jux bezeichnet, und sie hatten sich alle darüber schlappgelacht.

»Hast du mein Geschenk schon ausgepackt?«

»Welches Geschenk?«, fragte Hanna leicht erschrocken. Hatte sie vor ihrem Aufbruch irgendwas übersehen? »Hast du mir was zugeschickt?«

»Ich hab's an Katie geschickt, sie sollte es dir eigentlich heute Morgen auf deinen Gabentisch legen. Sie hat doch einen Gabentisch für dich hergerichtet, oder? Ich hatte sie gebeten, das zu machen. Mit Kerzen und so. Und mit meinem Päckchen für dich.«

»Äh ... ja«, log Hanna. Sie hatte Katie aus dem Bett werfen müssen, weil sie sonst den Zug verpasst hätten, und dass sie heute Geburtstag hatte, war ihrer Tochter erst im Taxi wieder eingefallen. Gefolgt von einer flüchtigen Umarmung und reuevoller Zerknirschung. »Oops, dein Geschenk hab ich zu Hause vergessen, ist das schlimm?«

»Wir waren heute Morgen unheimlich in Eile«, erklärte Hanna ihrer Mutter. »Zum Geschenkeauspacken bin ich noch gar nicht gekommen.«

»Aber mein Päckchen lag schon da, oder?«

»Ich hab's nicht gesehen«, räumte Hanna ein.

»Vielleicht hängt es noch irgendwo auf dem Postweg fest«, meinte ihre Mutter.

»Ja, kann sein«, stimmte Hanna wider besseres Wissen zu.

»Es taucht garantiert noch auf.« *Spätestens in zwei Wochen, wenn sie wieder nach Hause kam.* »Jedenfalls schon mal vielen Dank im Voraus, Mama!«

»Gern geschehen.«

Hanna seufzte im Stillen. Dieser Dialog war an Absurdität kaum zu überbieten. Anscheinend waren weder sie noch ihre Mutter in der Lage, laut auszusprechen, dass Katie es vergeigt hatte. Stattdessen einigten sie sich stillschweigend darauf, so zu tun, als hätte die Post geschlampt, obwohl sie es beide besser wussten.

»Was ist es denn?«, erkundigte sie sich. »Also dein Geschenk.«

»Das möchte ich dir lieber nicht verraten, es soll ja eine Überraschung sein. Der Vierzigste ist doch was Besonderes!«

Hanna biss die Zähne zusammen und zwang sich, die Sache einfach auf sich beruhen zu lassen.

»Seid ihr schon angekommen?«, fragte ihre Mutter.

»Nein, wir sind noch auf dem Schiff.«

»Habt ihr viel Seegang?«

»Kein bisschen, hier hat noch niemand über die Reling gereihert.«

Ihre Mutter sog plötzlich scharf die Luft ein.

»Was ist, Mama?«

»Mir ist gerade was eingefallen. Von damals.«

»Was denn?«, fragte Hanna beunruhigt.

»Wie es auf dem Schiff war. Mir war furchtbar schlecht, ich hab die ganze Zeit gebrochen, und jemand hat deswegen mit mir geschimpft. Ich musste allein in einer Ecke sitzen und mich in eine Schüssel übergeben. Die anderen Kinder haben mich ausgelacht. Ich habe geweint, aber niemand hat sich um mich gekümmert.«

»Oh, Mama, das tut mir so leid«, sagte Hanna, erfüllt von hilflosem Mitleid mit dem fünfjährigen Kind, das ihre Mutter damals gewesen war. Der einzige Trost hatte bisher darin bestanden, dass es so gut wie keine Erinnerungen an jenen Kuraufenthalt gab. Nur einzelne Fetzen, garniert mit den Erzählungen von Hannas Großmutter, die zu ihren Lebzeiten immer wieder davon angefangen hatte. Sie hatte sich nie damit abfinden können, was man ihrem kleinen Mädchen auf Borkum angetan hatte, obwohl sie selbst gar nicht wirklich wusste, was da passiert war. Sie hatte nur Rückschlüsse ziehen können. Daraus, dass ihr vorher so fröhliches und verspieltes Töchterchen plötzlich wieder ins Bett machte und schreiend aus Albträumen hochschreckte. Sich regelmäßig irgendwo verkroch und in Tränen ausbrach, wenn man es aufforderte, den Teller leer zu essen.

»Mach dir keine Gedanken, Schätzchen«, meinte ihre Mutter. »Ist ja alles schon sehr lange her. Vielleicht ist es sowieso besser, diese alten Geschichten auf sich beruhen zu lassen.«

Nein, das war nicht besser. Im Gegenteil. Aber Hanna scheute sich, das ihrer Mutter gegenüber zu begründen, sie wollte sie nicht unnötig mit dem Thema belasten.

»Wie geht es Katie?«, kam es betont fröhlich aus der Leitung. »Ist bei ihr auch alles klar?«

Hanna sah zu ihrer Tochter hinüber. Katie hatte ihren Platz auf der Bank geräumt und war an die Reling getreten, ausnahmsweise ohne Smartphone in der Hand. Sogar die sonst ebenso allgegenwärtigen AirPods hatte sie aus den Ohren genommen und weggesteckt. Sie blickte versonnen in die Ferne.

»Ihr geht's prima«, meinte Hanna aufs Geratewohl.

»Hat sie sich damit abgefunden, dass sie nach Borkum mitfahren muss? Du weißt ja, sie hätte für die letzten zwei Ferienwochen auch gern zu mir nach Wernigerode …«

»Ja, Mama, das war lieb von dir, aber sie wollte nicht«, fiel Hanna ihrer Mutter ins Wort. Der Harz belegte auf Katies Liste aller infrage kommenden Urlaubsziele definitiv den letzten

Platz. Wenn es nach ihrer Tochter gegangen wäre, hätte sie den Rest der Sommerferien mit ihrer besten Freundin Bella verbracht. Dagegen war im Grunde nichts einzuwenden, Hanna hatte zuerst auch zugestimmt – bis sich herausgestellt hatte, dass Bellas Eltern im fraglichen Zeitraum mit dem Wohnmobil durch Europa touren wollten. Ohne Bella. Die hatte keine Lust auf Camping und durfte allein zu Hause bleiben, bloß ihre Tante würde ab und zu vorbeischauen. Aus Katies Sicht hätte es super gepasst, die zwei Wochen gemeinsam mit Bella abzuhängen, deren Eltern waren auch damit einverstanden. Nicht jedoch Hanna. Vor ihrem inneren Auge war sofort ein Horrorfilm abgelaufen, mit lauter Schreckensszenarien über all das, was zwei sechzehnjährige Mädchen ohne Aufsicht innerhalb von vierzehn Tagen anstellen konnten.

Sie hatte Katies Wutausbruch standgehalten, auch wenn es sie eine Menge Kraft gekostet hatte, und sie rechnete es Alex hoch an, dass er ihr bei diesem Zwist zur Seite gestanden hatte. Als Vater hielt er sich sonst meist ziemlich im Hintergrund, aber wenn es um wichtige Entscheidungen ging, konnte sie immer auf ihn zählen. Letztlich war er derjenige gewesen, der es geschafft hatte, Katie umzustimmen. Vermutlich hatte er ihr dafür irgendwas versprochen, das gehörte zu seinem väterlichen Repertoire, ebenso wie sein niemals versiegender Charme, mit dem er schon so manches Erziehungsproblem gelöst hatte.

Es war Hanna völlig egal, wie er es diesmal hinbekommen hatte – sie wollte bloß in Ruhe ihr Material sammeln und sich nebenher so gut wie möglich von dem ganzen Alltagsstress der letzten Monate erholen. Zusammen mit Katie. Ein Mutter-Tochter-Team, endlich mal wieder. Jedenfalls war das der Plan.

Die Sommersonne stach vom Himmel und gleißte auf dem Wasser, das sich in einer unendlichen, von Wellen bewegten

Fläche bis zum Horizont erstreckte. Obwohl die Fahrt über zwei Stunden dauerte, war immer irgendwo Land zu sehen – anfangs die kilometerlangen Deichanlagen der Emsmündung, später die holländischen Küstenstreifen mit ganzen Wäldern von Windrädern. Und schließlich direkt voraus ihr Reiseziel Borkum. Mittlerweile war es fast vier Uhr nachmittags, in gut zehn Minuten würden sie anlegen.

Hanna beendete das Telefonat mit ihrer Mutter, ging rüber zu Katie und stellte sich neben sie an die Reling. »Alles gut, Schätzchen? Schon ein bisschen Urlaubsfeeling?«

Katie nickte stumm, aber ihr Gesichtsausdruck signalisierte nicht gerade begeisterte Vorfreude. Hanna unterdrückte ein Seufzen und beschloss, das Beste daraus zu machen.

*

Vom Anleger aus waren es nur ein paar Schritte bis zur Inselbahn, die schon zur Abfahrt bereitstand, ein kleiner Zug aus nostalgisch anmutenden, pastellbunten Waggons, die sich rasch mit Touristen füllten. Es war Hochsaison, die Urlaubsgäste strömten täglich in Scharen auf die Insel. Manche wollten länger bleiben und ihren Jahresurlaub hier verbringen, andere, deren Anreise kürzer war, kamen nur übers Wochenende. Man sah es am Umfang des jeweiligen Gepäcks, das sich überall zwischen und vor den Sitzbänken staute.

Die Fahrt ins Zentrum der Insel dauerte nicht lange, es waren nur wenige Kilometer. Die Schienen führten durch unbewohntes Gelände, vorbei an dichten Hecken, Marschwiesen und Waldstrichen. Dieser Teil Borkums, so viel wusste Hanna bereits aus ihren bisherigen Recherchen, war Naturschutzgebiet. Oder genauer: Weltnaturerbe, vor allem das Wattenmeer, das sich weit in Richtung Festland erstreckte.

Eine Wattwanderung gehörte zu den Freizeitaktivitäten,

die auf Hannas To-do-Liste standen. Die ansonsten nicht sehr lang war, denn hier auf Borkum hatte sie in erster Linie das vor, was sie immer machte, wenn sie beruflich unterwegs war: schreiben. Sei es in Form von Notizen, Memos oder einfach Drauflosformulieren von Textpassagen, wenn ihr gerade die richtigen Inspirationen in den Sinn kamen. Darüber konnte sie nur allzu leicht die Zeit vergessen. Und auch alles andere. Grund genug, jeden Tag ganz bewusst ein paar Stunden für Katie zu blocken. Auf der Insel gab es ein umfangreiches Freizeitangebot, und Hanna wollte alles daransetzen, dass ihre Tochter während der restlichen Sommerferien auf ihre Kosten kam.

Sie hatten den Inselbahnhof erreicht, doch statt sanft abzubremsen, kam die Kleinbahn mit einem heftigen Ruck zum Stillstand. Gepäckstücke polterten durch den Gang, und Hanna wurde beinahe aus ihrem Sitz geschleudert. Reflexartig streckte sie den Arm zur Seite aus, um Katie festzuhalten, der Instinkt einer Mutter. Katie schob ihre Hand weg, sie war bestens in der Lage, sich selbst zu fangen und dabei gleichzeitig ihren Rucksack vorm Wegrutschen zu bewahren.

Um sie herum erhoben sich Schreie, und draußen vor der kleinen Lok entstand ein Tumult.

»Oh, mein Gott, da ist einer vor die Bahn gelaufen!«, rief jemand im vorderen Teil des Waggons.

Die Fahrgäste drängten unter entsetzten Ausrufen ins Freie, teils mit, teils ohne Gepäck. Katie schulterte ihren Rucksack und stürmte ebenfalls hinaus auf den Bahnsteig, wo sich bereits ein Menschenauflauf gebildet hatte. Hanna rannte hinterher, voller Sorge, was Katie womöglich zu sehen bekam. Ihre behütet aufgewachsene Tochter, deren Erfahrungen mit Blut und Tod durchweg aus irgendwelchen Serien oder Filmen stammten, die sie bei Netflix und Co. streamte! Hanna musste tief durchatmen und sich klarmachen, dass sie überreagierte. Wieder mal. Katie wurde in ein paar Tagen sechzehn, und sie hatte ihr Betriebspraktikum im Rettungsdienst absolviert, inklusive eines umfangreichen Erste-Hilfe-Kurses. Was vermutlich auch der Grund war, wieso sie derartig überstürzt zur Unfallstelle lief: Sie wollte helfen. Den Rucksack hatte sie auf halbem Weg fallen lassen und schob sich an den Umstehenden vorbei.

Hanna folgte ihr mit zitternden Knien und warf einen vorsichtigen Blick über die Köpfe und Schultern der Leute hinweg, die sich rings um den vorderen Teil der Lok drängten. Da war kein zerquetschter Körper, kein im Tod verkrümmtes Unfallopfer. Nur ein restlos demoliertes Kinderfahrrad. Und daneben eine Frau, die in heller Aufregung einen kleinen Jungen ausschimpfte. Er schaute ein wenig belämmert drein, aber um seinen Mund huschte ein verstohlenes Grinsen, als seine Mutter vor ihm auf die Knie fiel und ihn in ihre Arme riss. Ihr Schimpfen war nahtlos in einen Tränenausbruch übergegangen. Hanna holte tief Luft. Da war wohl ein Schutzengel am Werk gewesen!

»Verflucht, lasst mich durch!«, rief jemand hinter ihr. In der nächsten Sekunde wurde sie hart zur Seite gerempelt. Ein Mann preschte an ihr vorbei. Als er sah, dass niemand zu Schaden gekommen war, sackten seine Schultern herab, er war sichtlich erleichtert.

»Nicht dein Ernst«, sagte er zu der Frau. »Schon wieder? Waren wir uns nicht einig, dass er das Fahrradfahren woanders übt?« Er sprach Hochdeutsch, aber der Klang seiner Stimme war vom inseltypischen Dialekt gefärbt.

»Aber er kann's doch schon!«, widersprach die Frau. Kleinlaut fügte sie hinzu: »Er ist einfach schon so *schnell!*« Sie fing erneut an zu weinen. »Gott im Himmel, das war so knapp!«

Der Mann beugte sich zu dem Kleinen hinunter. »Tut dir was weh, Theo?«

Der Junge nickte und zeigte auf sein rechtes Knie, wo ein großes Pflaster klebte.

»Ich weiß, aber das ist von deinem letzten Sturz. Das haben wir ja letzte Woche schön zugenäht. Ich meine, ob dir was Neues wehtut.«

Theo überlegte und nickte erneut.

»Wo denn?«

Theo lächelte und zeigte abermals auf sein Knie.

Der Mann richtete sich auf und tätschelte dem kleinen Jungen die Schulter. »Das wird wieder.« Er wandte sich an die Mutter des Kindes, die mit reumütiger Miene die Schultern hob.

»Kommt nicht wieder vor«, beteuerte sie. Gleich darauf klaubte sie das zerbeulte Rädchen auf und bückte sich dann nach ihrem eigenen Fahrrad, das sie vorhin im Moment der größten Gefahr achtlos fallen gelassen haben musste.. Sie zurrte dem Kleinen den leuchtend bunten Fahrradhelm zurecht und erklärte ihm, dass für den Rest der Woche *Feuerwehrmann Sam* gestrichen war.

Die Menschenmenge hatte sich bereits zerstreut, die Leute sammelten ihre Koffer und Taschen ein und machten sich auf den Weg zu ihren Hotels. Hanna blickte sich nach Katie um, die das Ende der Unterhaltung nicht abgewartet hatte. Sie stand ein Stück weit entfernt vor einem Fahrradverleih und studierte das vorhandene Angebot.

Der Mann, der Hanna vorhin so rüde aus dem Weg gestoßen hatte, wandte sich zu ihr um.

»Tut mir wirklich leid«, sagte er. »Das war eben ein ziemlich rücksichtsloser Schubser.«

Sie schaute ihm zum ersten Mal ins Gesicht und hatte zwei oder drei Herzschläge lang ein so intensives Déjà-vu, dass sie bis zur Regungslosigkeit erstarrte. Auf einer entfernten Ebene wusste sie, dass es unmöglich war, und dennoch war sie bis in die Tiefen ihres Seins davon überzeugt, diesen Mann schon einmal gesehen zu haben.

Den bedauernden Ton in seiner Stimme nahm sie dabei gar nicht richtig wahr, und auch die athletische Gestalt, die markanten Gesichtszüge und das kurz geschnittene brünette Haar waren in diesem Moment nur belanglose Details seiner Erscheinung.

Es waren die Augen, die ihren Blick auf eine beinahe magnetische Weise festhielten. Der Farbton seiner Iris, die sie an geschmolzenes Silber erinnerte. Diese Augen – sie waren ihr vertraut!

Einen Atemzug später war der seltsame Bann gebrochen. Hanna lächelte verunsichert. »Schon gut«, sagte sie. »Ein kleiner Rempler hat noch keinem geschadet. Ich hätte ja auch nicht im Weg herumstehen müssen. Rettungsgasse statt gaffen, Sie wissen schon.«

Er erwiderte ihr Lächeln, was sein Gesicht auf erstaunliche Weise veränderte. Seine kantigen Züge bekamen etwas Jungenhaftes, obwohl er bestimmt ein paar Jahre älter war als sie. »Sind Sie zum ersten Mal auf der Insel?«, fragte er.

»Ja, zusammen mit meiner Tochter.« Erneut sah sie sich nach Katie um, die indessen keine Anstalten machte, rüberzukommen. Sie hatte zwischenzeitlich ihren Rucksack aufgehoben und war vom Fahrradverleih aus über die Straße gegangen, zu einem Buchladen, wo sie die Auslagen sichtete. So war sie schon immer gewesen – unbezähmbar neugierig und ständig darauf aus, ihre Umgebung zu erkunden.

»Ist sie das?«, fragte er. »Dahinten, das große blonde Mädchen mit dem Pferdeschwanz?«

»Ja, das ist Katie«, sagte Hanna, von einem albernen Stolz auf ihre wunderschöne Tochter erfüllt.

»Das erkennt man sofort«, meinte er. »Sieht aus wie Ihr Ebenbild.«

Hanna kommentierte das nicht weiter. Die Leute behaupteten andauernd, Katie sei ihr wie aus dem Gesicht geschnitten, doch Hanna wusste, wie oberflächlich diese Sichtweise war. Sie mochten ähnliche Gesichtszüge und den gleichen hochgewachsenen Körperbau haben, aber dieser unschuldsvolle Glanz der Jugend, das breite, herrlich mitreißende Lachen, die leuchtenden, von dunklen Wimpernkränzen umrahmten Bernsteinaugen – all das war so einzigartig und unverwechselbar, dass nichts auf der Welt dem gleichkam. Am wenigsten sie selbst, die sich manchmal, wenn sie ihr Kind betrachtete, uralt vorkam, wie jemand, der das Beste vom Leben hinter sich hatte.

»Entschuldigen Sie meine Unhöflichkeit.« Unvermittelt streckte der Mann ihr seine Hand hin und stellte sich vor. »Ole Vandenberg.«

Leicht überrumpelt erwiderte sie seinen Händedruck. »Hanna Lorenz.«

»Kann ich Ihnen mit dem Gepäck behilflich sein? In welchem Hotel wohnen Sie? Oder haben Sie eine Ferienwohnung?«

»Oh, ich …« Verlegen sah sie zu ihrem Trolley hinüber, der verlassen neben den Schienen der Kleinbahn lag. Vorhin in der Eile hatte sie ihn, ebenso wie Katie ihren Rucksack, einfach dort fallen lassen. »Danke, doch das ist nicht nötig. Unser Hotel muss nach der Anreisebeschreibung ganz in der Nähe sein – das *Dünenschloss.*«

»Da wohne ich rein zufällig auch. Nicht in dem Hotel«, verbesserte er sich. »Sondern im Nachbargebäude dahinter. Dort ist auch meine Praxis. Liegt also auf dem Weg. Erlauben Sie?« Er ging die paar Schritte zu Hannas Koffer und stellte ihn hochkant auf die Rollen.

Hanna gab ihren inneren Widerstand auf. Der Typ wollte nur höflich sein. Und da war dieses komische Gefühl von eben, das immer noch in ihr nachhallte. Diese seltsame Gewissheit, ihm schon mal irgendwann und irgendwo begegnet zu sein. Nicht bloß im Vorbeigehen, sondern auf eine Art, die sich ihr eingeprägt hatte. Sie musterte ihn verstohlen und durchforstete in einer Aufwallung von Ungeduld ihr Gedächtnis, doch da war nichts. Natürlich war da nichts. Es musste am Alkohol liegen. Oder am fehlenden Schlaf. Sie hätte gestern nicht so viel trinken und früher zu Bett gehen sollen.

Mit Nachdruck winkte sie in Katies Richtung, und endlich merkte ihre Tochter, dass Hanna loswollte. Sie kam gemächlich über die Straße, und als Ole Vandenberg sie mit einem freundlichen *Moin* begrüßte, lächelte sie spontan.

»Moin«, echote sie, und es klang wie bei einer Einheimischen.

Gemeinsam gingen sie eine belebte, von Läden und Restaurants gesäumte Straße hinauf in Richtung Promenade. Ole Vandenberg zog Hannas Trolley hinter sich her und hätte sich auch noch den großen Rucksack aufgeladen, wenn Katie das nicht höflich, aber bestimmt abgelehnt hätte. Sie legte großen Wert auf ihre Selbstständigkeit.

Ringsum herrschte das reinste Gewimmel, die Straßenlokale waren bis auf den letzten Platz besetzt. Überall flanierten Touristen in leichter Kleidung, es waren alle Altersklassen vertreten, auch wenn die Senioren in der Überzahl waren. Dafür veranstalteten die kleineren Kinder den meisten Radau. In großer Zahl und bewaffnet mit Sandspielzeug strebten sie gemeinsam mit ihren Eltern zum Strand.

Trotz der lärmenden Geräuschkulisse lag eine beschauliche Atmosphäre über der Szenerie. Es fühlte sich an wie eine Einladung, auf der Insel zur Ruhe zu kommen und alle Anstrengungen der Reise hinter sich zu lassen.

»Sie sind der Arzt hier, oder?«, wollte Katie wissen. Erklärend fügte sie hinzu: »Vorhin hab ich gehört, wie die Leute drüber redeten.«

»Einer von mehreren«, antwortete er. »Ich betreibe die Praxis mit zwei Kollegen. Einer Kollegin und einem Kollegen, um genau zu sein. So hat immer mal einer von uns nachmittags frei.«

»Sie haben gar keinen Arztkoffer dabei«, stellte Katie fest.

»Ich war beim Friseur, das ging ausnahmsweise ohne«, gab er trocken zurück.

Katie kicherte. »Ist das die einzige Arztpraxis auf Borkum?«, erkundigte sie sich.

»Nein, es gibt noch ein paar andere«, antwortete er. »Allein würden wir das nicht schaffen. Wenn hier Hochsaison ist, halten sich an die vierzigtausend Menschen auf der Insel auf.«

»Gibt es denn auch ein Krankenhaus? Ich meine, ein richtiges, keine Kurklinik.«

»Ja, wir haben eins. Nur ein kleines, aber immerhin. Inklusive Rettungsdienst, der hat hier viel zu tun.«

Sie bogen auf die Strandpromenade ein, und Hanna blieb einen Moment stehen, denn der Ausblick war spektakulär.

»Wow«, sagte Katie. Sie beschattete die Augen mit der Hand und deutete auf die Sandbank, die in nicht allzu weiter Entfernung dem Strand vorgelagert war. »Ist das die Stelle, wo sich immer die Seehunde sonnen?«

»Das Hohe Riff, ja«, bestätigte Ole. »Aber Seehunde sieht man dort kaum noch. Die meisten haben sich andere Reviere gesucht.«

Katie überquerte die breite Promenade bis zum Geländer. Hanna folgte ihr und warf ihrem hilfsbereiten Begleiter einen entschuldigenden Blick zu, doch er hatte offenbar alle Zeit der Welt.

Unterhalb der Promenade schien sich der Strand endlos nach beiden Seiten zu erstrecken, malerisch getüpfelt von bunt lackierten Strandkörben und nicht minder bunt gestreiften Stoffzelten. Hanna hatte diverse Aufnahmen von diesem Strandabschnitt im Internet gesehen, aber in der Realität war es überwältigend. Die weiten Sandflächen, der historische Musikpavillon vor den tiefer liegenden Wandelhallen, die Prachtkulisse der schneeweißen Gründerzeitgebäude, die an der Landseite der Promenade aufragten – es war das reinste Postkartenidyll.

Hanna wandte sich an Ole, der geduldig neben ihr wartete. »Herr Doktor Vandenberg, wir wollen Sie wirklich nicht aufhalten!«

»Ole, bitte. Hier auf der Insel machen wir nicht so ein Gedöns mit Herr Doktor und so.«

»Ich bin Katie«, warf Katie ein.

Er lächelte sie an. »Hatte ich schon gehört.«

Katie wies auf Hanna. »Das ist meine Mom. Hanna.«

»Das weiß er auch schon«, sagte Hanna. Die ganze Situation wurde ihr allmählich peinlich. Was brachte diesen Typen dazu, sich zwei Kletten vom Festland ans Bein zu binden? Er hatte doch sicher Wichtigeres zu tun!

»Da drüben ist es schon«, sagte Ole. Er deutete auf eine opulente Villa, die in Alleinlage ein wenig abseits hinter einer grasbewachsenen Düne stand.

Hanna starrte das Hotel an, die noble Jugendstilfassade mit den zeitlos schönen Bogenfenstern und den floralen Ornamenten, die vorgebauten, von Säulen gerahmten Erker an den Seiten, das doppelflügelige Portal. Sie sah das alles, und gleichzeitig, wie auf einem wackligen Vexierbild in Schwarz-Weiß, etwas völlig anderes. Hässlichen dunklen Putz, blinde Fenster, ein schadhaftes Dach und einen schiefen Zaun. Und davor, aufgereiht wie die Orgelpfeifen, Kinder in schlabberiger Einheitskleidung, allesamt die gleichen Ringelmützen auf dem Kopf und die Münder zu einem unnatürlich breiten Lachen aufgerissen. Eins dieser Kinder war Hannas Mutter Cornelia.

Hanna blinzelte, und das alte Schwarz-Weiß-Bild verwandelte sich wieder in die strahlend helle Villa von heute.

Das Bild, das sie vorhin vor ihrem geistigen Auge gesehen hatte, existierte indessen tatsächlich, es war ein verblasstes, zerknittertes Foto aus der Kur, der einzige fassbare Beweis, dass ihre Mutter dort gewesen war. Man hatte es der kleinen Cornelia mit nach Hause gegeben – seht nur, was für einen Spaß eure Kleine hier bei uns im Kurheim hatte!

»Alles in Ordnung?« Ole musterte sie leicht besorgt. »Sie sind ziemlich blass um die Nase!«

Hanna riss sich zusammen und zwang sich zu einem halben Lächeln, obwohl sie mit einem Mal merkte, wie erledigt sie war.

»Alles bestens«, behauptete sie. »Ich hab gestern wohl ein bisschen zu lange gefeiert.«

Zum Glück fragte er nicht nach dem Anlass, und er bot auch nicht an, sie das letzte Stück bis zum Hotel zu begleiten. Er schien zu spüren, dass sie zu erschöpft für irgendwelchen Small Talk war. Höflich schob er ihr den Koffer so hin, dass er griffbereit vor ihr stand.

»Ich muss weiter. Es hat mich gefreut, Sie beide kennenzulernen!«

»Ebenfalls«, sagte Hanna lahm.

»Vielleicht sieht man sich ja mal, die Insel ist klein.«

»Ja, vielleicht.«

»Tschüss, und eine gute Zeit!« Er hob die Hand zu einem angedeuteten Winken, dann ging er davon – in Richtung Hotel, was Hanna im ersten Moment irritierte, denn da wollten sie ja auch hin. Dann fiel ihr ein, dass sich in der unmittelbaren Nachbarschaft das Praxisgebäude befand. In welchem er auch wohnte, wenn sie es richtig verstanden hatte. Sie rieb sich die Stirn. Mittlerweile war sie so müde, dass sie im Stehen hätte einschlafen können.

»Der war cool«, meinte Katie. Abrupt fügte sie hinzu: »Wieso hast du den so von oben herab behandelt?«

»Was?« Hanna sah ihre Tochter verwirrt an. »Hab ich doch gar nicht!«

»Hast du wohl! Du hast kaum die Zähne auseinandergekriegt! Und überhaupt! Er hat dir den ganzen Weg hierher den Koffer geschleppt, aber du sagst nicht mal Danke!«

Da hatte Katie eindeutig einen Punkt, Hanna nahm es schuldbewusst zur Kenntnis. Abgesehen davon, dass ihr Koffer nicht geschleppt werden musste, sondern sich relativ bequem rollen ließ, hätte sie sich wirklich bei diesem Insel-Doc bedanken sollen.

»Der war supernett, und du hast ihn wie Luft behandelt«, setzte Katie noch eins drauf.

»Also, ich finde nicht, dass …« Hanna brach ab. Sie war nicht in der Stimmung, über ihre Umgangsformen zu streiten. »Ich bin einfach kaputt von der langen Reise. Eine Dusche und frische Klamotten, und ich bin wieder wie neu. Komm, wir checken ein und schauen dann, ob wir noch was unternehmen können!«

*

Das Foyer des Hotels verströmte dieselbe unaufdringliche Jugendstil-Eleganz wie die Fassade. Klare Linien vereinten sich mit sanften Schnörkeln, beides fand sich in den Details der Einrichtung wieder – polierter, mit Intarsien aufgepeppter Marmorboden, holzgetäfelte Wände mit maritimen Drucken sowie ein geschwungener, messingbeschlagener Empfangstresen. An einem Schreibtisch hinterm Tresen saß eine Frau, die sich sofort erhob, als Hanna und Katie hereinkamen. Hanna schätzte sie auf Ende dreißig, Anfang vierzig. Ihre ganze Haltung signalisierte Spannkraft und Energie, sie bewegte sich mit der Geschmeidigkeit einer großen Katze. Zu einem grauen Hosenanzug trug sie eine weiße Seidenbluse und als einziges Schmuckstück eine dezent schimmernde Perlenkette. Das kinnlange, zu einem fransigen Bob gestutzte Haar war von einem leuchtenden Rotblond, das auch bei genauem Hinschauen keinen dunkleren Ansatz am Scheitel erkennen ließ – es musste ihre Naturfarbe sein. Vollkommen natürlich wirkte auch ihr porzellanartiger Teint. Falls sie geschminkt war, sah man es nicht. Ihr Gesicht mit den auffallend grünen Augen war von klassischem Ebenmaß, Hanna fühlte sich an ein Filmfoto von Greta Garbo erinnert. In ihrer gesamten Erscheinung schien die Frau auf perfekte Weise die Ästhetik des Hotels widerzuspiegeln. Stilvoll, kultiviert, elegant.

»Frau Lorenz mit Tochter, nicht wahr?« Ihr strahlendes Lächeln wirkte erstaunlich echt, es bildeten sich sogar einige winzige Fältchen. »Herzlich willkommen! Wir freuen uns, Sie im *Dünenschloss* begrüßen zu dürfen! Mein Name ist Isa Martens. Ich betreibe zusammen mit meinem Bruder Jan das Hotel, und wir beide sind davon überzeugt, dass wir Ihnen und Ihrer Tochter hier einen wunderschönen Aufenthalt bereiten können!«

Hanna erwiderte das Lächeln leicht gezwungen, sie ahnte, was es mit der ungewöhnlich warmherzigen Begrüßung auf sich hatte – in der Online-Buchung hatte sie beim Zweck ihres Aufenthalts »geschäftlich« angekreuzt, und bei dem vorangegangenen Mailwechsel mit einem Hotelmitarbeiter namens Jan Guterson hatte sie sich nach der Historie des Hotels erkundigt und erwähnt, dass sie einen Zeitungsartikel darüber plane. Danach hatten er und seine Schwester sie offensichtlich gegoogelt und so herausgefunden, dass sie für ein auflagenstarkes Wochenmagazin schrieb und schon ein paar

Preise gewonnen hatte – irgendwer hatte ihre komplette Vita sogar mal auf Wikipedia verewigt.

Das obligatorische Anmeldeformular war bereits mit allen nötigen Daten ausgefüllt, Hanna hatte sie bei der Buchung eingegeben. Es fehlten nur noch Geburtsdatum und Unterschrift.

»Sie haben Zimmer einhundertvier, das ist in der ersten Etage. Der Aufzug ist gleich da drüben. Brauchen Sie Hilfe beim Gepäck?«

»Nein danke, wir kommen zurecht.«

Isa Martens deutete auf eine verspiegelte Tür an der Stirnseite des Foyers. »Dort ist unser Frühstücks- und Dinnerraum. Frühstück gibt es von sieben bis elf, Abendessen von neunzehn bis einundzwanzig Uhr.«

»Ich hatte nur Frühstück gebucht«, meinte Hanna.

»Gewiss, das hatte ich gesehen. Was ich damit sagen wollte: Sie können jederzeit auch hier bei uns essen. Einfach im Laufe des Nachmittags kurz Bescheid sagen, dann plant unser Koch Sie ein. Unsere Küche genießt einen hervorragenden Ruf, die Gäste sind ausnahmslos begeistert.«

»Gut zu wissen«, sagte Hanna. »Und vielen Dank für den netten Empfang.«

»Das ist doch selbstverständlich.« Isa Martens reichte ihr zwei Zimmerkarten. Dabei beugte sie sich ein wenig vor, und Hanna sah, dass sie, anders als zuerst angenommen, doch Make-up trug. Gekonnt und sparsam aufgetragen, aber der makellose Teint war nicht bloß pure Natur. Hanna, die sich seit dem ersten Blick auf diese Stilikone ihres eigenen verknitterten und durchgeschwitzten Outfits überdeutlich bewusst war, fühlte sich auf absurde Weise versöhnt.

»Ich weiß ja, dass Sie hauptsächlich zum Arbeiten hier sind«, fuhr Isa Martens fort. »Sollten Sie dennoch Interesse an Inselausflügen oder anderen Freizeitangeboten haben … Melden Sie sich jederzeit hier an der Rezeption, wir haben viele Prospekte. Auch für die Jugend ist eine Menge dabei.« Isa Martens wandte sich an Katie. »Mein Sohn Bengt ist in deinem Alter, vielleicht kann er dir ein paar Tipps geben. Er hat auch gerade Schulferien. Wir wohnen ebenfalls hier im Haus, und er hilft hin und wieder an der Rezeption aus. Bestimmt lauft ihr euch bald über den Weg.«

»Wieso nicht«, sagte Katie, und es klang kein bisschen desinteressiert, sondern einfach nur freundlich. Hanna hegte die leise Hoffnung, dass ihre seit Tagen so kratzbürstige Tochter allmählich in eine etwas entspanntere Urlaubsstimmung kam. Eine, die es ihnen beiden leichter machte, die nächsten zwei Wochen harmonisch über die Bühne zu bringen.

Oben im Zimmer war es allerdings mit dem Frieden schon wieder vorbei, denn Katie nahm sofort das Bad in Beschlag. Hanna blieb gerade noch genug Zeit für ein kleines Geschäft, da kam ihre Tochter auch schon mit Schminkbeutel und Wechselklamotten hereinspaziert und enterte ungerührt die Dusche. Wieder mal war Hanna diejenige, die nachgab, oder genauer: Sie beließ es bei einem frustrierten Augenrollen und machte sich dann ans Auspacken. Während sie ihre Sachen im Schrank verstaute, sah sie sich immer wieder erfreut um. Sie hatte zwar eine Suite mit einem Schlaf- und einem Wohnraum gebucht, jedoch nicht in dieser gehobenen Ausstattung. Den Meerblick hatte sie sich verkniffen, das hätte ihr Budget gesprengt. Trotzdem hatten sie hier welchen, und zwar vom Allerfeinsten, sogar mit Balkon.

Isa Martens hatte gemeint, es sei nichts anderes mehr frei gewesen, und selbstverständlich stehe ihnen die Suite ohne Aufpreis zur Verfügung.

Hanna öffnete die Fenstertür und trat hinaus auf den Balkon. Das Panorama, das sich von hier bot, war buchstäblich atemberaubend, Hanna musste kurz die Luft anhalten. Das

Hohe Riff erhob sich hakenförmig aus den Wellen, die Säume goldglitzernd im Sonnenlicht. Seehunde waren auf den ersten Blick nicht zu sehen. Dafür stolzierten Scharen von Vögeln dort herum. In stetem Wechsel hoben sie ab und flogen davon, während andere landeten und ihren Platz einnahmen. Borkum, so hatte Hanna gelesen, war bekannt für seinen Vogelreichtum, ein wahres Eldorado für Ornithologen.

Hannas eigenes Interesse an der Vogelwelt hielt sich in Grenzen. Sie mochte zwar das Gezwitscher, den Anblick allerdings weniger. Herumflatternde Vögel bescherten ihr Unbehagen, und kam ihr einer zu nahe, konnte sie leicht in Panik geraten. Krabbelnde Spinnen störten sie nicht, doch Vögel lösten Fluchtimpulse in ihr aus.

Der Wind blies ihr ins Gesicht, sie strich sich die Haare zurück und atmete tief die Luft ein, von der es hieß, sie sei heilsam für Allergiker, vor allem für Menschen mit Heuschnupfen und Lungen- oder Hautproblemen. Die Leute kamen immer noch in Scharen zur Kur auf die Insel, auch viele Kinder, weil es hier Spezialkliniken für sie gab. Richtige, zertifizierte Kliniken mit Kinderfachärzten, keine obskuren, von irgendwelchen Privatleuten und karitativen Einrichtungen betriebenen »Heilstätten« und »Kurheime« wie vor über sechzig Jahren, als man Hannas Mutter hergeschickt hatte.

Vom Strand drang fröhliches Kindergeschrei herauf. Da unten waren zwei Jungs, die Drachen steigen ließen, im Hintergrund die stolzen Eltern. Die Mutter drehte ein Handyvideo, der Vater feuerte seine Söhne an. Hanna musste an ihre Großeltern denken. Wie die sich wohl gefühlt hatten, als ihre kaum fünfjährige Tochter sechs Wochen lang von zu Hause weg gewesen war? Zusammen mit Menschen, die sie vorher nie gesehen hatte, in einer fremden Umgebung, ohne ein einziges vertrautes Gesicht.

Bei dem Gedanken, dass Katie als kleines Mädchen eine

solche Reise hätte antreten müssen, drehte es Hanna den Magen um. Wie konnten die Mütter das damals einfach so mitmachen? Wie hatten sie es überhaupt *ausgehalten?*

Im Badezimmer war das Rauschen der Dusche vom Brummen des Föhns abgelöst worden, Katie würde nicht mehr lange brauchen. Hanna bekam allmählich Hunger. An Bord der Fähre hatte sie nur eine Banane und einen Müsliriegel gegessen. Katie hatte sich an der Theke der Schiffskantine eine überteuerte Currywurst mitsamt Pommes geholt, aber in spätestens einer Stunde würde auch sie wieder Kohldampf schieben. Zum Glück war sie keines dieser Mädchen, die sich für eine Size Zero abquälten und nur Miniportionen zu sich nahmen. Katie hatte schon als Kind immer gern und gut gegessen. Sie hörte einfach auf, wenn sie satt war, und wenn sie keinen Hunger hatte, aß sie eben nichts. Das war eine Sache, die sie beide gemeinsam hatten – ein gesundes, ausgewogenes Essverhalten, ohne Krampf und ohne Verzicht. Genauso wie der Dritte im Bunde – Katies Vater. Alex war seit jeher ein langer, dünner Hering gewesen, und auch er konnte wie ein Scheunendrescher futtern, ohne auch nur ein Pfund zuzunehmen. Wobei freilich eine Rolle spielte, dass er wie ein Besessener Sport trieb. Er lief mindestens zwei Marathons pro Jahr und war ständig im Training, während Hanna höchstens bei einem längeren Lauf mitmachte und sich dabei gern mit einem Halbmarathon zufriedengab. Sie musste nicht unbedingt die langen Strecken schaffen, um sich gut zu fühlen. Meist reichte es ihr, eine Stunde joggen zu gehen, am liebsten frühmorgens im Stadtwald.

Katie war ebenfalls sportbegeistert, aber Laufen war ihr zu langweilig, sie bevorzugte Mannschaftssport. In ihrer Schule war sie im Volleyballteam und spielte seit zwei Jahren auch im Verein. Der Trainer war der Meinung, dass sie das Zeug für eine künftige Nationalspielerin hatte, doch darauf hatte Katie sich bislang nicht eingelassen. Für sie stand der Spaß am Spiel an erster Stelle, und über die kompromisslose Härte in der Profiwelt des Sports machte sie sich nichts vor.

Endlich kam sie aus dem Bad, nur mit ihrer Sportunterwäsche bekleidet, das lange Haar nach dem Föhnen eine wilde, ungebärdige Mähne.

»Kann ich rein?« Hanna deutete auf die offene Tür des Badezimmers.

»Klar.«

Hanna ging duschen und verzichtete dabei aufs Haarewaschen, um schneller fertig zu werden. Sie freute sich darauf, mit Katie essen zu gehen. Doch als sie knapp zehn Minuten später aus dem Bad kam, war ihre Tochter verschwunden.

*

Es fiel Hanna nicht leicht, die Enttäuschung und den Ärger runterzuschlucken. Sie hatte sich extra beeilt, und wofür? Wieso hatte Katie nicht zumindest kurz Bescheid sagen können, dass sie sich schon mal auf die Socken machen und die Umgebung erkunden wollte? Es wäre eine Sache von wenigen Sekunden gewesen. Hanna schloss im Gegensatz zu Katie nie die Badezimmertür ab, ihre Tochter konnte jederzeit hinein.

Vielleicht wäre es weniger zermürbend gewesen, wenn sie sich in einem offenen Streit befunden hätten. So, wie es in einer Familie halt mal passierte – man schrie sich an, überhäufte sich gegenseitig mit Vorwürfen, zog sich schmollend in eine Ecke zurück, war ein paar Stunden lang sauer und schwieg sich aus. Um am Ende die weiße Flagge zu hissen und zur Normalität zurückzukehren.

Bei Katie schien die Normalität aktuell darin zu bestehen, bei jeder sich bietenden Gelegenheit die Krallen auszufahren und die restliche Zeit vor sich hin zu schweigen. Nie wusste man vorher, worüber sie sich als Nächstes ärgerte. Es konnte alles Mögliche sein, nichts war zu harmlos oder zu nebensächlich, um ihren Unwillen zu wecken. Seit feststand, dass sie nicht allein zu Hause bleiben durfte, schien es fast so, als würde sie dauernd bloß das Haar in der Suppe suchen.

Hannas Handy klingelte. Sie ging sofort dran, dankbar für die Ablenkung. Es war Helen, mit einem Videocall.

Ihr fröhliches Gesicht strahlte Hanna vom Display entgegen. »Na, Geburtstagskind? Bist du schon auf der Insel?«

»Gut gelandet und im Hotel.«

»Und wie ist die Hütte? So schön wie auf den Fotos?«

»Schöner. Wir haben eine Suite mit Meerblick. Warte mal, ich zeig es dir.« Hanna ging hinaus auf den Balkon und ließ Helen eine Rundumsicht zuteilwerden.

»Wahnsinn! Jetzt bin ich neidisch! Schade, dass ich arbeiten und für dich in der Redaktion die Stellung halten muss. Sonst hätte ich glatt Lust, vorbeizukommen! Was machst du heute Abend, ein bisschen mit Katie deinen Geburtstag feiern?«

Hanna hob bloß ratlos die Schultern, und Helen zog sofort die richtigen Schlüsse. »Sie hat wohl immer noch miese Laune, was?«

»Ja, leider.«

»Armer Schatz.«

»Meinst du mich oder Katie?«

»Dich natürlich! Du darfst das nicht so nah an dich ranlassen.«

»Helen, sie ist mein Kind. Es wäre komplett gegen die Natur, wenn ich das nicht an mich ranlasse!«

»Dann rede mit ihr! Erklär ihr, dass es dich fertigmacht, wenn sie sich so aufführt.«

»Ach, Helen.« Du hast gut reden, fügte Hanna in Gedanken hinzu. Du hast keine Kinder, bloß eine Katze, und die hat immer gute Laune, solange sie ihr Premiumfutter hingestellt bekommt.

»Oder warte einfach, bis sie sich von selber wieder einkriegt«, schlug Helen vor. »Das kann ja nicht mehr lange dauern. Was hätte sie jetzt zu Hause bei ihrer ... Wie hieß die gleich?«

»Bella.«

»Was hätte sie bei Bella, was sie auf Borkum nicht hat?«

»Sturmfrei«, versetzte Hanna trocken.

»Das ist überbewertet. Vor allem bei Sechzehnjährigen. Die besten Events in dem Alter finden nicht daheim statt, sondern woanders. Schick sie an den Strand, zum Surfen oder Feiern. Wusstest du, dass es auf Borkum extra einen Strand für junge Leute gibt? Jugendbad, so nennen die das. Stand auf der Insel-Website.«

»Ja, das habe ich auch gelesen.«

»In der Zwischenzeit könntest du dir auch mal ein bisschen Spaß gönnen. Du weißt schon. Das, was du ewig nicht mehr hattest. Und damit meine ich keinen Tequila.«

»Den hatte ich auch ewig nicht mehr«, versetzte Hanna lächelnd.

»Ja, weil du den nicht verträgst.« Helen ließ sich nicht vom Thema abbringen. »Vielleicht lernst du ja auf der Insel jemanden kennen.«

»Davon wird Katies Laune sicher nicht besser.«

»Aber erst recht nicht davon, dass du ihr pausenlos alle Wünsche von den Augen abliest. Das macht dein Ex schon zur Genüge. Zeig ihr mal die harte Kante! Kindern muss man Grenzen setzen!« Helen besann sich, ehe sie selbstkritisch ergänzte: »Sprach die Frau mit der unberechenbaren Katze, die vorhin dem neuen Teppich ein Streifenmuster verpasst hat.«

»Vielleicht lege ich mir einfach ein dickeres Fell zu«, meinte Hanna.

»Das klingt wie ein guter Plan B«, pflichtete Helen ihr bei.

Der vermutlich genauso wenig funktionierte wie Plan A, dachte Hanna, nachdem sie noch ein paar Takte mit Helen geplaudert und dann das Gespräch beendet hatte. Überhaupt, mit den Plänen war das bei der Kindererziehung so eine Sache. Sie musste ja nur an die Zeit zurückdenken, als sie selbst in Katies Alter gewesen war. Von ihren Eltern hatte sie sich da schon lange nichts mehr vorschreiben lassen. Bei Licht betrachtet hatte sie sich sogar flächendeckend das Recht herausgenommen, alle Entscheidungen selbst zu treffen. Jungs, Schule, Feiern – ihre Mutter hatte von alldem nur das mitbekommen, was sich nicht vermeiden ließ. Oder genauer: was Hanna nicht verheimlichen konnte. Und wenn es darüber zum Streit kam, hatte Hanna sich in neunzig Prozent aller Fälle durchgesetzt. Mit einer Bockigkeit, gegen die sich Katies Verhalten ausnahm wie das eines trotzigen Kleinkinds.

Die Erinnerungen an die übrigen zehn Prozent hatte Hanna weitestgehend verdrängt, mit ihrem Benehmen hatte sie damals sicher kein Ruhmesblatt verdient.

Sie ging noch mal ins Bad und verpasste sich vor dem Spiegel den letzten Schliff. Etwas Concealer gegen die Augenringe, ein Hauch von Rouge gegen die Blässe der Müdigkeit, ein bisschen Lipgloss. Das Haar kämmte sie straff nach hinten und flocht sich einen französischen Zopf. Mit dem Kleid, das sie für den Abend ausgewählt hatte, konnte sie nicht viel falsch machen. Es war ein einfaches weißes Hängerchen mit Lochstickerei im Oberteil und locker fallenden Ärmeln. Dazu ihre heiß geliebten Birkenstocks, die passten zu allen Gelegenheiten und hatten zudem den Vorteil, dass sie bequem waren.

Gar nicht so übel für vierzig, dachte sie bei einem letzten Blick in den Spiegel. Sie nahm die Treppe ins Erdgeschoss und wollte gleich weiter, um draußen nach Katie Ausschau zu halten, doch auf dem Weg zum Ausgang wurde sie von Isa Martens aufgehalten.

»Frau Lorenz!« Mit strahlendem Gesicht kam sie hinter dem Empfangstresen hervor, zusammen mit einem Mann, der ihr auf so frappierende Weise ähnelte, dass er nur ihr Bruder sein konnte, vermutlich sogar ihr Zwilling. Er wies das gleiche rötlich blonde Haar auf, die gleichen hohen Wangenknochen und die gleichen seegrünen Augen. »Sie müssen mir verzeihen, dass ich es nicht sofort bemerkt habe!«

»Was denn?«, fragte Hanna begriffsstutzig, nur um sofort selbst dahinterzukommen. »Ach so. Das ist doch wirklich nicht so wichtig.«

»Ganz im Gegenteil! Ein runder Geburtstag – wie könnte so ein prägendes Ereignis *nicht* wichtig sein! Ganz herzlichen Glückwunsch, Frau Lorenz! Alles Gute für Ihr neues Lebensjahrzehnt!«

»Den Glückwünschen meiner Schwester möchte ich mich ausdrücklich anschließen«, fügte der Mann hinzu. »Ich hoffe, Sie hatten einen wunderbaren Tag!« Er bedachte Hanna mit dem gleichen strahlenden Lächeln wie seine Schwester, und die Tatsache, dass die beiden sogar ähnlich gekleidet waren – er trug einen Anzug im selben Grau wie Isa –, machte die Ähnlichkeit noch augenfälliger.

»Danke«, sagte Hanna notgedrungen.

»Oh, bevor ich es vergesse: Ich bin übrigens Jan Guterson. Isas Bruder. Wir hatten letzte Woche gemailt.«

»Ja, ich erinnere mich. Nett, Sie persönlich kennenzulernen.« Hanna hoffte, dass es mit diesen Floskeln getan war. Sie wollte sich nicht festquatschen, sondern Katie finden, damit sie endlich essen gehen konnten. Inzwischen knurrte ihr schon der Magen.

»Sie müssen nach der langen Reise hungrig sein«, bemerkte Jan, als hätte er ihre Gedanken gelesen. Oder ihr Magenknurren gehört. »Bitte erlauben Sie uns, dass wir Sie anlässlich Ihres Geburtstags zu einem kleinen Dinner einladen. Hier bei uns im Restaurant. Oder haben Sie schon woanders einen Tisch bestellt?«

»Nein«, sagte Hanna überrumpelt. »Ich weiß bloß nicht, wo meine Tochter gerade …« Sie brach ab, denn in diesem Moment kam Katie von draußen hereinspaziert und blieb mit fragender Miene stehen, als sie Hanna im Gespräch mit den Hotelinhabern sah. »Da ist sie ja«, schloss Hanna lahm.

»Wir würden uns *sehr* freuen, wenn Sie bei uns essen«, fuhr Jan fort.

»Sie müssen sich meinetwegen wirklich keine Umstände machen«, hob Hanna an.

»Von Umständen kann gar keine Rede sein«, widersprach Isa. »Wir haben einen freien Tisch, und der Koch hat genug Vorräte, um daraus spontan ein erstklassiges Dinner zu zaubern.«

»Super«, warf Katie ein. »Ich hab echt langsam Hunger!«

Damit war es anscheinend entschieden, Hanna fühlte sich vor vollendete Tatsachen gestellt.

Isa Martens blickte auf ihre Armbanduhr. »Sagen wir, in einer halben Stunde? Würde das passen?«

»Natürlich«, sagte Hanna, wenn auch mit leisem Widerstreben.

Katie wollte noch mal hoch aufs Zimmer, sie machten aus, sich in einer halben Stunde im Hotelrestaurant zu treffen. Hanna nutzte die Gelegenheit, sich in der verbleibenden Zeit etwas die Füße zu vertreten. Die meiste Zeit des Tages hatte sie nur herumgesessen, sie hatte den Drang, sich zu bewegen.

Die nähere Umgebung des Hotels war schnell erkundet. Ein Erlebnisbad mit Wellnessbereich, eine Tennishalle, ein Gebäude für kulturelle Veranstaltungen, ein Kletterpark. Daran angrenzend in Richtung Ortsmitte die Wohnbebauung, bei der auf den ersten Blick kaum zu unterscheiden war, ob sie der Unterbringung von Touristen diente oder ob Privatleute dort lebten. Erst beim Näherkommen sah man an den Fassaden der meisten Häuser Aufschriften, die erkennen ließen, dass es sich um Ferienwohnungen oder Pensionen handelte.

In unmittelbarer Nachbarschaft zum Hotel stieß Hanna auch auf die Gemeinschaftspraxis von Ole Vandenberg. Das Gebäude bestand aus zwei Teilen, einem Wohnhaus und einem einstöckigen, offenbar später entstandenen Anbau mit eigenem Eingang, an dessen Tür das Praxisschild hing. Bunt blühende Geranien auf den Fensterbänken und ein Meer von Sommerblumen im Vorgarten schufen ein anheimelndes Bild. Man hatte nicht den Eindruck, zum Arzt zu gehen, wenn man hierherkam.

Hanna betrachtete das Wohnhaus. Ob Ole Vandenberg allein darin lebte?

Als hätten ihre Gedanken ihn heraufbeschworen, kam er im nächsten Moment aus dem Haus, begleitet von einer älteren Frau mit kurzem grauem Haar. Das herbe Gesicht mit den dichten Brauen und dem energischen Kinn kam Hanna seltsam bekannt vor. Gleich darauf wurde ihr der Grund dafür klar – die Frau hatte ähnliche Gesichtszüge wie Ole. Er musste ihr Sohn sein.

In seiner Miene spiegelte sich Verblüffung. »Was für ein Zufall! So schnell sieht man sich wieder!«

»Äh … ja.« Peinlich berührt spürte Hanna, dass sie rot anlief. Es war in der Tat ein bescheuerter Zufall, dass sie wie angewachsen vor seinem Haus stand, während er herauskam. Am Ende glaubte er noch, sie hätte hier herumgelungert, um ihn abzupassen!

»Mutter, das ist Hanna. Hanna, das ist meine Mutter Hilde.«

»Schön, Sie kennenzulernen, Hanna«, sagte Oles Mutter. Sie reichte Hanna die Hand.

»Ebenfalls«, erwiderte Hanna. Ihr fiel nur am Rande auf, dass Ole sie einander mit Vornamen vorgestellt hatte; anscheinend hielten die ostfriesischen Insulaner tatsächlich nicht viel von Förmlichkeiten. Im Geiste formulierte sie eine Erklärung. *Vor dem Abendessen wollte ich noch ein paar Schritte gehen und kam zufällig hier entlang, und da sah ich Ihr Haus* ... Nein, so was Dämliches würde sie ganz sicher nicht sagen. Sie war ihm doch keine Rechenschaft schuldig!

»Haben Sie es nett angetroffen hier auf Borkum?«, fragte Hilde Vandenberg.

»Ja, es ist sehr schön.« Immer noch verlegen wegen Oles unvermuteten Auftauchens warf Hanna einen Blick auf ihre Uhr – und erschrak. Die halbe Stunde war schon seit drei Minuten um. Sie musste sich beeilen, wenn sie Katie nicht warten lassen wollte.

»Tut mir leid, aber ich muss jetzt weiter, ich bin mit meiner Tochter zum Essen verabredet und spät dran«, erklärte sie entschuldigend.

»Essen Sie im Hotelrestaurant?«, wollte Ole wissen.

Als Hanna nickte, lächelte er erfreut. »Wir auch! Noch so ein Zufall! Wollen wir die paar Schritte zusammen gehen?«

Hanna widerstand dem Drang, einfach loszulaufen. Allein und schnell.

Vielleicht lernst du ja auf der Insel jemanden kennen.

Verdammt, nein, sie wollte niemanden kennenlernen! Für kurze Affären war sie nicht der Typ. Und für längere auch nicht. Daraus erwuchsen immer die gleichen Probleme. Stress mit Katie, verlorene Freiräume, wachsender Frust und schließlich die bittere Erkenntnis, dass sie es lieber gelassen hätte.

Ganze drei Mal hatte sie nach der Scheidung versucht, eine neue Beziehung einzugehen, und jedes Mal hatte es nur Monate später in einem Debakel geendet. Mit Alex hatte sie es immerhin einige Jahre ausgehalten, und bloß wegen Katie waren sie noch halbwegs gute Freunde. Offenbar eignete sie sich nicht für Beziehungen. Oder aber die Typen, an die sie geriet, taugten nicht dafür – das war jedenfalls Helens Theorie.

»Es ist wirklich ein Zufall, dass Sie bei uns vorm Haus standen!«, meinte Oles Mutter unvermittelt. Sie legte nachdenklich den Kopf zur Seite. »Wobei meine Oma immer gesagt hat, es gibt im Leben eigentlich keine Zufälle. Weil das Schicksal alles vorherbestimmt. Glauben Sie an das Schicksal, Hanna?« Sie schien keine Antwort zu erwarten, denn sie sprach, ohne innezuhalten, weiter, über belanglose Themen, die keinen Bezug zu ihrer Frage aufwiesen. Nach und nach verfiel sie dabei in den Dialekt der Insel, bis Hanna kaum noch etwas verstand. Ole machte keine Anstalten, seine Mutter zu unterbrechen, er warf nur ab und zu eine Bemerkung ein, ebenfalls auf Platt, ohne Hanna in die Unterhaltung einzubeziehen. Sie hatte den Eindruck, dass er die Situation als belastend empfand, obwohl er in keiner Weise ablehnend auf seine Mutter reagierte. Im Gegenteil, er behandelte sie mit liebevoller Zuwendung. Die widersprüchlichen Eindrücke verstärkten sich, als er seine Mutter beim Arm fasste und sie ins Hotel führen wollte, worauf sie sich unwillig losmachte und erklärte, sie sei doch keine alte Frau.

Hanna war froh, als sie endlich in der Lobby standen, auch wenn sie dort plötzlich ein Frösteln erfasste, das ihren Nacken mit einer Gänsehaut überzog. Die Klimaanlage lief anscheinend auf Hochtouren.

Dann sah sie im Gegenlicht der Abendsonne vor der verspiegelten Tür zum Restaurant eine Frauengestalt, bei deren Anblick sie abrupt stehen blieb. Dieses Gesicht – sie kannte es! Ganz bestimmt! Gleichzeitig verstand sie auf einer anderen Ebene ihres Bewusstseins, was mit ihr los war: Ein weiteres Déjà-vu wollte ihr weismachen, dass sie dieser Frau bereits begegnet war.

Dann war der Moment vorbei, und vor Hanna stand nur noch eine unbekannte alte Dame, die sich auf einen Stock mit Silberziselierung stützte und ihr neugierig entgegenblickte.

»Sie müssen Hanna sein. Die Journalistin, die über unser Haus schreiben will.« Ohne Präliminarien streckte sie Hanna in einer beinahe majestätischen Geste die Hand hin. Hanna ergriff sie und fühlte unter ihren Fingerspitzen die kühle, pergamentartige Haut der alten Frau.

»Ich bin Margret Hansen. Isas und Jans Großmutter.«

Sie musste hoch in den Achtzigern sein. Ihr hageres Gesicht war von zahlreichen Falten gefurcht, die Haltung leicht gebückt, aber das tat der Grandezza ihrer Erscheinung keinen Abbruch. Sie trug ein Kleid aus schwerer, von Spitze durchbrochener schwarzer Seide, das ersichtlich besseren Anlässen vorbehalten war, und dazu eine Goldkette mit eingefassten Granatsteinen. Das schlohweiße Haar war kunstvoll onduliert, zu einer Art Wellenfrisur, wie sie in der Mitte des vergangenen Jahrhunderts modern gewesen war.

Mit milder Neugierde musterte sie Ole und Hilde Vandenberg. »Ach, esst ihr beiden heute auch mit uns?«

Auch mit uns? Die Bemerkung der alten Frau weckte Befremden in Hanna, ihr schwante nichts Gutes.

»Ja, Isa hat vorhin bei Mutter angerufen, ob wir nicht spontan zum Essen rüberkommen möchten. Und Mutter wollte gern. Sie hat dich lange nicht gesehen.«

Hanna warf Ole einen forschenden Seitenblick zu. *Mutter wollte gern.* Und er? Möglicherweise weniger gern, doch weil er ein guter Sohn war, hatte er die Einladung angenommen. Zu einem kurzfristig angesetzten, kombinierten Geburtstags- und Familiendinner, an dem nicht nur die netten Nachbarn, sondern auch sie selbst und Katie teilnehmen sollten.

Mit einem Mal kam sie sich vor wie in einem schrägen Film, bei dem man völlig darüber im Unklaren war, wer darin mitspielte und was als Nächstes geschah.

»Nun denn, die anderen warten schon«, sagte die alte Frau in dem schwarzen Seidenkleid, während sie ihren Spazierstock anhob und auf die verspiegelte Tür wies. »Lasst uns essen.«

*

Es entging Ole nicht, dass Hanna unangenehm berührt war, und das sicher nicht zum ersten Mal, seit er sie unten am Bahnhof fast über den Haufen gerannt hatte. Er verfluchte sich, dass er auf Isas Bitte eingegangen war, und gleichzeitig musste er sich eingestehen, dass es genau das war, worauf er gehofft hatte. Hanna war nicht nur hier, direkt neben ihm – sie würden auch zusammen essen. Auch wenn Isa und Jan und der alte Drachen dabei waren, ganz zu schweigen von seiner Mutter, die heute Abend nicht besonders in Form war – es war eine einmalige Chance, Hanna näher kennenzulernen.

Er verstand selbst nicht so ganz, wieso er das so dringend wollte, schon seit dem Moment, als er sie das erste Mal richtig angesehen hatte. Er hatte sich förmlich darum gerissen, ihr den Koffer zum Hotel zu befördern, bloß um noch ein paar Minuten länger mit ihr reden und mehr über sie herausfinden zu können. Normal war das sicher nicht, schließlich war er kein Teenager, bei dem die Hormone verrücktspielten, sondern ein gestandener Mann. Dennoch war da etwas an ihr, das ihn in Bann gezogen hatte, so sehr, dass er, ohne zu zögern, Isas Einladung angenommen hatte. Unter normalen Umständen hätte er das sicher nicht getan, schon deswegen nicht, weil er sich Isa lieber vom Hals hielt.

»Komm doch um sieben mit deiner Mutter zum Essen rüber«, hatte sie vorgeschlagen. »Vor einer Stunde hat bei uns so eine Frankfurter Journalistin eingecheckt, zusammen mit ihrer Tochter. Sie will einen Artikel über das Hotel schreiben, du kannst dir bestimmt vorstellen, wie wichtig das für uns ist! Wir wollen für sie ein spontanes Dinner veranstalten. Wäre nett, ein paar gute Freunde dabeizuhaben, was denkst du? Oma würde sich freuen, sie und Hilde haben sich schon länger nicht getroffen.«

Ole glaubte ihr kein Wort. Seinem Gefühl nach ging es Isa um zwei Dinge: Zum einen wollte sie diese Journalistin für sich gewinnen, damit ihre Bewertung des Hotels positiv ausfiel. Und da machten sich ein paar eigens eingeladene Gäste eben gut. Zum anderen wollte sie das, was sie beide mal verbunden hatte, wieder in Gang bringen.

Bisher hatte sie noch keinen direkten Versuch unternommen, allerdings ahnte er, dass es nur eine Frage der Zeit war. Immer, wenn sie sich über den Weg liefen, spürte er diese fragenden Blicke, mit denen sie ihm zu verstehen gab, dass zwischen ihnen noch was ging. Er musste nur wollen. Doch davon war er so weit entfernt wie noch nie, und er hoffte bloß, nicht in eine Situation zu geraten, in der er es ihr direkt sagen musste. Das würde die freundschaftliche Basis, auf die sie sich stillschweigend geeinigt hatten, mit Sicherheit ruinieren.

Beim ersten Mal waren sie drei Jahre lang ein Paar gewesen. Er hatte schon die Verlobungsringe in der Tasche gehabt, als sie ohne jede Vorwarnung mit einem Düsseldorfer Autohausbesitzer durchgebrannt war. Den hatte sie acht Jahre später verlassen und war auf die Insel zurückgekommen, mit einem Sohn und dem festen Vorsatz, nie wieder wegzuziehen. Damals hatte Ole gerade seine eigene Scheidung verdaut, Sally hatte der Insel den Rücken gekehrt und war wieder nach Alabama übergesiedelt, zu ihren Eltern, die von Anfang an überzeugt gewesen waren, dass die Ehe mit ihm in die Binsen gehen würde.

Er hatte sich auf einer Strandparty vollaufen lassen, und Isa war mit von der Partie gewesen. Eins war zum anderen gekommen, und sie hatten es noch mal miteinander versucht.

Diesmal war es schneller vorbei gewesen, nach nur sechs Monaten hatte ein Däne mit Rolex und Segeljacht Isas Weg gekreuzt und sie nach Kopenhagen mitgenommen, zusammen mit Bengt, der damals im dritten Schuljahr gewesen war.

Ole hatte keine Ahnung, was aus dem Dänen geworden war, aber vor zwei Jahren war Isa erneut zurückgekehrt, wieder frisch geschieden. Angeblich wollte sie nun für immer bleiben, und vielleicht stimmte es diesmal sogar, denn sie hatte sich mit ihrem Bruder zusammengetan und die alte Villa auf Vordermann gebracht – mit einem Haufen Geld, das zum Teil von dem alten Drachen, zum Teil jedoch noch von dem Dänen stammen musste. Isa selbst war nie richtig bei Kasse gewesen, und Jan ebenso wenig. Allerdings hatten sie ihre Sache gut gemacht – aus dem maroden alten Gemäuer war ein schickes, erstklassiges Hotel geworden.

Ole hielt den Frauen die Tür zum Restaurant auf und ging als Letzter hinein. Er war nicht zum ersten Mal hier, Isa und Jan hatten ihn sowie etliche andere Freunde im vergangenen Jahr zur Eröffnung eingeladen. Dennoch war das perfekt gestaltete Ambiente dieses Saals immer wieder ein beeindruckender Anblick. Isa hatte einen bekannten Innenarchitekten damit beauftragt, alles aus den vorhandenen Räumlichkeiten herauszuholen, und das Ergebnis konnte man nur als gelungen bezeichnen. Die Wände waren in den sanften Farben von Strand und Meer verputzt, Ockertöne mischten sich mit mattem Blau, und in den Dekorationen der Lampen und Blumenkästen fanden sich überall die Jugendstilmuster wieder, die den eigentlichen Reiz des Hauses ausmachten.

Das Restaurant war an diesem Abend voll besetzt, die Servicekräfte eilten zwischen den Tischen herum und brachten die bestellten Gerichte. Der Duft nach gegrilltem Fisch ließ Ole das Wasser im Mund zusammenlaufen, und er musste kurz überlegen, wann er das letzte Mal was gegessen hatte. Zu Mittag eine Kleinigkeit, danach nichts mehr. Seit ein paar Monaten kochte seine Mutter nicht mehr, mit der Folge, dass er häufiger Mahlzeiten verpasste. Was unterm Strich aber immer noch besser war, als seine Mutter noch mal an den Herd zu lassen. Er hatte den Stromanschluss von Kochfeld und Backofen abgeklemmt und einen Lieferservice beauftragt. Der brachte täglich frisch zubereitete Mahlzeiten zu ihnen nach Hause, doch wegen der Arbeit vergaß Ole manchmal, pünktlich zum Essen rüberzugehen. Seine Mutter wiederum vergaß, ihm Bescheid zu sagen, so, wie sie es sonst immer gemacht hatte, wenn das Mittagessen fertig war. Manchmal vergaß sie sogar, dass der Lieferdienst da gewesen war, dann fand Ole die Mahlzeit später unberührt vor. An anderen Tagen war sie völlig klar im Kopf, da konnte man mit ihr reden wie früher, kein Mensch wäre auf den Gedanken gekommen, dass sie an fortschreitender Demenz litt.

Isa hatte zwei Tische zu einer größeren Tafel zusammenschieben lassen, sodass sieben Personen Platz fanden. Sie und ihr Bruder saßen schon da, zusammen mit Bengt und Hannas Tochter Katie. Alle hatten bereits Getränke vor sich stehen. Die jungen Leute unterhielten sich angeregt.

Ole begrüßte Jan mit einem kurzen Schulterklopfen und Isa mit einer raschen Umarmung. Anschließend rückte er den Damen den Stuhl zurecht. Zuerst dem alten Drachen und danach seiner Mutter, so, wie er es als Junge bei ihr gelernt hatte – in der Reihenfolge des Alters. Hanna wäre als Letzte dran gewesen, aber sie hatte sich schon hingesetzt, rechts neben Isa, und der einzige freie Stuhl, der ihm noch blieb, war der an Isas linker Seite. Doch das war kein Grund, sich zu ärgern, denn er merkte sofort, dass er mehr davon hatte, wenn er Hanna gegenübersaß statt neben ihr – so konnte er sie direkt ansehen. Ihr schmales Gesicht mit den großen Augen, in denen sich das Licht der Sonne fing und sie in durchscheinendem Bernsteingold aufleuchten ließ. Ihr geschwungener Hals, der herzförmige Mund, die zarten rosa Ohrmuscheln. Die glatten Schultern, wo sich die Haut über straffen Muskeln spannte, ein Zeichen für regelmäßigen Sport. Sofort überkam ihn das schlechte Gewissen, weil er selbst es zu oft schleifen ließ. Ab und zu aufs Rad und eine Tour über die Insel, gelegentlich ein Segeltörn mit seinem Freund Claas – wobei das im Grunde eher Freizeitspaß als Sport war – und hin und wieder eine Stunde schwimmen, mehr kam am Ende des Monats nicht zusammen. Obwohl er im Laufe der letzten Jahre zwei junge Ärzte eingestellt hatte, die ihm Arbeit abnehmen sollten, hatte sich die tägliche Belastung nur unwesentlich verringert, vor allem während der Saison.

Jan war aufgestanden, er öffnete eine Flasche Champagner und schenkte bereitstehende Gläser voll, die er reihum weiterreichte, bis jeder eins hatte. Isa klopfte mit dem Messer an ihr Glas, alle Gespräche verstummten, teilweise auch an den Nachbartischen.

»Ich freue mich, dass ihr heute hier bei uns im *Dünenschloss* seid! Zunächst mal würde ich gern vorschlagen, dass wir uns alle duzen. Hier bei uns auf der Insel haben wir es nicht so mit hochgestochenen Förmlichkeiten.« Sie warf Hanna einen fragenden Blick zu, worauf diese nur verlegen lächelnd die Schultern hob.

»Das deute ich als ein Ja und möchte jetzt einen Toast ausbringen«, fuhr Isa fort. »Auf unseren Ehrengast Hanna! Alles Gute noch mal zum Geburtstag! Möge das nächste Jahrzehnt deiner Sonnenumrundungen dir eine wundervolle Zeit bescheren!«

Ole ahnte, dass er ziemlich belämmert dreinschaute. Hanna hatte heute Geburtstag, und wenn er diese blumige Ansprache richtig deutete, sogar einen runden. Isa hatte vorhin am Telefon kein Wort darüber verloren. Wollte sie ihn in Verlegenheit bringen? Ihr musste klar sein, dass sie damit keine Pluspunkte bei ihm sammelte.

Er musterte sie mit schmalen Augen und begann sich zu fragen, ob er ihre Motive wirklich richtig einordnete. Möglicherweise ging es ihr bei dieser Einladung doch nicht darum, alte Gefühle aufzufrischen. Vielleicht hatte sie die Stühle absichtlich so frei gehalten, dass er Hanna gegenübersaß, denn so musste er sie zwangsläufig ständig ansehen. Und Isas zufriedener Gesichtsausdruck, als Hanna vorhin in seinem Kielwasser hereingekommen war – bezog sich das womöglich gar nicht auf sein Erscheinen, sondern darauf, dass er und Hanna sich bereits miteinander bekannt gemacht hatten?

Falls Isa es darauf anlegte, dass Hannas Aufmerksamkeit auf ihn fiel, war ihre Taktik aufgegangen. Ein wenig umständlich suchte er nach Worten, mit denen er seine Glückwünsche darbieten konnte, ohne dass es allzu gestelzt klang. Er war nie der große Partylöwe gewesen. Während andere vor Humor sprühten, saß er eher schweigend daneben und hörte zu. Bei Fachfragen konnte er aus sich herausgehen, da diskutierte er auch gern. Doch in größerer Runde überließ er es lieber seinen Tischgenossen, den Ton anzugeben.

Er brachte die Gratulation, ohne zu stocken, hinter sich, und alle stießen miteinander an, auch die Kinder. Ole musste gedanklich innehalten und sich korrigieren: die Jugendlichen. Die beiden saßen übereck am anderen Ende des Tisches, und wenn Ole sich nicht sehr täuschte, fanden sie Gefallen aneinander, zwischen den beiden flogen gewisse Blicke hin und her. Zu reden und zu lachen hatten sie auch einiges, wobei Ole jedoch nur Satzfetzen aufschnappte – seine Mutter und Margret unterhielten sich ebenfalls, in einer Lautstärke, die alles andere übertönte. Hilde hatte ihre Hörgeräte nicht drin, und weil sie sowieso vieles von dem, was sie erzählte, mehrmals wiederholte, riss das Gespräch zwischen den beiden nicht ab. Es ging um allerlei körperliche Gebrechen, die ausgiebig beschrieben und beklagt wurden.

Unterdessen versuchte Isa, Hannas Interesse auf das Thema zu lenken, das ihr am Herzen lag: das Hotel. Vorsichtig erkundigte sie sich, in welche Richtung sich Hannas Recherchen bewegten. Hanna wiederum antwortete ausweichend, Ole gewann den Eindruck, dass sie sich nicht in die Karten schauen lassen wollte.

An einer Stelle mischte Margret sich ein, unvermittelt fuhr sie Isa über den Mund. »Wo bleibt eigentlich das Abendessen? Wir sitzen hier die ganze Zeit ohne einen einzigen Bissen, was soll das?«

Isa zuckte zusammen, und Ole verkniff sich ein Grinsen. Der Drachen hatte mal wieder Feuer gespuckt. Isas und Jans Großmutter nahm selten ein Blatt vor den Mund. Auf ganz Borkum gab es wohl kaum eine alte Frau, die mürrischer und herrschsüchtiger war als Margret Hansen.

»Oma, das Essen ist schon bestellt! Es wird gebracht, sobald es fertig ist!« Jan fühlte sich anscheinend berufen, für seine Schwester eine Lanze zu brechen. So war es schon immer gewesen, solange Ole zurückdenken konnte. Wann immer Isa Unterstützung gebraucht hatte – Jan war zur Stelle. Er war nicht nur ihr Zwillingsbruder, sondern im Bedarfsfall auch ihr treuer Paladin. Er war sogar in ihrem Schlepptau nach Dänemark gezogen und nach ihrer Scheidung wieder mit ihr nach Borkum zurückgekommen.

»Ich erinnere mich nicht, dass ich was bestellt hätte«, gab seine Großmutter ungnädig zurück.

»Das habe *ich* gemacht«, erklärte Jan. »Für uns alle. Wir essen die Gerichte von der Tageskarte.«

Margret hörte gar nicht mehr zu, sie hatte sich schon wieder an Hilde gewandt und fuhr fort, über ihre Rhizarthrose zu referieren.

Isa wechselte das Thema, nun bezog sie Ole in die Unterhaltung mit ein, offenbar hauptsächlich mit dem Ziel, ihn vor Hannas Augen glänzend dastehen zu lassen: Was er für ein fabelhafter Arzt sei, *summa cum laude* und Zusatzausbildung in den USA, er hätte jederzeit an einer Topklinik anfangen können, sei aber lieber nach Borkum zurückgekehrt, um die Praxis von seinem Vater zu übernehmen. In dritter Generation, denn auch sein Großvater sei schon Arzt auf der Insel gewesen.

All das ließ sie locker in die Unterhaltung einfließen, zum Glück klang nichts davon dick aufgetragen, jedenfalls nicht nach Oles Empfinden. Und Hanna schien sich tatsächlich dafür zu interessieren, denn ein paarmal fragte sie nach genaueren Einzelheiten.

Sie selbst erzählte auch ein bisschen über sich – wo sie in Frankfurt lebte, was ihr an der Stadt gefiel, welchen Hobbys sie nachging. Sport, wie Ole schon vermutet hatte, außerdem Lesen und Opernmusik hören.

Das war eine Information, bei der er sich kerzengerade aufsetzte. Er war ebenfalls Opernfan, mit ganzer Seele! Wenn ihn irgendwas von der Insel locken konnte, dann eine Aufführung in der Elbphilharmonie. Mit einem Mal schien das Eis zwischen ihnen endgültig gebrochen. Hanna taute merklich auf, sie schwärmte lebhaft gestikulierend von ihren Lieblingsinterpreten – von denen einige zufällig auch seine waren. Seine Begeisterung für das Thema stand der ihren nicht nach, voller Eifer verglichen sie Sänger, Dirigenten und Orchester, fachsimpelten über Inszenierungen und Bühnen und unterbrachen ihren regen Austausch erst, als die Vorspeise aufgetragen wurde.

Bevor sie anfingen zu essen, tauschten sie einen langen, fast tastenden Blick, und da wusste Ole, dass sie sich eben nicht zum letzten Mal unterhalten hatten.

*

Katie war pappsatt, sie hätte keinen Bissen mehr herunterbringen können, und dabei war das Dessert noch gar nicht serviert worden. Aber das, was sie gegessen hatte, war fantastisch gewesen.

»Euer Koch ist mega«, sagte sie zu Bengt. »Das Essen war genial!«

»Das richte ich gerne aus«, meinte er, sichtlich erfreut über ihr Lob.

Sie waren auf dem Weg zum Strand, nachdem sie entschieden hatten, den Nachtisch ausfallen zu lassen und stattdessen ein bisschen an die frische Luft zu gehen. Bengt hatte seine Mutter gefragt, ob es in Ordnung wäre, und Isa hatte sofort zugestimmt. Katie für ihren Teil war froh, von der Tischrunde wegzukommen. Die lautstark geführte Unterhaltung der beiden alten Frauen hatte sie unendlich genervt, und das ganze Gerede über Opern war auch nicht besonders spannend gewesen. Mittendrin hatten Bengts Mutter und sein Onkel angefangen, Katie auszufragen. Zwar auf eine nette, aber auch neugierige Art. Über die Schule, über ihren Sport, sogar über ihre Freunde und ihren Vater. Sie war sich vorgekommen wie bei einer Prüfung, und wäre da nicht Bengt gewesen, hätte sie sich schon vor einer halben Stunde unter einem Vorwand vom Acker gemacht.

Als er sie gefragt hatte, ob sie Lust habe, noch zum Strand runterzugehen, hatte sie sofort zugestimmt. Sie wollte nichts lieber, als mit ihm allein zu sein. Auch wenn sie versuchte, sich nichts anmerken zu lassen – wenn sie ihn anschaute, flatterten die berühmten Schmetterlinge in ihrem Bauch herum. So ein Gefühl hatte sie erst einmal erlebt, in der Achten, da war ihr in den Pausen auf dem Schulhof und in den Gängen vor den Klassenräumen immer so ein Junge über den Weg gelaufen. Er war noch im Laufe des Schuljahres weggezogen, sie hatten sich nie unterhalten, und sie kannte bis heute nicht mal seinen Namen. Vom Typ her sah Bengt ganz ähnlich aus, bloß besser. Hellblondes Haar, kurz geschnitten bis auf ein paar Locken über der Stirn, dazu unglaublich blaue Augen und ein Gesicht wie Damian Hardung in *Maxton Hall*, nur jünger. Am liebsten hätte sie sofort einen Snap an Bella geschickt.

Außerdem war er witzig, auf eine lockere Art, kein bisschen arrogant oder abgedreht oder aufdringlich wie so viele Typen, denen sie schon begegnet war. Die konnten noch so toll aussehen – wenn sie einen mit ihren blöden Kommentaren von der Seite anquatschten, reichte es Katie oft schon nach drei Sätzen.

Am Strand war immer noch viel los. Unterhalb der Promenade reihten sich Lokale aneinander, vor denen die Leute zusammensaßen und was tranken. Musik tönte aus den Lautsprechern, die Luft war erfüllt von Lachen und Stimmengewirr.

»Willst du was trinken?«, fragte Bengt sie.

»Nein danke, gerade nicht.«

»Wollen wir einfach ein Stück laufen?«

»Ja, klar«, sagte sie, und sie konnte nicht verhindern, dass ihr Herz einen kleinen Trommelwirbel schlug. Sie hatten schon geklärt, dass keiner von ihnen beiden in einer festen

Beziehung war. Ihre Handynummern hatten sie bereits beim Essen ausgetauscht und auch sonst einiges übereinander in Erfahrung gebracht. Katie wusste, welche Musik er mochte, dass er gerne surfen und kiten ging, und umgekehrt hatte sie ihm erzählt, dass sie Volleyball spielte, im Winter Ski lief und auf Hip-Hop stand. Die Unterhaltung mit ihm war richtig gut gewesen, ohne peinliche Pausen oder unangenehme Bemerkungen. Katie hätte stundenlang mit ihm reden können. So mies ihre Laune den ganzen Tag über auch gewesen war – inzwischen fühlte sie sich großartig.

Sie zogen sich die Schuhe aus und stapften barfuß durch den Sand bis zu der Stelle, wo die Wellen leise an den Strand klatschten. Es ging auf neun Uhr zu, die Sonne stand wie ein feuerroter Ball dicht über dem Meer und ließ es in flammenden Orangetönen leuchten, während am Himmel schon langsam violette Schatten aufzogen. Die Leute zückten ihre Smartphones und machten Fotos von diesem Bilderbuch-Sonnenuntergang, den in der Form wohl nur die wenigsten von ihnen zu Hause erlebten. In Frankfurt sah man so was jedenfalls nicht, zumindest nicht im Nordend, wo sich der Himmel über den engen Straßenzeilen immer nur streifenweise auftat.

»Und du hast die restlichen zwei Wochen bis dahin frei?«, fragte Katie, als sie darüber sprachen, dass Bengt nach den Sommerferien aufs Festland ziehen würde, in ein Internat. Auf Borkum gab es zwar eine Oberschule mit gymnasialem Angebot, doch wer Abitur machen wollte, wechselte auf die Internatsschule in Esens, ein niedersächsisches Küstenstädtchen.

»Ich hab meiner Mutter versprochen, ab und zu am Empfang auszuhelfen, aber das sind höchstens drei bis vier Stunden pro Tag.«

Katie lauschte dem Klang seiner Stimme. Wie schon beim Essen empfand sie den leisen Einschlag des ostfriesischen Dialekts bei ihm als angenehm. Sie hatte hier schon vereinzelt Insulaner miteinander reden hören und kaum ein Wort verstanden, das Platt erschien ihr fast wie eine fremde Sprache. Ob Bengt es wohl auch beherrschte?

Spontan fragte sie ihn danach, und er nickte grinsend. »Klar kann ich es. Auch wenn ich von woanders herkomme.« Er ließ ein paar Wendungen auf Platt vom Stapel, und anschließend musste er es für Katie übersetzen, die keine Ahnung hatte, was es bedeutete.

»Ich stamme ursprünglich aus Düsseldorf, da wurde ich geboren. Als meine Mutter mit mir nach Borkum zog, war ich erst vier und konnte noch eine Menge Platt lernen. Als ich neun war, sind wir nach Kopenhagen gezogen. Dort habe ich noch Dänisch gelernt.«

Katie war beeindruckt. »Wirklich? Sag mal was auf Dänisch!«

Es folgte ein Satz in dieser Sprache, den er im Anschluss ebenfalls übersetzte. »Bis vor zwei Jahren haben wir in Kopenhagen gewohnt, dann sind wir wieder hergekommen. Meine Mutter hat mit Onkel Jan das Hotel aufgemacht, und hier sind wir jetzt also.« Er hob die Schultern. »Wer weiß, wie lange. Ich hoffe nur, dass sie nicht wieder heiratet. Sie würde sich eh bloß wieder scheiden lassen.«

»Meine Eltern sind auch geschieden«, meinte Katie, als würde es dadurch besser.

»Siehst du deinen Vater noch manchmal?«, wollte er wissen.

»Ja, ziemlich oft sogar. Ich bin mindestens einmal im Monat ein Wochenende bei ihm. Das heißt, wenn er zu Hause ist. Er ist beruflich viel unterwegs, in allen möglichen Krisengebieten.«

»Was macht er denn?«

»Er ist Kriegsreporter.«

»Wow. Das ist mutig.«

»Ja, er hat vor nichts Angst.« Katie hielt inne. »Mir wär lieber, er hätte manchmal welche.«

»Das kann ich verstehen. Zu viel Mut kann sonst schnell zu Leichtsinn werden.«

Diese Worte musste Katie in sich nachwirken lassen. Sie klangen so … erwachsen. In jedem Fall unglaublich klug.

»Was ist mit deinem Vater?«, fragte sie. »Fährst du manchmal nach Düsseldorf?«

Bengt schüttelte den Kopf. »Wir haben keinen Kontakt. Er hat wieder geheiratet und eine neue Familie mit zwei Kindern. Irgendwann hat er aufgehört, sich zu melden, und meine Mutter meint, er will nichts mehr mit uns zu tun haben. Keine Ahnung, ob das stimmt. Manchmal überlege ich, ihn selbst zu fragen.«

»Hast du denn seine Nummer?«

»Nein. Adresse auch nicht, er ist wohl umgezogen.«

»Du könntest ihn googeln.«

»Ja, mach ich vielleicht mal.«

Sie spürte, dass das Thema ihn belastete, folglich vertiefte sie es nicht weiter.

»Und deine Uroma – die habt ihr zu euch genommen, deine Mom und dein Onkel Jan?«, fragte sie stattdessen.

Er nickte. »Sie hat sonst niemanden mehr. Vorher war sie in einem Altenheim, aber da fand sie's furchtbar. Und sie hat ihre Ersparnisse mit in das Hotel gesteckt, da war es natürlich selbstverständlich, dass sie auch bei uns wohnt. Nicht in derselben Wohnung, sie hat ein eigenes Zimmer. Genauso wie mein Onkel. Meine Mutter und ich haben eine Dreizimmerwohnung. Alles in der obersten Etage.«

»Das Hotel ist superschön!«

»Ja, das sagt jeder. Meine Mutter hatte einen Innenarchitekten. Der sollte den ursprünglichen Style wiederbeleben.

Das Haus ist ja schon über hundert Jahre alt, und bevor meine Mutter und Onkel Jan es übernommen haben, war es richtig schäbig und runtergekommen.«

»Weißt du, wofür das Hotel früher genutzt wurde?«, fragte Katie.

»Ja, klar. Da waren hässliche Ferienwohnungen drin, die wollte am Ende kaum noch einer buchen, auch wenn die Lage eins a ist.«

»Nein, ich meine, *noch* früher. Vorher.«

Bengt hob die Schultern. »Keine Ahnung. Alles, woran ich mich erinnere, sind diese schäbigen Ferienwohnungen.«

»Es war mal ein Kindererholungsheim, da hieß es noch Villa Aurelia.«

»Echt?«, fragte er, offenkundig perplex.

Katie sah ihn erstaunt an. »Ich dachte, das weiß hier jeder!«

»Nein, ich hör zum ersten Mal davon. Wann soll das denn gewesen sein?«

»Vor über sechzig Jahren war meine Oma dort auf Kur. Es war wohl der reinste Horror, nicht bloß für sie. Da müssen richtig schlimme Sachen passiert sein.«

»Mit den Kindern?«, vergewisserte er sich.

Katie nickte stumm.

Sie gingen nebeneinanderher durch den nassen Sand, die Flaniermeile hinter sich lassend. Ab und zu gelangte eine stärkere Welle an den Strand und überspülte ihre Füße. Manchmal bohrten sich winzige Bruchstücke von Muscheln in Katies Fußsohlen, aber es war nicht unangenehm.

Der Himmel färbte sich allmählich dunkler, der rote Saum am Horizont wurde immer schmaler und büßte an Leuchtkraft ein.

»Und deshalb seid ihr jetzt hier, du und deine Mutter?«, fragte Bengt. Es klang irritiert. »Weil ihr Urlaub in dem Haus machen wollt, wo es damals deiner Oma so schlecht ging?«

Das konnte sie unmöglich so stehen lassen. »Nein, in Wahrheit sind wir hier, um mehr darüber herauszufinden. Also über die Vergangenheit.«

»Geht es in dem Artikel, den deine Mutter schreiben will, also *darum?* Um dieses Kindererholungsheim?«

»Ja«, sagte Katie, und einen Atemzug lang kam es ihr so vor, als hätte sie mit ihrer Antwort den Lauf des Schicksals geändert. Gleich darauf verschwand das absurde Gefühl wieder, denn Bengt wechselte zu ihrer Erleichterung das Thema – das sie vielleicht besser gar nicht erst hätte anschneiden sollen, denn ihr war während des Abendessens nicht entgangen, wie sehr Bengts Mutter sich wünschte, dass das schicke neue Hotel in Moms Artikel gut wegkam. Offensichtlich hatte sie keine Ahnung, was Mom wirklich schreiben wollte.

Die Frage war nur, ob das in Ordnung war. Eigentlich nicht, fand Katie. Es war nicht fair, so ein hammermäßiges Dinner und ein kostenloses Upgrade mitzunehmen und hinter dem Rücken der Leute eine Art Enthüllungsartikel über die Vergangenheit des Hotels zu planen. Schließlich konnte Bengts Familie nichts dafür, was früher dort passiert war!

Sie wanderte mit ihm weiter den Strand entlang, und als er sie fragte, ob sie morgen was mit ihm unternehmen wollte, stimmte sie auf der Stelle zu.

Nie hätte sie erwartet, dass sich ihre Meinung im Laufe eines einzigen Tages so schnell ändern würde; noch vor ein paar Stunden hatte sie geglaubt, dass dieser Urlaub der mieseste aller Zeiten war. Jetzt war sie davon überzeugt, die besten letzten Ferienwochen ihres Lebens vor sich zu haben.

*

Hanna sah auf die Uhr, als Katie endlich in die Suite zurückkehrte. Kurz nach Mitternacht. Sie unterdrückte ein Seufzen und versagte sich eine Zurechtweisung, die sowieso nur ungehört verhallt wäre. Gegen elf hatte sie eine Nachricht an Katie geschrieben.

Bin jetzt auf dem Zimmer, kommst du auch gleich? Bin total müde und möchte einfach bloß schlafen!

Ganz gegen ihre sonstige Gewohnheit hatte Katie sofort zurückgeschrieben. *Mach nur. Musst nicht warten. Ich komme dann auch gleich.*

Natürlich hatte Hanna *doch* gewartet. In dem Wissen, dass Katie sich garantiert bei ihrem Eintreffen darüber ärgern würde, denn allem Anschein nach war ihre Mutter ja in Wahrheit gar nicht so müde, schließlich saß sie noch hellwach vor ihrem aufgeklappten Laptop am Schreibtisch.

Anders als befürchtet wirkte Katie jedoch kein bisschen sauer, im Gegenteil. Sie summte vor sich hin, als sie im Bad verschwand. Offenbar war ihr Spaziergang mit Bengt ganz in ihrem Sinne verlaufen. Es fragte sich nur, wie.

Hanna verbot sich jeden Gedanken daran, wohin die beiden gegangen und was genau sie gemacht hatten. Sie würde sonst kein Auge zukriegen, und dabei war sie mittlerweile *wirklich* todmüde.

Sie hatten ausgemacht, dass Katie das Schlafzimmer mitsamt dem Bett für sich hatte und Hanna im Wohnraum der Suite übernachtete, weil sie abends noch dort am Schreibtisch sitzen und arbeiten wollte. Die Couch ließ sich mit wenigen Handgriffen zu einem bequemen Bett umfunktionieren, und zusätzliche Bettwäsche war auch kein Problem gewesen. Ein kurzer Anruf bei der Rezeption hatte genügt. Keine fünf Minuten später war jemand vom Housekeeping erschienen und hatte die Couch ausgeklappt und bezogen.

Katie kam aus dem Bad und wünschte ihr eine gute Nacht. Einen Moment später war sie auch schon im Schlafzimmer verschwunden und hatte die Verbindungstür hinter sich zugemacht. Hanna seufzte erneut, diesmal deutlich hörbar, und befahl sich abermals, endlich einzusehen, dass ihre Tochter kein kleines Mädchen mehr war, sondern eine – fast – erwachsene Frau.

Hanna war schon im Schlafshirt, sie hatte sich die Zähne geputzt und das Gesicht eingecremt, fix und fertig fürs Zubettgehen. Der zurückliegende Tag hatte sie ausgelaugt, es war höchste Zeit für eine Runde Schlaf. Doch sie hatte sich gerade noch einmal die Aufzeichnung ihres ersten Gesprächs mit Sabine ansehen wollen, zur Vorbereitung auf das morgige Telefonat. Egal, wie müde sie war – die paar Minuten waren noch drin.

Sie schaute ab der Stelle weiter, wo Sabine in dem Video erzählte, wie es damals zu ihrer Kur gekommen war. Und genau wie beim ersten Mal fühlte es sich für Hanna so an, als sei sie selbst dabei gewesen. Als könnte sie dem Kind Sabine von hinten über die Schulter blicken und alles sehen, was auch Sabine gesehen hatte. In jenem Sommer, als man sie für sechs Wochen ans Ende der Welt geschickt hatte …

*

Ruhrgebiet, Sommer 1963

Der Kinderarzt hieß Doktor Müller, Sabine war schon oft hier gewesen. Im Winter, wenn der Husten richtig schlimm war, sogar alle paar Wochen. Es roch streng nach Desinfektionsmitteln, und ihr wurde regelmäßig kalt, weil sie sich für die Untersuchungen ausziehen musste.
»Obenrum reicht«, sagte die Sprechstundenhilfe immer. Sie hieß Frau Gutmann, und jedes Mal, wenn Sabines Mutter wieder mit ihr zum Kinderarzt ging, musste Sabine Frau Gutmann anstarren, weil sie so überirdisch schön war. Ihr Gesicht war von tiefschwarzen, welligen Haaren eingerahmt, und obwohl sie einen weißen Kittel trug, sah sie ganz genauso aus wie die wunderschönen Puppen an der Losbude auf der Kirmes. Manchmal, wenn Kirmes war, durfte Sabine ein Los aus dem Eimer ziehen, doch sosehr sie auch davon träumte, eines Tages so eine herrliche Puppe mit echten Haaren zu gewinnen – sie erwischte fast immer Nieten. Einmal hatte sie einen Kamm gewonnen und sich gefreut wie Bolle. Aber die traumhaften Puppen standen immer nur in der obersten Reihe an der Wand der Bude, unberührt und unerreichbar.
»Die gewinnt nie einer«, hatte Sabines Vater gemeint. »Dat soll die Leute nur animieren, die Lose zu kaufen.«
Sabine hatte keine Ahnung, was animieren bedeutete, doch sie ahnte, dass es dabei nicht mit rechten Dingen zuging.

Immer, wenn sie beim Kinderarzt die Sprechstundenhilfe ansah, stellte sie sich vor, Frau Gutmann wäre so eine Puppe. Aus Versehen lebendig geworden und von der Losbude abgehauen, um hier für die Kinder da zu sein, die sonst immer bloß Nieten zogen.

Einmal hatte die Mutter sie hinterher ausgeschimpft.

»Wat glotzt du die Frau immer so an? Dat is ungezogen!«

»Aber sie ist so schön, Mama!«, hatte Sabine geantwortet.

»Dat is doch bloß die Schminke! Wenn ich mir dat Gesicht so bemalen würde, wär ich genauso schön!«

Das wiederum bezweifelte Sabine stark, allerdings hütete sie sich, es ihrer Mutter zu sagen.

Die Sache mit der Kinderkur wurde ein paar Monate nach ihrem sechsten Geburtstag angesprochen.

Zuerst hatte Frau Gutmann sie gewogen und gemessen, was Sabine gut gefiel, weil sie Frau Gutmann dabei aus nächster Nähe betrachten konnte, ohne dass ihre Mutter es merkte – die war schon beim Doktor im Sprechzimmer.

Da musste Sabine anschließend auch rein, damit Doktor Müller sie untersuchen konnte. Das fand sie weniger angenehm. Er hörte sie ab, mit so einem kalten Ding, das er immer um den Hals hängen hatte, klopfte ihr mit seinen Fingerknöcheln auf die Brust und befahl ihr, tief ein- und auszuatmen. Sie tat es gehorsam, denn je besser sie mitmachte, umso schneller war es vorbei, das wusste sie inzwischen aus Erfahrung. Während der Untersuchung betrachtete sie die Tür, die von innen mit einem Polster überzogen war, das man mit goldenen Nieten festgenagelt hatte. Es sah fast aus wie ein Sofa, nur eben als Tür.

»Die Bronchien sind wieder belegt«, sagte Doktor Müller. »Und sie ist immer noch zu leicht für ihr Alter.«

»Dat Blach will nich richtig essen«, klagte ihre Mutter sofort. »Egal wat ich mach – et schmeckt ihr nich!«

»Daran lässt sich was ändern. Ich empfehle Ihnen eine Kinderkur.«

»Eine Kinderkur?«, kam es wie bei einem Echo von ihrer Mutter. »Wer soll dat denn bezahlen?!«

»Die Krankenkasse«, erklärte Doktor Müller. »Die bietet diese Kuren an und trägt die Kosten. Sie müssen sich um nichts kümmern. Es wird alles organisiert. Am besten noch diesen Sommer, sie muss ja erst nächstes Frühjahr in die Schule.«

»Und wo wäre dat?«

Doktor Müller blätterte in Papierbögen auf seinem Schreibtisch. »Auf Borkum.«

»Borkum? Wo is dat denn?«

»Borkum ist eine Nordseeinsel. Fahren viele Leute hin, vor allem aus dem Ruhrgebiet. Wegen der guten Luft. Da herrscht Reizklima. Für die Bronchien gibt es nichts Besseres. Und appetitanregend ist es auch. Da kann das Kind mal richtig aufgepäppelt werden. Viel frische Luft, Strand, Meer, blauer Himmel, gutes Essen – nur das Beste für die Gesundheit Ihres Kindes.«

»Wie lange würde dat denn gehen?« In der Stimme ihrer Mutter klangen Zweifel mit.

»Sechs Wochen.«

»Sechs Wochen!?«

»Das muss für eine optimale Wirkung schon sein. Sie möchten doch, dass Ihr Kind gesund wird, oder?«

»Ja, sicher«, sagte Sabines Mutter, aber es hörte sich eher unsicher an.

Sabine verstand das alles nicht so richtig. Sie konzentrierte sich wieder auf Frau Gutmann, die sie beruhigend anlächelte, mit wunderschönen Zähnen, die aussahen wie viereckige Perlen.

Danach vergaß sie den Arztbesuch wieder, so wie alle an-

deren davor auch, oder genauer: Sie maß ihm keine besondere Bedeutung mehr bei. Dass eine ganze Lawine an Ereignissen daran hing, drang erst nach und nach in ihr Bewusstsein.

Beispielsweise, als plötzlich ein Koffer in der Verwandtschaft ausgeborgt werden musste, weil ihre Eltern keinen besaßen – sie waren ja noch nie verreist. Und als ihre Mutter loszog, um neue Unterhosen für sie zu kaufen, für jeden Wochentag eine.

»Mit den ausgeleierten, löcherigen Buxen können wir dat Blach nich dahin schicken«, erklärte sie dem Vater zur Begründung der Extraausgabe.

Bis dahin hatte Sabine nie groß über ihre Unterhosen nachgedacht. So sahen die Sachen nun mal aus, wenn drei größere Schwestern sie vor einem getragen hatten.

Ihre Oma stickte Sabines Namen in die Unterhosen, ebenso in alle anderen Kleidungsstücke, die in den Koffer gepackt wurden, sogar in die Strümpfe. »Die sind sonst als Erstes wech«, hatte sie Sabine erklärt.

Sabine konnte noch nicht schreiben, aber ihren Namen konnte sie lesen, und sie musste versprechen, gut auf die Strümpfe aufzupassen, besonders auf die warmen aus Wolle, denn die hatte ihre Oma selbst gestrickt.

Und dann, eines Morgens im August, war es so weit: Die Mutter brachte Sabine zu einer Art Sammelstelle, wo sich schon viele andere Kinder befanden, zwischen Wällen aus Koffern und Reisetaschen, umgeben von Müttern und Vätern und Omas, wer auch immer gerade Zeit hatte. Immer mehr stießen dazu, die Menge wurde langsam unübersichtlich. Manche Kinder weinten, vor allem die kleineren, wahrscheinlich, weil ihre Mütter und Omas ebenfalls weinten.

»Wir fangen jetzt nicht an zu flennen«, befahl Sabines Mutter. »Du bist ein großes Mädchen, verstanden?!«

Sabine hielt die Hand ihrer Mutter umklammert. Sie weinte nicht, aber sie hatte Angst. Ihr war immer noch nicht klar, was als Nächstes passieren sollte. Sie verstand es erst, als der große Bus um die Ecke gebogen kam und die Kinder der Reihe nach verschluckte. Eins nach dem anderen wurde von Mutter oder Vater oder Oma zur Tür geschoben. Die Koffer kamen in eine seitliche Öffnung, in der sie über- und hintereinander gestapelt und geschichtet wurden wie große Bauklötze.

Und plötzlich war sie selbst dran, sie musste in den Bus steigen.

»Benimm dich anständig und iss gefälligst immer den Teller leer!«, hörte Sabine ihre Mutter noch sagen, dann wurden ihre Hände, die sie fest um den Hals der Mutter geschlungen hatte, mit Gewalt losgemacht. Sie wurde die Treppenstufen hinaufgedrängt, die ins Innere des Busses führten. Irgendwer schubste sie auf einen freien Platz. Sie sah nur lauter Köpfe in den Sitzen vor ihr, Kinder über Kinder, die meisten größer als sie, aber auch ein paar kleinere. Manche schauten versteinert vor sich hin, andere weinten, doch einige schienen sich auch zu freuen, als würden sie gleich auf die Kirmes gehen. Die Türen des Busses schlossen sich mit einem seltsam keuchenden Schmatzen. Fast wie bei einem großen Ungeheuer, das sich satt gefressen hatte.

Starr vor Entsetzen versuchte sie, noch einen Blick durch das nächstbeste Fenster zu erhaschen, doch der Bus war schon losgefahren. Ihre Mutter war nirgends zu sehen.

*

TAG ZWEI

Hanna wurde vom Kreischen der Möwen geweckt. Sie hatte bei offenem Fenster geschlafen, das tat sie in Frankfurt selten, wegen der vielen Abgase und des morgendlichen Autolärms, ganz zu schweigen von dem Geratter der Straßenbahnen, die im Fünfminutentakt vorbeifuhren.

Verschlafen tippte sie auf ihr Handy. Sieben Uhr, immerhin. Kurz zog sie in Erwägung, sich auf die andere Seite zu drehen und noch etwas zu schlummern, aber das Kreischen der Möwen hatte etwas seltsam Eindringliches, es klang in ihren Ohren beinahe wie eine Aufforderung, sich bloß nicht auf die faule Haut zu legen. Draußen war es längst hell, auch wenn die meisten Urlauber sicher noch schliefen. Die beste Zeit zum Laufen.

Sie stand auf und schlüpfte nach einer raschen Katzenwäsche in ihre Joggingsachen. Das Haar band sie zu einem Pferdeschwanz zusammen. Smartphone und Zimmerkarte verstaute sie in einer Gürteltasche. Die Wasserflasche würde sie nicht brauchen, länger als eine Stunde wollte sie nicht laufen, da reichte es, vorher ein großes Glas zu trinken.

Nebenan im Schlafzimmer war alles still. Hanna öffnete geräuschlos die Tür und warf einen Blick aufs Bett. Katie hatte den blonden Wuschelkopf im Kissen vergraben, sie schlief tief und fest.

Unten im Erdgeschoss war es ähnlich ruhig. Es roch bereits verführerisch nach frisch aufgebrühtem Kaffee, aber Hanna sah nur ein älteres Paar auf dem Weg ins Hotelrestaurant, wo eben erst das Frühstücksbüfett eröffnet hatte. Am Schreibtisch hinter dem Empfangstresen saß eine junge Frau, die lächelnd aufblickte, als Hanna vorbeikam.

Draußen war es unerwartet kühl. Vom Meer her wehte ein scharfer Wind, mit vereinzelten Böen, die den Sand aufwirbelten und landeinwärts trugen. Entlang des Wegs, der am Strand vorbei ortsauswärts führte, fanden sich hier und da Verwehungen. Später würde sie bestimmt jemand wegfegen – gestern hatten alle Wege makellos sauber ausgesehen.

Hanna lief mit ausgreifenden Schritten und atmete dabei tief ein, bis sie den Geschmack von Salz auf den Lippen zu spüren glaubte. Das Kreischen der Möwen und das Rauschen von Wind und Wellen verbanden sich zu jener unvergleichlichen Geräuschkulisse, die es nur an Meeresstränden gab, und sie genoss jede einzelne Sekunde dieses unvermittelten Gefühls grenzenloser Freiheit.

Sie schaute auf ihre Uhr, um die Zeit zu stoppen – eine halbe Stunde hin, egal wie weit sie kam, eine halbe zurück. Danach eine ausgiebige Dusche und eine Tasse Kaffee. Frühstücken konnte sie später mit Katie, die sicher nicht vor neun, halb zehn aufstehen würde.

An einem Hundestrand sah sie einige Spaziergänger mit ihren Vierbeinern. Ein Mann warf einen Stock ins Wasser, und der Hund, ein großes, braun gelocktes Tier, jagte in Riesensätzen hinterher. Etwas an der Haltung des Mannes kam Hanna bekannt vor. Sie lief langsamer, um genauer hinzusehen, und ja: Es war Ole Vandenberg.

Das Gespräch, das sie beide gestern Abend während dieses anfänglich so verkrampften Dinners geführt hatten, war unerwartet anregend gewesen, am Ende hatten sie sich unterhalten wie zwei Menschen, die einander schon länger kannten. Und dabei war nach und nach etwas in Hanna erwacht, das sie zunächst nicht wahrhaben wollte, jedoch schließlich nicht mehr leugnen konnte – sie hatte mit allen Sinnen sein Interesse an ihr als Frau gespürt. Es klang wahrscheinlich dämlich, aber er hatte eine Saite in ihr zum Klingen gebracht, die lange nicht berührt worden war. Sie hatte nicht geglaubt, dass es noch funktionierte, oder besser gesagt: Sie hatte es weit von sich gewiesen. Und auf einmal hatte es sich dennoch so ergeben, praktisch ohne ihr Zutun: Sie verspürte diese besondere Art verheißungsvoller Aufregung, die einen schneller atmen und manchmal sogar die Luft anhalten ließ.

Vielleicht lernst du ja auf der Insel jemanden kennen.

Es war tatsächlich passiert. Exakt nach Helens Küchenpsychologie. Hanna sah sie schon siegesgewiss nicken. *Hab ich dir doch gleich gesagt!*

Ihr war gar nicht aufgefallen, dass sie ihren Lauf gestoppt hatte, um Ole Gelegenheit zu geben, sie zu bemerken. Der große Hund hatte ihm den Stock zurückgebracht, und sie hörte Oles Lachen. Ein tiefes, männliches Lachen, das ansteckend klang. Sie lächelte unwillkürlich, und ein absurd kitschiger Zufall wollte es, dass genau in diesem Moment die Sonne durch die Wolken brach und die ganze Szenerie in strahlendes Licht tauchte. Gleichzeitig blickte Ole zu ihr hoch und sah sie auf dem Weg stehen.

Zwei, drei Sekunden standen sie einfach bloß da und schauten einander an, dann pfiff er auf zwei Fingern den Hund zu sich heran, ehe er im Laufschritt näher kam und schließlich leicht atemlos vor Hanna stehen blieb.

»Moin!«, begrüßte er sie.

»Moin!«, erwiderte Hanna, und es hörte sich für sie ganz selbstverständlich an, zumal es auch von der Tageszeit her passte. »Schon wieder so ein Zufall«, fügte sie hinzu.

Genau wie gestern vor seinem Haus musste sie gegen einen Anflug von Verlegenheit ankämpfen, obwohl es wirklich reiner Zufall war, dass sie sich schon wieder über den Weg liefen. Nach dem Dinner hatten sie sich nicht verabredet, sondern einfach bloß die Handynummern ausgetauscht. Woher hätte sie wissen sollen, dass er hier mit seinem Hund unterwegs war?

»Eigentlich ist es *kein* Zufall, ich bin fast jeden Morgen mit Max hier draußen.« Er zerzauste dem Hund das Fell und nahm ihn dann an die Leine. »Jedenfalls in der letzten Zeit. Sonst ist meine Mutter immer mit ihm los, aber neuerdings … Na ja, du hast es sicher bemerkt. Es gibt gute und schlechte Tage, doch die schlechten Tage kommen immer öfter.«

Hanna nickte mitfühlend. Ihr Großvater hatte an Alzheimer gelitten. Ein rüstiger, lebensfroher Mann mit vielseitigen Interessen, der sich binnen Monaten in einen Greis mit leeren Augen und starrer Miene verwandelt hatte.

»Hast du ein bestimmtes Ziel?«, wollte Ole wissen.

»Nein, ich bin einfach losgelaufen.«

»Halte ich dich auf? Ich würde ja gern sagen, ich jogge mit dir, aber ich habe nicht die richtigen Klamotten an, und ich fürchte, für dein Tempo bin ich nicht gut genug in Form.«

»Wenn das so ist, sieht man jedenfalls nichts davon«, erwiderte sie.

Er lachte sie an. »Danke für das Kompliment.«

»Es war gar keins«, meinte sie nur. Tatsächlich fand sie, dass er ziemlich durchtrainiert aussah. Er hatte gestern erzählt, dass er sich mit Schwimmen fit hielt. In seiner Jugend war er Leistungsschwimmer gewesen, doch dann war das Studium an die erste Stelle gerückt und hatte den Sport verdrängt.

»Wir können ja einfach ein Stück zusammen gehen«, schlug sie vor.

»Sehr gern.« Er schaute sie an, und in seinen silbergrauen Augen tanzten Sonnenfünkchen.

Ihr Puls beschleunigte sich leicht, und da war es wieder – das unberechenbare, berauschende Gefühl, dass das Leben plötzlich auf Anfang stand.

Sie redeten miteinander, genau wie am Vorabend, bloß die Themen wurden vertraulicher. Sie sprachen mehr über private Dinge. Dass er geschieden war, hatte er bereits gestern erwähnt, nun erzählte er auch, dass seine Ex-Frau Sally hieß und dass er sie während seiner Ausbildung in den USA kennengelernt hatte. Sally war mit ihm nach Deutschland gezogen, hatte sich jedoch nicht richtig eingelebt. Sie hatten sich Kinder gewünscht, aber auch das hatte nicht geklappt. Irgendwann war die Ehe zerbrochen, sie war in die Staaten zurückgegangen.

Hanna erfuhr auch von seiner missglückten Beziehung mit Isa. Er berichtete mit einem Augenzwinkern davon, doch sie spürte, dass es ihm damals, als Isa ihn das erste Mal abserviert hatte, das Herz herausgerissen hatte. Sie war seine Jugendliebe gewesen. Beim zweiten Mal hatte er es besser verkraftet, da hatte er sich rund um die Uhr mit Arbeit ablenken können. In jenem Jahr war sein Vater gestorben, und Ole hatte Knall auf Fall die Praxis übernommen, obwohl er ursprünglich vorgehabt hatte, als Chirurg an eine renommierte Klinik zu gehen – ein Angebot hatte er schon in der Tasche gehabt. Deswegen die Praxis einfach den Bach runtergehen zu lassen, war für Ole allerdings keine Option gewesen. Sein Großvater hatte sie vor vielen Jahren aufgebaut, praktisch aus dem Nichts, und sein Vater hatte sie weitergeführt und modernisiert.

»Da stand ich schon etwas unter Zugzwang«, meinte Ole. »Mit manchen Traditionen bricht man nicht so schnell.«

»Bereust du es manchmal?«, wollte Hanna wissen.

»Am Anfang schon, da war ich oft überfordert. Mittlerweile nicht mehr. Das hier ist mein Zuhause, meine Welt. Und bei dir? Ist es da ähnlich, mit deinem Leben und deiner Arbeit in Frankfurt?« Er blickte ihr in die Augen, als suchte er etwas darin.

»Ich kann überall arbeiten«, sagte sie. »Und Frankfurt, das

ist bis heute irgendwie eine Übergangslösung. Seit ungefähr zwanzig Jahren.« Sie lachte, doch es klang unfroh. Vor zwanzig Jahren war sie zum Studium in die Mainmetropole gezogen, hatte sich dort als Volontärin in Alex verknallt und war mit ihm zusammengeblieben. Kurz darauf waren sie Eltern geworden. Ganz ungeplant, aber sie hatten es eine Weile recht gut zusammen hinbekommen. Bis Alex dann doch zu anderen Ufern aufgebrochen war.

»Katies Vater hat es nie lange an einem Ort gehalten«, meinte sie. »In seinem Job ist er überall auf der Welt zu Hause. Ich selbst bin wahrscheinlich bloß noch wegen Katie in Frankfurt. Kinder verpflanzt man nicht so einfach, die brauchen ein Mindestmaß an Beständigkeit, vor allem, wenn ein Elternteil ständig zu irgendwelchen gefährlichen Krisenherden reist und der andere Elternteil dauernd bis über die Ohren in Arbeit steckt.«

»Wenn du der andere Elternteil bist, hast du einen guten Job abgeliefert. Deine Tochter ist großartig.«

Hanna lachte, und diesmal kam es von Herzen. »Ich sag's ihr, auch wenn ich bezweifle, dass sie mich als Mutter so toll findet.«

»Lebt Katie denn gern in Frankfurt?«

»Ja, sie ist dort ziemlich fest verwurzelt. Und eigentlich ist die Stadt ganz in Ordnung. Warst du mal da?«

»Nur auf der Durchreise am Flughafen.«

»Dann hast du was verpasst. Es gibt einige wunderbare Sehenswürdigkeiten.« Sie lächelte ihn an. »Beispielsweise die Oper. Die ist einzigartig. Sowohl das Gebäude als auch die Aufführungen. Ich kaufe mir jedes Jahr ein Abo, es lohnt sich.«

Ole hielt ihren Blick fest. »Da sollte ich wohl auch mal hin.«

»Unbedingt.«

An dieser Stelle geriet das Gespräch ins Stocken. Die ganze

Zeit über waren sie nebeneinander hergeschlendert, ohne dass Hanna sonderlich auf ihre Umgebung geachtet hätte, doch plötzlich saugte sich ihr Blick an einem rot-weiß gestreiften Leuchtturm fest. Es war, als hätte dieser Turm nur auf sie gewartet. Damit sie sich entsann, dass sie schon mal hier gewesen war. Genau hier, an diesem Strand auf Borkum. Vorhin beim Laufen hatte sie ihn bereits passiert und nicht weiter beachtet. Jetzt, da sie ihn direkt anschaute, fühlte es sich auf einmal so an, als wäre er ihr aus vergangenen Zeiten vertraut. Sie starrte das verdammte Ding an, verzweifelt der trügerischen Erinnerung nachspürend, die sich wie mit Krallen in ihrem Gedächtnis festhaken wollte. Um gleich darauf zu verschwimmen und zu verschwinden, genau wie die gestrigen Déjà-vus. Sie rieb sich die Schläfen und fluchte stumm vor sich hin.

»Was ist?«, fragte Ole.

»Ach, nichts.«

»Hast du Kopfschmerzen?«

»Nein, das war gerade nur wieder so ein komisches Gefühl. Als wäre ich früher schon mal hier gewesen. Hast du sicher auch schon mal gehabt.«

»Ein Déjà-vu? Klar, das hat jeder mal. Aber was meinst du mit *wieder*? Hattest du das in der letzten Zeit öfters?«

»Nicht, dass ich wüsste. Es fing erst gestern an.«

»Du hattest also gestern auch eins?«

»Nein. Es waren drei.«

Ole runzelte die Stirn, was wiederum Hannas Besorgnis weckte. »Hat das irgendwas zu bedeuten?«, fragte sie ihn. »Ich meine, was Medizinisches?«

»Das kann man nicht aus dem Stegreif sagen. Gehäuft auftretende Déjà-vus können alle möglichen Ursachen haben. Harmlose und ernstliche. Meist sind es harmlose. Beispielsweise Stress und Überarbeitung.«

»Davon hatte ich in den letzten Wochen eine Menge«, meinte Hanna.

»Hattest du auch vermehrt Kopfschmerzen?«

»Nein, zum Glück nicht. Dafür bin ich überhaupt nicht der Typ. Kopfweh habe ich bloß alle Jubeljahre mal, und in der Regel habe ich dann am Abend davor zu viel gefeiert.«

»Das klingt erst mal beruhigend«, sagte Ole. »Aber beobachte es auf jeden Fall. Wenn es noch mal in dieser Häufung passiert, solltest du dich vielleicht mal durchchecken lassen.«

»Das mach ich«, versprach sie. »Und was die viele Arbeit angeht – ich hab mir vorgenommen, in den zwei Wochen hier kürzerzutreten.«

»Du willst einen Artikel über das Hotel schreiben, oder? Isa meinte gestern am Telefon, dass du deswegen hier bist, und beim Essen hatte sie ja auch davon angefangen.«

»Das stimmt.« Hanna zögerte, sie war sich nicht sicher, ob sie ihn ins Bild setzen sollte. Vielleicht hatte er danach nichts Eiligeres zu tun, als mit Isa darüber zu sprechen. Das würde bloß zu Dissonanzen führen.

»Ich nehme an, du willst in Wirklichkeit gar nicht über das Hotel schreiben. Sondern über das Kinderkurheim, das es früher war.«

Überrascht erwiderte sie seinen Blick. »Wie hast du das erraten?«

Er hob die Brauen. »Du bist eine angesehene Journalistin, ich hab dich gegoogelt. Rezensionen über luxuriöse Urlaubsdomizile sind nicht deine bevorzugten Arbeitsfelder, oder liege ich da falsch?«

Da das eine rhetorische Frage war, sparte sie sich die Antwort. »Was weißt du über das frühere Kinderkurheim?«, erkundigte sie sich stattdessen.

»Nicht besonders viel. Nur, was man so aus den Gesprächen der älteren Leute aufschnappt. Das war alles vor meiner

Zeit.« Er betrachtete sie aufmerksam. »Hast du einen persönlichen Zugang zu dem Thema? War jemand hier, den du näher kennst?«

Respekt, das hast du gut durchschaut, dachte sie. Wieder überlegte sie, ob sie womöglich zu viel von sich preisgab, wenn sie ihm verriet, dass einst ihre Mutter hier gewesen war. Es war nicht auszuschließen, dass er immer noch eng genug mit Isa verbunden war, um sie an seinen neu gewonnenen Erkenntnissen teilhaben zu lassen. Natürlich würde das nichts an Hannas Vorhaben ändern, doch es dürfte einigen Aufruhr geben, mindestens aber eine Menge schwarzer Wolken am Himmel von Isas Herzlichkeit.

Sie entschied sich, zunächst lieber um den heißen Brei herumzureden. »Das Hotel hieß früher Villa Aurelia.«

»Ich weiß, so hieß das Haus die ganze Zeit. Erst nach dem Umbau zum Hotel wurde das *Dünenschloss* daraus. Bis vor ein paar Jahren war es eine eher schlichte Touristenunterkunft, mit mehreren Ferienwohnungen darin. Das war es schon, solange ich zurückdenken kann.«

»Über die Verschickungskinder wird hier nicht mehr viel gesprochen, oder?«

Ole hob die Schultern. »Das ist lange her.«

»Je nach Betrachtungsweise«, erwiderte sie. »Viele erinnern sich noch sehr gut daran, vor allem die verschickten Kinder. Wusstest du, dass es damals eine regelrechte Verschickungsindustrie gab? Allein auf Borkum wurden mindestens dreiundzwanzig Kinderkurheime betrieben. Manchen Quellen zufolge bis zu dreißig. Das ist gemessen an der Gesamtzahl aller bekannten deutschen Einrichtungen enorm viel. Und diese Häuser waren fast ganzjährig belegt. Eine Kur dauerte für gewöhnlich sechs Wochen, die Kinder wurden in Gruppen aus der ganzen Republik angekarrt, es funktionierte wie am Fließband. Allein in einem einzigen Borkumer Kinderkurheim – das muss übrigens ganz in der Nähe von diesem Leuchtturm da drüben gewesen sein, es hieß Adolfinenheim – kamen so über die Jahrzehnte an die neunzigtausend Kinder unter.«

»Von diesen Dimensionen höre ich zum ersten Mal«, gab Ole zu. Nachdenklich sah er sie an. »Du weißt schon eine ganze Menge darüber, stimmt's? Und dass du hier auf der Insel bist, dient eigentlich nur zur … Wie nennt man es? Verifizierung und Vertiefung der Recherche vor Ort?«

Wieder hatte er den Nagel auf den Kopf getroffen. Sie nickte schweigend.

»Was ist denn damals in diesen Heimen passiert?«, fragte er. Dann gab er sich die Antwort selbst. »Sicherlich war es für viele Kinder eine traumatische Erfahrung, so lange von ihren Eltern getrennt zu sein. Damit mussten sie für den Rest ihres Lebens klarkommen.«

»Das müssen sie immer noch«, korrigierte sie ihn. »Die meisten leben ja noch, auch wenn es bei vielen schon fünfzig oder sechzig Jahre her ist. Unzählige Verschickungskinder haben Gewalterfahrungen machen müssen, sowohl körperlich als auch emotional. Manche dieser Kurheime waren schon damals regelrecht berüchtigt, aber die Öffentlichkeit interessierte sich nicht dafür. Es fand nie eine richtige Aufarbeitung statt. Ab und zu mal ein Nachrichtenbeitrag oder eine Doku, doch die flächendeckende Empörung wie zum Beispiel im Zuge der MeToo-Bewegung ist ausgeblieben.«

»Möglicherweise liegt es am fehlenden Hashtag.« Erklärend setzte er hinzu: »Weil die Betroffenen zu einer Generation gehören, die nicht auf dieser Schiene unterwegs ist.«

»Das sehe ich ganz genauso«, stimmte sie zu. »Glaubst du, Isa und Jan wissen über die Vergangenheit des Hotels Bescheid?«

»Keine Ahnung. Möglich wäre es. Mir war es vom Hörensagen bekannt, ihnen also vielleicht ebenfalls.« Fragend sah er sie an. »War die Villa Aurelia eine der schlimmeren Einrichtungen?«

Sie hätte ihm erzählen können, dass ihr bei manchen der persönlichen Berichte die Tränen gekommen waren. Doch sie nickte bloß.

»Wie gesagt«, fuhr er fort, »die alte Hütte wurde seit Jahrzehnten nur an Touristen vermietet. Das lief über eine Immobilienverwaltung, die hat auch die Ferienwohnungen instand gehalten. Allerdings eher provisorisch. Als Isa und Jan die Villa vor zwei Jahren übernahmen, war alles ziemlich marode, sie haben da unendlich viel Geld reinstecken müssen. Wenn jetzt plötzlich in größerem Stil publik wird, was früher in dem Haus passiert ist, werden sie bestimmt nicht begeistert sein. Der gute Ruf des Hotels geht ihnen über alles.«

»Wirst du es ihnen erzählen?«

»Nur bei vorgehaltener Waffe«, flachste er. Ernster fügte er hinzu: »Es ist *dein* Artikel. *Deine* Entscheidung. Wenn du meinst, sie sollten es vor der Veröffentlichung erfahren, sagst du es ihnen. Anderenfalls nicht.«

Hanna seufzte. »Die ganze Situation kommt mir so … verfahren vor. Eigentlich wäre es ehrlicher, offen mit ihnen zu reden. Aber ich habe so meine Zweifel, dass es ihnen gefällt.«

»Damit liegst du vermutlich richtig.« Ole unterbrach sich und schaute auf seine Uhr. »Tut mir leid, ich muss zurück. Meine Sprechstunde fängt gleich an.« Er hielt kurz inne. »Reden wird später weiter?« Es sollte wohl beiläufig klingen, doch eine kaum merkliche Unsicherheit in seiner Stimme verriet seine Anspannung.

»Wann?«, fragte Hanna nur. Eine fast schon überschwängliche Vorfreude überkam sie, und ein wenig besorgt fragte sie sich, ob das nicht alles viel zu schnell ging.

»Um halb sechs«, sagte er. »Ich hole dich im Hotel ab.«

»Was machen wir dann?«

»Ich würde dir gern meinen Lieblingsplatz auf der Insel zeigen.«

»Und wo ist das?«

»Verrate ich dir um halb sechs.«

»Na gut, ich lass mich überraschen. Gibt's einen Dresscode? Oder anders gefragt: Was soll ich anziehen?«

Er schenkte ihr ein spitzbübisches Grinsen, und einen Moment lang befürchtete sie, er würde irgendeinen blöden Machospruch loslassen, so was wie *Am besten so wenig wie möglich*. Aber stattdessen meinte er nur: »Bequeme Schuhe.«

*

Während er eilig davonging, den Hund Max an der Leine, blickte sie ihm ein paar Sekunden lang nach, bevor sie zügig weiterlief. Auf Höhe des rot-weiß gestreiften Leuchtturms, hinter dem ein hoher Funkmast aufragte, bog sie landeinwärts ab. Drei Leuchttürme gab es auf der Insel, so hatte sie es gelesen, einen alten, einen neuen und einen elektrischen, der auch kleiner Leuchtturm genannt wurde. Bei diesem hier musste es sich um den elektrischen beziehungsweise kleinen Leuchtturm handeln, denn der war auf den alten Postkarten zu sehen, auf denen das unter den Verschickungskindern besonders berüchtigte Adolfinenheim abgebildet war. Das Gebäude gab es noch, aber der Kurbetrieb war schon vor Jahrzehnten eingestellt worden. Ein Mitglied der Facebook-Gruppe hatte geschrieben, es sei nach langem Leerstand von der Stadt erworben und zu einem Kindergarten umgebaut worden.

Hanna blieb für einige Sekunden stehen, um es zu betrachten. Gleich darauf joggte sie weiter, diesmal in schärferem Tempo. Sie lief zurück zum Hotel, allerdings nicht am Strand entlang, sondern durch die idyllischen Wohnstraßen mit den rot verklinkerten Häusern und den blühenden Vorgärten. Alles war tipptopp gepflegt, nirgends sah man heruntergekommene Ecken. Die ganze Gegend verströmte aufgeräumten Wohlstand.

Als sie verschwitzt im Hotel ankam, saß Isa am Schreibtisch hinter dem Empfangstresen, doch Hanna winkte ihr nur flüchtig zu, bevor sie die Tür zum Treppenhaus aufzog und nach oben eilte. Sie hatte sich vorgenommen, mit Isa über ihr Projekt zu sprechen, nur nicht jetzt. Zuerst brauchte sie eine Dusche und anschließend Kaffee.

Vor der Tür ihrer Suite lag ein brauner Umschlag im DIN-A4-Format. Sie hob ihn auf und nahm ihn mit hinein, in der Annahme, Isa hätte ihr vielleicht ein paar Prospekte mit den Freizeitangeboten hingelegt, die sie erwähnt hatte. Während Hanna den Umschlag öffnete, lauschte sie nach nebenan. Die Schlafzimmertür war zu, dahinter regte sich nichts. Katie schlief immer noch.

Der Umschlag enthielt keine Prospekte, sondern eine alte Kladde. Die Pappdeckel waren abgeschabt und an den Rändern aufgequollen, die Seiten vergilbt. In dem linierten Viereck vorn auf dem Deckel stand ein mit Tinte geschriebener Vorname. *Luise*. Sonst nichts.

Die Seiten waren ebenfalls liniert und dicht beschrieben, ebenfalls mit Tinte. Die Handschrift wies elegante Schwünge auf, und sie war, obschon stellenweise bereits verblasst, von so makelloser Klarheit, dass sie sich mühelos lesen ließ.

Die Kladde sah nur auf den ersten Blick wie ein altes Schulheft aus. Auf den zweiten war zu erkennen, dass es sich um ein Tagebuch handelte.

Hanna hielt die Luft an, als sie das Datum über dem ersten Eintrag las. Es war der Tag vor mehr als sechzig Jahren, an dem ihre Mutter auf Borkum eingetroffen war.

*

4. August 1963

Nun bin ich bereits den vierten Tag auf der Insel und konnte mich schon ein wenig umsehen, weil ich unerwartete Freizeit hatte. Die Villa Aurelia stand fast eine Woche lang leer, da die Schlafsäle ausgesprüht werden mussten. Es gab einen Befall mit Bettwanzen, was aber mittlerweile behoben ist. Heute sollen die neuen Kinder eintreffen, zweiundzwanzig sind angekündigt, und es ist noch viel vorzubereiten. Frische Laken sind aufzuziehen und die Böden zu wischen, und auch die Toiletten und die Waschräume im Keller müssen noch sauber gemacht werden.
Für die Reinigungsarbeiten ist eigentlich eine Putzfrau da, doch die hat gekündigt, und eine andere ist bisher nicht gefunden. So müssen wir alle mit anpacken, auch A. und F., sogar G., die gar nicht in der Villa arbeitet, sondern bloß hier wohnt. Herr K., der sonst nur für die Zubereitung der Mahlzeiten zuständig ist, hat sich bereit erklärt, vorübergehend selbst die Küche sauber zu halten, weil das sonst für uns Betreuerinnen zu viel wird. Wir sind ja in erster Linie dem Wohl der Kinder verpflichtet, sie sollen es in der Villa richtig schön haben und gesund werden. Ich bin schon unglaublich gespannt auf diese Arbeit und freue mich darauf, ihnen eine unvergessliche Zeit zu bereiten! Vielleicht kann ich ihnen was auf meiner Gitarre vorspielen. Oder auf der Mundharmonika. In den letzten Wochen hatte ich viel Zeit, neue Lieder einzuüben, und die alten, die sich für Wande-

rungen und fürs Lagerfeuer eignen, kenne ich sowieso alle. Musik ist für Kinder immer was Besonderes. Und für mich natürlich auch. Oft spiele ich was für mich allein und singe dazu, auch wenn ich dabei an R. denken muss. Ich will ihn eigentlich nur noch vergessen und nach vorn blicken. Am besten klappt das, wenn ich auf Erkundungsgänge gehe. Diese letzten Stunden vor der Ankunft der Kinder möchte ich deshalb für eine Inseltour ausnutzen. G. hat mir erlaubt, ihr Fahrrad zu nehmen, wenn sie selbst es nicht braucht. Sie ist wirklich nett, ich glaube, wir werden gute Freundinnen. An ihrem nächsten freien Tag will sie mal mit mir rausfahren. Sie meinte, A. habe auch ein Fahrrad, das könne sie sich im Bedarfsfall leihen, so hätten wir beide eins.

Die Landschaft der Insel ist einmalig, vom Wattenmeer über die herrlichen Dünentäler bis hin zu den weiten Wiesen und Lagunen. Sogar Wald gibt es vereinzelt, mit kleinen, wildwüchsigen Bäumen in einem südlich gelegenen Areal, das von den Inselbewohnern Greune Stee genannt wird, was so viel heißt wie Grüne Stelle. (Mit der Sprache werde ich sicher noch lange auf Kriegsfuß stehen, aber irgendwann werde ich dieses Platt vielleicht lernen.)

Früher bestand die Insel aus zwei Teilen, dem West- und dem Ostland, beides getrennt durch einen Sandstreifen namens Tüskendor (auf Hochdeutsch Zwischendurch), der regelmäßig unter Wasser stand. Durch Anschwemmung und Deichbau fand im Laufe der Zeit eine Landgewinnung statt, sodass die Insel zu einem Ganzen zusammengewachsen ist. Bewohnt ist jedoch weiterhin nur der westliche Teil. Im Ostland finden sich wiederum Bereiche, die perfekte Ziele für einen Ausflug sind, weil sich da die Vogelwelt der Insel ganz besonders gern tummelt. Mit Papas altem Fernglas lassen sich die unterschiedlichen Arten sehr genau beobachten.

Man muss vom Rad steigen und ein Stück durch die Dünen wandern, mühsam bergauf und bergab, bis man die große Wiesenfläche erreicht, die Außenweide genannt wird. Hier grasen Kühe und Schafe, auch Pferde habe ich schon gesehen, aber mich interessieren hauptsächlich die Vögel. Seeregenpfeifer trippeln dort herum, sie wagen sich sogar ganz zutraulich an mich heran, doch sobald ich mich weiter in ihre Richtung bewege, flüchten sie. Es staken auch Reiher über die Wiese, als würden sie ihr Revier markieren. Über ihren Köpfen sieht man Seeschwalben flattern, manche scheinen förmlich in der Luft zu stehen, als wollten sie herausfinden, was unter ihnen vorgeht. In der weiten Fläche nisten Kiebitze und Austernfischer, sie lassen sich kaum zählen. Sobald eine Vogelschar landet, fliegt oft eine andere auf. Silbermöwen, das Gefieder funkelnd im Sonnenlicht. Haubentaucher, Säbelschnäbler, Uferschwangen, einer munterer als der andere. Niedrig fliegende Kornweihen gleiten auf ihrer Suche nach Nahrung durch die Luft.

Noch ist es nicht die beste Beobachtungszeit, viele Vogelarten sind in der Mauser oder bereits auf dem Rückzug, aber in wenigen Wochen wird der Singvogelzug einsetzen, dann werden sie an den geeigneten Stellen in großen Scharen zu sehen sein, beispielsweise Wiesenpieper und Singdrosseln, jedoch auch Weißwangen- und Kurzschnabelgänse, denn die Insel liegt auf ihrer Zugroute. Wenn ich Glück habe, lassen sich vielleicht sogar Hochseevögel blicken, etwa Sturmtaucher, Basstölpel und Raubmöwen. Auch im Winter wird sich ein Ausflug lohnen, da tummeln sich im Watt und an den Buhnen Steinwälzer, Schneeammern und Sanderlinge, und in den Salzwiesen finden sich Pfeifenten und Ringelgänse.

Für mich ist es das reinste Paradies, und es erfüllt mich mit Glück, dass ich so viel Schönheit beobachten darf. Zugleich sind es diese Momente, in denen ich Papa am meisten vermisse. Er hat mich mit der Vogelkunde vertraut gemacht, viele Jahre lang durfte ich es bei ihm lernen, und ich wünsche mir so sehr, er wäre noch am Leben und hier bei mir, auf dieser Insel.

Von Mama kann ich dafür kein Verständnis erwarten, sie war so oft gegen unsere Exkursionen. Ich glaube immer weniger, dass wir uns je wiedersehen. Unser letzter Streit war zu bitter und der Bruch endgültig.

*

Hanna hielt mit Lesen inne, denn soeben ging die Verbindungstür auf, und Katie kam hereingetapert, barfuß, mit zerzaustem Haar und Schlaf in den Augen.

»Moin«, sagte sie, als hätte sie den typischen Inselgruß schon seit Langem verinnerlicht.

»Moin«, gab Hanna zurück. »Gut geschlafen?«

Katie nickte, und mit einiger Erleichterung stellte Hanna fest, dass die anhaltend schlechte Laune, in die Katie sich bis gestern gehüllt hatte wie in einen muffigen Mantel, offenbar der Vergangenheit angehörte.

»Was hast du da?« Katie schnappte sich das Tagebuch, in dem Hanna gelesen hatte. Sie betrachtete es neugierig. »Luise? Wer ist das?« Vorsichtig klappte sie das Heft auf. »Wow! Das ist ja uralt! Moment … Das ist genau die Zeit, als Omi hier war! Wo hast du *das* denn her?«

»Keine Ahnung. Ich war laufen, und als ich zurückkam, lag es im Flur, direkt vor der Tür. Du hast wahrscheinlich auch nicht mitgekriegt, wer es da hingelegt hat, oder?«

Katie schüttelte den Kopf, sie hatte sich bereits festgelesen.

»Hey, das ist Recherchematerial«, beschwerte sich Hanna, aber sie ließ es liebevoll klingen. Es freute sie, dass ihre Tochter Anteil an dem Projekt nahm. Immerhin war es ein gemeinsames Stück Familiengeschichte, das unter dem Schleier des Vergessens verborgen war. So gesehen ging es auch Katie was an.

»Sei vorsichtig damit, das Papier ist schon ziemlich brüchig«, bat sie daher nur.

Katie nickte bloß geistesabwesend und las weiter.

Hanna ging duschen und streifte anschließend vor dem Schrank frische Kleidung über. Unterdessen verschwand Katie im Bad, um sich fertig zu machen. Die Kladde hatte sie auf den Schreibtisch gelegt.

Hannas Körperzellen gierten nach Kaffee, doch sie konnte dem Tagebuch nicht widerstehen. Eilig blätterte sie zurück zu der Stelle, wo sie aufgehört hatte.

*

4. August 1963, abends

Ich bin immer noch derartig außer mir, dass ich nicht aufhören kann, um Fassung zu ringen. Wie abschreckend hat sich dieser erste Tag für die Kinder angelassen! Wäre ich nicht so sehr damit beschäftigt gewesen, mich um sie zu kümmern, hätte ich stundenlang weinen können.
A. ist nach meiner festen Überzeugung völlig ungeeignet für die Betreuung von Kindern, vor allem von kleineren. Sie kommandiert sie herum wie ein Feldwebel, und wenn sie nicht wie die Soldaten parieren, setzt es Kopfnüsse und Ohrfeigen. Sie lebt ganz im Programm althergebrachter Erziehung, für sie zählen nur Drill und Gehorsam. Besonders schlimm ist ihre Vorgehensweise, den Kindern Nummern zuzuteilen. Sie alle mussten heute bei ihrer Ankunft nicht nur ihre Koffer mitsamt aller Sachen abgeben, sondern quasi auch ihre Vornamen. Alle mussten sich dem Alter nach vor A. aufstellen und wurden von ihr durchnummeriert. Ich habe es in den Anmeldungen nachgelesen: Das jüngste Kind, ein kleiner Junge, ist vier Jahre alt, er trägt die Nummer eins. Ein kleines Mädchen mit der Nummer zwei wird nächste Woche fünf.
A. hat diese kleine C. heute besonders grausam behandelt, ich kann es immer noch nicht glauben! Dem armen Kind ging vor lauter Aufregung was in die Hose, und A. hatte nichts Besseres zu tun, als der Kleinen ein Schild umzuhängen, auf dem stand: Achtung, Hosenpinkler! Das Mädchen hat gar

nicht begriffen, wie ihm geschah, es weinte und schluchzte und war völlig verängstigt, und die anderen Kinder, die schon lesen können, haben – man muss es leider sagen – ganz im Sinne von A.s scheußlicher Pädagogik reagiert. Sie johlten und lachten die Kleine aus, bis ich mir ein Herz fasste und ihnen Einhalt gebot, obwohl A. mir deswegen eisige Blicke zuwarf und mir vorhielt, ich sei zu weich, damit würde ich die Kinder nur verzärteln.
F. ist von ihrem Wesen her auch nicht viel besser, sie ist rabiat und ständig mit Kopfnüssen und Ohrfeigen bei der Hand. Statt auch einmal freundlich auf die Kinder einzugehen, schimpft sie von früh bis spät. Nie kommt von ihr ein lobendes Wort, nie eine nette Geste!
Doch A. ist in meinen Augen um ein Mehrfaches schlimmer, sie verströmt eine solche Kälte, dass es einen manchmal fröstelt, wenn man sie nur ansieht.
Als G. von der Arbeit kam, sprach ich mit ihr darüber, und sie meinte, dass A. in diesen Angelegenheiten unbelehrbar sei. G. hat wohl auch schon unter ihr leiden müssen, ist allerdings, wie sie sagte, mit der Zeit dagegen abgestumpft. Sie hatte jedoch eine hervorragende Idee: Sie könne mal mit dem Arzt sprechen, den kenne sie gut, und vor dem habe A. Respekt. Ich bat sie herzlich, das baldmöglichst zu tun. Dann nahm ich mir die Zeit, die arme C. zu trösten. Gemeinsam mit ihr sowie G. und einigen anderen kleinen Kindern ging ich an den Strand, da bauten wir alle zusammen eine schöne Sandburg mit der Gestalt eines Tintenfischs. Wir verzierten ihn mit Muscheln und bunten Steinen, und am Ende hatte die kleine C. die schreckliche Strafe vergessen und konnte wieder lachen.

*

Hanna ließ erschüttert die Kladde sinken, sie konnte nicht weiterlesen. Abscheu und Mitleid schnürten ihr die Kehle zu.

Das kleine Mädchen namens C., das im August 1963 auf Borkum fünf Jahre alt geworden war, hieß Cornelia und war ihre Mutter. Der Sand-Tintenfisch war einer der wenigen Gedächtnissplitter, die das Vergessen überstanden hatten.

Bei diesem Gedanken passierte es erneut – ein Déjà-vu drängte sich mit Macht in ihren Geist, es gaukelte ihr vor, den Tintenfisch zu kennen, an ihm mitgebaut zu haben, die Hände voller Sand und den Geruch von Tang in der Nase.

Hanna presste sich die Handballen gegen die Augen, als könnte sie die falschen Erinnerungen auf diese Weise noch nachträglich auslöschen.

Mit ihr stimmte irgendwas nicht, diese Gewissheit kristallisierte sich immer stärker in ihr heraus. Sie fing an zu googeln. Wahllos klickte sie irgendeinen Link an und landete auf einer Website in Sepiafarben.

Manche sagen, Déjà-vus seien wie Fenster zur Seele, eine Verbindung zu einem früheren Leben. Man befindet sich auf einem schwankenden Beobachtungsposten, halbwegs verankert im Hier und Jetzt, aber der Blick schweift ab und wendet sich nach innen. Die Bilder, die sich dort auftun, sind verschwommen und kaum fassbar, doch zugleich auf eine erschreckende Weise vertraut. Sie verschwinden genauso schnell, wie sie auftauchen, aber jeder, der sie sieht, spürt es mit tiefer Überzeugung: Das kann nur eine Erinnerung sein. Es fragt sich bloß: Ist es die eigene oder die von jemand anderem?

Hanna wischte es ungeduldig vom Display. Was für ein esoterischer Blödsinn! Wo waren die fachlichen Informationen?

Da kam Katie aus dem Bad, sie wirkte in sich gekehrt. Nicht auf eine finstere Art, sondern einfach nur nachdenklich.

»Gehen wir frühstücken?«, fragte sie.

Hanna nickte mechanisch und steckte ihr Smartphone ein.

»Ich hab vorhin im Badezimmer an Omi geschrieben«, bekannte Katie auf der Treppe nach unten. »Ob sie sich an eine Betreuerin namens Luise erinnern kann.«

»Und, konnte sie?«, fragte Hanna mit heftig klopfendem Herzen.

Katie nickte. »Die Kinder nannten sie Tante Luise, und die war total nett, das wusste Omi auf einmal wieder, mit zehn Ausrufezeichen und zig schrägen Emojis.«

Das war die Art von Hannas Mutter, ihre Nachrichten zu untermalen – sie suchte wahllos irgendwelche Emojis aus dem vorhandenen Programm und hängte sie an den Text, egal, ob sie passten oder nicht.

»Und ihr ist noch was anderes eingefallen«, fuhr Katie leise und sichtlich bedrückt fort. »Sie hat sich erinnert, dass sie die Nummer zwei war.«

*

Katie nahm das Tagebuch mit zum Strand, um es dort zu Ende zu lesen. Mom würde bestimmt sauer sein, sie hatte ja auch erst ein paar Seiten davon gelesen. Viele Einträge waren es allerdings sowieso nicht mehr, eigentlich hätte Katie es schon vor dem Duschen rasch fertig lesen können, doch die eine Stelle, als diese furchtbare A. Omi vor all den anderen Kindern dermaßen gedemütigt hatte, war ihr so nahegegangen, dass sie aufhören musste. Sie hatte Angst davor, zu erfahren, was da sonst noch alles passiert war. Katie merkte, dass es irgendwas mit ihr machte. Klar, es ging dabei um ihre Omi. Aber auf eine seltsame Weise auch um Mom. Und um sie selbst. Sie hatte keine Ahnung, wieso es sie so fertigmachte. Wahrscheinlich lag es an dem Tagebuch. An dieser Luise, die direkt dabei gewesen war und alles selbst miterlebt hatte. Was wohl aus der geworden war?

Wobei die Frage, wer das Tagebuch vor die Tür gelegt hatte, momentan viel wichtiger war. Es musste jemand sein, der wusste, welches Zimmer sie hatten. Derjenige musste außerdem mitbekommen haben, woran Mom arbeitete. *Und* das Tagebuch in seinem Besitz gehabt haben.

Mom und sie hatten sich beim Frühstück darüber unterhalten und gemeinsam gerätselt. Isa und Jan? Auch wenn Bengt ihnen mittlerweile gesagt hatte, dass Mom über das ehemalige Kinderkurheim schreiben wollte, wären sie bestimmt nicht einfach so mit dem Tagebuch um die Ecke gekommen. Die hatten überhaupt kein Interesse daran, dass solche Dinge rauskamen. Bengts Uroma? Auch nicht, die hatte ja ihr ganzes Geld in das Hotel gesteckt und war froh, dass sie nicht mehr im Seniorenheim wohnen musste. Blieben noch der Insel-Doc und seine Mutter. Und Bengt selbst natürlich.

Katie war mit ihm verabredet, in ungefähr zehn Minuten würde er aufkreuzen, dann wollte sie ihn fragen. Bis dahin konnte sie Luises Tagebuch fertig lesen.

Doch kaum hatte sie es aufgeklappt, erschien Bengt bereits auf der Bildfläche, in Shorts und T-Shirt und mit einem unternehmungslustigen Funkeln in den Augen. Seine Zähne hoben sich weiß blitzend in seinem braun gebrannten Gesicht ab, als er sie anlachte.

»Moin«, sagte sie. »Da bist du ja schon!« Ihre Stimme klang ein wenig atemlos, obwohl sie die ganze Zeit nur dagesessen hatte.

»Moin!«, erwiderte er. »Ja, ich hab gesehen, dass du zum Strand runter bist, da hab ich mein Zeug geholt und bin auch gleich los.« Er hielt inne und betrachtete sie.

»Du siehst toll aus«, entfuhr es ihm.

Katie spürte seine Blicke auf ihrer nackten Haut. Sie hatte nicht viel an, nur ein knapp sitzendes Top mit Spaghettiträgern und weit oben abgeschnittene Jeans. Doch anders als sonst störte es sie kein bisschen, angestarrt zu werden. Im Gegenteil, es gefiel ihr.

»Du auch«, sagte sie bloß.

Bengt ließ seine Sporttasche mit den Badesachen achtlos fallen und setzte sich neben Katie. Mit dem Kinn deutete er auf das Tagebuch. »Lernst du für die Schule?«

Das klang nicht so, als würde er es kennen. »Du hast das noch nie gesehen?«, fragte sie sicherheitshalber.

Verwundert schüttelte er den Kopf. »Nicht, dass ich wüsste. Was ist das?«

»Ein altes Tagebuch. Aus dem Jahr, als meine Omi hier auf Borkum war.«

»Hat sie das damals alles aufgeschrieben?«

»Nein, nicht sie. Eine Betreuerin, die zu der Zeit in der Villa Aurelia gearbeitet hat. Sie hieß Luise.«

»Nie gehört. Was steht denn da drin?«

Katie klappte das Tagebuch auf und las ihm den Eintrag über die Nummernvergabe vor.

Bengt machte große Augen, und sie sah, wie er schluckte.

»Das ist ja krass«, meinte er betreten. »Wo habt ihr das her?«

»Jemand hat es uns heute Morgen vor die Zimmertür gelegt. Du weißt nicht zufällig, wer das gewesen sein könnte?«

Er lachte unsicher. »Ich jedenfalls nicht.« Offenbar wurde ihm bewusst, dass es nicht gut bei ihr ankam, wenn er ihre Frage ins Lächerliche zog. Sofort wurde er wieder ernst. »Keine Ahnung, ehrlich.«

»Aber du hast deiner Mom und deinem Onkel erzählt, worüber wir beide gestern gesprochen hatten, oder? Also, dass meine Mom einen Artikel über das Kinderkurheim schreiben will und was damals dort für Zustände geherrscht haben.«

»Ja, gestern Abend noch. Ich fand, sie sollten darüber Bescheid wissen. Oder ist es etwa geheim?«

»Nein, natürlich nicht«, sagte sie.

Er wirkte erleichtert. »Dann ist es ja okay.« Zögernd fügte er hinzu: »Sie waren übrigens nicht besonders überrascht. Im Gegenteil, mir kam's so vor, als hätten sie damit gerechnet. Und die Sache mit dem Tagebuch … Das kann irgendwer da hingelegt haben. Meine Mutter hat mit allen möglichen Leuten über den geplanten Artikel telefoniert, gestern noch am späten Abend und heute früh gleich nach dem Aufstehen auch wieder. Hier auf der Insel kennt doch jeder jeden. Da gibt's sicher welche, deren Häuser früher mal solche Kinderkurheime waren. Von denen sind heute viele im Tourismusgeschäft, die leben davon. Vielleicht hat jemand von der Konkurrenz das Tagebuch vor eurem Zimmer deponiert, dann hätte meine Mutter sich mit diesem Rundruf ein echtes Eigentor geschossen.« Er zuckte mit den Schultern. »Ich hab sie gefragt, was sie damit bezweckt, da hat sie mich nur angeblafft, ich soll lieber rausfinden, was genau deine Mutter schreiben will.«

»Indem du dich mit mir triffst, oder was?«

Er wurde rot. »Hm, könnte schon sein. Aber das ist natürlich totaler Bullshit. Für mich hat das überhaupt nichts mit dir zu tun. Das glaubst du mir doch hoffentlich, oder? Am besten haken wir die ganze Sache einfach ab, was meinst du?«

»Gute Idee.« Katie schob die alte Kladde entschlossen zurück in ihre Strandtasche. Dann fing sie an, sich auszuziehen. »Gehen wir schwimmen?« Ihren Bikini trug sie bereits drunter, und eingecremt war sie auch schon.

»Ja, auf jeden Fall!« Er strahlte sie an.

Sie verstauten ihre Sachen in einem der Strandzelte, für das Bengt einen Schlüssel hatte. Er streifte sich ebenfalls rasch die Kleidung ab, dann rannten sie zusammen zum Wasser. Ohne innezuhalten, stürzten sie sich in die Wellen.

Die Sonne knallte vom Himmel und tupfte blitzende Lichter aufs Meer, das nach Salz und Freiheit und grenzenlosem Urlaubsspaß schmeckte. Um sie herum tobten Kinder im Wasser, sie kreischten vor Vergnügen. Ein paar Leute warfen sich gegenseitig einen Ball zu. Einmal landete er vor Katies Gesicht, sie schnappte ihn sich und beförderte ihn zurück, mit einem hohen Sprung aus dem Wasser und einem gekonnten, zielgenauen Aufschlag.

»Wow, das hast du wirklich drauf!« Bengt schwamm um sie herum. Er strich sich das Haar aus dem Gesicht, und in seinen Augen spiegelte sich das unendliche Blau des Himmels. »Weiter hinten am Strand gibt's Netze, falls du nachher Lust auf eine Runde Beachvolleyball hast.«

»Klar, wieso nicht!«

Sie schwammen ein Stück weit raus, bis zur Boje, wo sie Wasser tretend innehielten, in wortloser Eintracht und beseelt von der wunderbaren Gewissheit, dass dieser gemeinsame Tag noch lange nicht zu Ende war.

*

Wie immer hatte Ole auch an diesem Vormittag ununterbrochen zu tun. Er wechselte von einem Behandlungsraum in den nächsten, je nachdem, in welchem gerade ein Patient wartete. Michaela, die Dienstälteste der drei Arzthelferinnen, hatte die effiziente Verteilung auf ein neues Niveau gehoben, es lief alles wie am Schnürchen. Zu langen Wartezeiten kam es nur selten, weil die meisten Patienten vorher anriefen und einen Termin ausmachten. Auch für die unangemeldeten wurden Zeitfenster frei gehalten, doch Lücken taten sich dadurch so gut wie nie auf, weil manche Untersuchungen erfahrungsgemäß länger dauerten als veranschlagt, auch wenn Zeit Geld war. Es gab drei Besprechungszimmer, einen Extraraum für

Ultraschall und EKG, ein winziges Labor und zwei kleine, durch Vorhänge voneinander abgetrennte Kabinen für Impfungen oder andere schnelle Behandlungen. Überall warteten Patienten darauf, dass einer der drei Ärzte sich um ihn kümmerte. Meist teilte Ole sich die Schicht mit einem seiner beiden Kollegen, manchmal auch mit beiden – auch das war nach einem ausgeklügelten System koordiniert, bei dem einkalkuliert war, dass Jakob und Britta angestellte Ärzte mit festem Arbeitspensum waren. Wenn sich jemand mit Überstunden herumschlug, so war es meistens Ole.

An diesem Vormittag schob er ausnahmsweise allein Dienst. Britta, die heute hätte kommen sollen, hatte sich kurzfristig freigenommen – ihr Opa war gestorben.

In der Zwei saß eine Urlauberin, die über Schwindel und Übelkeit klagte. Bei der Untersuchung diagnostizierte er einen gutartigen Lagerungsschwindel und erklärte ihr, was das war. Er verschrieb ihr ein Mittel gegen ihre Beschwerden und gab ihr eine Broschüre mit Übungen, die sie mehrmals täglich durchführen sollte.

Anschließend ging er rüber in die Eins zum nächsten Fall. Unbehagen erfüllte ihn, als er dort auf Isa und ihre Großmutter traf. Margret saß auf dem Patientenstuhl vor dem Schreibtisch, Isa stand am Fenster, von wo aus man direkten Blick auf das nebenan befindliche Hotel hatte. Sie drehte sich zu ihm um, als er hereinkam.

»Moin«, sagte er höflich.

»Moin«, gab Isa zurück.

»Wie kann ich helfen?«

»Oma hat mal wieder Herzklabastern.«

Er wandte sich an Margret. »Seit wann?«

Margret reagierte mit eisigem Schweigen. In ihrem zerknitterten Gesicht stand ein ausgesprochen grimmiger Ausdruck, woraus er schloss, dass sie viel lieber woanders wäre. Trotzdem erhob sie keine Einwände, als Isa ihr gut zuredete und sie bat, sich die Bluse auszuziehen, damit Ole sie wenigstens mit dem Stethoskop abhören konnte. Isa blieb während der Untersuchung im Zimmer, und Ole akzeptierte es wohl oder übel, denn aus Erfahrung wussten sie beide, dass Margret sonst jede Behandlung ablehnen würde. Aus Gründen, die keiner kannte, hielt sie nicht das Geringste von Ole. Sie schoben es stillschweigend auf beginnende demenziell bedingte Veränderungen, die sich nicht leugnen ließen, auch wenn die Erkrankung bei ihr nicht so rasch voranschritt wie bei seiner Mutter.

»Wir machen zur Sicherheit mal ein EKG«, sagte er. Der alte Drachen hatte schon seit Jahren Herzrhythmusstörungen, und gerade eben hatte er auch welche gehört, aber bisher hatte sie allen Ratschlägen widerstanden. Ein Herzschrittmacher? So einen neumodischen Mist brauchte sie nicht, schließlich wollte sie nicht ewig leben. Noch mehr Tabletten? Die könne er gern selber fressen.

Michaela brachte die alte Frau rüber zum EKG, und er selbst machte Anstalten, unterdessen in die Drei zu gehen, wo schon der nächste Patient wartete. Doch dazu kam es nicht, weil Isa ihn mit solch einer Entschiedenheit aufhielt, dass er wider besseres Wissen stehen blieb und sich anhörte, was sie zu sagen hatte.

»Hanna Lorenz«, fing sie ohne Einleitung an. Es klang wie eine Anklage. »Hast du schon gehört, wovon ihr Artikel handeln soll?«

»Hast *du* denn davon gehört?«, fragte er vorsichtshalber, obwohl es ganz danach aussah.

Anstelle einer Antwort schnaubte sie nur wütend. »Machst du dir eine Vorstellung, was das für uns bedeutet, wenn sie noch länger hier rumschnüffelt und diesen ganzen alten Mist ausgräbt? Nicht nur für das Hotel – für uns alle!«

»Isa, man sollte das nicht so hoch hängen. Es ist doch bloß ein Zeitungsartikel. Über Dinge, die schon viele Jahrzehnte her sind. Es gibt vielleicht mal kurz eine Welle, und dann interessiert es keinen mehr.«

»Wie kannst du das sagen!«, rief sie aus. Ihre Augen schossen grüne Blitze, sie redete sich in Rage. »Du musst das verhindern, Ole! Halt sie von diesem Artikel ab!«

»Im Ernst? Übertreibst du da nicht ein bisschen? Was soll ich deiner Meinung nach denn dagegen machen?«

Sie ballte voller Zorn die perfekt manikürten Hände zu Fäusten, und eine Sekunde lang kam es ihm so vor, als wollte sie ihm eine verpassen.

»Sie steht auf dich, du Blödmann! Frag nicht, wem das alles bereits aufgefallen ist! Und zwar schon gestern, ehe sie überhaupt eingecheckt hat!«

»Was soll das denn heißen?«, fragte er irritiert.

Sie blickte ihn eindringlich an. »Wir zwei, du und ich – wir sind als Paar immer noch ein großes Klatschthema. Viele warten bloß darauf, dass sich die Sache zwischen uns beiden klärt. Mehrere Leute haben mir praktisch live berichtet, wie du Hanna den Koffer zur Promenade gerollt hast! Und dann kam's ja auch wie erwartet. Gestern Abend beim Dinner – sie fährt voll auf dich ab! Wenn einer sie weichkochen kann, dann du!«

»Hast du mich deshalb gestern zum Essen eingeladen? Damit ich sie … *weichkoche?* Mit anderen Worten, du wusstest da schon, worüber Hanna schreiben will?« Die Frage hätte er sich auch schenken können, denn nach allem, was sie ihm gerade vor den Latz geknallt hatte, lag es auf der Hand. Vermutet hatte er es bereits gestern Abend. Und die heutigen Herzbeschwerden des alten Drachen waren bestimmt dieselben wie immer, wahrscheinlich hatte Isa sie extra hierhergeschleift, um mit ihm Klartext reden zu können.

»Ich wusste es nicht mit allerletzter Sicherheit, aber ich

hab's kommen sehen«, gab Isa zu. »Man muss sie ja bloß googeln, dann weiß man Bescheid. Gesellschaftliche und politische Missstände aufzudecken und den Finger in irgendwelche Wunden zu legen, das ist ihr Ding. Dass sie nicht darüber berichten will, wie großartig unser Hotel ist, war mir schon vorige Woche klar.« Sie verlegte sich aufs Bitten. »Ole, ich mache das nicht aus Eigennutz, sondern für unsere Familien! Gerade du solltest ein Interesse daran haben, dass kein Dreck aus der Vergangenheit aufgewirbelt wird!« Sie legte ihm eine Hand auf die Brust, auf der Seite seines Herzens. »Glaubst du etwa, es fällt mir leicht, dabei zuzusehen, wie sie dich angräbt? Und dass ich dich auch noch ermuntern muss, darauf einzugehen und sie einzuwickeln?! Inzwischen musst du doch wissen, wie ich für dich empfinde! Und wenn du mal in dich hineinhorchen würdest, dann würdest du dasselbe fühlen! Früher, da waren wir zu jung, ich habe lange nicht verstanden, dass wir füreinander bestimmt sind, aber heute weiß ich es!«

Da war sie, die Situation, vor der er sich gefürchtet hatte, aber bevor er ihr antworten konnte, ging die Tür auf, und Michaela schaute herein. Isa hatte bereits beim ersten Geräusch ihre Hand sinken lassen und trat einen Schritt zurück.

»Wir wären dann fertig mit dem EKG, es liegt ausgedruckt nebenan«, sagte Michaela mit professioneller Freundlichkeit. »Die Patientin ist schon gegangen. Sie wollte auf einen Schnack rüber zu Hilde. In der Drei wäre dann der nächste Patient.«

»Ich geh dann auch mal wieder«, meinte Isa zu Oles Erleichterung. »Vergiss nur bitte nicht, was ich über unsere Familien gesagt habe.« Schon halb in der Tür, warf sie ihm einen drängenden Blick zu, und obwohl Ole sich keinen Reim auf ihre Bemerkung machen konnte, verspürte er eine wachsende Unruhe.

*

An diesem Mittag dachte er ausnahmsweise von allein daran, zum Essen rüberzugehen. Nicht, weil er Hunger hatte – den konnte er meist leicht übergehen –, sondern weil ihn seit der Unterhaltung mit Isa immer noch dieses vage Unbehagen erfüllte. *Unsere Familien.* Sie hatte es mit so einer inbrünstigen Überzeugung gesagt. Es hatte fast wie eine Beschwörungsformel geklungen.

Der Papierstapel mit all dem Verwaltungskram, um den er sich sonst oft in der Mittagspause kümmerte, konnte auch bis morgen liegen bleiben. Nachdem Michaela die Praxis über Mittag geschlossen hatte, ging er rüber ins Wohnhaus.

Die angelieferte Mahlzeit stand unberührt auf dem Küchentisch. Seine Mutter saß im Wohnzimmer und sah fern.

»Mama, wollen wir essen?«, fragte er.

Sie blickte ihn eine Sekunde lang verständnislos an, und wie immer in solchen Momenten krampfte sich alles in ihm zusammen. Heute war einer der schlechteren Tage.

Gleich darauf verklärte ein Lächeln ihre Züge.

»Da bist du ja, mein Junge! Ja, lass uns essen, ich hab schon Hunger!«

Er wärmte das Essen in der Mikrowelle auf. Bandnudeln mit Lachs und Kräutersoße, wie immer schmackhaft und frisch vor der Lieferung zubereitet. Das Restaurant gehörte seinem Freund Claas, auf den war Verlass. Pünktlich um halb eins wurde jeden Tag unter der Woche das Essen zu ihnen rübergebracht, Hilde hätte sich nur an den Tisch setzen und zulangen müssen.

Auf der Anrichte standen zwei benutzte Teetassen. Früher hatten seine Mutter und Margret sich oft auf eine Tasse Tee getroffen, aber in der letzten Zeit kam es seltener dazu. Es wunderte ihn nicht. Demenz machte einsam.

»Hast du dich gut mit Margret unterhalten?«, erkundigte er sich, als sie sich zum Essen am Tisch niederließen. Er tat ihr

Nudeln und Fisch auf und goss reichlich von der Soße darüber. Dazu gab es lecker angemachten Gurkensalat, den er in Glasschälchen umfüllte. »Ist sie länger geblieben?«

»Wer?«, fragte Hilde zurück, dann fiel ihr Blick auf die benutzten Teetassen, und sie entsann sich offenbar des Besuchs. »Ach so, Margret. Ja, sie war hier. Wir haben eine Tasse Tee getrunken.«

»Worüber habt ihr geredet?«

Hilde runzelte die Stirn. »Über alles Mögliche. Du weißt schon.« Sie dachte kurz nach. »Auch über die Frau aus Frankfurt.«

»Hanna.«

»Ja, die Journalistin. Wusstest du, dass sie einen Artikel über uns schreiben will?«

»Hanna will nichts über *uns* schreiben«, stellte er klar. »Es geht um die Villa Aurelia. Als das Haus noch ein Kinderkurheim war.«

»Genau das ist es ja.«

»Was willst du damit sagen?«

»Sie könnte Sachen rausfinden«, meinte seine Mutter.

»Über das Kinderkurheim?«

Hilde nickte.

»Das ist ja der Sinn des Ganzen, Mama. Dass sie Sachen rausfindet und darüber berichtet. Das ist ihr Job. Kein Grund, sich deswegen aufzuregen.«

»Aber denk nur an den Ärger, den wir deswegen kriegen könnten!«

»Wir? Wie kommst du darauf?«

»Na, wegen Opa!«

»Was ist mit dem? Wovon redest du?«

»Das weißt du doch.«

»Nein, ich weiß es *nicht!* Was zum Teufel meinst du damit?«

Der Blick seiner Mutter wurde trüb. Sie hielt die Gabel umklammert und starrte ins Nichts.

»Mama, du musst essen«, sagte er hilflos, aber sie schien plötzlich vergessen zu haben, wie es ging. Er nahm ihr die Gabel aus der Hand und fütterte sie. Sie kaute und schluckte mechanisch, und zu seinem Erstaunen nahm sie hinterher seine Hand in ihre beiden Hände und drückte sie, eine Geste rührender Zuneigung, die ihm die Kehle eng werden ließ. Er achtete darauf, dass sie nach dem Essen reichlich trank, und als sie sich anschließend wieder im Wohnzimmer in ihren Fernsehsessel setzte, leistete er ihr noch eine Weile Gesellschaft. Max lag zu seinen Füßen auf dem Teppich und döste vor sich hin.

Um zwei Uhr kam wie üblich die Haushaltshilfe. Nicoletta stammte aus Rumänien und war Anfang fünfzig. Ohne sie wäre er aufgeschmissen gewesen. Mit ihrer zupackenden, fröhlichen Art brachte sie den Laden hier in Schwung. Nicoletta hielt nicht nur das Haus sauber und kümmerte sich um die Wäsche, sondern sorgte auch für Hilde. Sie ging mit ihr spazieren, spielte Karten mit ihr, führte den Hund Gassi. Wenn sie da war, konnte Ole beruhigt das Haus verlassen. Im Bedarfsfall blieb sie auch über Nacht, etwa, wenn Ole mit Claas segeln gehen oder einen Fortbildungskongress besuchen wollte.

Kurz vor drei ging er wieder nach nebenan in die Praxis, in Gedanken immer noch mit den ominösen Bemerkungen seiner Mutter beschäftigt. Sein Großvater war gestorben, als Ole fünf gewesen war, viele Erinnerungen hatte er nicht mehr an ihn. In der Nachkriegszeit hatte sein Opa die Praxis aufgebaut, die später Oles Vater und danach er selbst übernommen hatte. Was könnte nach so langer Zeit für Ärger sorgen?

Michaela kam aus der Mittagspause zurück, und schon trudelten auch die ersten Nachmittagspatienten ein, die sie auf die einzelnen Untersuchungsräume und das Wartezimmer verteilte. Ole konzentrierte sich auf seine Arbeit und blendete alles andere aus.

*

Pünktlich um drei Uhr nachmittags startete Hanna den Videocall mit Sabine, die sofort dranging. Hanna hatte das Smartphone gegen die Wand hinter dem Schreibtisch gelehnt, um die Hände für schnelle Notizen frei zu haben.

»Guten Tag«, sagte Sabine ein wenig förmlich. Wie beim letzten Gespräch wirkte sie anfangs leicht verunsichert, so, als müsste sie sich einer Prüfung stellen, bei der sie womöglich nicht alles wusste. Für ihr Alter sah sie erstaunlich jung aus, jedenfalls deutlich jünger als Hannas Mutter, obwohl sie anderthalb Jahre älter war. Ihr schmales Gesicht mit den sanften Zügen und den lebhaft funkelnden Augen füllte einen großen Teil des Displays aus. Von der Kleidung sah Hanna nur den ordentlich gebügelten Kragen einer rosa Bluse.

Sabine hatte eine angenehm modulierte Stimme, mit einem ganz schwachen Beiklang von Ruhrplatt, was in Momenten, in denen ihre emotionale Beteiligung wuchs, stärker herauszuhören war.

Hanna versuchte, ihr mit ein paar netten Floskeln die Nervosität zu nehmen, sie sprachen kurz über Sabines Tochter und die beiden Enkelchen, fünfjährige Zwillinge, die sie vergötterte und für die sie alles stehen und liegen ließ. Sie wohnten in derselben Straße wie Sabine und gingen täglich bei ihr ein und aus. Die Familie, so hatte sie Hanna bei ihrer ersten Unterhaltung erzählt, war für sie das Wichtigste im Leben. Sabine war pensionierte Lehrerin; bis zu ihrem Ruhestand hatte sie in einer Gesamtschule Mathematik und Physik unterrichtet. Ihr Mann war im vergangenen Jahr gestorben, doch sie war, wie sie Hanna berichtet hatte, gut damit klargekommen. Sie hatte einen großen Freundeskreis und war Mitglied in einem Schachverein, mit dem sie manchmal sogar verreiste.

Wie beim ersten Mal nahm Hanna mit Sabines Einverständnis das Gespräch auf.

»Sabine, ich dachte, wir sprechen heute mal über den Tag, als du in der Villa Aurelia angekommen bist«, schlug Hanna vor. »Oder würdest du vorher lieber über ein anderes Thema im Zusammenhang mit deiner Kur sprechen?«

»Nein, es ist für mich in Ordnung, über den ersten Tag zu sprechen.« Sie holte Luft und musste sich einen Moment lang sammeln.

»Bevor du loslegst, hätte ich eine kurze Frage«, sagte Hanna. »Kannst du dich an eine Betreuerin namens Luise erinnern?«

Sabine nickte verwundert. »Aber ja! Tante Luise! Das war unsere Lieblingstante! Sie war die einzig wirklich nette Person dort! Ohne sie wäre alles sehr viel schlimmer gewesen! Woher weißt du von Luise? Hat noch jemand anders von ihr erzählt?«

»Ich hab da ein paar alte Unterlagen gefunden«, meinte Hanna nur vage.

»Das war wirklich eine ganz liebe Frau«, sagte Sabine. »Leider konnte sie auch nicht viel ausrichten.«

Und dann fing sie an zu erzählen.

*

Borkum, August 1963

Das Haus, in dem sie die nächsten sechs Wochen verbringen sollte, trug den Namen Villa Aurelia. Sabine fand, dass es wie in einem Märchen klang, nach einem Schloss, in dem ein König mit seiner Königin wohnte, aber die Villa Aurelia war nur ein hässliches großes Haus mit altmodischen Fenstern, bei denen in manchen nicht mal Glasscheiben waren, bloß Holzbretter. Es hatte eine schäbige graugrüne Farbe, dieselbe wie die großen, borstigen Grasbüschel, die drum herum aus dem Sand wuchsen. Zur Seite hin gab es einen flachen Anbau, und umgeben war es von einem Zaun, dessen Latten an manchen Stellen so schief waren, dass sie fast den Boden berührten. Doch für das Haus interessierte sie sich nicht besonders, denn da war das Meer! Direkt in der Nähe, man musste bloß ein Stück den Hügel runter. Die Hügel hießen hier Dünen, vielleicht auch Deiche, einer der Busfahrer hatte es erzählt, so genau hatte sie es sich nicht merken können.
Sabine hatte das Meer auch schon vom Schiff aus gesehen, aber bloß kurz beim Ein- und Aussteigen. Nach dem Einsteigen hatten sie sofort eine Treppe runtergehen müssen, »unter Deck« hieß das, damit sie nicht ins Wasser fallen konnten, und beim Aussteigen war gleich der nächste Bus da gewesen, der sie hierhergefahren hatte. Ob sie wohl nachher mal zum Meer runterlaufen durfte? Irgendwer hatte ihr erzählt, es würde salzig schmecken, und sie

brannte darauf, es auszuprobieren. Und wie die Wellen sich wohl anfühlten, wenn man drinstand? Sabine hatte keine Angst vorm Wasser. Sie konnte noch nicht schwimmen, doch ihr Vater hatte ihr schon gesagt, dass er es ihr bald beibringen würde. Sie wohnten in der Nähe vom Baldeneysee, da gab es ein Freibad.

Eine scharfe Frauenstimme riss sie aus ihren Gedanken.

»Stillgestanden!«, rief die Stimme, und Sabine, die gerade zusammen mit den anderen Kindern aus dem Bus gestiegen war, erstarrte unter dem lauten Kommando.

»Stellt euch alle mal der Reihe nach auf!«, befahl die Stimme, und jetzt konnte Sabine auch sehen, von wem sie stammte. Eine Frau stand auf dem Platz vor dem Haus. Sie trug ein dunkles Kleid und darüber eine weiße Schürze. Sie hatte glattes schwarzes Haar und ein strenges Gesicht. In der Hand hatte sie ein Blatt Papier, von dem sie Namen ablas.

Jedes Mal, wenn sie einen Namen aufrief, musste das dazugehörige Kind sich in die Reihe zu den anderen stellen. Das größte Kind wurde zuerst aufgerufen, danach kamen die jüngeren dran. Irgendwann wurde auch Sabines Name gerufen, sie lief los, aber ein anderes Mädchen war schneller und stellte sich in die Reihe. Hilflos blieb Sabine stehen.

»Das fängt ja gut an!«, schimpfte die Frau. »Hörst du nicht richtig?! Ich hab Sabine Hoffmann gesagt! Heißt du etwa Hoffmann?«

Sabine duckte sich, sie hatte nur den Vornamen gehört. Zutiefst verlegen wich sie zurück und passte beim nächsten Mal besser auf. Irgendwann standen sie alle in einer Reihe, Sabine war ungefähr im mittleren Bereich, wie sie feststellte, als sie nach rechts und links schaute. Bei den kleineren Kindern stand ein Mädchen mit blonden Zöpfen, das bitterlich weinte. Auf dem Schiff hatte es die ganze

Zeit kotzen müssen, und da war Sabine froh gewesen, dass ihr selber auf der Überfahrt nicht schlecht geworden war.
»So, jetzt bekommt ihr alle eine Nummer«, sagte die Frau mit den schwarzen Haaren. »Die müsst ihr euch gut merken, denn ab sofort werdet ihr nur noch mit dieser Nummer gerufen. Das macht es für uns alle einfacher. Weil immer viele Kinder mit denselben Vornamen hier sind und wir euch sonst verwechseln würden. Verstanden?«
Sabine verstand es nicht. Sie sahen alle unterschiedlich aus, wie konnte man sie da verwechseln? Doch sie spitzte die Ohren und passte gut auf, als ihr Name durch eine Nummer ersetzt wurde. Sie bekam die Nummer acht.
Nummer acht, schärfte sie sich die Zahl in Gedanken ein. Nummer acht. Nummer acht. Es ließ sich leicht merken. Ihre Hausnummer war auch eine Acht. Außerdem konnte sie schon bis hundert zählen, sie fand Zahlen schön.
Das weinende Mädchen mit den Zöpfen bekam die Nummer zwei, das merkte Sabine sich auch gleich mal, und das jüngste Kind am Ende der Reihe, ein dünner kleiner Junge, der mit weit aufgerissenen Augen in die Gegend starrte, war die Nummer eins. Insgesamt waren sie zweiundzwanzig, auch eine schöne Zahl, wie Sabine fand, weil es zwei gleiche Zahlen waren, die man sich prima merken konnte.
Dann passierte auf einmal etwas Schlimmes, Sabine bekam es zuerst gar nicht richtig mit.
»Was heulst du so, Nummer zwei?«, wollte die Frau mit den schwarzen Haaren wissen.
Nummer zwei schlug beide Hände vors Gesicht und weinte noch lauter. Da kam eine jüngere Frau, die vorher im Hintergrund gestanden hatte, und ging vor Nummer zwei in die Hocke. »Was hast du denn?«
Nummer zwei murmelte irgendwas, und die Frau meinte: »Das kann doch mal passieren, das macht doch nichts.«

Und dann sah Sabine, was bei Nummer zwei los war – sie hatte in die Hose gepullert. Das Unterhöschen hing nass und schwer unter dem Schürzenkleidchen hervor. Die anderen Kinder sahen es auch, manche fingen an zu kichern.
»Das nächste Mal sagst du gefälligst vorher, wenn du aufs Klo musst!«, schimpfte die Frau mit den schwarzen Haaren. Sie wandte sich zu einer anderen Frau um, die dicker war und strohgelbe Haare hatte: »Hol mal das Schild.«
Die dicke Frau verschwand im Haus und kam mit einem Pappschild wieder.
»Muss das denn wirklich sein?«, fragte die jüngere Frau, die Nummer zwei getröstet hatte.
»Hier entscheide ich«, gab die Frau mit den schwarzen Haaren zurück. Sie hängte Nummer zwei ein Pappschild um den Hals. Darauf stand in dicker schwarzer Schrift irgendwas geschrieben. Sabine konnte bloß ihren Namen lesen, sie wusste nicht, was draufstand.
Aber die größeren Kinder hatten es sofort entziffert, zwei oder drei grölten vor Lachen, besonders die Jungs.
»Hosenpinkler, Hosenpinkler!«, rief einer, der die Nummer zwanzig hatte.
»Hosenpinkler, Hosenpinkler!«, stimmten ein paar von den anderen hämisch ein.
Die jüngere Frau stemmte die Hände in die Hüften. »Jetzt reicht es! Hört sofort damit auf!«
Ihre Stimme war nicht so scharf wie die von der Frau mit den schwarzen Haaren, doch die Kinder gehorchten ihr sofort. Keiner rief mehr Hosenpinkler, alle hielten den Mund.
»Das soll dir eine Lehre sein«, sagte die Frau mit den schwarzen Haaren zu Nummer zwei. »Wir gehen hier zur Toilette, wenn wir müssen. Es wird nicht einfach in die Hose gemacht!« Sie deutete auf den Anbau. »Die Toilette ist dahinten. Wenn wir hier mit der Vorstellung fertig sind,

darf jeder austreten gehen. Aber nicht allein! Toilettengang ist nur zu festgesetzten Zeiten und unter Aufsicht erlaubt! Außer der Reihe geht niemand, da sind die Toiletten abgeschlossen!« Sie blickte mit ihren seltsam farblosen Augen in die Runde. »Sicher wollt ihr nun alle wissen, wer ich bin. Ich heiße Angela. Ihr dürft mich Tante Angela nennen.«

*

Sabine hielt inne, ein erschrockener Ausdruck war auf ihr Gesicht getreten. »Alles in Ordnung, Hanna? Du weinst ja!«

Hanna fuhr sich mit dem Handrücken über die Augen. »Tut mir leid. Es ist nur …« Sie brach ab.

»Ich dachte nicht, dass dich das so mitnimmt«, meinte Sabine betroffen. »So was ist in diesen Kurheimen andauernd passiert, nicht nur in der Villa Aurelia! Die ganzen Berichte der Verschickungskinder – du hast die doch auch gelesen?«

Natürlich hatte sie das. Und auch wenn ihr bei der Lektüre an manchen Stellen die Kehle eng geworden war, so war es längst nicht dasselbe, wenn die eigene Mutter betroffen war. Hanna entschied, Sabine reinen Wein einzuschenken. Bisher hatte sie es nicht erwähnt, weil sie Privates und Berufliches nicht vermischen wollte. Vielleicht auch, weil sie angenommen hatte, es sei für ihre Recherchen und ihren Umgang mit Zeitzeugen nicht weiter von Belang. Doch da hatte sie sich wohl was vorgemacht.

»Sabine, die Nummer zwei war meine Mutter. Cornelia.«

Sabine sah sie schockiert an. »Mein Gott, Hanna! Wieso hast du mir das denn nicht gleich gesagt! Ich hätte doch … Es tut mir so leid, dass ich dir das gerade in allen brutalen Einzelheiten erzählt habe!

Hanna schüttelte den Kopf. »Das muss dir nicht leidtun,

Sabine, denn du sollst es ja so erzählen. Genauso, wie es gewesen ist. Und so war es nun mal.« Sie unterbrach sich und schluckte. »Brutal«, schloss sie.

»Ja, diese Tante Angela war eine wahre Hyäne«, sagte Sabine in mitfühlendem Tonfall. »Auf manche Kinder hatte sie sich richtig eingeschossen, denen hat sie das Leben besonders zur Hölle gemacht.«

Sie deutete Hannas bestürzten Blick richtig und fuhr beruhigend fort: »Deine Mutter war nicht das Hauptopfer, Hanna. Sie hat wohl alles hautnah mitbekommen, und ab und zu setzte es bei ihr auch mal eine Ohrfeige, aber da gab es andere, die viel schlimmer dran waren.« Mit ernster Miene hielt sie inne. »Soll ich weitererzählen, oder brauchst du eine Pause? Es kommen noch wirklich furchtbare Dinge.« Anspannung trat auf ihr Gesicht, sie wirkte mit einem Mal aufgewühlt.

»Erzähl bitte weiter«, sagte Hanna.

Sabine holte erneut tief Luft und fuhr mit ihrem Bericht fort.

*

Borkum, August 1963

Tante Angela hielt ihr Versprechen, alle Nummern durften aufs Klo. Doch zuerst musste, wie schon von ihr angekündigt, die Vorstellungsrunde beendet werden. Die Kinder waren ja bereits durchnummeriert, jetzt kamen die Erwachsenen dran. Die hatten keine Nummern, sondern Namen. Die Frau, die Nummer zwei getröstet hatte, hieß Tante Luise. Sie hatte lange braune Haare und schöne Augen. Ein bisschen sah sie aus wie die Madonna in der Kirche, nur ohne Tuch. Die dicke Frau mit den gelben Haaren hieß Tante Friederike. Sie hatte eine Warze am Kinn und eine Zahnlücke. Dann gab es noch einen Mann, der ließ sich aber nur kurz blicken und ging dann wieder rein.

»Das war Onkel Georg«, erklärte Tante Angela.

Und dann durften sie endlich aufs Klo. Sabine hatte schon Angst gehabt, dass ihr auch was in die Hose ging, sie hatte seit dem Morgen nicht mehr gepinkelt. Allerdings hatte sie auch kaum was getrunken. Eins der Mädchen, die Nummer fünfzehn hieß, hatte ihr auf dem Schiff einen Schluck aus ihrer Trinkflasche abgegeben. Als Sabines Mutter sie heute Morgen zum Bus gebracht hatte, war in Sabines Rucksack auch eine Trinkflasche gewesen, doch dummerweise hatte sie beim Umsteigen aufs Schiff den Rucksack im Bus vergessen. Zum Glück hatte sie wenigstens vorher die eingepackte Stulle aufgegessen. Die Flasche war noch fast voll gewesen, darüber ärgerte Sabine sich. Gott sei

Dank hatte sie in dem Rucksack sonst nichts drin gehabt, alles andere war im Koffer, und das Taschengeld für die Kur steckte in einem Brustbeutel. Der Rucksack war außerdem steinalt, ihre Oma hatte ihn schon als Kind benutzt, den konnte sie bestimmt entbehren.

Tante Angela schloss eine Tür auf, dahinter war das Klo. Es war ein Plumpsklo und stank wie eine offene Jauchegrube, doch das konnte Sabine aushalten. Zu Hause hatten sie auch so ein Plumpsklo, und wenn man da draufmusste, nachdem ihr Opa eine Sitzung abgehalten hatte, roch es wie in der Hölle, jedenfalls sagte das ihre Oma immer. Sabine hatte keine Ahnung, wie es in der Hölle roch, aber ihre Oma kannte sich gut aus und war im Krieg weit rumgekommen.

»Das hier ist unsere Außentoilette«, sagte Tante Angela. »Die wird nur benutzt, wenn wir draußen sind. Drinnen gibt es noch eine Toilette für euch Kinder, die hat Wasserspülung. Doch auch da geht ihr bloß zu den festgesetzten Zeiten drauf und nur unter Aufsicht. Und nachts gar nicht, nur damit ihr das schon mal wisst.«

»Und wenn wir nachts mal müssen?«, fragte die Nummer elf ganz erschrocken.

»Im Schlafsaal steht ein Topf, der ist für nachts. Aber das gilt nur für Notfälle. Wir haben es nicht so gerne, wenn nachts jemand muss. Das solltest du dir besser merken.«

Tante Angela hatte eine Rolle Klopapier in der Hand. Jedes Mädchen bekam zwei Blätter, sie wurden genau abgezählt und dann abgerissen.

»Eins für vorne, eins für hinten!«, sagte sie.

Die Jungs bekamen nur ein Blatt, Tante Angela meinte, für vorne bräuchten die keins.

Sabine kapierte nicht richtig, wieso Jungs keins für vorne brauchten, doch es war ihr egal, sie war einfach froh, dass sie aufs Klo durfte, und sie konnte sogar groß, damit war das wenigstens schon mal erledigt. Abschließen durfte man nicht, oder genauer, es ging nicht, weil gar kein Riegel an der Tür war. Es gab nur ein Vorhängeschloss, und das war außen.

Nach dem Klogang wurden die Koffer ins Haus getragen, jedes Kind musste sein Gepäck selbst schleppen, nur die Nummern eins bis vier hatten Hilfe, um sie kümmerte sich Tante Luise. In einem Raum neben der Eingangstür gab es Bänke, darunter kamen die Schuhe. Im Haus musste man Pantoffeln tragen. Auf den Bänken wurden auch erst mal die Koffer abgelegt, zum Auspacken. An einer Wand befanden sich jede Menge Fächer, und jedes Fach hatte eine Nummer. Sabine zog daraus sofort den Schluss, dass das Fach mit der Nummer acht ihres sein sollte, und so war es auch. Alle Kinder mussten ihre Sachen in die zu ihren Nummern passenden Fächer legen. Sabine bemühte sich, es halbwegs ordentlich hinzukriegen, aber Tante Friederike war nicht zufrieden und verpasste ihr eine Kopfnuss. »Die Schuhe doch nicht obendrauf, du Dusseltier! Alles noch mal raus und neu!«

Sabine zog beschämt den Kopf ein und fing von vorn an. Nummer sieben hatte noch mehr Pech als sie, ihm verpasste Tante Friederike direkt zwei schallende Ohrfeigen, weil er sein ganzes Zeug einfach, ohne hinzusehen, in das Fach gestopft und dabei sogar gelacht hatte. Nummer sieben war ungefähr in Sabines Alter und hieß eigentlich Josef. Das war bei Sabine hängen geblieben, weil der Mann von der Jungfrau Maria auch so hieß.

Danach erschien Tante Angela und befahl allen Kindern, sich bis auf die Unterwäsche auszuziehen und ihr Zeug zu den anderen Sachen ins Fach zu legen.

»Wieso das denn?«, wollte Nummer zweiundzwanzig wis-

sen. Sie war schon zwölf Jahre alt und im sechsten Schuljahr, das hatte Sabine auf dem Schiff mitbekommen, da hatten Nummer achtzehn und Nummer zweiundzwanzig sich darüber unterhalten, wie alt sie waren und in welche Klasse sie gingen. Nummer achtzehn war elf und ging ins fünfte Schuljahr.

»Das merkst du früh genug, du vorlautes Gör!«, wies Tante Angela sie zurecht.

Sie wurden alle in einen großen Raum geführt, der mit lauter Tischen und Stühlen vollgestellt war.

»Das ist der Speisesaal«, erklärte Tante Angela. »Hier nehmen wir unsere Mahlzeiten zu uns.«

Sabine überlegte peinlich berührt, ob sie wohl alle in Unterwäsche essen mussten, das machten sie zu Hause nie, und sie kannte auch niemanden, der das tat. Aber dann fiel ihr ein, dass das bestimmt die Kleidung schonen sollte. Wer keine Sachen anhatte, konnte sie auch nicht vollsauen. Dann hatte man weniger Wäsche, und kaputt ging dabei auch nichts.

Doch das war überhaupt nicht Sinn der Sache, wie sie gleich darauf erkannte, denn im hinteren Bereich des Speisesaals stand ein Extratisch mit stapelweise Papierblättern darauf, und an dem Tisch saß ein Mann in einem weißen Kittel. Sie wusste sofort, dass das ein Arzt sein musste, denn Doktor Müller trug auch immer so einen Kittel. Und der Mann da am Tisch hatte auch so ein Ding zum Abhören um den Hals hängen. Sogar eine Waage stand dort.

»Wir sollen untersucht werden!«, platzte sie laut heraus, sehr stolz, dass sie von allein dahintergekommen war.

»Maul halten!«, blaffte Tante Friederike sie an.

Sabine duckte sich gedemütigt und wünschte, sie könnte sich unsichtbar machen, doch da kam ihr der Arzt zu Hilfe.

»Das hast du gut erkannt, Kleine!«, sagte er lächelnd zu ihr. »Komm mal vor!«
Sie gehorchte und taperte in ihrer neuen Unterwäsche zu ihm rüber. Verschüchtert blieb sie vor ihm stehen. Er hob ihr Kinn an, damit sie ihn ansah. Sein Gesicht war nett. Er hatte kurze helle Haare, und seine Augen hatten eine Farbe, die sie noch nie gesehen hatte, fast wie Silber.
»Wie heißt du denn, Kleine?«, fragte er.
»Nummer acht«, sagte sie höflich.
Er zog die Brauen hoch. »Und dein richtiger Vorname?«
»Den habe ich vorm Haus abgegeben. Ich bin jetzt bloß noch die Nummer acht.«
Diesmal zog er die Brauen zusammen, anscheinend gefiel ihm ihre Nummer nicht. Er wandte sich an Tante Angela und warf ihr einen Blick zu, bei dem es Sabine auf einmal kalt wurde.
»Hatten wir nicht darüber geredet?«, wollte er von Tante Angela wissen.
Die presste bloß die Lippen zusammen und sagte kein Wort. Der Arzt starrte Tante Angela an. Er sah zornig aus. Doch zu Sabine und den anderen Kindern war er sehr freundlich. Der Reihe nach wurden sie alle untersucht und gewogen, und er schrieb eine Menge Zahlen auf die Papierbögen, die ausgebreitet vor ihm auf dem Tisch lagen.
Anschließend wurden sie zurück in den Raum mit den Fächern gescheucht, da mussten sie sich wieder anziehen. Aber nicht die Sachen, in denen sie angekommen waren, sondern komplett anderes Zeug. Jeder bekam einen Packen davon – eine Art schlabberige Pluderhosen und ein Hemd mit kurzen Ärmeln, und als Krönung eine Mütze mit Ringelmuster. Die Sachen passten nicht allen, manchen waren sie zu groß, anderen zu klein. Sabine hatte das

Glück, dass es bei ihr einigermaßen hinkam. Die Hose war eine Idee zu lang, doch das kannte sie von zu Hause ganz gut, da musste sie in einige Kleidungsstücke auch erst reinwachsen, wenn ihre nächstältere Schwester sie abgelegt hatte.

Nummer zweiundzwanzig beschwerte sich. »Das sieht scheiße aus! Was ist das für eine bekloppte Mütze?«

Sie hatte Dusel, dass Tante Friederike nicht in der Nähe war, die hätte ihr garantiert eine geknallt. Zufällig war von den Betreuern gerade bloß Tante Luise in Hörweite, und die zeigte Verständnis.

»Die Einheitskleidung ist nur zu eurem Vorteil, so wird eure eigene Kleidung geschont, und ihr könnt mit sauberen Sachen ohne Löcher und Risse wieder nach Hause fahren. Die Mützen sind wichtig, wenn wir rausgehen, denn sonst könnte ein Kind einen Sonnenstich bekommen, und dafür wären wir Erwachsenen dann verantwortlich.«

Das leuchtete Sabine voll und ganz ein. Und sie war überglücklich, dass sie vor dem Abendessen mit Tante Luise und ein paar anderen kleinen Nummern an den Strand gehen durfte, wo sie alle zusammen eine schöne Sandburg bauten, die aussah wie ein lustiger Tintenfisch. Es war auch noch eine andere Frau dabei, die keine von den Tanten war, aber dafür eine Freundin von Tante Luise. Sabine durfte sogar bis zu den Knien ins Meer gehen. Sie probierte was von dem Wasser. Es schmeckte wirklich salzig.

Später zum Essen gab es verkochte Kartoffeln mit einer dicken Mehltunke, in der glibberige Speckstücke schwammen. Was Sabine jedoch nicht weiter schlimm fand, denn auch zu Hause kam nur selten was auf den Tisch, das sie mochte. Manchmal stand ihre Mutter heulend daneben, weil Sabine nichts essen wollte.

Hier in der Villa Aurelia war man allerdings gut beraten, nichts liegen zu lassen. Tante Angela lief zwischen den Tischen herum, und wer nicht aufaß, bekam eine Kopfnuss und musste so lange sitzen bleiben, bis alles verdrückt war. Nummer zwei konnte nicht alles aufessen, es war wirklich ziemlich viel. Neben ihr saß Nummer zwanzig, ein größerer und ziemlich dicker Junge, der schaufelte sich einfach ein paar große Löffel von ihrem Teller auf seinen, als Tante Angela mal kurz rausging. Sabine, die an der anderen Seite von Nummer zwanzig saß, klatschte ihm kurzerhand auch noch zwei Löffel voll von ihrem Essen dazu, und so wurden sie zu Tante Angelas Zufriedenheit alle fertig.

Es gab sogar Nachtisch, den schafften alle Kinder, weil er lecker war: Apfelbrei mit aufgeschlagener Kondensmilch. Das machte auch Sabines Oma manchmal und hob ihr immer ein Schälchen davon auf.

Nach dem Essen durften alle noch mal aufs Klo, diesmal ein richtiges Emailklosett mit Kette und Wasserkasten zum Spülen. Sabine benutzte es voller Ehrfurcht, auf so einer Kloschüssel hatte sie bisher erst einmal gesessen, bei ihrer Patentante, die wohnte in einem Neubau.

Anschließend zeigten die Tanten ihnen die Schlafräume im Obergeschoss. Es gab drei, einen für die Jungen, einen für die Mädchen und einen für die kleineren Kinder. Alle Kinder, die noch nicht zur Schule gingen, kamen in einen Raum, und die Schulkinder nach Mädchen und Jungen unterteilt in zwei andere Räume.

Sabines Bett stand in dem Zimmer, in dem die Nummern eins bis acht schliefen. Es roch merkwürdig, irgendwie streng, und Tante Luise meinte, das käme von dem Insektenmittel, aber dafür wäre jetzt alles sauber.

Im Keller befanden sich die Waschräume. Dort gab es ein langes Waschbecken, das die ganze Wand einnahm, und außerdem einen gekachelten Bereich, wo ein Schlauch mit einem Brausekopf an der Wand hing.

Sabine machte sich mit den anderen Nummern vorm Waschbecken zum Schlafengehen fertig. Gesicht und Hände waschen, Zähne putzen und Haare kämmen, und schon mussten alle ins Bett, auch die größeren Kinder.

Sabine stieg in ihr Bett und zog sich die Decke bis zum Hals hoch. Das Bettzeug roch ganz anders als daheim, es fühlte sich fremd und ungewohnt steif an, und erst in diesem Moment wurde ihr richtig klar, dass niemand von ihrer Familie in der Nähe war. Sie war weit weg von zu Hause, vielleicht sogar am Ende der Welt.

Borkum? Dat is doch am Ende der Welt!, hatte ihr Vater gesagt, als ihre Mutter ihm von der Kur erzählt hatte.

Ihre Puppe Toni hatte sie nicht mitnehmen dürfen, die schlief sonst immer bei ihr. Jetzt war Toni zu Hause in Sabines richtigem Bett und ebenfalls ganz allein. Sabine liebte Toni über alles. Sie war nicht so schön wie die Kirmespuppen, aber dafür gehörte sie ihr ganz allein.

Neben ihr war leises Weinen zu hören. Es war die Nummer zwei, sie hatte bestimmt Heimweh. Doch es hörte rasch auf, Nummer zwei schlief ein.

Sabine konnte nicht schlafen. Wir fangen jetzt nicht an zu flennen!, tönte die Stimme von Sabines Mutter in ihren Ohren. Du bist ein großes Mädchen!

Sie sagte es sich immer wieder vor, und eine Zeit lang klappte es auch. Doch dann schlug auf einmal alles über ihr zusammen, und ein verzweifeltes Schluchzen brach aus ihr heraus.

Jemand kam zu ihr und strich ihr übers Haar.

»Ich bin bei dir, Sabine«, sagte eine leise Stimme. Es war die von Tante Luise. »Du musst keine Angst haben, ich pass auf dich auf!«

Eine Woge der Erleichterung überflutete Sabine. Sie war nicht allein. Da war jemand, der ihren Namen kannte. Mit dieser Gewissheit schlief sie schließlich ein.

*

Sabine hielt inne, Hanna sah, wie sie den Kopf abwandte.

»Bei mir hat's geklingelt«, sagte Sabine. »Sekunde.«

Sie ließ ihr Handy liegen, und auf dem Display war nur noch eine Zimmerdecke zu sehen, am äußeren Rand eine Lampe. Im Hintergrund ertönte fröhliches Kindergeschrei.

Gleich darauf kehrte Sabine zurück. Ein Strahlen verklärte ihr Gesicht, kein Vergleich zu dem angespannten Ausdruck, mit dem sie eben aus der Vergangenheit aufgetaucht war. »Tut mir leid, Hanna, aber die Kinder sind gerade gekommen. Können wir später weitersprechen? Vielleicht in einer Stunde?«

Hanna nickte nur, sie befand sich in einem Zustand, in dem ihr das Sprechen schwerfiel.

»Also abgemacht, in einer Stunde«, sagte Sabine. Sie hob die Hand zu einem Winken vor ihr Gesicht und trennte dann die Verbindung.

Hanna saß eine Weile bloß stumm da, erfüllt von den vielen Bildern, die Sabine auf eine so plastische Weise in ihr wachgerufen hatte. Gefühle zerrten an ihr, die über bloße Anteilnahme weit hinausgingen. Nicht einmal mit dem Begriff Identifikation ließ sich diese Art des Mitempfindens treffend beschreiben. Es war eher eine Form von Assimilation, ein vollständiges Aufgehen in der Vergangenheit eines anderen Menschen. Schon vom ersten Satz an war sie auf unerklärliche Weise in diese beklemmende Welt hineingezogen worden, gefangen genommen vom Blickwinkel eines Kindes, das all diesen fremden Eindrücken hilflos ausgeliefert war. Und die ganze Zeit während dieses Gesprächs hatte sie die nagende Gewissheit verspürt, diese Ereignisse schon zu kennen.

Hanna stellte sich der erschreckenden Wahrheit: Sie hatte schon wieder eines dieser verfluchten Déjà-vus gehabt.

Was immer auch mit ihr los war – es konnte nicht normal sein.

*

Bis zur Fortsetzung des Gesprächs mit Sabine trieb sie sich im Internet herum und suchte auf allen möglichen Seiten nach einer Erklärung für ihre Symptome. Dabei blieb ihr Blick immer wieder an dem Wort *Hirntumor* hängen. Die einzig denkbare Ursache war das allerdings nicht. Stress und Überarbeitung wurden ebenfalls als mögliche Gründe angeführt – genau das hatte Ole ihr bereits gesagt. Allerdings hatte sie in ihrem Leben schon eine Menge Stress gehabt und auch Zeiten erlebt, in denen sie *richtig* geschuftet hatte, und da hatte sie kein einziges Mal solche Déjà-vus gehabt, zumindest nicht in einer Form, die ihr aufgefallen wäre.

Infrage kamen noch Angststörungen. Wobei auch das aus ihrer Sicht keine wirklich beruhigende Begründung war, denn zum einen war sie ziemlich sicher, dass sie nicht an Angststörungen litt, und zum anderen hatte sie bisher nie davon gehört, dass Menschen mit dieser Diagnose laufend irgendwelche Déjà-vus hatten.

Und dann wurden noch Psychosen genannt, was sie sofort entschieden von sich wies. Sie war ein klar denkender, rational veranlagter Mensch und hatte ihr Verhalten im Griff.

Blieb wieder nur der Hirntumor.

Natürlich waren da noch die Esoteriker, denen zufolge bei solchen Erscheinungen womöglich Verstorbene ihre Hände im Spiel hatten. Menschen, die nicht mehr lebten und deren

Seelen versuchten, Kontakt aufzunehmen. Hanna landete auf derselben Seite wie heute Morgen vor dem Frühstück.

Manche sagen, Déjà-vus seien wie Fenster zur Seele, eine Verbindung zu einem früheren Leben. Man befindet sich auf einem schwankenden Beobachtungsposten, halbwegs verankert im Hier und Jetzt, aber der Blick schweift ab und wendet sich nach innen. Die Bilder, die sich dort auftun, sind verschwommen und kaum fassbar, doch zugleich auf eine erschreckende Weise vertraut. Sie verschwinden genauso schnell, wie sie auftauchen, aber jeder, der sie sieht, spürt es mit tiefer Überzeugung: Das kann nur eine Erinnerung sein. Es fragt sich bloß: Ist es die eigene oder die von jemand anderem?

Gegen ihren Willen verspürte sie ein leises Schaudern, riss sich jedoch sofort zusammen. Mit so was hatte sie nichts am Hut. Sie glaubte an harte Fakten. Bestimmt hatte Ole eine Idee, wie das Problem zu lösen war.

Sie sah auf die Uhr. Ihr blieben noch fünf Minuten, die sie nutzte, um ein Glas Wasser zu trinken, kurz zur Toilette zu gehen und rasch eine Nachricht an Katie zu schreiben.

Wann kommst du zurück? Brauche dringend das Tagebuch!

Es nervte sie, dass Katie es einfach mitgenommen hatte. Gerade jetzt hätte es Hanna hilfreiche Anhaltspunkte liefern können, sei es für einen Abgleich mit Sabines Schilderungen oder etwaige Rückfragen.

Dann war die Pause vorbei, und sie setzte das vorhin unterbrochene Gespräch mit Sabine fort.

Borkum, August 1963

In der ersten Woche war es heiß wie in einem Backofen, genauso wie schon die ganze Zeit vor der Kur. Die Sonne heizte alle Räume in der Villa auf, aber am schlimmsten war es oben, wo sich die Schlafräume befanden. Die Fenster durften nachts nicht aufgemacht werden, weil, so hatte Tante Angela es erklärt, sonst ein Kind hinausfallen könnte.
In manchen Nächten wurde Sabine wach und war davon überzeugt, ersticken zu müssen. Ihre Zunge klebte so fest an ihrem Gaumen, dass es sich anfühlte, als sei sie komplett dort angewachsen. Zu trinken gab es nachts nichts, weil die Kinder dann bloß aufs Klo gewollt hätten, also musste man es aushalten. Pinkeln gingen trotzdem immer welche, ob mit oder ohne was zu trinken.
In der Mitte des Schlafraums stand ein Topf, da konnte man im Notfall drauf. Einmal hatte auch Sabine den Topf benutzen müssen, doch der war zu ihrem Entsetzen schon so voll gewesen, dass sie mit dem Hintern in die Nässe eingetaucht war. In einer anderen Nacht war der Topf sogar übergelaufen, da war am Morgen danach eine Pfütze drum herum auf dem Fußboden gewesen. Tante Friederike hatte Sabine, weil sie in dem Raum die höchste Nummer war, einen Lappen und einen Eimer mit Wasser in die Hand gedrückt, damit sie es aufwischte.
Sabine hatte sich den Einwand verkniffen, dass sie in der Nacht gar nicht pinkeln gewesen war, denn auf Wider-

sprüche antwortete Tante Friederike immer mit Ohrfeigen. Also putzte Sabine die große Pipi-Pfütze gehorsam weg. Aber vorher füllte sie was von dem Wasser aus dem Eimer (natürlich dem sauberen) in Josefs Trinkflasche, die hatten sie dafür extra heimlich aus seinem Fach geholt. So hatten sie für die nächste Nacht was zu trinken.
Tagsüber mussten sie auch ins Bett, jedenfalls die Vorschulkinder aus dem Schlafraum von Nummer eins bis Nummer acht, also auch sie. Der Mittagsschlaf dauerte von eins bis drei, so lange mussten sie im Bett liegen bleiben und durften sich nicht bewegen, sonst kam Tante Angela herein und verteilte Schläge.
Sabine konnte mittags nicht schlafen, egal, wie sehr sie sich anstrengte. Daher lag sie einfach nur still da und zählte immer wieder bis hundert, bis sie endlich aufstehen durften. Wer rumweinte und die anderen störte, musste sich unten im Raum mit den Fächern auf die harte Bank legen und da die Zeit bis zum Ende der Mittagsruhe abwarten. Das war Nummer eins schon zweimal passiert. Er war erst vier und verstand einfach nicht, dass man Tante Angela gehorchen musste.
Die Anziehsachen mussten die ganze Woche halten, deswegen mussten sie zum Essen Schürzen überziehen. Wenn die dreckig wurden, war es egal – man zog sie einfach jeden Tag wieder an, das sah draußen ja keiner. Aber wenn die Kinder mit vollgesautem Zeug durch den Ort gelaufen wären, hätten die Leute sie scheel angeguckt, dort mussten sie ordentlich aussehen.
Durch den Ort mussten sie oft laufen, jeden Tag mindestens eine große Runde. Dazu mussten sie alle ihre Ringelmützen aufsetzen und sich in Zweierreihen aufstellen, streng nach Nummern, und dann losmarschieren. An einem Tag kamen sie an zwei Frauen vorbei, die sich unterhielten.

»Da kommen wieder die kleinen Sträflinge!«, sagte die eine zur anderen, und dann lachten beide.
Rennen und Springen waren verboten, erlaubt war nur normales Gehen. Wer aus der Reihe tanzte, wurde ans Ende des Zuges verbannt, wo die Kleinsten gingen, das war für die höheren Nummern immer eine peinliche Sache.
Einmal fragte Sabine bei Tante Luise nach, wieso sie nicht alle zum Strand gehen konnten, da war es doch viel schöner, worauf Tante Luise meinte, dass sie das auch schade fand, aber es könne zu viel passieren, weil die meisten Kinder nicht schwimmen könnten und zu wenige Aufsichtspersonen zur Verfügung stünden.
Und so machten sie jeden Tag in sengender Sonne ihren Marsch durch die Straßen und sangen dabei Lieder, von denen Sabine die meisten nicht kannte und deshalb nicht richtig mitsingen konnte. Mit der Zeit klappte es besser, sie konnte wenigstens die Melodien mitsingen, auch wenn sie die Wörter oft nicht genau zusammenbrachte.
Einmal durften die Kinder Postkarten nach Hause schreiben. Sabine bekam eine Karte mit einem Bild von einem rot-weiß gestreiften Leuchtturm darauf, aber da sie noch nicht schreiben konnte, übernahm das Tante Luise für sie und las es ihr hinterher vor.

Liebe Eltern!
Hier auf Borkum gefällt es mir richtig gut! Wir sind jeden Tag an der frischen Luft und singen schöne Lieder. Zu essen gibt es reichlich, und ich lange auch tüchtig zu. Mit den anderen Kindern vertrage ich mich bestens, und wir haben viel Spaß.
Mit vielen lieben Grüßen, Eure Sabine.

Tante Luise hatte eine wunderschöne Schrift, fand Sabine, und sie war sehr dankbar, dass sie die Karte nicht selbst schreiben musste. Die Schulkinder hatten viel mehr Mühe damit, sie mussten es auf Schmierzetteln üben, bis es richtig war. Tante Angela hatte bei fast allen was auszusetzen. Wer schneller fertig werden wollte, konnte die Grüße von einer Tafel abschreiben, die Tante Angela aufgestellt hatte, da stand dasselbe drauf wie auf Sabines Karte. Nur mit anderem Namen natürlich.
Mittendrin gab es Geschrei, da fing sich Nummer zwanzig eine Ohrfeige ein, weil er seinen Eltern unbedingt schreiben wollte, dass ihm das Essen nicht schmeckte, aber das erlaubte Tante Angela ihm nicht. Er musste ohne Abendbrot ins Bett.
Am Sonntag gingen sie zur Kirche, manche Nummern in die evangelische, andere in die katholische. Sabine war katholisch. Die Messe hörte sich so ähnlich an wie zu Hause, nur vom Pastor und den Messdienern sah sie nichts, weil die Kinder aus der Villa Aurelia alle hinten stehen mussten und bloß Rücken und Köpfe von Borkumer Leuten vor sich hatten.
An diesem Sonntag hatte Nummer zwei Geburtstag, sie wurde fünf. Von zu Hause hatte sie ein Päckchen bekommen, mit Schokolade und einem Teddybären, aber den durfte sie nur kurz ansehen, dann wurde er gleich ins Fach zu ihren anderen Sachen gelegt. Spielen durfte sie nicht damit, er sollte nicht schmutzig werden. Und die Süßigkeiten wurden unter allen zweiundzwanzig Kindern aufgeteilt. Die Tafel hatte vierundzwanzig Stückchen. Jedes Kind bekam ein Stückchen, und Tante Friederike bekam die restlichen zwei, weil die nach dem Verteilen übrig waren. Sabine hatte es schnell ausgerechnet und freute sich, dass das Ergebnis stimmte. Sie selbst durfte ebenfalls zwei

essen, weil Josef seins nicht mochte, ihm war schon den ganzen Tag schlecht.
Das Mittagessen schmeckte an diesem Tag scheußlich, Sabine bekam kaum etwas davon hinunter. Es gab einen Fisch, den kannte sie nicht. Ihre Mutter machte nie Fisch, weil sie den nicht mochte. Das konnte Sabine in diesem Moment sehr gut verstehen, denn es roch widerlich säuerlich, und im Mund fühlte es sich schleimig und zäh an.
Einige Kinder wussten, dass der Fisch Hering hieß und aus einem Fass kam, das in der Küche stand. Sie aßen ihren Teller leer und durften rausgehen. Aber Sabine schaffte es nicht. Außer ihr saßen noch Nummer eins, Nummer zwei und Josef am Tisch, sie beide sprachen sich untereinander jetzt immer mit Namen an, weil ihre Betten nebeneinanderstanden und sie auch immer beim Spazierengehen Hand in Hand in einer Reihe gingen.
Nummer eins und zwei durften nach einer Weile gehen, sie weinten beide vor sich hin und wurden am Ende von Tante Angela zum Mittagsschlaf hochgeschickt.
Sabine und Josef mussten sitzen bleiben, vor dem stinkenden Hering, und Tante Angela befahl ihnen, endlich aufzuessen.
Josef war ganz weiß im Gesicht. Er nahm einen Bissen, aber es kam ihm sofort wieder hoch, er spuckte es auf den Teller zurück.
Tante Angela fing an zu schreien, sie schlug ihm mit der flachen Hand gegen den Kopf, immer wieder. »Du. Isst. Das. Jetzt! Du. Isst. Das. Jetzt!«, brüllte sie ihn an.
Er nahm noch einen Bissen, und dann musste er plötzlich in hohem Bogen brechen. Es kam alles wieder heraus, sogar Reste vom Frühstück, Sabine sah Spuren von der gelben Marmelade, die sie morgens immer bekamen. Es war ihm schon beim Aufstehen nicht gut gegangen,

das Marmeladenbrot hatte er nur unter Zwang runtergebracht.

Tante Angela nahm einen Löffel und schabte die ganze Kotze vom Tisch in den Teller. »Iss.« Diesmal schrie sie nicht. Ihre Stimme war leise, es klang wie das Klirren von Eis, das über einer Pfütze zertreten wird.

Sabine musste nun ebenfalls weinen. Sie wurde immer lauter, bis es zu einem richtigen Geheul wurde. Der arme Josef!

Auf einmal war Tante Luise da. »Um Gottes willen, was tun Sie denn da?«, rief sie. Im nächsten Moment riss sie den mit Kotze gefüllten Teller fort und schob ihn weit weg.

Tante Angela holte aus und schlug Luise ins Gesicht. Genauso, wie sie sonst die Nummern schlug. »Scher dich raus, du besserwisserisches Ding! Geh mir aus den Augen!« An Sabine und Josef gewandt, fauchte sie: »Und ihr zwei: Abmarsch ins Bett! Ich will euch heute nicht mehr sehen!«

*

Sabine hörte abrupt auf zu reden. Tränen standen ihr in den Augen, sie wandte das Gesicht zur Seite.

»Tut mir leid, Hanna, ich kann nicht mehr«, stieß sie hervor.

Hanna wurde mit einem Ruck in die Realität der Gegenwart zurückgeschleudert, es war wie das Erwachen aus einem Albtraum. Wieder hatte Sabines Erzählung sie in die Schatten einer kindlichen, von Monstern bevölkerten Gedankenwelt gesogen, aus der es kein Entrinnen gab.

»Schon gut«, stammelte sie. »Schon gut …«

Doch es war gar nichts gut. Sie schloss die Augen und atmete tief durch, bis die Schreckensbilder sich verflüchtigt hatten.

Auf ihrem Handy ging eine Nachricht von Katie ein, eine Antwort auf die Frage, die Hanna ihr vorher geschickt hatte. Der Text erschien am oberen Rand des Displays. *Bin gleich da,* schrieb Katie.

Hanna wischte die Nachricht geistesabwesend weg. »Wir können morgen weitersprechen«, sagte sie zu Sabine, obwohl sie am liebsten nie wieder ein einziges Wort von damals gehört hätte. Aber das wäre ihr wie ein Verrat vorgekommen. Verrat an ihrer Mutter, Verrat an Sabine, Verrat an all den anderen Kindern, denen ein Leben lang niemand zugehört hatte.

Wird schon nicht so schlimm gewesen sein.

Hat uns ja auch nicht geschadet.

Macht einen nur härter.

Wenn es doch nur mehr Zeitzeugen gäbe, die diese Zustände als Erwachsene miterlebt hatten! Betreuerinnen, die damals jung gewesen waren und heute noch befragt werden konnten …

Sie riss sich mühsam zusammen. »Sabine, du kennst nicht zufällig Luises Nachnamen, oder?«

Sabine schüttelte den Kopf. »Leider nicht. Ich habe auch keine Ahnung, was aus ihr geworden ist. Sie ist gar nicht bis zum Ende unserer Kur geblieben, sondern war auf einmal weg. Fristlos entlassen, hat uns Tante Angela erzählt, daran erinnere ich mich. Jemand meinte, sie wäre wieder von Borkum weggezogen, sie stammte ja gar nicht von dort.« Sie rang sichtlich um Fassung, dann sagte sie entschlossen: »Ich will noch den Rest von diesem einen Sonntag erzählen, Hanna. Das möchte ich hinter mich bringen.«

»Natürlich«, sagte Hanna, auch wenn sich alles in ihr zusammenkrampfte. Der Tag, an dem ihre Mutter fünf Jahre alt geworden war und ihren Teddy nicht behalten durfte …

»Der kleine Josef«, sagte Sabine mit brüchiger Stimme.

»Seinen Namen werde ich wohl nie wieder vergessen. Denn er ist in jener Nacht gestorben.«

Hanna fuhr zusammen, es traf sie völlig unvorbereitet. Sie wusste, dass es unter den Verschickungskindern Todesfälle gegeben hatte, mindestens zwölf waren verbürgt, darunter auch solche, die unter obskuren Umständen stattgefunden hatten. Und das waren nur die Zahlen, die neuere Forschungen zu einzelnen Einrichtungen zutage gefördert hatten. Es gab mindestens zwei Fälle, bei denen im Zuge von behördlich angeordneten Obduktionen Speisebrei in den Bronchien gefunden worden war, mögliche Folgen von Zwangsfütterungen, die dann jedoch als Asthmaanfälle in die Akten eingegangen waren.

»Was ist passiert?«, fragte sie bestürzt.

»Der arme Junge!«, sagte Sabine leise. »An dem Tag musste er sich laufend übergeben, gegen Abend wurde es immer schlimmer, da bekam er auch noch Durchfall. Er schaffte es nicht mehr aus dem Bett, es lief alles ins Laken. Ich bin rausgerannt und habe Tante Angela Bescheid gesagt, die hatte Aufsicht. Sie kam an sein Bett und hat ihn angebrüllt, das hätte er jetzt davon. Er musste in seinem Dreck liegen bleiben, als Strafe. Doch jemand hat wohl den Arzt gerufen, denn kurz darauf kam er rein und hat Josef eine Medizin gegeben, und das Bett wurde auch frisch bezogen. Ich bekam alles nur im Halbschlaf mit und döste wieder ein. Irgendwann wurde ich wach. Josef hatte schreckliche Krämpfe. Ich bin wieder raus und habe es Tante Angela gesagt. Als sie rüberkam und nach ihm sah, lag er still im Bett. Sie hat ihn geschüttelt, doch er hat sich nicht mehr bewegt. Der Doktor kam dann später noch mal, aber da war Josef schon tot.«

*

Hanna atmete tief durch, als hinter ihr die Tür der Suite aufging und Katie hereinkam.

»Ich muss jetzt Schluss machen, Sabine«, erklärte sie. »Wollen wir morgen weiterreden?«

»Ja, mir reicht es auch für heute«, bekannte Sabine. Sie war blass, das Gespräch hatte sie sichtlich mitgenommen.

Hanna erging es ebenso. Sie war fast erleichtert, dass Katie zurück war und sie deshalb aufhören musste. »Danke, dass du mir das alles erzählt hast«, sagte sie leise zu Sabine.

»Dafür musst du mir nicht danken, Hanna. Es ist *wichtig*, dass diese Dinge ausgesprochen werden, damit sie nicht in Vergessenheit geraten. Und wer, wenn nicht wir Verschickungskinder, könnte davon erzählen? Damit jemand wie du daran Anteil nimmt und darüber berichtet.«

Hanna nahm es stumm zur Kenntnis, immer noch aufgewühlt von dem Gehörten. Sie machten eine Uhrzeit für den nächsten Tag aus und beendeten die Unterhaltung.

Katie hatte die große Umhängetasche mit ihren Strandsachen im Schlafzimmer aufs Bett geworfen und sich anschließend ins Bad verzogen. Hanna wartete nicht, bis sie wieder herauskam, sie holte sich das Tagebuch aus der Strandtasche, wo es in einem Seitenfach steckte, sorgfältig getrennt von dem feuchten, mit Sand verklebten Frotteelaken.

Sie setzte sich mit Luises Tagebuch aufs Sofa und fing sofort an zu blättern, bis sie den fraglichen Tag gefunden hatte.

12. August 1963

Die schrecklichen Ereignisse der vergangenen Nacht haben kaum jemanden von uns zur Ruhe kommen lassen, wir sind seitdem unablässig damit beschäftigt, die Kinder zu beruhigen und einen Anschein von Normalität aufrechtzuerhalten. Dabei wird niemand ermessen können, welchen Schaden die kleinen Seelen bereits genommen haben, denn wie hätten wir diesen tragischen Todesfall vor ihnen verheimlichen sollen? Die Größeren diskutieren darüber, dass es am Fisch gelegen hat. Ich musste ihnen erklären, dass das nicht die Ursache gewesen sein kann, denn es haben ja fast alle davon gegessen, auch die Betreuer. Besonders gut hat der Salzhering uns allen nicht geschmeckt, aber giftig war er gewiss nicht.
Doch die Kinder machen sich ihre eigenen Gedanken. Besonders die Kleinen sind zutiefst verstört. S., die im Bett neben J. gelegen hat, spricht seither kaum ein Wort, blass wie ein kleiner Geist läuft sie umher und ist durch nichts aufzumuntern. Mir selbst fällt es unsagbar schwer, zur Tagesordnung überzugehen, auch wenn es genau das ist, was A. von uns allen erwartet. Sie hat uns, wie sie es nannte, »ins Gebet« genommen und uns mit großer Eindringlichkeit eingeschärft, nach außen hin Fassung zu bewahren und vor allem in Gegenwart der Kinder nicht Trübsal zu blasen. So bezeichnete sie es wortwörtlich: Trübsal blasen. Nachdem letzte Nacht ein sechsjähriges Kind gestorben ist! Was sie nach meinem Empfinden wesentlich mit verursacht hat,

denn sie hatte es nicht für nötig gehalten, frühzeitig einen Arzt kommen zu lassen. Selbst dann nicht, als J. keine Kraft mehr zum Aufstehen hatte und hilflos in seinen stinkenden Körperflüssigkeiten lag.
Auch wenn im Haus einhellig die Meinung vertreten wird, J. wäre so oder so gestorben, kann ich mich nicht von dem Gedanken frei machen, dass man ihn hätte retten können, wenn nur früh genug Hilfe gekommen wäre.
Ich selbst verfluche mich, weil ich so spät wach wurde und von dem Aufruhr erst etwas mitbekam, als es bereits zu spät war. F., mit der ich mir das Zimmer teile, stand gar nicht auf, sie sagte, das werde sich schon regeln, manche Kinder stellten sich einfach an wie die Mimosen. Ich zog mir rasch etwas an und lief hinüber zu Dr. V., der gottlob seine Praxis gleich hinterm Haus hat. Er schimpfte nicht, als ich ihn aus dem Bett klingelte, sondern kam sofort mit, nur mit einem Bademantel überm Pyjama. Insgesamt erlebte ich ihn in dieser Nacht als besorgt um das Kind und bemüht in seinen Versuchen, J. zu helfen. Mittlerweile bin ich mir jedoch nicht sicher, ob nicht andere Motive sein Handeln bestimmten.
Als er J. die Medizin verabfolgte – einen Saft, von dem ich annahm, es sei ein Mittel gegen die Übelkeit –, glaubte ich noch, es ginge ihm allein um das Wohl des kranken Kindes, aber nachdem J. verstorben war und Dr. V. zum zweiten Mal gerufen wurde, diesmal um den Tod festzustellen, hörte ich in der Folge ein Gespräch mit an, das er später mit A. hinterm Haus führte. Beide wähnten sich allein, und das wären sie auch gewesen, wenn ich nicht nach den furchtbaren Ereignissen dringend an die frische Luft gemusst hätte. Und so stand ich draußen in den Dünen, während sie keine fünf Meter von mir entfernt miteinander redeten. Zuerst wollte ich mich bemerkbar machen, schließlich ziemt es sich nicht,

fremde Gespräche zu belauschen, so habe ich es von meinen Eltern gelernt und mich immer daran gehalten. Doch der Inhalt dieser Unterhaltung zwischen Dr. V. und A. ließ mich erstarren, meine Füße waren wie verwachsen mit dem Sand, sogar das Atmen fiel mir schwer.

»Es ist denkbar, dass eine Obduktion angeordnet wird«, sagte Dr. V. »Das muss den Eltern erklärt werden, wenn sie ihn abholen wollen.«

»Keine Sorge, falls irgendwer fragt, womit du ihn behandelt hast, werde ich behaupten, ich wisse es nicht«, sagte A. Es klang auf unbestimmte Weise spöttisch, fast hämisch.

»Deine verdammten Anspielungen kannst du dir sparen!«, erwiderte Dr. V. mit schneidender Stimme.

»Warum regst du dich auf?«, gab A. zurück. »Das Wichtigste für dich ist doch, aus dem Spiel gelassen zu werden, falls jemand wegen dieser Sache herumschnüffeln will. Ich sorge schon dafür, dass du außen vor bleibst. Das ist es doch, was du willst, oder?«

»Alles, was ich will, ist meine Ruhe vor dir.« Die Stimme von Dr. V. klang angewidert.

»Aber die hast du doch!«, antwortete A. Wieder klang es höhnisch. »Solange wir an einem Strang ziehen, läuft alles bestens.«

An dieser Stelle brach die Unterredung der beiden ab, Dr. V. ließ A. einfach stehen und stapfte grußlos davon. Ich konnte mich gerade noch rechtzeitig in die Dünen niederkauern.

Der von mir belauschte Wortwechsel hallte unaufhörlich in mir nach, ich konnte nicht aufhören zu grübeln. Was sollte ich tun? Im Laufe des Tages hatte ich Gelegenheit, mit G. zu sprechen und sie im Vertrauen zu fragen, ob sie mir sagen könne, welches Mittel Dr. V. dem kleinen J. gegeben hat. Sie kennt ihn ja lange, genau wie A., und er hat schon oft kranke Kinder in der Villa behandelt.

Sie machte große Augen und meinte, sie habe keine Ahnung. Dann wollte sie den Grund für meine Frage erfahren, und als ich es ihr erklärte, verwies sie sofort jeden Verdacht, den man gegenüber Dr. V. hätte hegen können, ins Reich der Legenden. Doch ich hatte die Unruhe und die Sorge in ihrem Blick gesehen, und seitdem bin ich davon überzeugt, dass sie etwas vor mir verbirgt.

*

Hanna blätterte konsterniert weiter und las die restlichen Seiten des Tagebuchs. Allerdings folgten nur noch wenige Einträge, und keiner davon klärte die Frage nach dem verabreichten Medikament auf. Bei dem Arzt Dr. V. konnte es sich hingegen nur um Ole Vandenbergs Großvater handeln, denn der hatte ja damals schon hinter der Villa Aurelia die Praxis betrieben.

Aber wer war G.? Und was hatte es mit dem ominösen Saft auf sich? War sie hier etwa einem dieser furchtbaren Fälle von Medikamententests an Kindern auf der Spur? Erst vor wenigen Jahren war ans Licht gekommen, dass auch Verschickungskinder für solche Tests missbraucht worden waren. In einem Kinderkurheim der Caritas hatte es eine ganze Versuchsreihe mit Contergan gegeben, sogar in gezielter Überdosierung, teils mit dem Doppelten der später für Erwachsene zulässigen Höchstmenge. Von den grausamen Nebenwirkungen des berüchtigten Schlafmittels hatte der Rest der Welt schon ein paar Jahre später erfahren. Doch dass es in den Jahren davor an wehrlosen Kindern während einer Heilkur ausprobiert worden war, kam erst Jahrzehnte später heraus, obwohl es zu einer Zeit passiert war, als es schon deutliche Hinweise auf die schweren embryologischen Missbildungen gegeben hatte.

Auch in regulären Fürsorgeheimen waren damals Medikamentenversuche an Kindern durchgeführt worden, das war spätestens seit dem Welterfolg der Netflix-Serie *Das Damengambit* einer breiten Öffentlichkeit bekannt. Zu dem Thema existierten etliche Dokumentationsfilme, außerdem Sachbücher, Zeitungsartikel, sogar Romane – Hanna hatte sich querbeet informiert. Bislang hatte für sie allerdings nichts darauf hingedeutet, dass es in der Villa Aurelia ebenfalls solche Versuchsreihen gegeben haben könnte, auch nicht in einem der übrigen Borkumer Kinderkurheime.

Ihrem Empfinden nach war dieser Ansatz für ihre weiteren Nachforschungen eine Sackgasse. Dennoch spürte sie mit allen Sinnen, dass dem von Luise belauschten Gespräch zwischen dieser schrecklichen Tante Angela und Dr. Vandenberg eine wichtige Bedeutung zukam. Sie beschloss, mit Ole darüber zu sprechen. Immerhin ging es dabei um seinen Großvater.

*

Bis zu ihrer Verabredung blieb noch etwas Zeit, die Katie und sie nutzten, um sich beim Fahrradverleih Räder zu besorgen. Sie entschieden sich beide für E-Bikes, denn in Frankfurt hatten sie auch welche. Nachdem Katie von Alex eins zum fünfzehnten Geburtstag bekommen hatte, war Hanna ein paarmal damit gefahren und hatte ziemlich schnell beschlossen, dass sie auch eins brauchte. Seither wollten sie beide diesen Komfort nicht mehr missen, in der Stadt kam man damit am schnellsten voran. Hanna holte ihr Auto nur noch sehr selten aus der Tiefgarage, wo sie für viel Geld einen Dauerparkplatz angemietet hatte. In der letzten Zeit hatte sie sogar häufiger überlegt, es ganz abzuschaffen.

Gemeinsam drehten sie mehrere Runden durch den Ort

und fuhren ein Stück die Promenade entlang, dann machte Katie sich selbstständig und radelte allein los. Sie wollte sich, wie sie Hanna erzählt hatte, später noch mal mit Bengt treffen. Allem Anschein nach lief es zwischen den beiden bestens, Katie wirkte richtiggehend aufgekratzt, wenn sie von ihm sprach. Bei Hanna verursachte dieser Überschwang ziemliches Magendrücken, denn der Interessenwiderstreit wegen des geplanten Artikels ließ sich schlecht ausblenden. Bengt selbst störte sich vielleicht nicht so sehr daran, aber seine Mutter, sein Onkel und seine Uroma waren darüber bestimmt nicht froh. Hanna kam sich mittlerweile wie ein leibhaftiges Feindbild vor – zurück im Hotel, sah sie auf dem Weg zum Treppenhaus Isa hinterm Empfang sitzen, deren wie eingefroren wirkendes Lächeln Bände sprach. Jan stand in der Nähe und redete mit einer der Angestellten. Als Hanna vorbeikam, schaute er mit stummer Anklage im Blick zu ihr herüber.

Hanna nickte ihnen mit krampfhafter Freundlichkeit zu und eilte weiter.

Die letzte Viertelstunde vor Oles Eintreffen verbrachte sie mit einer schnellen Dusche und einem noch schnelleren Styling. Nach kurzem Überlegen entschied sie, die Haare offen zu tragen, aber für alle Fälle steckte sie eine Spange ein – je nachdem, wo sie hingingen, würde sie die vielleicht dringend benötigen. Auf Borkum war es, was den Wind betraf, nicht viel anders als auf Sylt: Er wehte andauernd, und wenn man sich nicht die Haare zurückband, hatte man sie ständig vorm Gesicht.

Es war halb sechs. Ob Ole sie wohl unten in der Lobby erwartete? Hanna hätte einfach runtergehen und sich bis zu seinem Erscheinen in einen der bequemen Loungesessel setzen können, doch solange Isa wie ein Zerberus hinterm Empfang dräute und Jan ebenfalls dort herumstand, war das wahrscheinlich keine gute Idee.

Auf ihrem Handy summte eine Nachricht von Ole.

Bin da und warte draußen.

Guter Mann, dachte sie erleichtert, bevor sie sich ihre Handtasche schnappte und nach unten lief.

*

Ihr Herz klopfte unvernünftig stark, als sie aufeinander zugingen. Hatte er bei ihrer ersten Begegnung auch schon so gut ausgesehen? Sie versuchte, sich zu erinnern, doch das Bild verschwamm mit der Realität, in der er vor ihr stand und sie anlächelte. Er trug locker sitzende, ausgeblichene Jeans und Sneakers. Dazu ein Lacoste-Poloshirt, was sie früher als snobistisch empfunden hätte, aber mittlerweile war es wohl bloß noch ein Klassiker, genauso wie seine Ray-Ban-Sonnenbrille, die er sich wahrscheinlich in seinen Zwanzigern mal zugelegt hatte.

Und er war frisch rasiert, wie sie mit einem raschen Blick registrierte. Gestern Abend beim Dinner und heute Morgen am Hundestrand hatte ein dunkler Bartschatten sein Gesicht verziert.

Er nahm die Sonnenbrille ab, und bei dieser Gelegenheit fiel ihr auch wieder die ungewöhnliche Farbe seiner Augen auf. Unwillkürlich dachte sie daran, wie Sabine die Augen des Arztes beschrieben hatte, der sie damals untersucht hatte. *Wie Silber.*

Während sie all diese Äußerlichkeiten wahrnahm und gemächlich mit ihm losschlenderte, tauschten sie ein paar belanglose Nettigkeiten aus. Er sagte ihr, dass sie toll aussah, sie gab das Lob zurück. Er fragte sie, wie ihr Tag gewesen sei, und sie antwortete, durchwachsen, aber okay. Sie fragte, wie es bei ihm gewesen sei, ob er viel Arbeit gehabt habe, und er hob nur die Schultern und meinte, es sei mehr oder weniger wie immer gewesen und dass er sich die ganze Zeit auf das Treffen mit ihr gefreut habe.

Das war die erste Bemerkung, die auf eine andere Ebene führte. Dorthin, wo sie beide landen würden, wenn sich das, was sie zueinander hinzog, weiter vertiefte, und darauf deutete momentan alles hin. Hanna musste es nicht lange durchdenken, ihr Körper teilte es ihr mit. Mit beschleunigten Pulsen, einem Engegefühl im Hals, dem irrationalen Bedürfnis, ständig zu lächeln, und nicht zuletzt der ungewohnten Aufregung, die sämtliche Sinne auf Empfang stellte. Es war wie das uralte Spiel, das Vögel bei ihrer Balz vollzogen, während der sie umeinander herumstolzierten, mit aufgeplustertem Gefieder und gerecktem Schnabel.

Mit leisem Befremden überlegte Hanna, was sie ausgerechnet zu diesem Vergleich inspiriert hatte. Vermutlich jener eine Eintrag im Tagebuch von Luise, die eine begeisterte Hobbyornithologin gewesen war.

Damit war sie auch schon bei dem Thema, das sie dringend anschneiden musste, und zwar am besten, bevor das Date richtig anfing. Dann konnten sie diesen Punkt abhaken und zum angenehmen Teil des Abends übergehen, so jedenfalls ihre Vorstellung.

Blieb nur die Frage, wie sie es angehen sollte. Während sie zusammen in Richtung Ortskern weitergingen, dachte sie angestrengt nach, aber jeder erste Satz, der ihr in den Sinn kam, hätte sich seltsam angehört.

Ole betrachtete sie von der Seite. »Ist irgendwas?«

Sie platzte einfach damit heraus. »Jemand hat mir ein altes Tagebuch aus dem Jahr neunzehnhundertdreiundsechzig vor die Tür gelegt, und darin ist auch von deinem Großvater die Rede.«

Er sah sie nur groß an, so offenkundig perplex, dass es keinen Zweifel gab: Er hatte nicht die geringste Ahnung, wovon sie sprach. Wer auch immer ihr das Tagebuch zugespielt hatte – Ole war es nicht gewesen.

Sie beeilte sich, die fehlenden Erklärungen nachzuliefern, über die junge Betreuerin namens Luise, die schreckliche Angela und die rabiate Friederike, über die unbekannte G. und vor allem über Dr. V., nach dessen Behandlung der kleine Josef so plötzlich gestorben war.

Aus dem Gedächtnis zitierte sie die Unterhaltung, die Luise in jener Augustnacht im Jahr 1963 belauscht hatte. Ihr Merkvermögen, soweit es Texte anging, war ausgezeichnet, sie konnte alles nahezu wortgetreu wiedergeben.

Ole war wie vor den Kopf geschlagen, das war nicht zu übersehen. Er hatte ihr schweigend zugehört, und auch nachdem sie geendet hatte, machte er keine Anstalten, sich zu äußern. Er sah nur verstört vor sich hin.

»Tut mir leid, wenn ich dir damit auf die Zehen getreten habe«, sagte sie leicht verunsichert. Dass es ihn dermaßen runterziehen würde, hatte sie nicht erwartet. Klar, es war sein Opa, aber der Mann war seit fast vierzig Jahren tot, und Ole hatte ihr selbst erzählt, dass er sich kaum an ihn erinnerte. »Ich bin ziemlich sicher, dass er dem Kind ein ganz normales Medikament gegeben hat«, fügte sie zu Oles Beruhigung hinzu. »In dem Punkt war Luise bestimmt auf dem Holzweg. Er hatte es selbst gesagt – es musste mit einer Obduktion gerechnet werden. Von daher war's absurd, ihm eine Vergiftung des Kindes zu unterstellen. Da hat Luise sich wohl in was verrannt. Doch irgendwas hatte diese Unterhaltung zwischen deinem Großvater und dieser Angela zu bedeuten, darüber würde ich gern mehr rausfinden. Kann sein, dass Luise bloß was missverstanden hat, vielleicht aber auch nicht. Ich dachte, du wüsstest womöglich was darüber.«

Ole schüttelte den Kopf. In seinem Gesicht stand immer noch ein beklommener Ausdruck. »Ich habe keinen blassen

Schimmer, ehrlich nicht. Von so einem Todesfall ist mir nie was zu Ohren gekommen, und auch die ganzen Namen sagen mir nichts.«

»Hm«, machte Hanna nachdenklich. Ihr kam ein Gedanke. »Gibt es eventuell bei euch zu Hause noch alte Unterlagen? Akten, Zeitschriften, irgendwelche Dokumente, aus der Zeit, in der dein Opa die Praxis betrieben hat? Vor allem aus den frühen Sechzigern, da ist das alles ja passiert.«

»Ich kann mal auf dem Dachboden nachsehen«, meinte Ole zögernd. »Meine Großeltern haben allen möglichen Kram aufgehoben, und meinen Eltern fehlte später die Zeit, das ganze Zeug zu sichten und zu entsorgen. Ich selber hab es schon seit Langem vor, aber … na ja, ich hab ebenfalls wenig Zeit, und Lust dazu schon gar nicht. Doch kurz reinschauen kann ich.«

»Das wäre super«, sagte Hanna.

Er hob die Schultern. »Versprich dir bloß nicht zu viel davon. Kann gut sein, dass ich überhaupt nichts finde.«

»Was ist mit deiner Mutter? Die könnte noch Dinge von damals wissen.«

»Hm, unwahrscheinlich. Als meine Eltern geheiratet haben, ging mein Großvater bereits auf die Rente zu, und ein paar Jahre später ist er ja schon gestorben. Ich frag sie trotzdem mal, aber …« Wieder zuckte er die Achseln. »Ihr Gedächtnis hat in der letzten Zeit stark nachgelassen, es funktioniert bloß noch sporadisch.«

»Danke«, sagte Hanna nur.

Im Weitergehen schwiegen sie ein paar Takte lang, es war ein düsteres, angespanntes Schweigen, und für einen Moment fürchtete Hanna, dass sie den Abend mit ihrer beharrlichen Neugier unwiderruflich verdorben hatte.

»Du fragst ja gar nicht, wo wir hingehen«, bemerkte Ole auf einmal mit einem Augenzwinkern, wie zum Zeichen, dass die kritische Phase hinter ihnen lag.

»Du hast doch gesagt, ich soll mich überraschen lassen.« Sie erwiderte sein Lächeln mit tief empfundener Erleichterung. Ab sofort sollte nichts mehr diesen vielversprechenden Neustart trüben!

»Du wirst schon sehen. Erst mal drehen wir eine kleine Runde und schauen uns einige Sachen an. Hier haben wir schon was.« Er zeigte auf den Leuchtturm, der mitten im Ort aufragte, umgeben von einer Wiese, auf der Schafe grasten und Kaninchen hoppelten. »Der Neue Leuchtturm. Der aber eigentlich gar nicht so neu ist, weil er im Jahr achtzehnhundertneunundsiebzig erbaut wurde.«

Hanna äugte an dem alten Gemäuer hoch. »Sollte ich deswegen bequeme Schuhe anziehen?«

Ole lachte. »Nein, der hat für heute schon geschlossen. Wenn wir da raufwollen, müssen wir uns einen anderen Tag aussuchen.«

»Warst du schon mal oben?«, fragte sie.

Er zog ein Gesicht. »Das letzte Mal als Kind. Und ich muss es ehrlich gesagt auch nicht unbedingt wiederholen. Doch wenn dir viel daran liegt, hier auf der Insel alles von oben zu sehen, würde ich meine letzten Reserven mobilisieren und käme mit.«

Hanna kicherte. »Da wäre mir vielleicht ein Rundflug lieber.«

»Gute Idee, das hab ich auch schon sehr lange nicht mehr gemacht. Könnten wir uns mal vornehmen, für die Zeit, in der du noch hier bist.«

»Wieso nicht«, stimmte sie zu.

Sie sah sich interessiert nach allen Seiten um. In unmittelbarer Nähe des Leuchtturms gab es etliche aufwendig restaurierte alte Villen, und in den abgehenden Sträßchen waren hübsche Geschäfte zu finden, ebenso wie in den Gassen hinter dem kleinen Inselbahnhof. Sie schlenderten an einer hohen alten Backsteinkirche und anderen historischen Bauten vorbei und landeten schließlich bei einem Grundstück, vor dem ein merkwürdig archaisch aussehender Zaun stand.

»Walkiefer«, erläuterte Ole, als er Hannas fragende Miene bemerkte.

»Ist das extra für die Touristen?«, wollte sie wissen.

»Nein, das war schon immer so, seit ich zurückdenken kann. Früher gab es mehr von diesen Zäunen. Die Walfänger brachten Knochenmaterial mit, das für den Bau verwendet wurde. Es gab in früheren Zeiten kaum Holz auf der Insel.«

Hannas Blick fiel auf einen massigen, viereckigen Turm aus rotem Ziegelmauerwerk, der die gesamte Umgebung überragte. »Das ist der Alte Leuchtturm, oder?«

»Ja, gut erkannt. Wir nennen ihn auch Olde Baas. Was so viel heißt wie Alter Chef.«

Gemeinsam gingen sie hinüber. Hanna beschattete die Augen mit der Hand gegen die tief stehende Sonne. »Wunderschön!«

»Seinerzeit brannte er völlig aus, deshalb musste der Neue Leuchtturm errichtet werden«, erklärte Ole. »Später war eine Zeit lang eine Wetterstation und noch später eine Funkstation im Alten Leuchtturm, heute kann man dort geschichtliche Ausstellungen besuchen.«

Zu Füßen des Alten Leuchtturms lag ein historischer Walfängerfriedhof, mit uralten Grabsteinen und gezackten Walknochen, die dort aus der Erde ragten, wie zum Beweis dafür, wer hier seine letzte Ruhestätte gefunden hatte.

»Ist das deine Lieblingsstelle?«, fragte Hanna, denn ihr fiel auf, wie Ole all das betrachtete – so, als fühlte er sich hier so sehr verwurzelt wie nirgends sonst.

»Es ist nah dran«, sagte Ole. Er führte sie zu einem unauffälligen Haus, bei dem auf den ersten Blick nichts darauf hindeutete, was sich darin befand. Erst beim Betrachten des Hinweisschildes wurde klar, was man vor sich hatte: das Heimatmuseum der Insel.

»Es ist nur ein winziges Museum«, meinte Ole. Es klang beinahe entschuldigend. »Aber hier entdeckt man auf kleinstem Raum vieles von dem, was unsere Geschichte ausmacht. Borkum, das ist mehr als bloß Schnaps und Marmelade aus Sanddorn und Weltnaturerbe mit Wattenmeer und Dünen.«

Hanna nickte. »Ich würde es gerne sehen.«

Das Museum war tatsächlich klein, die Vitrinen und Schaukästen standen so eng beieinander, dass man an manchen Stellen nur einzeln daran vorbeigehen konnte und den ganzen Verkehr aufhielt, wenn man stehen blieb. Allerdings war momentan nicht viel los. Genau genommen war überhaupt nichts los, weil sie die einzigen Besucher waren. Als Hanna anmerkte, was für ein Glück sie hatten, stellte sich heraus, dass die reguläre Öffnungszeit schon seit fast einer Stunde vorbei war. Ole kannte jemanden vom Heimatverein, deshalb hatte man außer der Reihe für sie beide aufgemacht.

Hanna wanderte langsam durch die Räume und gewann einen Eindruck davon, was Ole gemeint hatte. In den liebevoll zusammengestellten Exponaten fand sich ein Stück Inselgeschichte wieder, das sich nicht in den Andenkenläden und Touristenprospekten entdecken ließ. Historische Bauernzimmer und Bürgerstuben mit uralten Möbelstücken vermittelten einen Eindruck von dem zumeist kargen Alltagsleben, das die Menschen in früheren Jahrhunderten auf der Insel geführt hatten. Doch auch schon damals hatte es die einen oder anderen bessergestellten Familien gegeben, edle Porzellanservice in Vitrinen bezeugten die alte friesische Kultur des Teetrinkens.

Hinter Glas war auch eine schmucke Livree zu bewundern, wie sie früher die Pagen getragen hatten, die in den Anfangszeiten des Tourismus den Feriengästen das Gepäck vom Bahnhof zum Hotel schleppen mussten.

Hanna musste bei dem Anblick unwillkürlich grinsen, sie konnte nicht umhin, an Oles gestrigen Einsatz als Kofferkuli zu denken.

Ole wiederum schien mühelos ihre Gedanken zu erraten. »Ob mir wohl so was auch stehen würde?«, frotzelte er.

Eine Treppe höher gab es eine Fotogalerie mit teils uralten Aufnahmen der wichtigsten Borkumer Straßen. Auf den Bildern präsentierten sich die historischen Gebäude im Wandel der Zeit, und Hanna staunte, wie viele davon immer noch standen.

Ein Raum im Erdgeschoss war mit verglasten Schaufenstern und Schaukästen ausgestattet, darin eine Vielzahl ausgestopfter Tiere, die erschreckend lebendig aussahen – kleine und größere Nager, Seegetier –, und vor allem jede Menge Vögel. Hanna verspürte angesichts der vielen kleinen auf sie gerichteten Knopfaugen ein unangenehmes Schaudern. Mit dem Besichtigen dieses Bereichs war sie schnell fertig.

Der größte und beeindruckendste Raum des Museums beherbergte ein gewaltiges Walskelett. Es erhob sich in der Mitte der Halle und reichte mit der knöchernen Fluke, die zur Veranschaulichung mit einem Stück dazugehörigem Walfleisch aus Kunststoff garniert war, bis hinauf zur Decke. Daneben schwebte ein kleinerer Wal, ebenfalls in Gestalt eines Skeletts.

Hanna betrachtete die Gerippe von allen Seiten, und auch bei diesem Anblick erschauerte sie unwillentlich. Was für ein Schlachten musste das damals gewesen sein! Die ebenfalls hier ausgestellten Spieße und Harpunen untermalten beiläufig, welche Blutbäder die Walfänger seinerzeit veranstaltet hatten. Sie hatten die friedlichen Riesen gejagt und getötet, bis sie keine mehr fanden.

»Was für eine grausame Zeit«, entfuhr es Hanna.

Ole nickte. »Auch das gehört zu dieser Insel. Die Menschen, die früher hier lebten, waren bitterarm und litten oft Hunger, der Walfang war ihre einzige Überlebensstrategie.«

In einem alten Bauernschrank war die Aussteuer einer jungen Braut ausgestellt. Zu der feinen Leinenwäsche hatte damals auch eine wunderschön bestickte Babygarnitur mitsamt Taufkleidchen gehört. Komplettiert wurde diese Erstlingsausstattung durch ein winziges Totenhemd. Eine Notwendigkeit in einer Zeit, in der viele Neugeborene schon in ihren ersten Lebenswochen starben.

Zu dem Thema hatte Hanna bereits früher recherchiert. Trotzdem gab es ihr einen Stich, als sie den Begleittext las. Mutter zu werden war in früheren Epochen stets mit dem Schatten des Todes behaftet, vor dem Beginn der modernen Geburtshilfe war jede vierte Frau im Kindbett gestorben.

Während der Besichtigung der unterschiedlichen Räume hatte sie auch nach Erinnerungen an die ehemaligen Borkumer Kindererholungsheime Ausschau gehalten. Womöglich hatte sie etwas übersehen, aber bis auf zwei Ehrenurkunden, die einem der Kinderkurheime Siege im Sandburgenbau bescheinigten, hatte sie nichts finden können.

Doch was hätte man zu dem Thema auch ausstellen wollen? Ausgerechnet hier, in diesem freundlichen kleinen Museum, wo aus jedem Detail die hingebungsvolle Begeisterung der Kuratoren sprach – es wäre nicht der richtige Ort gewesen. Die Besichtigung sollte ein Spaß für Groß und Klein sein, die Besucher wollten in beschaulichen alten Zeiten schwelgen. Das traurige kleine Totenhemd, das ging gerade so durch, doch es gehörte zu einer ganz anderen Zeit, die lag fast zweihundert Jahre zurück. Zu lange her, um noch wehzutun.

Die Erinnerungen der Verschickungskinder hätten hier gar nicht hineingepasst.

*

»Das war sehr schön«, kommentierte sie, als sie gemeinsam mit Ole wieder ins Freie trat. Es war nicht bloß so dahingesagt, der Rundgang hatte ihr wirklich gefallen. Und sie verstand auch, warum Ole das Museum mochte – so viele Facetten der Insel fanden sich dort wieder, die Geschichte von Seefahrern, Fischern und Walfängern, von Bauern, Handwerkern und Bürgern, von den Anfängen des Fremdenverkehrs, der überreichen Fauna. Es war von allem etwas dabei und bot insgesamt ein Bild, das tief berührte, wenn man es zuließ. Ein Stück Heimat, wie es der Name schon sagte. Heimat, das war immer da, wo man bleiben und nicht mehr wegwollte.

Hanna musste an Luise denken, an ihre Naturbeobachtungen und das Glück, das sie dabei empfunden hatte, und mit einem Mal war sie durchdrungen von dem Wunsch, dem Schicksal dieser Frau nachzuspüren. Herauszufinden, was aus ihr geworden war, wohin es sie verschlagen und wie sich ihr Leben weiterentwickelt hatte. Ob sie, nachdem sie weggezogen war, in späteren Jahren noch einmal auf die Insel zurückgekehrt war? Ihren Beschreibungen zufolge hatte sie sich so sehr mit der hiesigen Landschaft verbunden gefühlt, dass es Hanna nicht gewundert hätte.

»Was machen wir als Nächstes?«, fragte sie Ole, der sie lächelnd betrachtete.

»Hast du schon zu Abend gegessen?«, wollte er wissen.

Hanna schüttelte den Kopf. Sie hatte sich vom Frühstücksbüfett eine Banane und ein Vollkornbrötchen mitgenommen und beides im Laufe des Tages verzehrt, aber mehr auch nicht. Mittlerweile hatte sie solchen Hunger, dass sie schon erwogen hatte, in ihrer Handtasche nach dem zerdrückten Riegel zu graben, den sie immer für Notfälle dabeihatte.

»Ich auch nicht«, sagte Ole. »Wollen wir was essen gehen?«

Sie erwiderte sein Lächeln. »Ich dachte schon, du fragst nie.«

Sie gingen in ein Lokal, das ein alter Freund von Ole betrieb und wo es seiner Meinung nach das beste Muschelragout der Insel gab. Es war bis auf den letzten Platz besetzt, doch der Inhaber hatte einen Zweiertisch für Ole frei gehalten. Er kam persönlich aus der Küche, um Ole mit einem herzlichen Schulterklopfen zu begrüßen. Ole stellte sie einander vor, und Hanna fand seinen Freund auf Anhieb sympathisch. Claas war ein Mittvierziger mit einer bärenhaften Statur und gemütvollen blauen Augen, und ihm schien zu gefallen, dass Ole in weiblicher Begleitung hier aufkreuzte. Er befahl Ole, sie ja bei Laune zu halten, und zur Förderung dieser Mission servierte er ihnen vor dem Essen einen Aperitif, der Hanna überraschend gut schmeckte, obwohl mindestens eine Zutat aus Sanddorn bestand. Diese Früchte waren normalerweise nicht ihr Fall.

Das Ragout war köstlich, ebenso das dazu gereichte Schwarzbrot, und zu trinken gab es Bier, auch das war eine Empfehlung von Claas. »Schmeckt zu den Muscheln einfach am besten«, erklärte er, und Hanna kam nicht auf die Idee, ihm zu widersprechen.

Ole erzählte, dass Claas und er manchmal zusammen segeln gingen. Claas besaß ein kleines Kajütboot, schon seit seiner Jugend, und so stachen sie hin und wieder in See und schipperten zwischen den Inseln herum.

Sie tranken noch ein Bier und redeten über Gott und die Welt. Um sie herum herrschte lebhafter Betrieb, aber sie hätten ebenso gut in einer einsamen Klause sitzen können, so sehr waren sie aufeinander fokussiert. Nichts drang zu ihnen durch, keine Gespräche, kein Gelächter, kein Geschirrklappern. Wieder fühlte Hanna das Vibrieren dieser inneren Antennen, die jedes noch so kleine Signal aus seiner Richtung auffingen und richtig einordneten. Die Stimmung zwischen ihnen hatte sich nach und nach erotisch aufgeladen, sie saßen wie unter einer Glocke, die jemand mit einem gezielten Schlag zum Schwingen gebracht hatte. Immer wieder versanken ihre Blicke ineinander, ihnen beiden war völlig klar, worauf es hinauslief. Das Herz schlug ihr bis zum Hals, als er sie fragte, ob sie vielleicht eine Runde am Strand spazieren gehen wolle.

Natürlich wollte sie. Sie kamen gerade zur richtigen Zeit dort an – die Sonne ging unter. In einem feurigen Farbenspiel aus Rosa, Orange und Purpur versank sie im Meer und hinterließ einen flammenden Widerschein am Horizont. Sie wanderten in Richtung Jugendbad weiter, wo sich hinter den hoch aufragenden Dünen weite Sandflächen erstreckten, die um diese Uhrzeit nahezu menschenleer waren.

»Ihr habt es wirklich schön auf eurer Insel«, sagte Hanna, weil sie den Eindruck hatte, dass sie endlich mal wieder irgendwas sagen sollte.

»Ja, hier lässt es sich gut leben«, bestätigte Ole. »Deshalb nennen wir Borkum auch den schönsten Sandhaufen der Welt. Aber das hast du sicher schon gehört, oder?«

»Ja«, sagte Hanna.

»Dachte ich mir«, meinte Ole, nur um gleich darauf wieder in Schweigen zu verfallen. Sie spürte, dass er mit Hochdruck über eine Methode nachsann, wie er den nächsten Schritt angehen sollte. Genauso wie sie. Verdammt, das letzte Mal war schon so lange her! Früher war das alles viel einfacher gewesen!

Hanna räusperte sich und blieb stehen. »Ich zieh mal eben die Schuhe aus, da ist, glaube ich, jede Menge Sand drin.« Sie zog sich ihre Laufschuhe aus – er hatte ja angeregt, sie solle bequeme Schuhe tragen –, zuerst den einen, dann den anderen, wobei sie jeweils auf einem Bein balancierte. Als sie dabei kurz aus dem Gleichgewicht geriet, ergriff Ole ihren Arm, um sie zu stützen. Und dabei passierte alles Weitere fast von allein. Aus dem Stützgriff wurde eine spontane Umarmung, und im nächsten Atemzug hätten sie sich endlich geküsst. Wenn nicht …

»Mom?«, kam es ungläubig aus einiger Entfernung.

Ole löste sich hastig von ihr, und Hanna fuhr herum.

Hinter einer Düne war ihre Tochter aufgetaucht, zusammen mit Bengt. Beide waren in Sportklamotten unterwegs und hatten ihre Strandtaschen über der Schulter hängen.

»So ein Zufall«, sagte Hanna.

»Ja, krass«, meinte Bengt ehrlich erstaunt. »Wir waren kiten und wollten auch gerade zurück zum Hotel. Da können wir ja zusammen gehen!«

Und so gingen sie zu viert zurück, Katie und Bengt vorneweg, Hanna und Ole hinterdrein.

Sie sprachen nicht viel, nur einmal beugte sich Ole zu ihr rüber. »Morgen ist auch noch ein Tag!«, raunte er ihr ins Ohr.

Sie nickte und lächelte, wenn auch leicht verkrampft. Das unvermutete Auftauchen ihrer Tochter hatte sich wie eine Eisdusche angefühlt. Mütter hatten keine sexuellen Interessen, jedenfalls nicht nach dem Dafürhalten ihrer halbwüchsigen Kinder. Sie hatte Katies Blick so problemlos deuten können, als hätte ihre Tochter ihr ein Schild hingehalten, auf dem stand: *Echt jetzt?*

Vorm Hotel verabschiedeten sie sich mit ein paar lockeren Bemerkungen. Im Foyer unterhielt Katie sich kurz mit Bengt, während Hanna ihr Handy checkte, das eben in ihrer Tasche gesummt hatte. Ole hatte ihr auf den letzten Metern seines Heimwegs bereits geschrieben.

Morgen früh um 8 am Hundestrand?

Sie schickte einen erhobenen Daumen zurück.

Acht Uhr war ziemlich früh, doch er musste ja zeitig in die Praxis, und sie hätte sowieso laufen wollen.

Sie war immer noch beseelt von dem wundervollen Abend mit ihm, es hatte sich alles perfekt angefühlt. Ihr war nicht mal ansatzweise in den Sinn gekommen, mit ihm über die beklemmenden Déjà-vus zu sprechen – das hatte sie völlig vergessen. Aber wie er schon gesagt hatte – morgen war auch noch ein Tag.

Beschwingt wollte sie in Richtung Treppenhaus gehen, als ihr von der Seite Isa in den Weg trat.

»Hanna, wie geht es dir? Ich hoffe, du hattest einen großartigen Abend! Du warst mit Ole aus, nicht wahr?«

»Ja, das stimmt«, antwortete Hanna widerstrebend. Unangenehm berührt sah sie Isa an. »Woher weißt du das?«

»Ach, die Insel ist so klein, alle Leute kennen sich, und außerdem haben wir ja gesehen, wie Ole dich abgeholt hat.«

»Wir?«, fragte Hanna, abermals in einem Tonfall, der in ihren eigenen Ohren töricht klang.

Wie zur Antwort erschien in diesem Moment Jan auf der Bildfläche, im gleichen dunklen Hosenanzug wie seine Schwester. Die Ähnlichkeit stach so extrem ins Auge, dass es schon fast surreal war. Hätte Isa sich das Haar kurz schneiden lassen, hätte man sie aus einiger Entfernung leicht mit ihrem Bruder verwechseln können.

»Können wir mal kurz mit dir reden?«, bat Isa. »Es wäre wichtig.«

Hanna fiel auf die Schnelle keine glaubhafte Ausrede ein. Es war spät, aber nicht so spät, um schon ins Bett zu müssen.

»Dauert auch bestimmt nicht lange«, fügte Isa hinzu, womit Hanna noch weniger Gründe blieben, die Bitte abzulehnen.

Mit gemischten Gefühlen folgte sie Isa und Jan zur Hotelbar, einem durch Pflanzkübel und berankte Spaliere von der übrigen Eingangshalle abgeteilten Bereich. Die Bar war in einem ähnlichen Stil gehalten wie das Foyer – Messing, poliertes Holz, mit Jugendstilornamenten verzierte Wände. Ein paar bequeme Sitzgruppen, gepolsterte Hocker an der Theke, dahinter eine hohe Wand aus Spiegelglas mit Spirituosen aus aller Herren Länder. An einem der Tische saßen drei Leute, die sich leise unterhielten, und hinterm Tresen stand ein junger Angestellter, der Gläser polierte, ansonsten war niemand da. Aus verborgenen Lautsprechern tönte sanfte Instrumentalmusik, Hanna kannte sie aus einem ihrer Lieblingsfilme, *Forrest Gump*. Unweigerlich kam ihr auch der berühmt gewordene Spruch in den Sinn.

Meine Mama hat immer gesagt, das Leben ist wie eine Schachtel Pralinen. Man weiß nie, was man kriegt.

Im Gegensatz dazu wusste Hanna genau, was ihr bevorstand. Eigentlich hätte sie es sich auch gleich vorn beim Empfang anhören können, statt sich zuerst von Isa und Jan auf eines der weichen Sofas komplimentieren und von dem jungen Barkeeper einen Drink servieren zu lassen.

»Du ahnst sicher schon, warum wir mit dir sprechen möchten, Hanna«, sagte Isa mit einem so strahlenden Lächeln, dass man glauben konnte, sie würde gleich einen riesigen Jackpot-Gewinn verkünden.

Hanna wollte die Sache hinter sich bringen, also versuchte sie gar nicht erst, sich dumm zu stellen. »Ich schätze, es geht um meinen Artikel.«

»Genau«, sagte Isa, und wieder einmal fiel es Hanna auf, wie selten Jan sich zu Wort meldete. Es war fast so, als genügte es ihm, wie ein Schatten seiner Schwester aufzutreten und so ihre geballte Präsenz zu verstärken.

Isa legte ihre makellos manikürten Finger gegeneinander, bis sie ein Dach bildeten. »Wir machen uns Sorgen wegen dieses Artikels«, erklärte sie. »Du musst wissen, dass wir unser ganzes Geld in dieses Hotel gesteckt haben. Wir schreiben immer noch keine schwarzen Zahlen. Schlechte Presse wäre für uns eine Katastrophe. Und nicht nur für uns. Auch für Bengt. Und unsere Großmutter, die wir nach der Übernahme und dem Umbau des Hotels aus dem Altenheim zu uns geholt haben.« Der Winkel zwischen ihren Fingerspitzen verengte sich, bis beide Handflächen sich berührten. Es sah aus, als würde sie beten. Oder verzweifelt um etwas bitten. Was sie vermutlich auch gerade tat, ob mit Absicht oder nicht.

In Hanna krochen widersprüchliche Gefühle hoch, sie war hin- und hergerissen, aber die Waagschale neigte sich eindeutig zur Seite der Verschickungskinder. Isa und Jan taten ihr leid, man hätte schon ein Herz aus Stein haben müssen, um ihre Sorgen einfach wegzuwischen. Doch finanzielle Erwägungen von zwei Menschen über das tausendfach dokumentierte Leid ungezählter Kinder zu stellen, war für sie keine Alternative.

»Du siehst das falsch, Isa«, erklärte sie. »Es gibt bei diesem Artikel gar kein Entweder-oder. Wenn ich über die Vergangenheit des Hotels als Kinderkurheim berichte, muss euch das überhaupt nicht negativ dastehen lassen! Ihr habt das Hotel erst vor zwei Jahren erworben und mit der Vergangenheit nichts zu tun! Wenn ihr möchtet, könnte ich euch auch zu Wort kommen lassen, sodass ihr eurem Mitgefühl Ausdruck verleihen könntet. Und es ist ganz und gar nicht gesagt, dass irgendwer vor einer Buchung zurückschreckt, nur weil das Haus damals ein Kinderkurheim war! Ich finde, da steigert ihr euch in was rein.«

So, jetzt war es raus. Ihre Meinung stand im Raum, explizit und gut begründet, und sie würde sich nicht davon abbringen lassen.

Isa musterte sie eindringlich. »Wie genau willst du den Artikel denn aufziehen?«

»Das kann ich zum jetzigen Zeitpunkt noch nicht sagen«, behauptete Hanna. Sie hatte natürlich längst ein Konzept, aber nicht die geringste Lust, ihre Herangehensweise darzulegen.

»Können wir uns darauf verlassen, dass du keine alten Familienskandale als Aufhänger verwenden wirst?«

Diese Frage kam ausnahmsweise von Jan.

»Was für Familienskandale?«, wollte Hanna irritiert wissen. Ging es um die lange zurückliegende Beziehung zwischen Ole und Isa? Befürchtete Jan, dass in dem Artikel auch Isas Lebensweg verhackstückt werden könnte? Oder die Tatsache, dass Jan ihr wie ein treuer Paladin sogar nach Kopenhagen hinterhergezogen war? Verständlich, dass sie das nicht öffentlich breitgetreten haben wollten.

»Keine Sorge«, stellte Hanna klar. »Eure familiäre und private Vergangenheit geht niemanden was an, das bleibt in meinem Artikel außen vor.«

Sie hatte nicht den Eindruck, dass ihre Beteuerung bei Jan und Isa für Erleichterung sorgte, aber wenigstens machten sie keine Versuche mehr, Hanna mit weiteren Fragen zu nerven. Nachdem sie kurz an dem Cocktail genippt hatte, erklärte sie, dringend noch telefonieren zu müssen. Höflich bedankte sie sich für den Drink und wünschte ihren Gastgebern eine gute Nacht.

*

Es ging schon auf elf Uhr zu, doch Hanna sah beim Durchgehen ihrer Nachrichten, dass ihre Mutter online war. Kurz entschlossen rief sie bei ihr an.

»Hallo, Mama, guten Abend! Wie geht es dir?«

»Hanna! Wie schön, dass du anrufst!« Es klang erfreut und überrascht, und mit leisen Gewissensbissen dachte Hanna, dass sie sich öfters bei ihrer Mutter melden könnte. Einfach mal so zwischendurch, ganz spontan und ohne besonderen Anlass. Manchmal sprachen sie wochenlang nicht miteinander, schrieben sich immer nur kurze Botschaften, etwa:

Schönes Wochenende, mein Kind!

Danke, dir auch, Mama.

Und schon ging man wieder zum Tagesgeschäft über.

»Habt ihr eine gute Zeit, du und Katie?«

»Ja, hier auf der Insel ist es wirklich nett.«

»Wie ist die Unterkunft?«

»Oh, die ist auch prima.« Hanna zauderte, denn es wäre der passende Zeitpunkt gewesen, ihrer Mutter zu offenbaren, dass sie und Katie in der einstigen Villa Aurelia Quartier bezogen hatten. Doch das konnte sie auch später erzählen.

»Mama«, platzte sie stattdessen heraus. »Kannst du dich an eine Betreuerin aus der Kur erinnern, die Tante Angela hieß?«

Am anderen Ende der Leitung herrschte Schweigen.

»Tante Angela«, sagte ihre Mutter mit seltsam dünner Stimme. Es hörte sich fast an wie bei einem Kind. »Oh, mein Gott, ja! Lieber Himmel, Hanna! Es fällt mir wieder ein, wer das war! Sie war … furchtbar! Eine richtige Hexe! Ich glaube, sie sah auch aus wie eine! Mit schwarzen Haaren und giftigen Augen!«

»Weißt du noch, dass sie dir den Teddy weggenommen hat?«

Abermals wurde es still in der Leitung, ihre Mutter sagte kein Wort.

»Mama?«, fragte Hanna besorgt. Was tat sie hier eigentlich? Wie konnte sie ihre Mutter mal eben so am Telefon mit derartig belastenden Fragen drangsalieren! Und dann auch noch am späten Abend. »Schon gut, Mama, vergiss es einfach, wir reden nicht mehr drüber.«

Doch für einen Rückzieher war es zu spät.

»Meinst du Bärli?«, fragte ihre Mutter. Es klang angespannt.

»Hieß so dein Teddy?«

»Ja. Er war mein liebster Freund, bis ich in die Schule kam. Ich habe keinen Schritt ohne ihn gemacht. Hatte ich den schon auf Borkum?«

»Ja, Mama. Oma hatte dir ein Paket geschickt, zu deinem fünften Geburtstag. Da war er drin.«

»Ich kann mich nicht mehr daran erinnern«, sagte ihre Mutter.

Ihr trostloser Tonfall schnitt Hanna ins Herz. »Ist auch besser so, Mama. An manche Dinge sollte man sich nicht erinnern müssen.«

Vor dem Gespräch hatte sie vage in Erwägung gezogen, ihre Mutter nach einem Kind namens Josef zu fragen. Nach dem Hering, den es zu ihrem fünften Geburtstag gegeben hatte. Aber was hätte es geändert, wenn es ihr wieder eingefallen wäre? Dadurch wäre all das Leid aus jenen Tagen nur wieder an die Oberfläche gespült worden.

»Wie konntest du das alles rausfinden?«, wollte ihre Mutter wissen.

»Das gehört zu meinem Beruf, Mama.«

»Und was sagen die Leute dazu?«

»Welche Leute?«

»Die, mit denen du redest und die dir diese Dinge erzählt haben. Die müssen doch dabei gewesen sein, oder?«

»Manche schon, genau wie du. Die können sich nur besser erinnern.«

»Es tut mir leid, dass ich so viel vergessen habe! Aber ich war ja noch klein!« Hannas Mutter schien zu glauben, sie müsse sich rechtfertigen.

»Mama, so habe ich das nicht gemeint! Es ist biologisch bedingt, dass kleine Kinder das meiste vergessen und dass größere sich mehr merken können. Das hat die Natur extra so eingerichtet.« Hanna hatte mal einen wissenschaftlichen Aufsatz darüber gelesen. Das Phänomen nannte sich infantile Amnesie. Ein Erklärungsansatz bestand darin, dass in den frühen Lebensjahren die neuronale Entwicklung im Gehirn noch nicht abgeschlossen war, so konnten sich die ersten Erinnerungen nicht lange halten. Was sicherlich, so Hannas Resümee, in der Regel auch besser war. Frühkindliche Erfahrungen waren eine einzige Abfolge von *Trial and Error,* in einer Endlosschleife aus Hilflosigkeit und Unselbstständigkeit, begleitet von extremen Umbrüchen und Angstzuständen. Dunkelheit. Durst. Alleinsein. Badewasser, das über den Kopf gegossen wurde. Ein Geburtstagsteddy, den man nicht behalten darf. Ein einziges riesengroßes Trauma.

»Was machst du am Wochenende, Mama?«, lenkte Hanna das Gespräch auf ein anderes Thema. »Triffst du dich mit deinen Freundinnen?«

»Ja, wir sind am Samstag mal wieder bei Birgit, die kocht für uns. Und hinterher spielen wir Canasta.«

»Da wünsche ich dir viel Spaß, Mama!« Ein wenig trübselig fragte Hanna sich, ob ihre Unterhaltungen mit Katie in fünfundzwanzig Jahren wohl so ähnlich klingen würden. Nach freundlichem Desinteresse, belanglosem Informationsaustausch und pflichtschuldiger Anteilnahme.

»Danke, Kind. Und was macht ihr so?« Das wiederum klang ehrlich interessiert, was Hannas schlechtes Gewissen nur vertiefte.

»Wissen wir noch nicht genau. Auf jeden Fall gehen wir radeln und schwimmen, und ich werde auch joggen.«

Natürlich verschwieg sie, dass Katie sich schon am ersten Tag in einen Jungen verguckt hatte, und erst recht ließ sie unerwähnt, dass sie selbst auch einen Urlaubsflirt am Start hatte.

Sie unterdrückte ein Seufzen. Viele Mütter waren angeblich die besten Freundinnen ihrer Töchter, aber bei ihr war es definitiv nicht so. Und wenn man der Wahrheit ins Gesicht schaute, galt das wohl auch für ihre eigene Tochter.

Nur eine Sache würde sich bis ans Ende ihrer Tage nie ändern, und auch dabei handelte es sich um eine unverrückbare Wahrheit.

»Ich hab dich lieb, Mama«, sagte sie unvermittelt, und aus ihrer Stimme klang eine so tief empfundene Zuneigung, dass die negativen Gefühle von eben sich dabei in nichts auflösten. Auf manche Dinge kam es eben mehr an als auf andere.

»Ich hab dich auch lieb, Kind«, erwiderte ihre Mutter voller Rührung.

»Gute Nacht, Mama.«

»Dir auch eine gute Nacht. Pass auf dich auf!«

»Mach ich, Mama! Noch mal gute Nacht, und schlaf schön!«

»Du auch, mein Kind.«

Hanna trennte die Verbindung und streckte sich auf dem Sofa aus. Jemand vom Housekeeping hatte es während ihrer Abwesenheit unaufgefordert in ein Bett verwandelt.

Die Verbindungstür zum Schlafzimmer stand offen. Katie saß mit angezogenen Beinen im Bett und las in Luises Tagebuch, offenbar völlig versunken in die Lektüre.

Hanna stand vom Sofa auf und klopfte an den Türrahmen. »Darf ich?«

Katie nickte geistesabwesend, und ohne aufzuschauen. Hanna setzte sich zu ihr aufs Bett.

»Da bleiben viele Fragen offen, stimmt's?«, fragte sie.

Katie hob den Blick und sah sie ratlos an. »Ich versteh's nicht, Mom.«

»Was denn genau?«

»Na, das.« Katie deutete auf das Tagebuch. »Ich lese es jetzt schon zum zweiten Mal und kapiere immer noch nicht, wieso sie nicht einfach die Polizei gerufen hat. Sie hat doch *gehört,* dass da mit dem Tod des kleinen Jungen was faul war! Und diese ganzen Misshandlungen, der Psychoterror! Das waren *Straftaten!* Das hätte sie den Behörden melden müssen, die hätten den Laden gleich dichtgemacht!«

»Eben nicht«, meinte Hanna. »Es passierte alles unter Aufsicht und mit dem Segen der Behörden. Diese ganzen Strafen, der Drill, die Schläge – nichts davon war verboten. Das wurde erst Jahre später mit Sanktionen belegt, und selbst da hat sich anfangs kaum einer dran gehalten. Rein rechtlich konnte man denen nichts.«

»Aber der kleine Junge ist *gestorben!*«, hielt Katie ihr vor. »Das war doch unterlassene Hilfeleistung!«

Hanna nickte bedrückt. Ja, das hatte Luise sich auch selbst zum Vorwurf gemacht, wobei sie am allerwenigsten was dafürkonnte. Das war allein dieser perfiden Angela zur Last zu legen.

Sie erzählte Katie davon, mit welchen Methoden man damals eklatante Missstände vertuscht und bagatellisiert hatte, sobald jemand wagte, sie publik zu machen. Selbst wenn es einmal zu einer behördlichen Untersuchung gekommen war, hatten sich immer wieder Mittel und Wege gefunden, die Fälle ohne öffentliches Aufsehen beizulegen.

»Darüber willst du in dem Artikel schreiben, oder?«, wollte Katie wissen.

Hanna nickte. »Darüber und über andere Dinge. Ich möchte deutlich machen, dass hinter diesen Verschickungen ein Riesensystem steckte. Eine gewaltige Maschinerie mit vielen Verantwortlichen. Krankenkassen. Gesundheitsämter. Jugendämter. Kommunalverwaltungen. Kinderärzte. Schulen. Und unzählige Betreiber von teilweise obskuren Einrichtungen. Die Kinderkurheime wurden nicht bloß von bekannten Institutionen wie der Caritas oder der Arbeiterwohlfahrt oder der Kirche geführt. Sondern zu vierzig Prozent von Privatleuten. Und unter denen gab es welche, die man heute sofort wegsperren würde.« Hanna merkte, wie sehr sie sich in Rage geredet hatte. Wollte Katie das überhaupt alles so genau wissen?

Doch ihre Tochter hatte ihr mit ernster Miene zugehört.

»Ich bin froh, dass du darüber schreibst, Mom. Auch wenn es schon damals jemand hätte tun müssen. Als diese Typen die armen Kinder in ihren Krallen hatten.« Katie schüttelte den Kopf. »Echt gut, dass so was heute nicht mehr möglich ist. Das würde dermaßen schnell viral gehen, dass so jemand sich nicht mehr aus dem Haus trauen könnte!«

Hanna nickte zustimmend. Fast genauso hatte auch Ole es mit seiner Bemerkung über die Hashtags auf den Punkt gebracht.

»Was glaubst du – hatte der Arzt was mit dem Tod des kleinen Jungen zu tun?«, fragte Katie sie.

Hanna schüttelte den Kopf. »Ich denke nicht. Bei diesem Gespräch, das Luise belauscht hat, muss irgendwas anderes dahinterstecken.«

»Aber was?«

»Ich versuche, es rauszufinden. Der kleine Junge – er hieß übrigens Josef. Das hat Sabine mir heute erzählt.«

»Die Frau, mit der du telefoniert hast? Die war auch damals da, oder?«

»Ja, zur selben Zeit wie Josef und Omi.«

»Vielleicht leben noch Verwandte von dem kleinen Jungen«, meinte Katie nachdenklich. »Seine Eltern sind bestimmt schon tot, aber es gibt eventuell Geschwister. Wenn Sabine sich an seinen Nachnamen erinnert, könnte man Nachforschungen anstellen.«

Hanna sah ihre Tochter überrascht an. »Das ist eine super Idee, Katie!«

»Und was ist mit den Leuten, die da gearbeitet haben? Kennt Sabine auch von denen die Namen?«

»Auch bloß die Vornamen. Angela. Friederike. Luise. Georg. Da bin ich bislang nicht weitergekommen. Ich hatte ja schon im Vorfeld die Krankenkasse angeschrieben, die damals für die Villa Aurelia zuständig war, allerdings hatten die keine Unterlagen mehr, weder über die Verschickungskinder noch über das Personal. Fehlanzeige auch beim Jugendamt und bei der Kommunalverwaltung. Es waren private Betreiber, die sind mit der Zeit im Dunkel der Geschichte verschwunden.«

»Schade.« Katie zögerte, bevor sie weitersprach. »Da ist noch was, Mom. Dieser Doktor V., von dem Luise schreibt – ich glaube, der hieß Vandenberg und war der Opa von Ole. Ole hat doch erzählt, dass sein Großvater nach dem Krieg die Praxis aufgemacht hat.« Verlegen sah sie Hanna an. »Du stehst auf ihn, oder? Als Mann, meine ich.«

Hanna zuckte stumm die Achseln. Aber dann besann sie sich. Ihre Tochter hatte schließlich Augen im Kopf. Garantiert hatte sie am Strand gesehen, dass Ole und sie drauf und dran gewesen waren, sich zu küssen.

»Ja, ich mag ihn, und wir wollen uns wieder treffen«, räumte sie ein. »Und ich habe auch schon mit ihm über seinen Großvater gesprochen. Ole hat keine Erinnerungen mehr an ihn, er war noch klein, als sein Opa starb. Doch er will mal in alten Unterlagen suchen, vielleicht findet sich da was.«

»Würdest du dann auch darüber schreiben, wenn was Schlimmes herauskäme? Oder eher nicht, wegen Ole?«

Diese Frage hatte Hanna sich auch schon gestellt.

Katie schien ihren inneren Zwiespalt zu spüren, sie drang zu Hannas Erleichterung nicht auf eine Antwort. Stattdessen gab sie ihr das Tagebuch zurück, kletterte aus dem Bett und ging ins Bad, um sich die Zähne zu putzen.

Hanna machte sich anschließend ebenfalls zum Schlafengehen fertig. Das Tagebuch nahm sie mit ins Bett beziehungsweise aufs Sofa. Auch sie hatte inzwischen alles doppelt und dreifach gelesen, doch einfach so zur Seite legen konnte sie es trotzdem nicht. Irgendwas zwang sie dazu, die einzelnen Abschnitte immer wieder durchzugehen. Bestimmte Sätze auf möglicherweise versteckte Aussagen hin zu untersuchen und sich auszumalen, was Luise beim Schreiben wohl gedacht hatte. Was sie *gefühlt* hatte.

Hanna vermutete, dass Luise das Tagebuch nach ihrer Entlassung auf der Insel vergessen hatte. Vielleicht hatte sie es aber auch, bevor sie aufs Schiff gestiegen war, absichtlich irgendwo liegen lassen, weil sie einen kompletten Schnitt wollte. Keine lästigen Erinnerungen im Gepäck.

Und als Angela sie rausgeworfen hatte – wie hatte Luise darauf wohl reagiert? Gefasst und ruhig? Aufgewühlt und enttäuscht? Oder einfach nur erleichtert darüber, dass sie diesem Horrorhaus den Rücken kehren konnte?

Fragen über Fragen.

Abermals wurden Hannas Augen ohne ihr Zutun auf den letzten Eintrag gelenkt, und wieder las sie ihn Wort für Wort, als könnte sie dadurch dem Tagebuch Geheimnisse entreißen, die zwischen den Zeilen verborgen waren.

*

18. August 1963

Seit dem Tod des kleinen J. scheint sich alle Fröhlichkeit und jede Form von Freude aus der Villa verflüchtigt zu haben wie Blütenstaub, der von einem Sturmwind verweht wird. Die allgemeine Stimmung ist von morgens bis abends gedrückt, und in den Nächten hört man die Kleinen oft weinen. Ich schlafe nun immer bei offener Tür und bleibe mit halbem Ohr wach, damit ich rasch zu den Kinderschlafsälen rüberlaufen kann, ehe A. aufmarschiert und die Kleinen mit ihren grausamen Strafen traktiert. Egal, wie sehr sie mich niedermacht, ich widerstehe ihr und weigere mich, ihre drakonischen Methoden zu unterstützen, von denen sie viele praktiziert: eine Stunde mit dem Gesicht zur Wand stehen, nur wegen eines unerlaubten Toilettengangs. Am Bettpfosten festgebundene Ärmchen, nur weil der kleine B. sich im Schlaf oft die Haut aufkratzt. Und immer wieder dieses Keifen beim Essen, wenn nicht alles schnell genug in den Mündern verschwindet. A. scheint es als ihre heiligste Pflicht zu betrachten, die Kinder zu mästen, damit sie ordentlich zulegen und bei der nächsten ärztlichen Untersuchung ein Pfund mehr auf die Waage bringen. Sie sollen unbedingt schwerer nach Hause reisen, als sie angekommen sind. Bewegungsspiele an der frischen Luft verhindert sie bei jeder Gelegenheit. Fußball oder Fangen, Seil hüpfen oder einfach nur herumtollen, wie Kinder es nun mal brauchen – A. schreitet sofort ein, wenn sie es mitbekommt. Gestattet sind

bloß behäbige Kreisspiele, bei denen nicht gerannt wird. Sport verbraucht Kalorien, und Kalorien verbrauchen heißt Gewicht verlieren. Deshalb dürfen auch alle nur im Gänsemarsch spazieren gehen, langsam und ordentlich und in gesitteten Zweierreihen.
Manchmal kommt A. mir vor wie die Hexe aus Hänsel und Gretel, bei der alles darum geht, die Kinder herauszufüttern, um sie möglichst bald fressen zu können. Bloß dass die Villa kein Knusperhäuschen ist, sondern nichts weiter als ein trauriges Gefängnis, in dem für die Kinder überwiegend miserables Essen auf den Tisch kommt. An Herrn K.s mangelnder Kochkunst liegt es nicht, uns Mitarbeitern setzt er durchaus schmackhafte Kost vor, aber für die Kurkinder greift er größtenteils auf nicht verbrauchte Kantinenvorräte der Marine zurück, mit der es wohl eine Art Abnahmevereinbarung gibt. So wird alles lieblos in die Pfannen und Töpfe gepanscht, und fertig. Für den Rest des Tages zieht er sich mit seiner Rumflasche auf sein Zimmer zurück. Es ist eins von denen, bei denen die Fenster mit Brettern zugenagelt sind, weil A. noch auf den Glaser wartet. Man versteht fast, warum Herr K. sich so oft betrinkt. Handwerker sind rar gesät und teuer, auf der Insel wird überall gebaut. Deshalb ist auch immer noch der alte Tarnputz aus dem Krieg an den Außenwänden der Villa, und im Keller tropfen laufend sämtliche Armaturen.
Bleibt die Frage: Was hat das alles mit einer Erholungskur zu tun?! Sämtliche der harmlosen kleinen Vergnügungen, die all die anderen Urlaubsgäste auf der Insel genießen, bleiben den Verschickungskindern verwehrt. Während die vielen Kinder, die mit ihren Eltern hier Ferien machen, sich fröhlich in den Wellen austoben oder Drachen steigen lassen können, marschieren unsere »Sozialgäste« (so lautet hier auf der Insel tatsächlich der amtliche Ausdruck dafür!) nur wie kleine

Soldaten durch den Ort. Niemand kauft ihnen an der Milchbude ein Eis, niemand geht mit ihnen runter zum Strand, damit sie wie all die anderen angereisten Kinder mal auf einem der Eselchen reiten können. Einzig ein Andenken haben sie sich von ihrem Taschengeld kaufen dürfen, im Laden beim Leuchtturm, und den Rest des Geldes sollen sie mit nach Hause nehmen, damit bei den Eltern ein Eindruck perfekter Rundumversorgung hängen bleibt.
Singen, Vorlesen, kleine Bastelarbeiten, Brettspiele oder Malen sind das höchste der Gefühle, es ist ein Jammer.
Gestern habe ich mich endlich trotz meiner Niedergeschlagenheit so weit zusammenreißen können, dass ich bei einem gemeinsamen Essen des Personals vorschlug, mit den Kindern eine Nachtwanderung zu veranstalten, um ein wenig Abwechslung in ihren gähnend langweiligen Aufenthalt zu bringen. Mit einem kleinen Lagerfeuer in den Dünen, Stockbrot und Gesang zur Gitarre. Bloß mit den Schulkindern, es wäre eine begrenzte Zahl und mit zwei Aufsichtspersonen leicht durchzuführen. G. hatte sich schon bereit erklärt, mitzumachen. Wir beide hätten das hinbekommen, ohne dass A. oder F. ihren Feierabend dafür opfern müssten.
Doch ich hatte es kaum gesagt, als A. mich auch schon anpflaumte, ob ich denn noch alle Tassen im Schrank hätte, wir wären hier schließlich kein Pfadfinderverein, sondern ein Kurheim. Und bei Dunkelheit hätten die Kinder zu schlafen, basta.
Zu meinem Erstaunen hielt Herr K. mir die Stange, er sagte sogar, es sei eine wirklich ausgezeichnete Idee, und A. solle nur mal überlegen, welch positiven Effekt es hätte. »Die Kinder hätten ihren Eltern und in der Schule was richtig Tolles zu erzählen«, meinte er. »Sie würden zu Hause ausführlich davon schwärmen!«
Auch G. ergriff meine Partei. »Bessere Werbung gäb's wohl

kaum«, sagte sie zu A., die daraufhin die Stirn runzelte und nachdachte, ehe sie schließlich mit widerwilliger Miene die Erlaubnis erteilte.
Damit war es ausgemacht – morgen wollen wir mit den Kindern nach Einbruch der Dunkelheit eine kleine Wanderung veranstalten, ein vorbereitetes Lagerfeuer anzünden und darin Stockbrot rösten. Ich nehme meine Gitarre mit und singe ein paar von den schönen neuen Songs, die ich eingeübt habe. G. habe ich sie schon vorgespielt, sie war ganz begeistert, vor allem über das Lied von Bob Dylan, das ich so sehr liebe – Blowin' in the Wind.
Heute wollte ich ursprünglich noch eine Tour in die Greune Stee machen, es ist mein freier Tag, und ich sehne mich schon die ganze Zeit danach, wieder die Vögel zu beobachten und mich damit auf andere Gedanken zu bringen. Um diese Jahreszeit tummeln sich dort vor allem Buchfinken, Birkenzeisige, Gelbspötter und Rotkehlchen, und auch der Kuckuck soll da anzutreffen sein. Zu meinem Schrecken war jedoch mein Fernglas weg, und ich konnte es trotz aller Mühen nicht finden. Wenn ich in diesen Minuten meiner vergeblichen Suche jemanden hätte verdächtigen müssen, für das Verschwinden verantwortlich zu sein, so hätte ich auf A. getippt, der ich in ihrer Bösartigkeit alles zutraue. Allerdings hatte nicht sie es weggenommen, wie ich bald herausfand.
Ohne Fernglas war leider kaum eine zufriedenstellende Tour möglich, doch ich dachte mir, dass ich es trotzdem versuche, und so machte ich mich auf den Weg. Zu Fuß, weil G. selbst mit dem Fahrrad unterwegs war. Bis zur Greunen Stee ist es zwar ein gutes Stück zu laufen, aber insgesamt nicht viel mehr als bei einem längeren Spaziergang.
Zu meiner Verwunderung sah ich nach gut hundert Metern etwas oben auf einer Düne aufblitzen, und als ich näher kam, entdeckte ich G.s Rad, das dort im Sand lag. Sie

selbst saß erhöht auf dem sandigen Hügel und blickte durch mein Fernglas, welches die Sonnenreflexion verursacht hatte. Als sie mich die Düne heraufklettern sah, stand sie sofort auf, um mir das Fernglas zu reichen.

»Ich hab's mir nur geborgt«, versicherte sie mir mit geröteten Wangen.

»Du hättest mich nur zu fragen brauchen«, meinte ich. »Dann hätte ich es dir gern geliehen.«

»Ich weiß. Doch du warst gerade nicht da.«

Ich war die ganze Zeit im Haus gewesen, allerdings möglicherweise zwischendurch auf der Toilette oder im Keller bei der Wäsche, deshalb hinterfragte ich ihre Antwort nicht weiter. Aber natürlich interessierte es mich, wofür sie das Fernglas gebraucht hatte. Ganz sicher nicht zum Beobachten der Vögel, denn sie hatte mir anvertraut, dass sie die nicht leiden könne.

Ich spähte mithilfe des Fernglases in die Richtung, in die sie vorhin geschaut hatte. Für mich stand sofort fest, was ihre Aufmerksamkeit auf sich gezogen hatte. Es war das Arzthaus. Im Garten saßen Dr. V. und seine Frau sowie sein Sohn beim Sonntagskaffee.

Ich setzte das Fernglas ab und drehte mich fragend zu G. um, die mich verlegen betrachtete.

»Denk jetzt bloß nichts Schlechtes von mir«, sagte sie, noch stärker errötend. »Ich bin keine Spannerin oder so was. Ich habe nur Mitleid. Der arme Mann, er hat heute Geburtstag!«

»Weshalb muss man da Mitleid haben?«

»Weil er so einsam ist.«

»Er sitzt doch mit seiner Familie zusammen«, widersprach ich. »Mit seiner Frau und seinem Sohn!«

»Aber sonst hat er niemanden!«, rief G. »Keine Freunde, keinen Menschen seines Standes, der Wert auf seine Gesellschaft legt. Klar, er hat viele Patienten, es gibt ja nur wenige

Ärzte auf der Insel. Trotzdem wird er immer noch wie ein Außenseiter behandelt! Für die Leute ist er bloß ein zugereister Fremder. Und dabei lebt er schon so lange auf Borkum!«

»Vielleicht liegt's an ihm selbst, dass er keinen Anschluss findet«, wandte ich ein. »Womöglich will er ja gar keinen.«

Damit gab ich ihr anscheinend zu denken. Sie ließ den Kopf hängen und wirkte mit einem Mal sehr traurig, fast verzweifelt.

*

TAG DREI

Hanna fühlte sich wie gerädert, als sie vom Summton ihres Weckers geweckt wurde. Sie hatte Albträume gehabt, aber an Details erinnerte sie sich nicht, nur an wirre Angstgefühle. Auf dem Kopfkissen neben ihr lag Luises Tagebuch, sie war darüber eingeschlafen. Es war immer noch auf der Seite mit dem letzten Eintrag aufgeklappt. Darunter stand als PS ein einziger Satz, mit dem das Tagebuch endete.

Ich glaube, G. ist heimlich in Dr. V. verliebt.

Danach kamen nur leere Seiten.

Hanna legte die Kladde weg und quälte sich vom Sofa hoch. Es war sieben Uhr, Zeit genug für eine schnelle Tasse Kaffee und einen Strandlauf, ehe sie Ole traf. Sie band sich das Haar zum Pferdeschwanz zusammen, packte Handy und Zimmerkarte in ihre Gürteltasche und sah vor ihrem Aufbruch kurz nach Katie. Ihre Tochter schlief noch tief und fest.

Der Frühstücksraum war bereits geöffnet, drinnen duftete es verführerisch nach frischem Kaffee. Von den übrigen Gästen war noch niemand da, Hanna war die Erste am Büfett. Doch sie hatte nicht vor, etwas zu essen. Frühstücken würde sie nachher wieder mit Katie. Alles, was sie jetzt dringend brauchte, war eine Dosis Koffein. Sie zapfte sich an dem chromblitzenden High-End-Automaten einen großen Cappuccino und setzte sich damit raus auf die Terrasse, wo die Sonnenschirme schon aufgespannt waren. Der Blick war fantastisch, und das Wetter auch. Blauer Himmel, strahlender Sonnenschein, frischer Wind – ein einziger Traum.

Sie nippte an ihrem Kaffee und versuchte, sich nicht zu sehr von der Vorfreude auf das Treffen mit Ole vereinnahmen zu lassen. Je intensiver man sich auf eine Sache einließ, umso schlimmer fiel am Ende die Enttäuschung aus. Er lebte hier, sie in Frankfurt. Mehr als eine Urlaubsromanze konnte sowieso nicht daraus werden.

Ein Schatten fiel über den Tisch. Eine alte Frau mit Krückstock hatte sich vor die Sonne geschoben, und Hanna erkannte erst auf den zweiten Blick, dass es sich um Isas und Jans Großmutter handelte, Margret Hansen. In der freien Hand hielt sie eine Tasse Kaffee, die sie auf dem Tisch abstellte.

»Moin«, sagte sie.

»Moin«, erwiderte Hanna unangenehm berührt. Was sollte das werden? Eine weitere Runde im Kampf um die Deutungshoheit über ihren Artikel?

Wortlos nahm die alte Frau gegenüber von Hanna Platz.

»Ich muss leider gleich los«, sagte Hanna mit gespieltem Bedauern.

Über das von Falten zerknitterte Gesicht huschte ein undeutbarer Ausdruck. »Amüsierst du dich gut mit dem jungen Doktor?«

Ach so. Sie waren ja seit dem Dinner per Du. Auch das noch. Hanna ignorierte Margrets Frage und tat so, als müsste sie dringend was auf ihrem Handy nachsehen, während sie ihren Cappuccino austrank. Gleich darauf erhob sie sich, doch bei Margrets nächsten Worten sank sie zurück auf ihren Stuhl.

»Alles hat sich so verändert«, meinte die alte Frau versonnen. »Bloß der Blick aufs Meer, der ist derselbe wie damals.«

»Damals?« Hanna sah die alte Frau verdutzt an. »Kannten Sie das Haus denn früher schon?«

»Sicher. Hat mir ja lange gehört.«

Hanna setzte sich aufrecht hin und schob ihr Handy zur Seite. »Was Sie nicht sagen! Seit wann denn?« Das vertrauliche *Du* wollte ihr nicht über die Lippen, es kam ihr einfach unangebracht vor.

»Warte mal, das war …« Margret unterbrach sich, sie musste nachdenken. »Ich hab's von meinem Vater geerbt, das muss so Ende der Siebzigerjahre gewesen sein. Vor zwei Jahren hab ich's dann den Kindern überschrieben.«

»Den Kindern?«

»Isa und Jan. Dafür mussten sie mich aus dem Altenheim rausholen.« Ihre Lippen kräuselten sich zu einem zynischen Lächeln. »Ich bin quasi die Schlange in ihrem Paradies.«

Hannas Gedanken überschlugen sich. *So* lange war die Villa bereits im Familienbesitz?

»Ihr Vater – war das damals der Betreiber des Kinderkurheims?«

»Nein, er war nur Eigentümer. Das Heim stand unter Pacht, und später, als Ferienwohnungen drin waren, lief alles über Immobilienverwalter. Er hat sich nie um die Villa gekümmert, genauso wenig wie ich nach seinem Tod. Hat mich nie interessiert, die ganzen Jahre nicht. Bis auf einmal Isa und Jan ankamen und meinten, dass man da doch was draus machen müsste.« Sie zuckte die mageren Schultern. »Weiß nicht, ob es wirklich unter einem guten Stern steht.«

»Wie kommen Sie darauf?«, fragte Hanna. Sie war wie elektrisiert von der Aussicht, dass sie hier womöglich an Informationen gelangte, denen sie bislang vergeblich hinterhergelaufen war.

»Die Art, wie mein Vater an das Haus drangekommen ist«, sagte Margret. »Das lief nicht auf die feine englische Art ab.«

»Wie meinen Sie das?«

»Er hat's einfach so bekommen. Ohne was dafür zu machen.« Die alte Frau schüttelte den Kopf. »Und hat sich später auch noch richtig was drauf eingebildet!«

»Wann war das? In welchem Jahr wurde er Eigentümer?«

»Das war noch unter den Nazis. Ende der Dreißiger, glaube ich.« Ihr Blick schien sich nach innen zu wenden. »Die Nazis, die hatten damals viel zu melden auf Borkum. Hatten da sogar ein Lieblingslied. Das *Borkumlied*. Nicht das von heute. Sondern das alte. Wurde jeden Tag im Kurpavillon gespielt. Zum Zeichen, dass Borkum judenrein ist.« Margret hielt inne und sang leise ein Lied vor sich hin. Hanna erkannte es sofort, sie war bei ihren Recherchen ziemlich schnell darauf gestoßen. Beim Zuhören bekam sie Gänsehaut.

An Borkums Strand nur Deutschtum gilt, nur deutsch ist das Panier. Wir halten rein den Ehrenschild, Germania für und für. Doch wer dir naht mit platten Füßen, mit Nasen krumm und Haaren kraus, der soll nicht deinen Strand genießen, der muss hinaus, der muss hinaus!

Sie merkte, dass sie schon wieder ein Déjà-vu hatte, denn mit einem Mal war sie davon überzeugt, das Lied schon sehr viel länger zu kennen. Hastig stand sie auf und griff nach ihrem Handy. Es fiel ihr aus der Hand, und als sie es aufhob, stieß sie sich den Kopf am Tisch an. Vor ihren Augen breitete sich ein Flimmern aus.

»Was ist los?«, fragte Margret, aber Hanna hörte nicht mehr zu. Wie von Sinnen stürmte sie von der Hotelterrasse hinunter zum Strand, und auch da hielt sie nicht inne. Sie rannte immer nur weiter und weiter, bis sie irgendwann das Tempo drosseln musste, weil sie sonst zusammengeklappt wäre.

Keuchend blieb sie schließlich stehen und atmete durch, doch der Aufruhr in ihrem Inneren wollte sich nicht legen.

Nach einer Weile lief sie zurück bis zum Hundestrand, diesmal deutlich gemächlicher. Dort setzte sie sich auf eine Buhne und wartete auf Ole.

*

An diesem Morgen war er extra eine Stunde früher aufgestanden, alles andere ergab bei dieser Menge von Kisten keinen Sinn. Es waren mindestens zwei Dutzend, und Ole verfluchte die Sammelwut seiner Eltern und Großeltern, während er einen Karton nach dem anderen durchwühlte und dabei nicht aufhören konnte, zu niesen. Der Staub schwebte wie eine Wolke um ihn herum. Irgendwann war er es leid, er holte sich eine Gesichtsmaske aus der Praxis, bevor er weitermachte.

Die meisten Kisten hätte man einfach ungeöffnet wegwerfen können, darin befand sich nur alter Plunder. Beispielsweise Klamotten, die seine Oma früher mal getragen hatte, darunter sogar ein echter Nerzmantel. Das Ding stank widerlich muffig, Ole warf es in hohem Bogen in eine entfernte Ecke des Dachbodens, wo sich schon anderer Krempel türmte, der endgültig verschwinden konnte.

Seine Oma war früh gestorben, schon lange vor seiner Geburt, bereits irgendwann in den 1960ern. Oles Vater war ihr einziges Kind gewesen. Oles Mutter war ebenfalls ein Einzelkind, aus der Linie lebte keiner mehr. Auf die Weise konnte eine Verwandtschaft von einer Generation zur nächsten sehr klein werden.

Als hätten seine Eltern diese Tradition fortsetzen wollen, war auch Ole ein Einzelkind. Hilde war schon Ende dreißig gewesen, als sie ihn auf die Welt gebracht hatte – sie hatte erst spät geheiratet. Oles Vater war neun Jahre jünger gewesen als Hilde, aber das hatte der Liebe keinen Abbruch getan, auch wenn die Verbindung anfangs Gerede verursacht hatte, jedenfalls unter den Leuten, die althergebrachte Vorstellungen hochhielten.

Fatalistisch überlegte Ole, dass die Namenslinie Vandenberg wohl mit ihm enden würde, weil er sich selbst bislang nicht fortgepflanzt hatte und in dieser Richtung auch keine Ambitionen mehr verspürte.

Besonders alt waren die Vandenbergs alle nicht geworden. Seinen Opa hatte es mit zweiundsiebzig dahingerafft, seinen Vater mit nur einundsechzig. Herzinfarkt, alle beide. Seine Oma war sogar bloß neununddreißig geworden, allerdings war sie bei einem Unfall gestorben. Was ihn selbst betraf, so hoffte er, die Serie der Negativrekorde zu kappen. Anders als sein Vater und sein Großvater rauchte er nicht, trank in Maßen, ernährte sich gesund und trieb ab und zu Sport, auch wenn die Work-Life-Balance in puncto Arbeit ausbaufähig war. Jedenfalls wollte er auf keinen Fall so früh abtreten wie sein Vater. Seine Mutter hatte immerhin schon die achtzig geknackt. Ihr Herz war noch gut in Schuss, auch wenn sie gerade zum Pflegefall wurde.

In einer der Kisten fand er seine alten Schulsachen, und er musste grinsen, als er ein Heft aus dem zweiten Schuljahr entdeckte. Mit einem Aufsatz, was er später werden wollte.

Was ich später werden wil. Ein Doktor, aber nicht für Tire. Ich sneide Menschen auf und neme inen den Blintam raus. Dan sint sie wider gesunt.

Er hatte ein eingestempeltes Smiley dafür bekommen, Noten hatten sie in der zweiten Klasse noch nicht gehabt. Die Lehrerin hatte dazu geschrieben: »Schön gemacht, Ole!«

Irgendwann in späteren Jahren hatte er sie mal wieder getroffen, und da hatte sie ihn gefragt, ob er schon viele Blinddärme entfernt habe. Er hatte gar nicht gewusst, worauf sie hinauswollte, und so hatte er bloß gelächelt und irgendwas gesagt wie: »Klar doch, ich bin ja Chirurg.«

Jetzt wusste er, was sie gemeint hatte. Zaudernd betrachtete er das Heft und die randvolle Kiste. Du liebe Zeit, das ging ja weiter bis zum Abitur! Was sollte er damit machen? Oder andersrum gefragt: Wollte er das wirklich einfach alles so zum

Altpapier befördern? Er entschied, dass es nicht eilte. Auch wenn er keine Kinder hatte, denen er die Kiste vermachen konnte – vielleicht wollte er ja doch irgendwann selbst drin stöbern.

Er sah auf die Uhr und fluchte, weil die Zeit knapp wurde. Bevor er sich mit Hanna traf, wollte er wenigstens kurz duschen. Und seiner Mutter was zum Frühstücken hinstellen.

Zwei Kisten nahm er sich noch vor, diesmal welche, die weiter hinten standen, da, wo früher die ersten aussortierten Hinterlassenschaften der Familie abgestellt worden waren. Seine Großeltern waren 1949 hier eingezogen. Etwa um die Zeit hatte sein Großvater auch die Praxis eröffnet. Vor dem Umzug nach Borkum hatten sie in irgendeiner Behelfsunterkunft in Hannover gelebt, wo sie zuvor ausgebombt worden waren.

In einer der Kisten fand er tatsächlich stapelweise Patientenakten aus den frühen Praxisjahren, der Himmel mochte wissen, wieso sein Opa die aufgehoben hatte. Vielleicht aus Sentimentalität? Ole blätterte sie flüchtig durch, lauter lateinische Diagnosen, die sich bis heute nicht verändert hatten. Nur die Untersuchungsmethoden waren ausgefeilter geworden, es gab mehr Technik.

Plötzlich fiel ihm das Alter der Patienten auf – es waren alles Kinder! Und auf sämtlichen Akten stand ein Vermerk.

V. A.

Ole starrte die beiden Buchstaben an. V. für Vandenberg? Nein, das ergab keinen Sinn. Dann sprang es ihm ohne weiteres Rätselraten ins Auge.

Villa Aurelia.

Das waren Verschickungskinder! Alle Akten stammten aus der Zeit vor 1963. Bei den diagnostizierten Erkrankungen handelte es sich durchweg um übliche Kinderkrankheiten, gegen die es seinerzeit noch keine Impfungen gegeben hatte.

Masern, Windpocken, Röteln, Mumps, Keuchhusten. Außerdem vereiterte Mandeln, Bronchitis, Blinddarmreizung, Nesselfieber. Hier und da kleinere Verletzungen. Platzwunden, die genäht, und Splitter, die entfernt werden mussten. Nichts Außergewöhnliches.

Ihm blieb nicht genug Zeit, um alles durchzusehen. Die Dusche konnte er sich sowieso schon abschminken, das schaffte er nicht mehr. Kurz entschlossen griff er sich die ganze Kiste und schleppte sie vom Dachboden runter ins Erdgeschoss.

Er stellte sie im Flur ab und ging in die Küche, wo seine Mutter am Tisch saß und Zeitung las. Sie wirkte wach und konzentriert, und Ole atmete auf, weil es einer der besseren Tage zu sein schien. Alles war, wie es sein sollte. Mit einem flüchtigen Blick registrierte er die vielen tröstlichen, beruhigenden Details, die sich seit seiner Kindheit hier kaum verändert hatten. Der große Holztisch aus alter Eiche mit vier passenden Stühlen, die Urlaubsfotos von früher, als seine Eltern mit ihm in Paris und London gewesen waren, die gerüschten Gardinen. Die Teedose im Regal, die schon seit mindestens vierzig Jahren an derselben Stelle stand. Die Delfter Kacheln hinter dem Herd. Momentaufnahmen einer längst vergangenen Zeit, die man für sein restliches Leben konservieren wollte.

Dann bemerkte er, dass seine Mutter gar nicht las, sondern ihre Fingernägel schnitt und die Zeitung als Unterlage benutzte.

»Moin, Mama«, sagte er, ein leises Ekelgefühl unterdrückend. »Alles gut?«

»Natürlich, mein Junge.«

Das schien tatsächlich zuzutreffen, ihre Augen waren klar, ihr Lächeln fröhlich. Und mit der Nagelschere ging sie auch geschickt um, was wollte man mehr.

Durch die offene Küchentür sah sie die Kiste im Flur stehen. »Was hast du da, Junge?«

»Eine alte Kiste vom Dachboden. Da sind Patientenakten von Opa drin, über die wollte ich gern mit dir sprechen. Wusstest du, dass er früher mal eine Zeit lang Verschickungskinder behandelt hat? Nebenan in der Villa Aurelia?«

Ihre Miene veränderte sich, mit einem Mal wirkte sie erschrocken. »Damit hat er sofort nach dem Tod des kleinen Jungen aufgehört.«

Ole verfluchte sich. Er hätte sie schon längst wegen dieses Jungen fragen können, schließlich hatte er es Hanna versprochen! Und jetzt stellte sich nebenbei heraus, dass seine Mutter davon wusste!

»Was hatte es mit diesem Todesfall auf sich, Mama?«

»Gar nichts.«

»Aber du hast es doch gerade *gesagt!* Damals ist ein kleiner Junge gestorben! Was hatte Opa damit zu tun?«

»Gar nichts«, wiederholte seine Mutter mit Nachdruck. »Das Kind ist an einer Krankheit gestorben. Ein Virus. Dein Opa konnte nichts dagegen ausrichten! Überhaupt nichts! An der ganzen Sache war bloß Angela schuld!«

»Welche Angela?«, wollte Ole wissen, machtlos gegen das tiefe Unbehagen, das ihn bei ihren Worten beschlich. Angela, mit der sein Großvater in der Todesnacht des Jungen gesprochen hatte. Jene heimliche Unterhaltung, ebenso heimlich belauscht von einer Betreuerin namens Luise, die es hinterher in ihr Tagebuch geschrieben hatte. Als Hanna ihm davon erzählt hatte, war es ihm noch surreal vorgekommen. Nichts, worüber man sich großartig Gedanken machen müsste. Aber das war nun anders.

»Er hat doch alles versucht!«, erklärte seine Mutter mit weinerlicher Stimme. »Er konnte dem Kind bloß nicht mehr helfen! Weil diese verfluchte Angela ihn viel zu spät gerufen hat.«

»Ich frag dich noch mal, Mama. Welche Angela? War das die Heimleiterin? Was hatte sie da mit Opa laufen?«

Seine Mutter ignorierte seine Zwischenfrage. »Er hat es immer nur gut gemeint«, fuhr sie mit eigenartig leiernder Stimme fort, und da merkte er endgültig, dass sie wieder in eine andere Welt abgedriftet war. Sie hörte nicht auf zu reden. »Er hätte es den Eltern des kleinen Jungen gerne erklärt, aber das konnte er nicht riskieren, weißt du. Weil Angela dann aufgeflogen wäre. Und er mit ihr.«

Hilfloses Entsetzen erfüllte ihn, er stand mit hängenden Armen da. »Mutter! Sag mir endlich, was damals passiert ist!« Er brüllte es in voller Lautstärke, doch sie sah an ihm vorbei, und nur ein paar Sekunden später wurden ihre Augen trüb wie dunkle Seen.

Er ging in den Flur und trug die Kiste ins Wohnzimmer, wo er sie in einem Rutsch auf dem Teppich auskippte. Max, der in seinem Hundebett in der Ecke vor sich hin gedöst hatte, sprang auf und kam schwanzwedelnd angetrottet, voller Hoffnung, dass es endlich rausging.

Ole wühlte sich durch die Akten, bis er endlich die eine aus dem Jahr 1963 gefunden hatte, die er suchte. *Exitus. Herz-Kreislauf-Versagen.* Ole klappte die Akte zu und ließ sich aus der Hocke auf die Fersen zurücksinken. Der kleine Junge war sechs Jahre alt gewesen. Gestorben war er am 12. August 1963. Nebenan in der Villa Aurelia.

*

Hanna verbrachte die restliche Wartezeit mit weiteren Recherchen. Sie musste irgendwas tun, um die Angst loszuwerden. Angst, dass sie verrückt wurde. Angst, dass ein riesiger Hirntumor in ihrem Kopf heranwuchs, der sie bei einem dieser ständig wiederkehrenden Déjà-vus killen würde. Einfach so, von jetzt auf gleich. So, wie es bei einem Aneurysma passieren konnte. Ob das auch bei Hirntumoren möglich war? Sie musste Ole danach fragen.

Allerdings ließ er auf sich warten, gerade hatte er ihr geschrieben, dass es eine Viertelstunde später werden würde, ganz sachlich und ohne Emoji.

Sie war enttäuscht, aber die neuen Informationen, die sie von Margret bekommen hatte, waren die perfekte Ablenkung.

Immer noch auf der Buhne sitzend, loggte sie sich über ihren Redaktions-Account in diverse Zeitungsarchive ein, zu denen sie Zugang hatte. Doch egal, unter welchen Schlagworten sie suchte – sie fand nichts über die früheren Besitzverhältnisse an der Villa, nur lauter allgemein bekannte Fakten über Baujahr, Architektur und Nutzung seit der Entstehung. Erbaut in den späten 1890er-Jahren, war die Villa zuerst privates Feriendomizil eines steinreichen Emdener Industriellen gewesen, der es jedoch schon kurz nach der Fertigstellung an einen Hotelbetreiber verpachtet hatte. Ende der 1930er-Jahre war es dann wieder an einen privaten Besitzer gelangt, über den im Internet nichts zu finden war. Das musste dann wohl Margrets Vater gewesen sein.

In der ersten Zeit nach dem Krieg hatte die Villa leer gestanden und war in den 1950ern zu einem Kinderkurheim umgebaut worden, das bis 1978 weiterbetrieben worden war.

Über die Zeit danach wusste Hanna bereits Bescheid – die Villa war von einer Investorengesellschaft mit Ferienwohnungen ausgestattet und jahrzehntelang in dieser Form vermarktet worden, bis Jan und Isa sich vor zwei Jahren entschieden hatten, ein Luxushotel daraus zu machen.

All die Jahre war das Gebäude jedoch im privaten Eigentum von Margrets Familie geblieben. Zuerst hatte ihr Vater es erworben, dann hatte Margret es von ihm geerbt, und anschließend war es auf Isa und Jan überschrieben worden.

Das war schon mal ein guter Ansatz, denn auf dieser Basis ließen sich weitere Informationen ausgraben. Pächter wurden zwar nicht im Grundbuch eingetragen, einzelne Rechte indes durchaus. Wohnrechte beispielsweise. Außerdem Grundschulden und Hypotheken; es war nicht unüblich, dass Investoren Geld in ein Gebäude steckten und sich auf diesem Wege beim Eigentümer absicherten. Auch Pächter konnten als Investoren auftreten.

Kurz entschlossen rief Hanna bei Helen an. Die ging erst nach mehrmaligem Durchklingeln dran. Ihre Stimme klang verschlafen und gleichzeitig verschreckt. »Hanna! Was ist passiert?«

»Nichts, alles gut.«

»Im Ernst? Es ist zehn nach acht! Du weißt doch, dass ich erst mittags in die Redaktion gehe!«

»Ach so. Ja, stimmt. Tut mir leid, dass ich dich aus dem Bett werfe. Aber es ist wichtig!«

»Also ist *doch* was passiert? Geht's dir und Katie gut?«

»Bei uns ist alles super. Ich bräuchte nur mal deine Hilfe bei einer dringenden Recherche, die kann ich von hier aus nicht machen.«

»Worum geht's?«

»Um eine Grundbuchabfrage.«

»Für diese Villa Aurelia?«

»Genau. Das zuständige Grundbuchamt ist in Leer, da könntest du mal einen Auszug organisieren und mir schicken.« Bittend fügte sie hinzu: »Es wäre wirklich wichtig!«

»Für welche Zeiträume?«, fragte Helen nur.

»So weit zurück, wie's geht«, sagte Hanna. »Also möglichst vom ersten Eigentümer bis zum letzten.«

»Ich klemme mich dahinter, aber es könnte den ganzen Tag dauern. Hängt ja auch von den Öffnungszeiten des Amtsgerichts ab.«

»Danke, Helen. Du bist ein Engel!«

»Weiß ich doch. Und was machst du sonst so, außer Material sammeln?«

»Ich war bis eben laufen.«

»War ja klar«, sagte Helen. Es klang belustigt. »Und abends?«

»Ja«, sagte Hanna nur, womit sie Helen einen triumphierenden Ausruf entlockte.

»Wer ist er? Wie sieht er aus?«

»Ach, da ist noch gar nichts passiert«, wiegelte Hanna ab.

»Aber es steht auf der Agenda, oder?«

»Na ja … ich treff ihn nachher.«

»Was?! So früh am Morgen? Das nenne ich mal sportlich!«

»Wir reden einfach nur«, sagte Hanna. »Ich seh ihn gleich am Strand, da kommt er morgens immer mit seinem Hund hin, bevor seine Arbeit anfängt.«

»Was arbeitet er denn?«

»Er ist Arzt und hat eine Gemeinschaftspraxis hier auf der Insel.«

»Ein Arzt ist extrem nützlich«, befand Helen. »Ich glaube, ich bin ein bisschen neidisch.«

»Da kommt er gerade, ich muss Schluss machen«, sagte Hanna.

»Schickst du mir einen Snap?«

»Helen!«

»War ja nur eine Frage. Kann ich ihn googeln? Wie heißt er?«

Doch Hanna hatte sie schon weggedrückt.

Ole kam mit Max an der Leine rasch näher. Ein wenig außer Atem blieb er stehen, dann machte er den Hund los und warf einen Stock in die Wellen. Max stürzte sich sofort mit freudigem Gebell ins Wasser.

Hanna war aufgestanden und eilte auf Ole zu. Sie fühlte

sich seltsam befangen. Nicht nur, weil sie von dem heftigen Sprint rettungslos verschwitzt und zerzaust war, sondern weil sie Ole gleich bestimmt fürchterlich die Laune verderben würde.

Wobei – er sah so aus, als hätte das schon jemand anders erledigt. Sein Gesicht war blass, er wirkte bedrückt.

»Hanna«, sagte er bloß, und im nächsten Moment tat er etwas, womit sie nicht gerechnet hatte und das alle Vorbehalte auf einen Schlag wegwischte. Er nahm sie in seine Arme.

Es war keine erotische Umarmung, und es sollte auch nicht darauf hinauslaufen. Er hielt sie einfach nur ganz fest, als wäre sie ihm wichtig. Und sie ergab sich dieser unerwarteten Nähe, sofort und bedingungslos. Sie spürte seinen Atem in ihrem Haar und seinen Herzschlag an ihrer Brust und dachte bei sich, dass das verdammt noch mal das Beste war, was sie seit Jahren an Romantik erlebt hatte. Es war ein Gefühl von so inniger Vertrautheit, dass sie bis in alle Ewigkeiten hier so mit ihm hätte stehen bleiben können, ihr Gesicht an seine Schulter geschmiegt und die Nase in seinem Hemdkragen vergraben. Er roch gut, wie sie feststellte. Nicht frisch geduscht, sondern einfach nur … gut.

Sie selbst wahrscheinlich weniger, wie ihr in der nächsten Sekunde mit leiser Panik bewusst wurde. Aber als er sie schließlich losließ, machte er nicht den Eindruck, als täte er es wegen ihres schweißfeuchten Outfits.

Der Hund war längst wieder da, er hatte Ole den Stock vor die Füße gelegt. Ole hob ihn auf und schleuderte ihn erneut ins Wasser. Max jagte los und paddelte mit schwimmenden Schlappohren ein Stück weit raus.

Hanna lächelte unwillkürlich bei dem drolligen Anblick.

»Sorry übrigens, dass es gedauert hat«, sagte Ole. »Ich musste noch jemanden anrufen, wegen meiner Mutter. Sie hat heute wieder einen schlechten Tag, da lass ich sie ungern allein.«

»Oh, das tut mir leid«, sagte sie betroffen. »Ist jetzt jemand bei ihr?«

»Ja, unsere Haushaltskraft, Nicoletta. Sie wohnt nur ein paar Häuser weiter. Sonst kommt sie immer nachmittags, doch ich werde sie bitten, dass sie ganz zu uns zieht. Wir brauchen eine dauerhafte Lösung.«

Hanna nickte krampfhaft. Anscheinend war das generell ein mieser Tag, nicht bloß für sie.

Ole hielt sie bei den Schultern und sah sie an.

»Was ist los?«, fragte er.

Sie starrte ihn an, unsicher und voller Angst. »Ich hatte wieder welche«, sagte sie. »Gestern drei und heute eins.«

Er wusste sofort, was sie meinte. Sie bemerkte das Erschrecken in seinem Blick, obwohl er sich alle Mühe gab, es vor ihr zu verbergen.

»Ich mache nachher einen Röntgentermin für dich klar«, sagte er. »Für eine erste Diagnostik. Heute noch.«

»Geht das denn so schnell?«, fragte sie zweifelnd. Vorsorglich fügte sie hinzu: »Ich bin Kassenpatientin.«

»Der Chef des Inselkrankenhauses ist ein Freund von mir.«

»Okay.« Sie holte tief Luft. »Danke.«

»Da nicht für. Und, Hanna …«

»Ja?«

»Du musst keine Angst haben. Selbst wenn da was wäre. Was gar nicht gesagt ist. Es kann alles Mögliche andere sein.«

»Okay«, sagte sie noch einmal. Diesmal versuchte sie sogar zu lächeln, aber natürlich hatte sie trotzdem eine Scheißangst.

Sie gingen zusammen zurück, er mit Max an der Leine, sie mit zwei Schritten Abstand daneben. So nah sie einander eben noch gewesen waren, so sehr waren sie nun beide darauf bedacht, die Form zu wahren. Es war nicht zu übersehen, dass ihnen von allen Seiten neugierige Blicke zuteilwurden. Wahrscheinlich war Ole unter den Insulanern bekannt wie ein

Rockstar, überlegte Hanna mit einem Anflug von schwarzem Humor, und garantiert brodelte bereits die Gerüchteküche. Es war denkbar, dass Isa und Jan über dieses Date schon im Bilde waren, ehe sie ins Hotel zurückkehrte. Was wohl passierte, wenn sie Hand in Hand auf der Promenade aufkreuzten? Womöglich käme es sofort zu einem Menschenauflauf.

Es schien ihr, als wollte er noch was mit ihr besprechen, doch dann schaute er auf die Uhr und schüttelte frustriert den Kopf. »Ich bin spät dran, tut mir leid, dass ich dich jetzt allein lassen muss! Ich schreib dir gleich, sobald ich wegen des Röntgentermins was Genaues weiß.«

Sie nickte und bedankte sich erneut. Er sah sie lange an, und sie glaubte, in seinen Augen einen Ausdruck von Verzweiflung wahrzunehmen. Wegen Hilde? Oder ihretwegen, weil sie die vielen Déjà-vus hatte und er als Arzt bereits alle möglichen Horrordiagnosen in Erwägung zog?

Dann eilte er weiter, nach nebenan, zu seiner Praxis in diesem schönen Haus, das fast so alt war wie die Villa Aurelia. Bloß dass es keinen Namen hatte.

Als Hanna durch die Lobby zum Treppenhaus ging, ignorierte sie die bohrenden Blicke von Isa, die wieder am Empfang saß.

Katie war zu ihrem Erstaunen schon aufgebrochen, vermutlich zu einem frühen Treffen mit Bengt. Hanna war es nur recht, sie war nicht in der Verfassung, sich zu unterhalten. Ihre Tochter hatte ein gutes Gespür für ihre Stimmungen, es war denkbar, dass ihr was auffiel, und Hanna war nicht sicher, ob sie es schaffte, ihre Angst unter der Decke zu halten. Auf keinen Fall wollte sie Wind um die Sache machen, solange sie nicht definitiv wusste, was mit ihr los war.

Nach einer ausgiebigen Dusche ging sie frühstücken. Diesmal herrschte Hochbetrieb am Büfett, und auch dafür war Hanna dankbar, denn so konnte sie in der Menge der Gäste untertauchen, ohne einen erneuten Aufmarsch von jemandem aus der Inhaberfamilie befürchten zu müssen. Trotzdem blieb sie nicht lange im Hotelrestaurant, ihr Gespräch mit Sabine sollte um zehn beginnen, und sie wollte sich vorher noch ein paar Fragen notieren.

Aber kaum war sie wieder in der Suite, tat sie doch nur das, was sie besser sein gelassen hätte. Sie tippte das Wort *Déjà-vu* ein weiteres Mal in die Suchmaske ein und fing an zu googeln.

*

Katie hatte ihren Handywecker auf acht Uhr gestellt, dann schnell geduscht und sich mit Bengt zum Frühstück getroffen. Sie aßen nicht im Hotel, sondern holten sich ein Sandwich beim Bäcker und verdrückten es an Ort und Stelle. Heute wollten sie Kitebuggy fahren. Gestern hatte sie sich gemeinsam mit Bengt die Segelflitzer angeschaut, die über die endlosen Weiten des Strands dahingesaust waren. In einem Höllentempo, bestimmt mit über hundert Sachen. Natürlich durfte man als Anfänger nicht einfach in eins dieser Dinger steigen und losdüsen, doch Bengt kannte die Typen, die bei der Wassersportschule arbeiteten. Ab und zu jobbte er da auch selbst und war mit allen Geräten vertraut. Gestern Nachmittag hatte er Katie das Kitesurfen beigebracht – natürlich nicht richtig, sie war mehr im Wasser gewesen als auf dem Board –, aber sie hatte einen Eindruck davon gewonnen, welchen Spaß es machte, wenn man es konnte. Bengt hatte es ihr vorgeführt, er bekam meterhohe Sprünge hin und sauste über die Wellen wie ein Vollprofi.

Später am Abend waren sie auf einer Strandparty gewesen, und da hatten sie sich zum ersten Mal geküsst. Es hatte sich praktisch wie von allein ergeben. Sie hatten im Sand gesessen, ein bisschen abseits von den anderen, hinter ihnen die dunklen Dünen und vor ihnen das leise rauschende Meer. Jemand hatte Lautsprecher dabei, und dazu eine ungewohnte Playlist, lauter Oldies aus den Neunzigern. Songs von den Backstreet Boys und den Spice Girls und Nena, auf die Mom früher abgefahren war. Es klang wie aus einem anderen Leben, aber irgendwie auch schon. Bengt kannte die ganzen alten Hits auch, er summte sie leise mit.

Wie aus einer geheimen Absprache heraus hatten sie einander die Gesichter zugewandt und ihre Hände ineinander verschlungen, und als ihre Lippen sich berührt hatten, war es so natürlich gewesen wie Ebbe und Flut. Sie hatte schon andere Jungs geküsst, doch dieser Kuss sprengte alle bisherigen Erfahrungen. Das Herz hatte gegen ihre Rippen gehämmert, und in ihren Ohren hatte das Blut gerauscht.

Über das Küssen waren sie nicht hinausgekommen, aber wenn es nach Katie ging, musste es nicht dabei bleiben. Sie war fast sechzehn. Die meisten ihrer Freundinnen hatten es schon getan, und sie redeten darüber, als wäre es ganz alltäglich. Natürlich musste man vorher an die Verhütung denken, sonst war man geliefert. Katie hatte schon seit Monaten eine Packung Kondome in ihrer Handtasche. Überreicht von Mom persönlich. »Da, nur für den Fall.«

Mom war dabei dunkelrot angelaufen, und sie selbst wahrscheinlich auch.

»Mom, also echt jetzt!«, hatte sie peinlich berührt hervorgestoßen, doch die Kondome hatte sie sicherheitshalber mal eingesteckt. Und heute Morgen hatte sie die Packung mit in ihre Strandtasche gepackt, man konnte ja nie wissen.

Die Wassersportschule hatte noch nicht auf. Allerdings wusste Katie bereits, was sie vorher unternehmen konnten.

»Schau mal«, sagte sie, während sie einen zusammengefalteten Inselplan aus ihrer Tasche zog. »Das lag heute Morgen vor unserer Tür. Mom war schon zum Laufen weg, also hab ich's mitgenommen.«

Bengt sah sie verdutzt an. »Du meinst, jemand hat diesen Inselplan extra dort deponiert? So wie gestern das Tagebuch?«

Sie nickte und klappte den Plan auf. Im östlichen Teil der Insel hatte jemand eine Stelle mit einem Kreuz markiert und Koordinaten dazu eingetragen.

»Was soll das sein?« Bengt krauste die Stirn. »Ein Geocache?«

»Es sieht aus wie einer, ist aber nicht registriert. Ich hab schon in der App nachgesehen.« Katie hatte eine Zeit lang Geocaching gemacht, doch irgendwann war es ihr langweilig geworden. »Das sind GPS-Daten«, sagte sie. »Wir können die Stelle mit Google Maps suchen.«

»Klar, wieso nicht«, meinte er. Nachdenklich betrachtete er die Karte. »Ich frag mich, wer das war.«

»Wüsste ich auch gern«, sagte Katie.

Es war ein ganz normaler Inselplan, wie er auf Borkum sicher tausendfach unter die Leute gebracht wurde, Jahr für Jahr, immer wieder. Man sah sie praktisch überall.

»Und *ich* würde gern wissen, was das Teil mit dem Tagebuch zu tun hat«, ergänzte Bengt. »Stammt bestimmt von ein und derselben Person.«

Davon war Katie ebenfalls überzeugt. Ihr war ein wenig mulmig zumute, aber ihre Neugier war stärker. In ihr war der Eifer der Schatzsucherin erwacht. Da draußen musste was Wichtiges versteckt sein. Irgendwas Geheimes. Womöglich alte Dokumente, aus denen hervorging, welche Verbrechen Luise aufgedeckt hatte, bevor man sie rausgeworfen hatte. Möglicherweise hatte sie die Beweise an einen sicheren Ort gebracht, wo sie niemandem in die Hände fallen konnten. Und vielleicht, ganz vielleicht, war sie ja sogar in der Nähe und inszenierte diese Suche, damit eine bekannte Journalistin wie Mom mit einem Paukenschlag alles ans Licht brachte! In diesem Fall hätte niemand anderer als Luise selbst das Tagebuch vor die Tür der Suite gelegt!

Katies Fantasie lief zur Höchstform auf. Sie mussten diese Beweise finden!

Bengt riss sie aus ihren Gedanken. »Solltest du den Plan nicht deiner Mutter geben?«, fragte er.

»Mach ich, sobald ich sie sehe«, gab Katie zurück. Sie verspürte einen Anflug von schlechtem Gewissen, schließlich wäre es kein großer Aufwand gewesen, Mom wenigstens eine kurze Nachricht zu schicken. Aber schon im nächsten Augenblick gewann ihr Forscherdrang die Oberhand, und sie malte sich aus, wie sie Mom mit bahnbrechenden neuen Erkenntnissen überraschte.

Sie gingen zurück zum Hotel, um ihre Fahrräder zu holen.

Gemeinsam radelten sie ins Ostland. Von der Promenade aus führte der teils gepflasterte, teils mit Holzbohlen bedeckte Weg am Strand entlang, nur durch die Dünen vom Wasser getrennt. Katie war schon gestern hier langgefahren, aber auch diesmal konnte sie sich an der Landschaft nicht sattsehen. Unendliche Strände, unberührte Dünenhügel, das in der Sonne glitzernde Meer und über allem der knallblaue Himmel – in einer Aufwallung von Begeisterung legte sie den Kopf in den Nacken und stieß einen Schrei der Begeisterung aus.

Bengt kam an ihre Seite gestrampelt, er fuhr ein normales Bike ohne Elektroantrieb und musste sich in die Pedale legen, um mitzuhalten. »Was ist los?«, fragte er besorgt.

»Nichts.« Sie strahlte ihn an. »Es ist einfach nur so schön hier! Euch ist gar nicht klar, wie gut ihr es habt! Du müsstest nur einmal mit dem Rad durch Frankfurt fahren, dann wüsstest du, was ich meine.«

»Habt ihr da keine Radwege?«

Sie musste kichern. Er schien überhaupt keine Vorstellung zu haben, wie der Verkehr in einer Großstadt funktionierte.

Natürlich gab es in Frankfurt Radwege, sogar eine Menge. Aber eben auch massenhaft Autos, die im Zentimeterabstand an einem vorbeiheizten oder einen an den Kreuzungen schnitten.

Sie erreichten ein Café, von wo aus es vom Strand weg weiter ins Landesinnere ging. Der nächste markante Punkt entlang der Route war ein kleiner Flugplatz. Früher mal, so hatte Katie auf der Inselwebsite gelesen, hatte es von hier aus Flüge in alle möglichen deutschen Städte gegeben, heute nur noch nach Emden. War wahrscheinlich auch besser so, sonst wäre die Insel bestimmt rettungslos überlaufen. Den Sommer über war sowieso fast alles belegt, das hatte sie mitbekommen, als Mom sich um die Buchung im *Dünenschloss* bemüht hatte.

Weiter in Richtung Osten wurde die Umgebung immer einsamer und urtümlicher, hier draußen gab es keine Bebauung mehr. Die Strecke führte an Sanddornhecken und dicht stehenden Sträuchern vorbei. Ab und zu überholten sie andere Radfahrer, einmal auch ein mit Touristen beladenes Pferdegespann, das gemütlich vor ihnen dahinzockelte.

Katie hatte ihr Handy in eine Halterung am Lenker geklemmt, sodass sie das blinkende GPS-Signal beobachten konnte. »Hier muss es irgendwo sein.«

Sie stellten die Räder ab und erkundeten das Gelände. Ganz in der Nähe stießen sie auf dicke Gesteinsbrocken, bei denen sich erst auf den zweiten Blick offenbarte, dass sie von Menschenhand stammten.

»Hier waren mal Bunker«, erklärte Bengt.

»Aus dem Krieg?«

»Ja, genau.«

»Aber für wen? Ich meine, hier draußen gibt's doch gar keine Häuser.«

»Das war ja auch nicht für die Bevölkerung gedacht. Sondern fürs Militär.« Er machte eine ausholende Bewegung. »Im Krieg standen hier massenhaft Flakgeschütze, deshalb die

Bunker. Von denen liegen hier in der Gegend verteilt noch Reste herum.«

Katie ging mit dem Smartphone in der Hand umher und betrachtete konzentriert den roten Punkt. Zwischendurch suchte sie die Bunkerreste und den Boden nach Hinweisen auf ein Versteck ab. Sie fand nichts.

»Vielleicht ist es ja vergraben«, meinte Bengt.

Daran hatte sie auch schon gedacht. Nach den Regeln des Geocachings war es verboten, die Caches zu vergraben, aber woher wollte sie wissen, ob der Hinweisgeber diese Regeln kannte?

Frustriert ließ sie das Handy sinken. »Ist dir irgendwas aufgefallen?«

Bengt schüttelte den Kopf, er hatte genauso konzentriert Ausschau gehalten wie sie.

Auch wenn die Koordinaten noch so exakt waren – es mussten immer Abweichungen in Betracht gezogen werden. Ein Meter reichte schon, dann konnte man lange suchen und fand am Ende trotzdem nichts.

»Wir können ja morgen oder übermorgen noch mal herfahren«, schlug Bengt vor.

Katie hob die Schultern und nickte dann. Ihr Enthusiasmus hatte sich merklich abgekühlt. Einvernehmlich entschieden sie, die Suche zu vertagen.

*

Auch Hanna stellte ihre Suche ein. Irgendwann merkte sie, dass sie sich im Kreis drehte und von Google immer wieder dieselben Informationen serviert bekam. Sie musste sich zusammenreißen und einen kühlen Kopf bewahren. Heute Nachmittag würde sie Klarheit haben, so lange würde sie es ja wohl aushalten können!

Ole hatte ihr eine Nachricht geschickt.

Termin steht. 17.30 Röntgen im Inselkrankenhaus. Komm am besten um 17.00 zu mir rüber, dann können wir direkt zusammen los.

Sie hatte ihm wie beim letzten Mal einen erhobenen Daumen zurückgeschickt und dazu ein Herz. Jetzt hieß es nur noch warten.

Und natürlich musste sie mit Sabine telefonieren, das war sicherlich momentan die beste Ablenkung.

Pünktlich um zehn startete sie den Call.

»Moin, Sabine!«

»Guten Morgen«, gab Sabine zurück. Es klang leicht befremdet. Hanna erkannte augenblicklich, dass diese Begrüßungsform für Sabine ein Trigger war. Vermutlich einer von vielen.

»Worüber wollen wir heute sprechen?«, fragte sie, in dem hastigen Bemühen, ihr Unbehagen zu überspielen.

»Ich denke, wir machen an der Stelle weiter, wo wir zuletzt aufgehört haben«, sagte Sabine. »Nach dem Tod von Josef.« Ihre Stimme klang gelassener als gestern, als hätte sie sich mit ihren Erinnerungen arrangiert. Vielleicht lag es aber auch daran, dass sie den schrecklichsten Teil bereits erzählt hatte. »Danach ist im Grunde nicht mehr viel passiert. Jedenfalls nichts mehr, woran ich mich besonders gut entsinne. Da war eigentlich nur noch ein Tag, der mir genau im Gedächtnis geblieben ist. Ich hab gestern noch mal alles rekonstruiert, es muss ungefähr eine Woche nach Josefs Tod gewesen sein.« Fragend sah sie Hanna an. »Läuft deine Aufnahme? Soll ich loslegen, oder möchtest du vorher noch was wissen?«

»Nein, nein. Fang einfach an! Ab hier nehme ich auf.«

Sabine sammelte sich kurz. Dann fing sie an zu erzählen.

*

Borkum, August 1963

Von den Tagen, die nach Josefs Tod kamen, ging einer in den anderen über, sie flossen ineinander wie die Wellen am Strand. An einem Tag kam ein Fotograf, da mussten sich alle Nummern vor dem Haus aufstellen und lachen. An dem Tag lief Sabine weg, weil sie ihre Puppe Toni so sehr vermisste, dass sie es nicht mehr aushielt. Mit Nummer sechs, der nun immer mit ihr in einer Reihe gehen musste, hatte sie einen Fluchtplan geschmiedet. Sie wollten so lange am Strand entlanglaufen, bis sie den Hafen fanden, wo das Schiff lag, und sich dann heimlich draufschleichen und nach Hause fahren. Als blinde Passagiere. Sabine wusste inzwischen, dass man es so nannte. Tante Luise hatte ihnen eine Geschichte vorgelesen, in der dieser Ausdruck vorkam, und dabei war Sabine die Idee zur Flucht gekommen. Weil Borkum eine Insel war, musste man, wenn man immer am Wasser entlanglief, irgendwann wieder an derselben Stelle ankommen, das hatte sie sich überlegt. Und irgendwo dazwischen musste der Hafen sein, denn der lag ja auch am Wasser.

Und so waren sie beide losgelaufen, sie und Nummer sechs, Hand in Hand und mit den Ringelmützen auf dem Kopf, damit die Leute nicht etwa glaubten, sie seien normale Inselkinder, die verloren gegangen waren, sondern bloß die kleinen Sträflinge aus der Villa Aurelia, die gehörten ja zu niemandem und würden keinem fehlen.

Sie waren nicht weit gekommen, eigentlich nur bis zum Wasser, denn dort war Nummer sechs begeistert stehen geblieben. »Guck mal!«, hatte er ausgerufen. Und dann hatten sie sich zusammen die Schätze angesehen, die dort im Sand lagen, dicht beim Wasser.
Haufen von stinkendem Zeug, das musste Tang sein. Und dazwischen eine Vogelfeder, bestimmt von einer Möwe. An einer Stelle lag ein glibberiges, durchsichtiges Ding, das sich anfühlte wie Wackelpudding, aber widerlich schmeckte, als Sabine es probierte. Und da waren kleine tote Tiere, die wie Spinnen aussahen, nur in Weiß. Es gab auch Muscheln, manche gerillt und andere glatt. Die waren, wie Sabine wusste, die Schalen von Tieren, die jedoch nicht mehr drin lebten.
Es war herrlich am Strand, sie waren ja vorher erst einmal hier gewesen, und so schoben sie die Flucht noch eine Weile auf und rannten erst mal ins Wasser, um sich gegenseitig nass zu spritzen. Hinterher bauten sie eine große Sandburg, aber leider wurde sie nicht so schön wie die andere, die Tante Luise mit ihnen gebaut hatte.
Die Mützen hatten sie weggelegt und auch die Sachen ausgezogen, und während sie so herumtobten, unterschieden sie sich kaum von den anderen Kindern. Den echten Ferienkindern, die um sie herum spielten. Einige von denen bekamen ein Eis, das gab es weiter vorn an einer Bude, doch Sabine und Nummer sechs hatten kein Geld dabei. Das wurde von Tante Angela verwahrt. Nur einmal hatte jeder zwei Mark bekommen, für ein Andenken, das sie in einem Laden kaufen durften. Sabine hatte einen kleinen rot-weißen Leuchtturm gekauft.
Mit leisem Schrecken stellte sie fest, dass sie ihn in der Villa Aurelia vergessen hatte. Den Leuchtturm hätte sie gern auf ihrer Heimreise mitgenommen, er war ja ein Anden-

ken. Nummer sechs hatte auch einen Leuchtturm gekauft und ihn ebenfalls vergessen.

Gerade, als sie überlegte, ob sie es riskieren könnten, noch mal zurückzulaufen und die Leuchttürme zu holen, kam Tante Luise an den Strand. Sie schimpfte nicht, sondern nahm sie beide fest in den Arm. »Was habt ihr euch nur dabei gedacht?«, fragte sie, halb lachend, halb weinend.

»Wir wollten mit dem Schiff nach Hause fahren. Aber wir haben unsere Leuchttürme vergessen.«

Jetzt weinte Tante Luise wirklich, doch es waren nur ein paar Tränen, die sie eilig wegwischte. Dann half sie ihnen beim Anziehen und setzte ihnen die Ringelmützen auf. »Kein Wort zu Tante Angela!«, flüsterte sie Sabine und Nummer sechs zu.

Sabine konnte dichthalten. Und Nummer sechs auch, obwohl er ein halbes Jahr jünger war als sie.

Tante Angela hatte zum Glück gar nicht gemerkt, dass sie weggelaufen waren, was wahrscheinlich daran lag, dass sie keine Zeit hatte. An diesem Tag waren Josefs Eltern gekommen, sie wollten ihn aus dem Kühlkeller des Bestatters mit nach Hause nehmen, und Tante Angela musste alles regeln. Nummer zweiundzwanzig hatte es aufgeschnappt und erzählte es ein paar anderen Nummern auf dem Spaziergang, auf den sie später geschickt wurden. Auch mit ihrem Verdacht hielt sie nicht hinterm Berg.

»Die Olle will nicht, dass wir den Leuten irgendwas erzählen, deshalb müssen wir alle noch mal raus, damit wir denen nicht übern Weg laufen«, hörte Sabine sie raunen, als sie an einer Stelle stehen bleiben und warten mussten, bis ein Auto vorbeigefahren war.

»Was sollen wir den Eltern denn erzählen?«, fragte Nummer zwanzig mit großen Augen. Er war schwer von Kapee, jedenfalls sagte Tante Friederike das immer.

»Dass die Olle den Kleinen hat sterben lassen«, flüsterte Nummer zweiundzwanzig. »An dem ekligen, giftigen Fisch!«
»Boah! Ehrlich? Woher weißt du das?«
Nummer zweiundzwanzig zeigte auf Sabine. »Die hat's gesehen.«
Sabine zog den Kopf ein, aber danach passierte nichts mehr, keiner stellte ihr irgendwelche Fragen. Tante Friederike verteilte Kopfnüsse und Schubser, weil es ihr nicht schnell genug weiterging.
Zum Abendbrot gab es wieder Hering, diesmal in aufgerollter Form und nach Essig stinkend. Sabine rührte ihn nicht an. Die meisten anderen auch nicht, sie aßen bloß Brot mit Margarine und tranken dazu den süßen roten Tee, den sie zu allen Mahlzeiten bekamen. Anders als sonst gab es diesmal kein Gebrüll von Angela, sie war gar nicht im Speisesaal. Tante Friederike erklärte, Tante Angela müsse die armen Eltern trösten, und während sie den Kindern das erzählte, sammelte sie im Vorbeigehen den ganzen übrig gebliebenen Fisch von den Tellern ein und aß ihn selber.
Abends konnte Sabine nicht schlafen, und weil sie wusste, dass Tante Angela noch nicht wieder da war – sonst hätte man sie längst herumschreien hören –, stand sie auf, umrundete vorsichtig den randvollen Pisspott und schlich sich nach unten. Sie wollte ihren Leuchtturm holen, der in einem Papiertütchen in ihrem Fach lag. Und den von Nummer sechs auch. Die Fluchtpläne hatten sie noch nicht aufgegeben. Beim nächsten Mal wollten sie direkt weiterlaufen und erst wieder spielen, wenn sie zu Hause waren.
Unten in dem Raum mit den Fächern war es zappenduster, Sabine stolperte ein paarmal über ihre eigenen Füße, aber sie wagte es nicht, das Licht anzumachen. Denn

plötzlich waren Stimmen zu hören, direkt neben der offenen Tür zum Flur. Sie blieb stocksteif stehen und atmete so leise wie möglich.
Die Stimmen waren nicht sehr laut, doch Sabine verstand jedes Wort. Und sie wusste auch, wer dort sprach. Die Frauenstimme gehörte Tante Angela, die Männerstimme dem Doktor.
»Ich habe alles in deinem Sinne über die Bühne gebracht«, sagte Tante Angela. »Sie haben keine Fragen gestellt, alles ging glatt.«
»Ist mir egal«, sagte der Doktor. »Mich siehst du hier nicht mehr. Such dir einen anderen Arzt für die Kurkinder.«
»Ist das dein Ernst?«
»Es könnte mir gar nicht ernster sein! Du kapierst überhaupt nicht, auf welchem Pulverfass wir hier sitzen, oder? Du solltest endlich Vernunft annehmen und dich vom Acker machen! So schnell und so weit weg wie möglich! Begreifst du es denn nicht?« Der Doktor wurde lauter. »Jeder Tag, an dem man uns miteinander in Verbindung bringt, ist ein Ritt auf dem Rasiermesser! Jederzeit können alte Fotos auftauchen, auf denen wir zusammen zu sehen sind! Ein einziger Zeuge, und wir sind beide am Arsch!«
»Du Scheißkerl!«, fauchte Tante Angela. »Wieso glaubst du eigentlich, dass du mehr Anrecht hast, hierzubleiben? Warum sollte ausgerechnet ich gehen? Meine Familie ist schon länger hier!«
»Familie nennst du das? Diesen trunksüchtigen alten Sack? Der wird eines Tages noch überall im Suff rumerzählen, was wir früher gemacht haben!«
»Du solltest hier nicht so rumschreien«, zischte Tante Angela. »Kinder haben gute Ohren!«
Der Doktor sagte noch was, aber dabei entfernten sich seine Schritte, und Sabine verstand die Worte nicht mehr.

Danach war nur noch das Zuklappen der Haustür zu hören, dann war es still.
Sabine hatte keine Ahnung, wie lange sie ohne einen Mucks in dem Raum mit den Fächern stehen blieb. Irgendwann traute sie sich wieder nach oben und lief dabei Tante Luise über den Weg. Die nahm Sabine einfach bei der Hand und brachte sie ins Bett. Sie fragte nicht, wieso Sabine so spät noch im Haus herumgegeistert war. Stattdessen leerte sie den Pisspott aus und kam danach wieder zurück an Sabines Bett. Dort sang sie ihr ein Lied vor, damit sie besser einschlafen konnte. Ganz leise, sodass die anderen Nummern es nicht hörten.
Es war das letzte Mal, dass Sabine Tante Luise sah.

*

BORKUM, 24. AUGUST 1963
AM ABEND VOR LUISES VERSCHWINDEN

Auch in dieser Nacht wäre sie am liebsten wieder raus ins Watt gelaufen, sie hatte das Gefühl, der Kopf müsse ihr platzen. Doch das Wasser stand noch zu hoch, und so gab sie sich mit dem nächstbesten Ausweg zufrieden – einem Abstecher in den Tanzschuppen, der letztens aufgemacht hatte. Sie war schon einmal da gewesen, um es sich anzusehen. Es war keiner dieser Touristenklubs mit Anzug tragenden Combo-Musikern und gelackten Bardamen, sondern ein Laden, wo jeder hinkonnte, auch die jungen Leute von der Insel und die Soldaten vom Marinestützpunkt. Die Musik kam vom Plattenspieler oder aus der Jukebox, und die Getränke musste man sich an der Bar selbst holen. Dafür ging es da laut und wild zu, es war so voll, dass man kaum durchkam, und alles rockte und lachte und schrie durcheinander.

Sie zog ihr weit ausgeschnittenes rotes Sommerkleid an und darunter den Petticoat, dessen Spitze man unterm Saum sah, und sie schminkte sich wie Liz Taylor in *Giganten*. Sie war eine Schönheit, das sagte jeder, doch der einzige Mann, von dem sie sich wünschte, es würde ihm endlich auffallen, blickte über sie hinweg wie über ein treues Haustier.

In einem der Schlafsäle sang Luise einem Kind was vor, ganz leise nur, aber trotzdem hörte man es, und etwas in ihr wollte bersten vor Verzweiflung. So wie Luise durfte sie nicht enden! Nicht so deprimiert, so von aller Welt verlassen und allein! Doch im Grunde war sie das ja längst. Wie lange wollte sie denn noch auf etwas warten, das nie passieren würde?

Sie ging zu Fuß, es war ja nicht weit, alles innerhalb des

kleinen Orts war nur ein kurzes Stück voneinander entfernt. Sogar um diese späte Zeit flanierten die Urlauber scharenweise über die Promenade und vor den Wandelhallen. Aus den Lokalen ertönten Schunkelmusik und feuchtfröhliches Gelächter. Ja, hier war es schön, die Touristen kamen in Mengen, vor allem aus Nordrhein-Westfalen, manche nannten Borkum das Strandbad des Ruhrgebiets.

Als ein Tourist sie ansprach und wissen wollte, ob sie an einem Rendezvous interessiert sei, sah sie nur stur geradeaus. Heute Abend wollte sie einen Mann. Aber den erstbesten würde sie ganz sicher nicht nehmen! Eine Aufwallung von trotzigem Zorn erfüllte sie, als sie den Klub betrat. Sofort spürte sie, wie sich von allen Seiten Blicke auf sie hefteten. Tastende, forschende, gierige Blicke. Sie erwiderte sie, einen nach dem anderen, bis sie jemanden sah, der ihr gefiel. Ein junger Marinesoldat in weißer Ausgehuniform, darauf standen die Mädel, und sie selbst auch, wie sie sich eingestehen musste. Warum nicht mal über den Tellerrand hinausschauen?

Doch schon während sie lächelnd und hüftschwingend auf ihn zuging, wurde ihr klar, dass sie sich in die Tasche log. In Wahrheit wollte sie nicht diesen Soldaten bezirzen, sondern den Mann, den sie schon so lange liebte, dass ihr Herz sich in Asche verwandeln würde, sollte er sie jemals fortschicken. Könnte er nur hier irgendwo stehen und sie betrachten, in diesem Kleid und mit dem Make-up, das sie wie Liz Taylor aussehen ließ! Vielleicht würde er sich endlich besinnen und erkennen, dass sie füreinander bestimmt waren! Das Glück war so nah, sie müssten es sich einfach nur beide nehmen!

Sie verstieg sich dermaßen in diese Vorstellung, dass sie sogar einen Atemzug lang suchend umherblickte – womöglich war er ja wirklich da!

Natürlich war das völlig absurd, und deshalb schlug sie es

sich sofort aus dem Kopf, so, wie sie auch alles andere, das mit ihm zu tun hatte, aus ihren Gedanken verbannte. Stattdessen ließ sie sich von dem jungen Soldaten einen Drink spendieren, irgendwas Hochprozentiges, das sie in Stimmung brachte. Es wurden die neuesten Hits gespielt, doch nicht irgendwelche Schmachtlieder von Freddy Quinn, sondern fetziger Sound wie *Ring of Fire* von Johnny Cash und *Devil in Disguise* von Elvis. Sie tanzte stundenlang mit ihrem neuen Verehrer, ausgelassenen Twist und wilden Rock 'n' Roll. Als irgendwann die langsameren Songs kamen, presste er sie so fest an sich, dass kein Blatt Papier zwischen sie beide gepasst hätte.

Der Marinesoldat hieß Klaus, er war jünger als sie, aber das störte sie nicht, im Gegenteil – seine Begierde war wie eine heiße Fackel, an der sie sich wärmen konnte. Sie ließ sich von ihm küssen und befummeln und irgendwann auch nach draußen ziehen, runter zum Strand. Sie trug ihre Schuhe in der Hand und wanderte mit ihm zwischen die Dünen, wo er mehr von ihr wollte. Und sie war so erbärmlich betrunken und immer noch so voller Wut, dass sie ihn gewähren ließ, obwohl sie nichts empfand außer Abscheu vor sich selbst. Hinterher stammelte er ihr ins Ohr, wie sehr er sie liebe, doch davon wollte sie nichts hören. Mittlerweile hatte Ebbe eingesetzt, und sie musste nicht lange nachdenken. Sie ließ ihre Schuhe bei Klaus im Sand liegen und stapfte weit hinaus bis zur Wasserlinie, umflossen vom Licht des Mondes, der schweigend auf sie herabsah.

Irgendwann war ihr ein Priel im Weg, fast wäre sie ins Wasser gestürzt, sie konnte sich gerade noch fangen.

Und dort stand sie dann, das Gesicht zum Himmel erhoben, und schrie und schrie.

*

Hanna fuhr orientierungslos hoch, noch im Bann eines Albtraums, an den sie sich nicht erinnerte. Da waren nur diffuse Bilder von einer tiefen Dunkelheit, in der Tod und Verdammnis lauerten. Sie brauchte einen Moment, bis sie wusste, wo sie sich befand – auf dem Sofa in ihrer Hotelsuite. Sie war eingeschlafen, obwohl sie nur für einen Moment die Füße hatte hochlegen wollen. Das Telefonat mit Sabine hatte länger gedauert als gedacht. Vielleicht würden sie sogar immer noch miteinander sprechen. Gemeinsam spekulieren, was Angela und der Arzt wohl verbrochen hatten. Sabine vermutete schon seit Langem, dass die beiden in der Nazizeit schwere Schuld auf sich geladen hatten. So wie viele andere, die später so getan hatten, als wäre nie was gewesen.

Sie hatten geredet und geredet, Sabine und sie, doch dann war wieder Sabines Tochter mitsamt den beiden Enkelchen bei ihr reingeschneit. Sie hatten das Gespräch beenden müssen, und Hanna war anschließend eingenickt.

Sie hätte noch gefühlt tausend Fragen gehabt, aber zum einen war sie wegen der Unterbrechung nicht dazu gekommen, und zum anderen fürchtete sie sich davor, was sie mit diesen Fragen vielleicht lostrat.

Bereits das, was Sabine ihr heute erzählt hatte, würde Ole den Boden unter den Füßen wegziehen! Sein Großvater und diese Angela – welches Geheimnis hatten die zwei gehütet?

Was wir früher gemacht haben.

Es konnte nichts Gutes gewesen sein. Hanna graute es davor, Ole alles zu erzählen. Doch verschweigen konnte sie es auch nicht. Das hätte auch keinen Sinn ergeben, denn im Grunde war es nur eine Ergänzung des anderen Gesprächs, das Luise belauscht und in ihrem Tagebuch beschrieben hatte. Und über dieses erste Gespräch zwischen Angela und seinem Opa wusste Ole ja bereits Bescheid. Es war sein gutes Recht, auch den Rest zu erfahren. Zumal Hanna die Information in ihrem Artikel verwerten wollte und auf seine Zustimmung hoffte.

Bei einem Blick auf die Uhr sah sie, dass es schon fast zwei Uhr war. Sie hatte beinahe drei Stunden geschlafen! Lustlos machte sie sich frisch und ging nach unten, in der Absicht, sich an der Milchbude einen Snack zu holen. Sie hatte keinen Hunger, aber wenn sie jetzt wieder das Mittagessen ausfallen ließ, würde sich ihr Kreislauf dafür rächen. Besser, sie aß was.

Auch fürs Gehirn besser, flüsterte ihr ein fieses kleines Teufelchen in ihrem Kopf zu. Sie ignorierte es und versuchte nach Kräften auszublenden, was ihr heute noch bevorstand.

Zu ihrem grenzenlosen Verdruss wurde sie im Foyer wieder von Isa aufgehalten, die wie eine finstere Nemesis um die Ecke kam, als Hanna gerade auf den Ausgang zuhielt.

»Auf ein Wort«, sagte sie, und diesmal klang es kein bisschen freundlich, sondern eiskalt.

Hanna holte Luft und drehte sich um. »Was liegt an, Isa?«

»Ich glaube, das kannst du dir denken.«

»Vermutlich ist dir zu Ohren gekommen, was deine Oma mir heute Morgen auf der Frühstücksterrasse erzählt hat. Die Sache, wie das Haus damals in den Besitz eurer Familie gelangt ist. Während der Nazizeit.«

Isa musterte sie fragend, als würde sie erwarten, dass da noch mehr kam, doch dann nickte sie entschieden.

»Ganz genau«, bestätigte sie. »Und ich gehe wohl nicht fehl in der Annahme, dass du diese Information in deinem Artikel erwähnen willst.«

»Da gehst du tatsächlich nicht fehl«, gab Hanna sarkastisch zurück. »Komm einfach auf den Punkt, Isa.«

»Na schön. Uns wäre es lieber, wenn ihr aus dem Hotel auscheckt, du und deine Tochter«, teilte Isa ihr unumwunden mit.

Hanna war in der passenden Stimmung, sich zu streiten. Normalerweise hatte sie kein Problem damit, vernünftig zu diskutieren und dabei nicht die Fassung zu verlieren. Aber allein schon Isas Auftritt mitten im Foyer ließ Zorn in ihr hochkochen. »Hast du da nicht eine Kleinigkeit vergessen? Ich habe für zwei Wochen im Voraus bezahlt, und solange wir keine Möbel demolieren oder die Hütte abfackeln, kannst du uns nicht einfach rauswerfen!«

Isas Antwort fiel wie erwartet aus. »Selbstverständlich erstatten wir dir den Restbetrag.«

»Tja, nur blöd, dass man jetzt in der Hochsaison hier auf die Schnelle keine adäquate Ersatzunterkunft bekommt«, sagte Hanna süßlich. Mittlerweile war sie auf hundertachtzig. Diese aalglatte Tussi musste früher aufstehen, wenn sie glaubte, sie abkochen zu können! »Den Schaden, der mir durch einen unfreiwilligen Abbruch meiner Recherchen vor Ort entstünde, kannst du gar nicht ermessen! Und es wäre auch nicht nur *mein* Schaden, sondern auch der meines Arbeitgebers. Was glaubst du, welcher Gewinn der Zeitung beim Ausfall einer fest eingeplanten Berichterstattung entgeht, grob über den Daumen gepeilt? Das geht ganz schnell in die Hunderttausende!«

Isas Schultern sackten für einen Moment herab, aber schon mit dem nächsten Atemzug straffte sie sich wieder. »Wie du meinst. Ich werde diesen Fall unserem Anwalt übertragen.«

Hanna ließ einen abgrundtiefen Seufzer entweichen. Was zur Hölle tat sie eigentlich gerade? Wie hatte es bloß so weit kommen können? Sie erkannte sich selbst nicht wieder! Was war nur los mit ihr?

Frag mal das Ding in deinem Gehirn, zischte das böse Teufelchen. Hanna ignorierte es abermals.

»Hör zu, Isa«, sagte sie, diesmal in gemäßigtem Ton. »Ich verstehe, dass ihr euch um den guten Ruf eures Hotels sorgt. Doch im Gegenzug musst du auch verstehen, dass ich nicht einfach mitten in einer wichtigen Recherche abreisen kann. Deshalb schlage ich vor, dass Katie und ich noch bis Samstag hierbleiben und dann auschecken.«

Bis dahin würde sie bestimmt irgendein Airbnb auftun. Sie brauchte keine Fünfsterneunterkunft, und Katie würde ebenfalls damit klarkommen, wenn sie den Rest des Urlaubs in einer etwas schlichteren Bleibe verbrachten. Sie war sowieso fast den ganzen Tag nur unterwegs.

Isa hielt es anscheinend für unter ihrer Würde, auf Hannas Vorschlag zu antworten. Ohne ein weiteres Wort drehte sie sich um und rauschte davon.

Danach ging der Ärger nahtlos weiter. Auf dem Weg zur Milchbude lief Hanna ihrer Tochter mitsamt Bengt über den Weg, die sich auch gerade was zum Essen geholt hatten.

»So ein Zufall«, sagte sie, angestrengt darüber hinwegsehend, dass die beiden Händchen haltend daherkamen; mit der jeweils freien Hand futterten sie Fischbrötchen. Bengt trug nur Shorts und Sandalen, und er hatte ein Sixpack, mit dem er bestimmt schon reihenweise Mädchen klargemacht hatte. Hoffentlich nicht ihre Tochter! Hanna wollte sich nicht als Glucke aufspielen, und schon gar nicht als Löwenmutter. Aber ihre Beschützerinstinkte waren mit einem Mal hellwach.

»Guck mal, Mom, das lag heute Morgen vor unserer Zimmertür. Hab ich gefunden, als du laufen warst.« Katie schob sich den Rest ihres Fischbrötchens in den Mund und zog einen Inselplan aus ihrer Tasche, den sie Hanna überreichte.

Hanna klappte ihn verwundert auf. »Ist das ein Geocache?«

»Nein, das sieht nur so aus. Stand in keiner Liste.«

»Wart ihr da schon?«

»Ja klar, ich dachte, wir könnten dir bei den Recherchen helfen. Aber wir haben nichts gefunden.«

Nichts gefunden … Doch, das *musste* dort sein! Sie wusste es genau! Hanna kniff die Augen zusammen, das Déjà-vu-Gefühl kam genauso unvermittelt wie die anderen. Wie ein Schlag auf den Kopf, gegen den man sich nicht wehren konnte. Im nächsten Moment war es vorbei. »Danke, dass ihr euch schon drum gekümmert habt. Ich schau's mir selber auch noch an.« Ihre Stimme klang mechanisch. Ungeschickt klappte sie den Inselplan wieder zusammen und steckte ihn in ihre Handtasche.

»Ist irgendwas, Mom?«, fragte Katie. Sie wirkte besorgt.

Hanna schüttelte den Kopf und zwang sich zu einem Lächeln. »Ich hol mir dann auch mal eben was zu essen. Bis später!« Mit einem lässigen Winken ging sie weiter.

Sie hätte Katie vorhin mitteilen können, dass sie Ende der Woche die Koffer packen mussten, aber das brauchte Bengt nicht unbedingt mitzukriegen. Erfahren würde er es sowieso, wahrscheinlich gleich nachher, sobald er in Isas Dunstkreis auftauchte. Doch bis dahin sollten die zwei noch eine gute Zeit haben.

Hanna tastete nach dem Inselplan in ihrer Tasche. Was hatte es mit diesen Koordinaten auf sich? Wer hatte den Plan vor ihre Suite gelegt? Im Grunde musste man nicht erst nachdenken. Natürlich dieselbe Person, die auch das Tagebuch dort platziert hatte. Und das konnte jeder gewesen sein. Oder zumindest jeder aus einer unüberschaubaren Vielzahl von Leuten. Sie tippte auf jemanden, der Isa und Jan eins auswischen wollte. Oles Idee, dass ein Konkurrent dahintersteckte, hatte einiges für sich.

Offen war hingegen die Frage, was der Betreffende an der angekreuzten Stelle deponiert hatte. Vielleicht Beweise, dass der damalige Grunderwerb auf illegale Weise zustande gekommen war. Ja, das lag nahe. Es würde passen.

Aber auf unerklärliche Weise wusste sie, dass das nicht stimmte.

*

Die restliche Wartezeit verbrachte Hanna am Strand. Sie saß Kaffee trinkend in der Sonne und versuchte, sich zu entspannen. Irgendwann war es endlich so weit, dass sie zu Oles Praxis rübergehen konnte.

Im Garten war seine Mutter mit Unkrautstechen beschäftigt. Eine korpulente Frau um die fünfzig half ihr dabei.

Ein wenig unschlüssig blieb Hanna am Zaun stehen und schaute auf die Uhr. Noch fünf Minuten.

Oles Mutter hatte sie bemerkt und kam auf sie zu.

»Ich kenn Sie doch!«, sagte sie lächelnd zu Hanna.

»Moin, Frau Vandenberg. Ja, wir haben vorgestern zusammen gegessen«, bestätigte Hanna. Mitleid erfüllte sie, mit Oles Mutter und mit Ole. Wie schlimm musste es sein, einen geliebten Menschen auf diese Weise Stück für Stück zu verlieren!

»Sekunde, ich hab's gleich!« Hilde überlegte. »Sie sind Hanna!«

»Ja, genau.«

Hilde strahlte. »Ich heiße Hilde.« Fragend sah sie Hanna an. »Möchten Sie vielleicht einen Tee?«

»Nein danke. Ich warte hier auf Ole. Bestimmt kommt er gleich.«

Hilde furchte bedenkenvoll die Stirn. »Der arme Junge, heute steht er ziemlich neben sich. Diese verdammte Kiste!«

»Was für eine Kiste?«

»Die von Oles Opa.«

»Was ist damit?«

Hilde hob die Schultern. »Es geht um die Kinder. Sie wissen schon.«

»Welche Kinder?«

»Die Kinder aus Litzmannstadt«, sagte Hilde. »Die er aussortiert hat.«

Die korpulente Frau kam herüber. »Alles in Ordnung, Hilde?«, fragte sie. Sie sprach mit einem leichten osteuropäischen Akzent.

»Natürlich, Nicoletta«, sagte Hilde, und dabei sah sie so aus, als wäre wirklich alles in bester Ordnung.

Die beiden widmeten sich wieder dem Rasen, und Hilde bückte sich mit beachtlicher Gelenkigkeit, um ein Büschel Löwenzahn auszustechen.

Ole kam aus der Praxis. »Hanna! Wartest du schon lange?«

Sie schüttelte den Kopf, immer noch völlig verstört von dem, was seine Mutter gerade erzählt hatte.

»Was ist los? Du siehst aus, als wäre dir ein Geist begegnet!«

Einen Moment lang erwog sie, es einfach für sich zu behalten, doch dafür war es zu spät. Er wusste bereits, dass es in der Vergangenheit seines Großvaters dunkle Stellen gab. Nur die letzten Teile des Puzzles fehlten noch.

Sie berichtete ihm von dem kurzen Gespräch mit Hilde.

Ole hörte ihr stumm und mit steinerner Miene zu, und auch, als sie geendet hatte, sagte er kein Wort.

Hanna sah ihn verunsichert an. »Sie hat von sich aus davon angefangen«, stellte sie klar. Er sollte nicht glauben, sie hätte seine demente Mutter ausgehorcht. »Vielleicht hat sie da was verwechselt.«

Darauf ging er nicht ein. Nach einer Weile fragte er mühsam beherrscht: »Litzmannstadt – das liegt in Polen, oder?«

»Ja. Die Nazis nannten den Ort so. Er heißt heute wieder Lodz.«

»Du weißt sicher mehr darüber als ich. Also über die möglichen Zusammenhänge.«

Es klang wie eine Aufforderung, also sagte Hanna ihm, was sie wusste. Ungeordnet und ohne vorher groß nachzudenken. Sie hatte vor Jahren einen Artikel zu dem Thema verfasst, und immer noch erfüllte sie kaltes Grauen, wenn sie daran dachte.

»Da war ein NS-Ghetto. So ähnlich wie das Warschauer Ghetto. Hauptsächlich diente es als Zwischenstation.«

»Zwischenstation?«, fragte Ole mit rauer Stimme.

»Vor der Deportation in die Vernichtungslager«, antwortete Hanna. »Es gab da auch ein Kinder-KZ. Mit einer Extrastation für die Aussonderung ausgewählter, optisch passender Kinder, die man dann ins ›Altreich‹ brachte, um sie zu ›germanisieren‹. Diese organisierte Aussonderung von Kindern war Teil eines Naziprojekts, das auch unter dem Namen ›Lebensborn‹ bekannt ist. Die übrigen Kinder wurden nach und nach umgebracht. Man missbrauchte sie für Zwangsarbeit, ließ sie an Hunger oder Krankheiten sterben, brachte sie vor Ort um oder transportierte sie in die Vernichtungslager.«

Ole holte scharf Luft. »Dann war mein Großvater wohl dort. In dem Kinder-KZ in Lodz.« Seine Stimme brach. »Mein Gott, er hat beim größten Massenmord der Weltgeschichte mitgemacht! Mein eigener Großvater!«

»Ganz sicher können wir das nicht wissen, Ole.«

»Was denkst du denn, was er da getan hat?«, entfuhr es ihm. »Der war bestimmt nicht als so eine Art Oskar Schindler unterwegs!« Er ballte die Fäuste. »Ich finde es raus! Glaub mir, ich finde alles raus!« Aufgewühlt eilte er weiter, Hanna musste einen Zahn zulegen, um Schritt zu halten.

»Was war denn nun in dieser Kiste?«, fragte sie nach einer Weile behutsam.

»Das wollte ich dir sowieso noch erzählen. Aber lass uns später darüber reden, ja? Wir sind fast da.«

Das Inselkrankenhaus war ein idyllisch im Grünen gelegener zweigeschossiger Klinkerbau von überschaubaren Ausmaßen.

Hanna gab ihr Versichertenkärtchen am Empfang ab, und dann wurden sie auch schon vom Chefarzt persönlich begrüßt. Er war ein sympathischer Mann in Oles Alter, die beiden begrüßten sich mit einem Schulterklopfen. Seine souveräne Ausstrahlung nahm Hanna einiges von ihrer Angst, sodass sie seine Fragen ruhig beantworten und die nachfolgenden Untersuchungen gefasst über sich ergehen lassen konnte, bevor es zum Röntgen ging.

Anschließend studierte er zusammen mit Ole die Aufnahmen ihres Gehirns am Monitor. Hanna saß hinter den beiden auf einem drehbaren Schemel. Sie biss die Zähne zusammen und befahl sich, auf keinen Fall zu heulen, egal, was kam.

Aber dann tat sie es doch. Als der Chefarzt nach eingehender Begutachtung der Bilder sagte: »Ich sehe da nichts«, und dann gleich darauf Ole meinte: »Ich auch nicht«, brach sie nur eine Sekunde später in Tränen der Erleichterung aus.

Zu ihrem Entsetzen warf die nächste Bemerkung des Chefarztes alles wieder über den Haufen. »Eine verlässliche Diagnose kann natürlich nur anhand einer MRT-Untersuchung gestellt werden.«

»Ich mache heute noch eine Überweisung für die Neurologie fertig«, sagte Ole sofort.

»Heißt das, da könnte doch was sein?«, fragte Hanna Ole mit zittriger Stimme, nachdem sie sich von dem Chefarzt verabschiedet hatten. »Zu klein für ein Röntgenbild?«

»Leider kann es nicht völlig ausgeschlossen werden«, sagte Ole. »Aber denk dran: Du brauchst keine Angst zu haben! Selbst wenn!« In seinen Augen lag ein beschwörender Ausdruck. »Und du musst da nicht allein durch, Hanna. Ich bin bei dir.« Er nahm ihre Hände und drückte sie fest. »Jetzt noch ein bisschen Labor. Nur zur Sicherheit.«

Er zapfte ihr eigenhändig Blut ab. Danach musste sie auf der Toilette in einen Becher pinkeln, anschließend konnten sie wieder gehen.

Hanna war immer noch wie betäubt. *Leider kann es nicht völlig ausgeschlossen werden.* Logisch, wie denn auch, wenn sie laufend diese Déjà-vus hatte!

Das bisschen Labor sollte natürlich dazu dienen, irgendwelche abgefahrenen Ursachen wie Vergiftung oder Drogen- oder Tablettenmissbrauch auszuschließen. Klar, wieso sollte man ihr einfach unbesehen glauben, dass sie nur ganz selten mal was über den Durst trank und keinerlei Substanzen konsumierte, die auch nur entfernt als Grund für ihre Ausfallerscheinungen in Betracht kamen.

»Angenommen, die MRT-Untersuchung ergibt auch nichts«, meinte sie auf dem Rückweg. »Und bei der Labordiagnostik käme ebenfalls nichts raus. Auch nicht bei irgendeiner neurologischen Abklärung. Könnte dann vielleicht eine Art … seelische Ursache infrage kommen?« Sie hob die Hand, als er antworten wollte. »Erzähl mir jetzt nicht wieder was von Stress! Auch nicht von Psychosen und Neurosen. Das hab ich alles schon gegoogelt.«

»So was wollte ich gar nicht sagen«, meinte Ole.

»Was denn dann?«

»Dass ich es nicht weiß. Auch Ärzte wissen nicht alles, nicht mal die besten Experten. Wobei ich nicht beanspruchen will, einer von denen zu sein«, schränkte er sofort ein. »Selbst wenn ich es wäre: Ich wüsste es nicht. Über Déjà-vus gibt es eine Menge Theorien, es wurde auch schon viel geforscht. Aber so gut wie nichts herausgefunden.«

Sie entschied, ihn einfach geradeheraus zu fragen. »Könnte es vielleicht so was sein wie eine ungewöhnliche Sensibilisierung?« Es klang bescheuert, doch sie wusste nicht, wie sie es anders ausdrücken sollte.

»Du meinst eine spezielle Fähigkeit geistiger Wahrnehmung?«, vergewisserte sich Ole.

Sie nickte. Er hatte es besser formuliert als sie.

»Indem man sich an Dinge erinnern kann, die man selber gar nicht erlebt hat«, führte sie aus, um es genauer einzugrenzen.

Sie merkte, dass sie mit dieser These Unbehagen bei ihm weckte. Was nicht weiter verwunderlich war, denn sie fand es ja selbst völlig schräg.

»Ist wahrscheinlich Science-Fiction«, meinte sie, als er nicht sofort antwortete. Doch zu ihrer Überraschung schüttelte er den Kopf.

»Das Gehirn ist das am wenigsten erklärbare Organ des Menschen. Hauptsächlich wissen wir darüber, dass wir das meiste *nicht* wissen. Die Hirnforschung ist immer noch eine einzige Herausforderung. Und gerade Déjà-vus gehören zu den Phänomenen, bei denen keiner sicher sagen kann, wie sie zustande kommen.«

Hanna nickte stumm, aber nicht etwa, weil seine Antwort sie beruhigte. So oder so, irgendwas stimmte nicht mit ihr. Im Grunde wusste sie nicht viel mehr als vorher. Tröstlich war bloß die Gewissheit, dass in ihrem Gehirn kein Riesentumor saß.

Ole schaute auf seine Uhr. »Gleich halb sieben. Wir könnten uns beim Essen weiter unterhalten. Hast du auch Hunger?«

Sie hatte keinen, er jedoch offenbar schon, also nickte sie. »Klar, lass uns was essen gehen.«

Doch sie hatten kaum den Weg zu Oles Lieblingsrestaurant eingeschlagen, als ein Anruf auf seinem Handy einging.

Hanna hörte die aufgeregte Stimme der Haushälterin aus

dem Lautsprecher, auch wenn nicht zu verstehen war, was sie sagte.

Besorgnis zeichnete sich in Oles Miene ab, irgendwas musste passiert sein.

»Tut mir leid, aber ich muss sofort nach Hause«, sagte er. »Meiner Mutter geht's nicht gut, sie weint die ganze Zeit.«

Hanna sah ihn erschrocken an. »Ach je, das tut mir leid!«

»Ich melde mich!«, versprach Ole, schon im Gehen begriffen. Hanna blickte ihm bestürzt nach, während er davoneilte und gleich darauf um die nächste Ecke verschwunden war.

*

Seine Mutter saß am Küchentisch und schluchzte in ein Taschentuch. Nicoletta stand neben ihr und strich ihr über den Rücken, immer wieder. »Ist ja gut, ist ja gut!«, sagte sie in tröstender Dauerschleife, doch Hilde hörte nicht auf zu weinen.

Nicoletta machte ihm hastig Platz, als er nach Hildes Hand griff. »Ich bin ja da, Mama!«

»Gott sei Dank, Junge! Endlich!« Sie sah ihn durch Tränen an, aber in ihrem Blick bemerkte er nichts von der Desorientiertheit, die ihre dementen Phasen kennzeichnete. Im Gegenteil, sie schien völlig klar.

»Ich muss mit dir reden, Junge.« Zu Nicoletta sagte sie: »Könntest du uns wohl kurz allein lassen, Liebes?«

»Ich geh im Keller Wäsche machen.« Nicoletta räumte eilig das Feld, sichtlich dankbar, der Situation entfliehen zu können.

Ole setzte sich zu seiner Mutter. »Was ist passiert? Warum weinst du?«

»Ich habe einen schrecklichen Fehler begangen!« Sie schluchzte erneut. »Ich hab Hanna die Sache mit Litzmannstadt erzählt! Die ganzen Jahre haben wir es unter solchen

Mühen geheim gehalten, und am Ende bin ich es selber, die es ausplaudert! Sie hat mich nicht mal gefragt, ich hab's ihr einfach so gesagt! O Gott, Junge! Was hab ich nur angerichtet!?«

»Mama, was hat Opa da getan? In dem polnischen Lager?«

»Aber das weißt du doch!« Sie sah ihn ehrlich erstaunt an, und einen Moment lang befürchtete er, dass sie wieder in dem trüben Tümpel ihrer geistigen Abwesenheit versank. Aber ihr Blick war nach wie vor voll konzentriert.

»Ich weiß überhaupt nichts«, stellte er klar. »Sonst würde ich dich ja wohl kaum bitten, es mir zu erzählen!«

»Ich verstehe das nicht«, sagte seine Mutter befremdet. »Du warst doch dabei!«

»Was!? Mutter!« Er musste sich zusammenreißen, um sie nicht wieder anzubrüllen. »Ich bin Jahrzehnte nach dem Krieg auf die Welt gekommen! Wie kann ich dann dabei gewesen sein?!«

»Ich meine nicht das polnische Lager. Sondern später. Als er davon erzählte. Er hat stundenlang darüber geredet, in einer Tour! Wir konnten machen, was wir wollten, doch er fing immer wieder davon an!«

»Wovon genau?«, drängte Ole.

»Davon, wie schade er es fand, wenn welche von den Kindern nicht richtig geeignet waren und er sie wieder zurückschicken musste. Wenn sie zum Beispiel trotz aller Strafen nicht aufhören wollten, untereinander Polnisch zu sprechen, das war ja verboten.« Hilde hielt inne, um zitternd Luft zu holen. »Wir haben ihn angefleht, es endlich auf sich beruhen zu lassen, aber er konnte nicht. Es war wie bei einem kaputten Plattenspieler. Er stand unter diesem Zwang, es wieder und wieder durchkauen zu müssen. Deshalb hat Papa ja auch früher als geplant die Praxis übernommen. Wir hatten ständig Angst, dass Opa sich verplappert und es wildfremden Leuten erzählt!«

»War Opa bei der SS?«, vergewisserte Ole sich. »Hat er für den Lebensborn gearbeitet?«

»Ja, natürlich! Da war er frisch approbiert, es war seine erste Anstellung. Du warst *wirklich* oft dabei, wenn er davon sprach! Als er starb, warst du schon fünf, und du hast ihm häufig zugehört! Du musst doch auch noch wissen, wie Papa mit dir darüber geredet hat!«

Ole starrte blicklos ins Leere. Vor seinem inneren Auge zuckten verschwommene, weit entfernte Eindrücke auf. Das besorgte Gesicht seines Vaters, die mahnende Stimme.

Das müssen wir für uns behalten. Das darf niemand erfahren. Darüber darfst du mit keinem Menschen sprechen, niemals. Niemals, hörst du?! Am besten vergisst du es einfach!

Und er *hatte* es vergessen. Vollständig. Er wusste nicht mehr, was sein Opa ihnen erzählt hatte. Er konnte sich an kein einziges Wort erinnern. Nur an die Ermahnungen seines Vaters, und auch die waren nur aus seinem Unterbewusstsein hochgekrochen, weil seine Mutter es erwähnt hatte.

»Was war mit dieser Angela?«, fragte er. »Was hatte die damit zu tun?«

»Sie war Opas Verlobte«, sagte Hilde. »Sie war mit ihm in Litzmannstadt, da haben beide im Lager zusammengearbeitet. Nach dem Krieg haben sie sich falsche Papiere mit neuen Namen besorgt und sind untergetaucht. Ein paar Jahre später sind sie nach Borkum gezogen. Zuerst Angela, dann Opa. Angelas Bruder hatte hier Eigentum, ein großes Haus, da konnten sie unterkriechen.«

»Die Villa Aurelia?«

Hilde nickte. »Sie hat dann da das Kindererholungsheim aufgemacht und Opa als Kurarzt eingespannt. Für ihn war das die Chance, sich nebenher eine neue Existenz als Arzt aufzubauen. Das hat er später sehr bereut, er hat oft davon geredet, dass er besser woanders hingegangen wäre.«

»Wann haben die beiden sich getrennt?«

»Schon vorher, gleich nach dem Krieg. Aber als Angela ihm ein paar Jahre später diese Chance hier geboten hat, griff er zu. In der Folgezeit hat er sich dafür verflucht, denn die Frau war von Grund auf böse. Davor hatte er lange die Augen verschlossen. Wie Männer manchmal so sind – er wollte vieles einfach nicht wahrhaben, hat die schlimmen Dinge immer gern verdrängt. Und woanders noch mal von vorn anfangen, das hat er auch nicht fertiggebracht. Dafür hat ihm die Kraft gefehlt.«

Ole hatte zunehmend das Gefühl, hilflos in einem stinkenden Sumpf zu stecken. Jede Einzelheit, die er erfuhr, zog ihn ein Stück tiefer hinab. »Warum hat er die ganzen Patientenakten der Verschickungskinder aufgehoben?«

»Die hat er verwahrt, falls mal rausgekommen wäre, was er früher in Polen gemacht hat. Mit den Akten wollte er nachweisen können, dass er die Kurkinder immer fachgerecht behandelt hat.«

Ole hätte sein Entsetzen am liebsten herausgeschrien, er konnte kaum an sich halten.

»Du musst Hanna davon abhalten, all das zu veröffentlichen!«, fuhr Hilde fort. »Denk doch an unseren guten Ruf! Wenn herauskommt, dass dein Großvater ein gesuchter Kriegsverbrecher war, sind dein Lebenswerk und das deines Vaters zerstört! Zwei Generationen voller Herzblut und Arbeit! Zunichtegemacht durch ein einziges unbedachtes Wort von mir! Bitte verzeih mir, Junge!« Erneut fing sie an zu weinen.

Ole wollte nur noch eins wissen. »Wie war sein richtiger Name? Wie heiße ich wirklich?« Seine Stimme nahm einen scharfen Ton an. »Und sag jetzt bloß nicht Vandenberg! Denn dieser Name ist ja wohl falsch! Frei erfunden von einem Nazimörder, der Kinder ins Gas geschickt hat!«

»Berger«, sagte Hilde schluchzend. »Dein Großvater hieß Berger.«

Ole stand auf und rief Nicoletta aus dem Keller zurück, bevor er die Patientenakte des kleinen Josef zusammenfaltete und in die Gesäßtasche seiner Jeans schob. Anschließend zog er sein Smartphone hervor, um Hanna anzurufen.

*

Hanna war kurz im Hotel gewesen, jedoch nur Minuten später fluchtartig wieder aufgebrochen. Rückblickend wusste sie nicht, wieso sie, statt die Treppe nach oben zu ihrer Suite im ersten Stock zu nehmen, völlig geistesabwesend runter ins Untergeschoss gegangen war. Dort befand sich der Wellnessbereich, eine Oase der Entspannung, ausgestattet mit Dampfbad und finnischer Sauna, Tauchbecken, Massageraum und auch sonst allem, was man in einer Luxusunterkunft wie dieser erwarten durfte. Alles in feinstem Design, nobel bis in die letzte Ecke.

Doch ihre Wahrnehmungen spiegelten ihr eine andere Realität vor, die sich mit der echten vermischte. Da waren die Stapel der dicken, flauschigen Handtücher, das Golddekor auf dem kunstvollen Wandmosaik. Der Duft des Parfüms, das die Luft erfüllte wie eine laue Sommerbrise. Die leise Musik, die aus verborgenen Lautsprechern rieselte. Aber hinter dem edlen Interieur blitzten Bilder von angerosteten Armaturen auf, von verkratzten Fliesen und zersprungenen Waschbecken. Es roch nach beißender Kernseife und Moder. Und in ihren Ohren gellten Kinderschreie.

Dumpf erinnerte sie sich, was Sabine ihr erzählt hatte. Vom Waschraum im Keller, und was man da mit den Kindern gemacht hatte. Eingeseift von Kopf bis Fuß, und dann mit eiskaltem Wasser aus einem Schlauch abgespritzt. War angeblich gut für den Kreislauf und förderte die Durchblutung.

Hanna presste die Handballen gegen ihre Augen und versuchte verzweifelt, die Bilder zum Verschwinden zu bringen, und als es nicht klappte, floh sie aus dem Haus und schnappte sich das E-Bike.

Nur weg von hier! Es war das Gebäude, das sie krank machte! So viele furchtbare Dinge waren hier geschehen, zu viele Kinder hatten hier drin gelitten und ein Stück ihrer Seelen verloren! All dieses Kinderleid war in die Wände eingesickert, hatte sich nach und nach verdichtet und zusammengeballt, und da befand es sich immer noch, unsichtbar und in stummer Anklage. Solange das Haus stand, würde es dortbleiben.

Sie wusste, dass das Blödsinn war. Um Himmels willen, sie war kein Medium, und sie hatte keine übersinnlichen Fähigkeiten! Aber warum zum Teufel fühlte es sich dann so an?

Das Rad fuhr sich fast wie von allein. Keine Steigungen wie in Frankfurt, sondern lauter ebene, gut ausgebaute Wege. Eine Zeit lang raste sie einfach nur in halsbrecherischem Tempo dahin und wäre einmal fast gestürzt, zum Glück ohne Beteiligung Dritter. Sie hatte bloß eine Biegung zu schnell genommen. Nach einer Weile reduzierte sie das Tempo, und irgendwann stoppte sie und zog ihr Handy aus der Tasche.

Ein verpasster Sprachanruf von Ole.

Gleich darauf hatte er ihr geschrieben.

Ich komm jetzt rüber zum Hotel und hol dich ab.

Dann, zehn Minuten später:

Bin vorm Haus, kommst du runter?

Danach ein weiterer verpasster Sprachanruf. Und zuletzt eine Nachricht:

Wo bist du?

Ja, wo war sie überhaupt? Unterwegs hatte sie weder auf Schilder noch Wegmarken geachtet, sie war nach ihrem hektischen Aufbruch einfach aus dem Ort rausgefahren, ohne die Route zu verfolgen. Ein Stück durch einen Wald, am Flugplatz vorbei und weiter in Richtung Ostland. Rasch sah sie auf dem Smartphone nach. Die Koordinaten auf dem Inselplan hatte sie eingegeben, sie befanden sich ganz in der Nähe.

Sie schickte Ole ihren Live-Standort und fuhr weiter.

*

Verschwitzt und außer Atem legte Ole sich in die Pedale, bis er endlich Hannas Rad am Wegrand stehen sah. Es *musste* ihres sein, jedenfalls sagte es der blinkende Punkt auf seinem Handy. Um diese Tageszeit war niemand sonst hier draußen unterwegs, die letzten Kilometer war er keiner Menschenseele mehr begegnet.

Er war gefahren wie ein Wilder, teils aus Sorge um sie, teils aber auch aus dem verzweifelten Bedürfnis heraus, mit ihr über seine dunkle Familiengeschichte zu sprechen. Nicht, dass er eine Vorstellung gehabt hätte, was ihm das bringen sollte. Er hatte keine Ahnung, was er sich davon erhoffte. Und doch kam es ihm wie ein Ausweg vor.

Eilig stellte er sein Rad neben ihrem ab und legte das letzte Wegstück, das durch bewachsenes Gelände führte, im Laufschritt zurück. Er fand sie hinter einem kleinen Birkenhain, wo sie mit überkreuzten Beinen im Dünengras saß. Die Hände hatte sie locker auf den Knien liegen, den Kopf nach hinten gebeugt und die Augen geschlossen. Der blonde Pferdeschwanz fiel ihr zerzaust über den Rücken, und als er vor sie hintrat, sah er auf ihren Wangen die Spuren getrockneter Tränen.

Sofort rief er sich ins Bewusstsein, was sie heute durchgemacht hatte. Die Angst vor der Untersuchung, die zermürbende Ungewissheit. Die sie immer noch quälte, womöglich sogar schlimmer als vorher. Vielleicht wäre es einfacher für sie gewesen, wenn sich auf Anhieb eine organische Ursache für die gehäuften Déjà-vus gezeigt hätte. Dann wäre da was gewesen, das man hätte angehen können. Der Röntgentermin war rückblickend keine besonders gute Idee gewesen, er hätte sie direkt zum Kernspin aufs Festland bringen sollen!

Sie öffnete die Augen, als er vor ihr stand. »Da bist du ja.« Die Andeutung eines Lächelns umspielte ihre Lippen. Im nächsten Moment verwandelte es sich in einen Ausdruck offener Freude. Sie strahlte ihn an, und er konnte nichts weiter tun, als gebannt ihren Blick zu erwidern. Seine innere Bedrängnis schien sich zu lösen, es war wie eine Befreiung. Ihr Anblick löste Glücksgefühle in ihm aus, sein Herz schlug schneller. Alles, was er brauchte, war ihre Nähe.

Er ging in die Hocke und nahm ihre Hände. »Was machst du hier draußen?«

In einer Geste der Ratlosigkeit hob sie die Schultern. »Zuerst wollte ich einfach nur weg. Raus aus dem Hotel, aus dem Ort. Irgendwohin, wo niemand ist. Dann erinnerte ich mich wieder an die Koordinaten und beschloss, danach zu suchen.« Sie zog einen Inselplan aus ihrer Tasche und zeigte ihm die markierte Stelle.

»Ist das ein Geocache?«, fragte er.

»Das dachte ich auch zuerst, doch dazu ist nichts registriert. Katie hat den Plan gefunden, er lag heute Morgen vor unserer Zimmertür. So wie vorher das Tagebuch. Irgendjemand spielt mir belastendes Material zu, Ole. Ich bin sicher, dass an der markierten Stelle weitere Beweise zu finden sind. Du hattest völlig recht mit deiner Vermutung.«

»Du meinst, dass es dem oder den Betreffenden darum geht, dem Hotel zu schaden? Oder genauer gesagt, den Besitzern?«

Hanna nickte. Sie deutete auf einige Bunkerreste, die in der

Nähe herumlagen. »Ich habe alles abgesucht, aber Geocaching gehört nicht gerade zu meinen Stärken. Meine Erfahrungen beschränken sich auf ein paar Suchausflüge, die ich vor zwei, drei Jahren mal zusammen mit Katie gemacht habe. Sie hatte eine Zeit lang großen Spaß daran und war ein richtiges Ass. Katie war übrigens diejenige, die den Plan vor unserer Suite gefunden hat. Heute Vormittag war sie mit Bengt schon hier draußen und hat gesucht. Doch sie haben auch nichts gefunden. Keine Ahnung, wieso ausgerechnet ich mir einbilde, irgendwas entdecken zu können.«

»Wollen wir noch mal gemeinsam suchen?«

Sie schüttelte den Kopf. »Das Licht reicht nicht mehr, die Sonne steht schon zu tief.« Forschend blickte sie ihn an. »Lass uns lieber reden.«

»Oh. Ja, natürlich. Vorhin hab ich's nicht mehr geschafft, aber ich kümmere mich morgen früh als Erstes darum. Es gibt überhaupt keinen Grund, das auf die lange Bank zu schieben. Wir hätten gleich eine MRT machen sollen. Je eher du endgültige Gewissheit hast, desto besser. In Emden gibt es einen sehr kompetenten Neurologen …«

»Nein«, unterbrach sie ihn mit sanfter Stimme. »Ich will nicht über mich reden. Ich sehe doch, wie beschissen es dir geht! Es ist für mich schlecht auszuhalten, wenn wir die ganze Zeit immer bloß meine Probleme besprechen, obwohl deine mindestens genauso belastend sind. Irgendwas ist vorhin passiert, oder? Was war denn mit deiner Mutter?«

Als hätte jemand bei einem unter Überdruck stehenden Kessel ein Ventil geöffnet, brach plötzlich alles aus ihm heraus. Seine Stimme schwankte, zwischendurch musste er innehalten, weil er nicht weiterreden konnte. Ein anderes Mal entrang sich ihm zu seiner Beschämung ein unterdrücktes Schluchzen. Er saß neben ihr im Sand und war drauf und dran, wie ein kleiner Junge zu heulen, während er stockend erzählte, was er von seiner Mutter erfahren hatte. Anschließend nestelte er die zusammengefaltete Patientenakte des kleinen Josef aus seiner Hosentasche und reichte sie Hanna.

Tiefe Erschütterung spiegelte sich in ihren Zügen, als sie die karge Diagnose las.

»Weißt du, was aus dieser Angela geworden ist?«, wollte sie nach einer Weile wissen.

Er hob erschöpft die Schultern. »Ich hätte meine Mutter danach fragen sollen, tut mir leid. Ich war nur so …« Er suchte nach Worten und fand keine.

»Durch den Wind«, half Hanna ihm aus. Sie nahm seine Hand und umschloss sie fest. »Du musst aufhören, dich mit Selbstvorwürfen zu quälen, Ole! An alldem, was damals passiert ist, trägst du nicht die geringste Schuld! Das hast nicht du verbrochen, das waren andere!«

Ole atmete ruckartig aus. Sie hatte den Finger in die offene Wunde gelegt. »Das sagt sich so leicht«, erwiderte er tonlos. »Immerhin betreibe ich in dritter Generation die Arztpraxis eines SS-Verbrechers. Ich lebe in seinem Haus. Dem Haus, das er gekauft hat. Mit Geld, von dem ich nicht weiß, wo er es herhatte.« Er brach ab und schwieg einige Sekunden lang, ehe er mit schleppender Stimme fortfuhr: »In der Praxis hängt noch seine Promotionsurkunde. Eingerahmt und hinter Glas. Neben der von meinem Vater und meiner. Alle in einer Reihe. Was für eine schöne Tradition, sagen die Leute. Und zugleich ein Wegweiser für die Zukunft. So ähnlich wie der Spruch, der bei uns im Wohnzimmer hängt. ›Was du ererbt von deinen Vätern hast, erwirb es, um es zu besitzen.‹« Ole lachte verzweifelt auf. »Keine Ahnung, wer sich diesen Scheiß ausgedacht hat!«

»Der stammt von Goethe. Und ich war schon immer der Ansicht, dass der letzte Satz dieses dämlichen Spruchs viel ehrlicher ist als der Anfang.«

»Wie lautet denn der letzte Satz?«, fragte er. »Hilf mir auf die Sprünge.« Eine seltsame Rastlosigkeit hatte ihn erfasst, seine Konzentration schien nachzulassen.

Nein, das stimmte nicht. Sie hatte sich nur verlagert. Auf einmal spürte er mit allen Sinnen, wie nah sie einander waren. Nicht nur auf einer körperlichen, sondern auch auf einer tiefergehenden Ebene. Er sah den Schimmer der Abendsonne in ihrem Haar, aber gleichzeitig auch den mitfühlenden Ausdruck in ihren Augen. Er nahm ihren Duft wahr, ihre atemberaubende weibliche Anziehungskraft und die samtige Textur ihrer Haut, doch ebenso ihre Aufrichtigkeit, ihre Charakterfestigkeit und ihre menschliche Güte.

»›Nur was der Augenblick erschafft, das kann er nützen‹«, sagte Hanna leise. Sie legte ihre Hand an seine Wange. Es war eine Geste rührender Vertrautheit. Und zugleich eine wortlose Aufforderung, da weiterzumachen, wo sie gestern Abend hatten aufhören müssen.

Sein Blick heftete sich auf ihren Mund, während sie sich ihm bereits entgegenbeugte und ihn umarmte. Endlich, konnte er noch denken, als ihre Lippen sich berührten. Im nächsten Atemzug wurde er von einer Welle der Begierde davongetragen, und es gab nichts mehr auf der Welt außer ihnen beiden.

*

TAG VIER

Am nächsten Morgen fand Hanna nur unter Mühen aus dem Bett. Ole und sie waren erst lange nach Einbruch der Dunkelheit zurückgefahren. Sie hatten sich im Licht des Sonnenuntergangs da draußen in den Dünen geliebt, und für Hanna fühlte es sich immer noch an wie eine erotische Offenbarung. Vielleicht hing es damit zusammen, dass das letzte Mal schon so lange her war. Möglicherweise lag es aber auch daran, dass ihre Gefühle für Ole weit über alles hinausgingen, was sie in früheren Beziehungen erlebt hatte. Sie war nicht einfach bloß in ihn verknallt. Zwischen ihnen beiden existierte etwas, das sich schwer fassen ließ, Helen würde es in ihrer unverbesserlich romantischen Art vermutlich ›Magie‹ nennen.

Was auch immer es war – von ungetrübtem Glück konnte keine Rede sein.

Es schwang eine Reihe bedrückender Empfindungen mit, die alles verkomplizierten. Hanna verspürte Besorgnis, ja sogar Angst, ohne die Ursache genau eingrenzen zu können. Zum Teil hing es sicher mit dem geplanten Artikel zusammen. Konnte sie über das ehemalige Kindererholungsheim berichten, ohne die Rolle von Oles Großvater einzubeziehen? Wie weit musste sie in die Vergangenheit zurückgreifen, wenn sie die Missstände aus dem Jahr 1963 anprangern wollte?

Ole und sie hatten gestern nicht mehr darüber geredet. Nicht etwa, weil sie nicht mehr dran gedacht hätten. Sie hatte mit allen Nervenfasern gespürt, wie schwer es ihn belastete. Nur während ihres Liebesakts hatte er es ausgeblendet, genauso wie sie. Doch gleich danach hatte das Thema wieder zwischen ihnen gestanden wie ein drohendes, dunkles Fragezeichen. Sie hatte nicht den Mut aufgebracht, es anzusprechen, und Ole ebenso wenig.

Man konnte es drehen und wenden, wie man wollte – nach den gestrigen Ereignissen stand das ganze Projekt auf der Kippe. Auf einmal war da jemand, dessen Herz sie in ihren Händen hielt. Auch wenn es eine unerträglich kitschige Beschreibung ihrer Befindlichkeiten war, so fiel ihr keine bessere dafür ein. Für sie war das alles auf schmerzhafte Weise neu und ungewohnt. Und gleichzeitig so zerbrechlich, dass sie kaum zu atmen wagte, wenn sie an die Zukunft dachte. In ihr wuchs eine an Panik grenzende Angst, ihn zu verlieren, bevor es richtig zwischen ihnen beginnen konnte. Dennoch war es nicht diese Angst, die ihr am meisten zusetzte, sondern ein damit einhergehendes Gefühl von Aussichtslosigkeit. Eine Art von fatalistischer Resignation, fast so, als wäre sowieso alles längst zu spät, völlig egal, was sie tat.

Nach einer gefühlt endlosen Dusche zog sie ein frisches Kleid an und flocht sich das feuchte Haar zu einem festen Nackenzopf. Mittlerweile war es halb zehn, und der innere Zeiger an ihrem Koffein-Seismografen zitterte im Entzugsbereich.

Katie schlief noch, das selige Vorrecht der Teenies. In der Nacht musste sie sehr spät zurückgekommen sein, Hanna hatte sie nicht mehr gehört. Immerhin hatte Katie vorher geschrieben.

Alles gut bei mir, wird nur etwas später.

Hanna hatte mit dem Zurückschreiben gezögert, sie hatte zwischen einem kurzen *O.K.* und einem *Aber bitte noch vor Mitternacht* geschwankt, ehe sie sich für das *O.K.* entschieden hatte. In Katies Alter hatte sie schon die Nächte durchgemacht. Ohne ihrer Mutter vorher Bescheid zu sagen.

Ach, Mama, dachte sie ein wenig trübselig, während sie sich die Augenringe mit Concealer wegschminkte. Ich hab dir damals wohl echt das Leben schwer gemacht!

Aus einem Impuls heraus schickte sie ihrer Mutter ein paar schöne Strandfotos, die sie gestern Nachmittag aufgenommen hatte, bevor sie mit Ole zum Inselkrankenhaus gegangen war.

Herrliches Urlaubswetter, schrieb sie. *Wir erholen uns gut und machen uns eine schöne Zeit! Hdl, H.*

Anschließend ging sie Kaffee trinken und frühstückte auch eine Kleinigkeit, wobei sie immer wieder wachsam nach allen Seiten Ausschau hielt. Doch zu ihrer Erleichterung ließen sich weder Isa noch Jan blicken, und auch Margret war nirgends zu sehen. Am Empfang saß eine Angestellte, die kaum aufschaute, als Hanna vorbeikam.

Ole hatte sich gemeldet und ihr etwas geschickt. Einfach nur ein Herz aus dem Emoji-Sortiment. In Orange, mal was anderes. Sie antwortete mit einem Kuss-Smiley.

Von ihrer Mutter war mittlerweile auch eine Antwort eingetroffen.

Wunderbare Fotos, danke schön! Ich wünsche euch noch herrliche Sonnentage! Hdgdl, Mama

Dazu eine unüberschaubare Vielzahl aller möglichen Emojis. Hanna lächelte flüchtig: Hab dich auch ganz doll lieb, Mama!, dachte sie mit plötzlicher Wehmut. Wie lange war sie eigentlich nicht mehr im Harz gewesen? Viel zu lange, wenn es ihr nicht direkt einfiel. Spontan beschloss sie, noch diesen Monat hinzufahren und ihre Mutter zu besuchen.

Katie war in der Zwischenzeit aufgebrochen und wahrscheinlich wieder mit Bengt unterwegs. Hanna fiel ein, dass sie dringend nach einer freien Unterkunft suchen musste, schließlich sollte sie ja am Samstag hier auschecken. Rasch ging sie die Angebote durch und sah erleichtert, dass noch

Zimmer verfügbar waren, vor allem im teuersten Hotel vor Ort. So happig die Preise da auch waren – besonders groß war der Unterschied zum *Dünenschloss* nicht, von daher konnte man es als Ausweichmöglichkeit in Betracht ziehen. Einige günstigere Zimmer in Pensionen standen ebenfalls zur Verfügung.

Hanna klickte die Seite wieder weg, ohne zu buchen. Wenn aktuell so viel frei war, würde sich auch am Wochenende noch was finden. Außerdem war es höchste Zeit für ihr nächstes Telefonat mit Sabine. Hanna hatte ihr gleich nach dem Aufstehen eine Mail geschrieben und sie gefragt, ob sie heute noch mal kurz reden könnten, und Sabine hatte keine halbe Stunde später zurückgeschrieben, dass es ihr um halb elf gut passen würde.

Wieder ging Sabine sofort dran, als Hanna sie über WhatsApp anrief. Ihre freundlichen Gesichtszüge wirkten entspannt, und die lavendelfarbene Bluse betonte das klare Blau ihrer Augen.

»Wie geht es dir heute?«, eröffnete Hanna die Unterhaltung, nachdem sie einander begrüßt hatten.

»Danke, sehr gut.« Sabine lächelte leicht. »Es klingt vielleicht merkwürdig, aber diese Gespräche mit dir sind das Beste, was mir seit Langem passiert ist! Ich hatte anfangs Angst davor, das gebe ich ehrlich zu. Doch im Rückblick war es wie ein Befreiungsschlag. Fast schon wie eine Erlösung.« Ein wenig verwundert schüttelte sie den Kopf. »Und dabei ist es ja nicht mal so, als wärest du die Erste, mit der ich über all diese Dinge frei reden kann! Ich war ja auch auf dem letzten Jahrestreffen der Verschickungskinder, da habe ich mich mit vielen Betroffenen ausgetauscht! Aber mit dir … es war irgendwie anders. Es hat sich streckenweise so angefühlt, als wäre ich wieder ein Kind und würde alles noch einmal erleben. Den Schmerz und die Angst und das Heimweh, eben alles. Und gleichzeitig hat es dadurch, dass ich es dir erzählen konnte, etwas von seinem Schrecken verloren.«

Hanna hätte ihr erklären können, dass genau darin das Erfolgsrezept von Gesprächstherapien begründet lag. Außerdem hätte sie Sabine sagen können, dass sie während ihrer Unterhaltungen ebenfalls in die Vergangenheit eingetaucht war. In dieselbe wie Sabine. Nur mit dem Unterschied, dass es nicht ihre eigene gewesen war, obwohl es sich so angefühlt hatte.

Doch all das erwähnte sie nicht, sondern kam gleich auf ihre Fragen zu sprechen. Vorsorglich hatte sie alle notiert, um nicht wieder irgendwas Wichtiges zu vergessen. Nur für den Fall, dass sie abermals in so einem emotionalen Wirrwarr versank wie die vorherigen Male.

»Kann ich wieder alles aufnehmen?«, fragte sie.

»Klar. Du musst nicht immer fragen.«

»Danke. Sabine, heute möchte ich gern ein paar ganz praktische Dinge wissen. Und zwar, was die Personalstrukturen in dem Kindererholungsheim angeht. Mittlerweile habe ich bei meinen Recherchen herausgefunden, dass die Villa Aurelia damals einem Bruder von dieser schlimmen Tante Angela gehört haben muss. Deshalb wollte ich dich fragen, ob dieser Bruder mal irgendwie in Erscheinung getreten ist.«

Zu ihrer Überraschung nickte Sabine sofort. »Natürlich. Das war der Herr Köhler. Den wir aber auch Onkel Georg nennen durften. Ihm gehörte die Villa Aurelia.«

»Hast du den mal gesehen?«

»Sicher, der kam öfters in den Speisesaal, um zu kontrollieren, ob wir auch alles aufaßen.«

»War er einer von den Betreuern?«

»Nein. Er war der Koch.«

»Ganz sicher?«, vergewisserte Hanna sich perplex.

»Hundertprozentig«, beteuerte Sabine. »Genau damit hat

er ja immer angegeben, obwohl wir das, was aus der Küche kam, oft kaum runterbringen konnten. Ich sehe ihn noch vor uns stehen, mit seiner schmuddeligen Schürze, und darüber schwadronieren, dass er früher mal der Leibkoch von einem richtigen General gewesen war.«

»Hat er dessen Namen erwähnt?«

»Nicht, dass ich wüsste. Aber dafür seine großartigen Kochkünste umso häufiger. Angeblich war der General davon so begeistert, dass er ihm dieses große Haus geschenkt hatte. Einfach so, weil er so unendlich dankbar für Herrn Köhlers treue Dienste war.«

Hanna verglich Sabines Erinnerungen mit dem, was Margret über ihren Vater erzählt hatte. Darüber, wie er die Villa erworben hatte. *Nicht auf die feine englische Art.* Hatte es vorher noch einen anderen eingetragenen Besitzer gegeben, in Gestalt dieses ominösen Generals? Was waren die genauen Hintergründe des Erwerbs gewesen?

Sie entschied, die Frage einstweilen zurückzustellen. Sobald Helen ihr den Grundbuchauszug schickte, wusste sie mehr.

»Sabine, dieser Georg Köhler muss eine Tochter gehabt haben. Sie hieß Margret. Hast du von der mal was gesehen oder gehört?«

Sabine runzelte die Stirn und dachte eine Weile nach. Schließlich hob sie die Schultern. »Ich kann es nicht genau sagen, aber da war so ein Tag, an dem wir wieder mal spazieren gehen mussten …«

*

Borkum, September 1963

Der Sommer neigte sich bereits dem Ende zu, man merkte es daran, dass die Tage kürzer und die Nächte kühler wurden. Der Wind, der einem auch vorher schon scharf ins Gesicht geweht hatte, wurde nun manchmal so heftig, dass Sabine glaubte, er könne sie hochheben und davontragen. Sabine hätte nur die Arme ausbreiten und sich auf die Zehenspitzen stellen müssen, abseits von den hintereinander aufgereihten Nummern, dann hätte der Wind sie packen und weit fortwirbeln können, vielleicht sogar bis zum Hafen.

Allerdings redeten sie jetzt nicht mehr so oft über eine mögliche Flucht, Nummer sechs und sie. Das lag daran, dass ihre Verschickungszeit bald vorbei sein würde. Acht Tage noch, hatte Nummer zweiundzwanzig gestern gesagt, und dabei hatte sie aus dem Papier, das sie ab und zu zum Malen bekamen, eine Art Abreißkalender gebastelt.

Sabine hatte nachgerechnet. Heute waren es nur noch sieben Tage. Eine Woche hatte sieben Tage. Die Verschickungszeit dauerte sechs Wochen, davon hatten sie also jetzt fünf geschafft. Irgendwie war die Zeit vorbeigegangen, auch wenn es sich immer wieder wie eine Ewigkeit angefühlt hatte.

Ein Tag nach dem anderen war verstrichen, in einem dauerhaften Grau in Grau, Sabine fühlte sich selbst schon ganz grau. Und irgendwie seltsam leer und taub. Sie hatte sogar fast vergessen, wie ihre Puppe Toni aussah, und manchmal hatte sie Angst, sie nie wiederzusehen. Der Himmel hatte oft die Farbe bleicher Knochen, und das Gras auf den Dünen sah aus wie borstiges Hexenhaar. Sie hatte gelernt, dass man nur viermal am Tag auf die Toilette gehen musste und dabei nur zwei Blätter Klopapier verbrauchte. Sie wusste jetzt auch, dass man mit dem Gesicht zur Wand schlafen musste, damit man keine bösen Träume bekam.

Josefs Tod schien bereits Ewigkeiten zurückzuliegen, manchmal hatte Sabine Angst, auch seinen Namen zu vergessen. Ihn einfach zu verlieren, so wie das Gesicht von Toni, in diesem stumpfen Grau, von dem sie ständig umgeben war. Sie ließ sich von einer der größeren Nummern Josefs Namen auf ein Stück Papier schreiben und betrachtete ihn so lange, bis sie die Buchstaben selbst hinmalen konnte, einen nach dem anderen.

Einmal wurde sie von Tante Angela dabei erwischt. Die entriss ihr den Zettel mit Josefs Namen, die andere Hand hoch erhoben, als wollte sie Sabine schlagen. Doch dann ließ sie die Hand sinken und rannte hinaus, in ihrem dunklen Kleid mit der weißen Schürze, und eine der Nummern meinte später, Tante Angela hätte geweint. Sabine glaubte es nicht, in ihrer Vorstellung war Tante Angela kein Mensch, der weinte. Eher schien es ihr so, als ob Tante Angela überhaupt kein Mensch wäre, sondern eine besonders große, besonders böse Puppe, die irgendwer zum Leben erweckt hatte, damit sie die Nummern herumkommandieren konnte.

An einem nasskalten Tag im Monat September ging es wie immer vor dem Mittagessen an die frische Luft. Es war ein Sonntag, am Morgen waren sie wieder in der Kirche gewesen. Und dass es September war, wusste Sabine deshalb, weil sie vor zwei Tagen wieder eine Karte an ihre Eltern geschrieben hatte. Genauer gesagt, hatte Tante Friederike die Karte geschrieben, nach einer anderen Vorlage, die auch an der Tafel stand. Es gab für jede Woche eine neue Vorlage, denn die Karten durften sich ja nicht wiederholen.

»Ich bin es bald so leid!«, hatte Tante Friederike gestöhnt. »Wie soll ich das denn alles alleine schaffen mit zwei Dutzend Kindern!«

Aber sie war gar nicht allein, denn Tante Angela war auch noch da, also waren sie zu zweit. Und es waren auch nicht zwei Dutzend Kinder, sondern bloß einundzwanzig. Für zwei Dutzend hätten sie vierundzwanzig sein müssen, denn ein Dutzend war zwölf.

Doch Tante Luise war weg, und sie hatte sich vorher sehr viel um die Nummern gekümmert, sogar am meisten von allen drei Betreuerinnen. Von daher war es logisch, dass Tante Friederike jetzt viel mehr Arbeit hatte als vor Tante Luises fristloser Entlassung.

An diesem Vormittag im September, sieben Tage vor dem Ende der Kur, standen alle einundzwanzig Nummern vorm Haus, in gelben Regenjacken und mit ihren Ringelmützen auf dem Kopf. Der Wind fauchte um die Ecken und blies ihnen Sand ins Gesicht. Die Nummern trugen jetzt keine Sandalen mehr, sondern feste Schuhe, und Strümpfe hatten auch alle an. Sabine war froh, dass sie die selbst gestrickten Socken von ihrer Oma hatte, da waren die Füße immer schön warm.

An dem Tag fiel ihr auch zum ersten Mal auf, dass sie überhaupt keinen Husten mehr hatte. Das mit der guten Luft musste also stimmen. Aber Sabine hätte sich gern die Lunge aus dem Hals gehustet, wenn sie dafür eher nach Hause gedurft hätte.

Tante Friederike hatte sich ebenfalls eine Regenjacke angezogen, doch dann wurde ihr plötzlich schlecht. Sie rannte zum Außenklo, eine Hand vorm Mund, und Nummer zweiundzwanzig wettete mit Nummer neunzehn, ob sie es wohl schaffte, vorm Kotzen die Tür aufzusperren. Tante Friederike schaffte es nicht, sie spuckte mehrmals hintereinander und in hohem Bogen eine Menge Kotze aus.
»Das kommt davon«, meinte Nummer zweiundzwanzig schadenfroh.
»Wovon?«, fragte Nummer zwanzig.
»Nicht vom vielen Fressen«, sagte Nummer neunzehn kichernd.
Tante Friederike befahl allen Nummern, stehen zu bleiben und die Klappe zu halten, dann verschwand sie im Haus. Kurz darauf kamen Tante Angela und Onkel Georg heraus und fingen einen Streit an, wer von beiden Tante Friederike beim Spaziergang der Nummern vertreten sollte.
»Ich muss kochen«, sagte Onkel Georg. »Mit der Kinderbetreuung habe ich nichts am Hut. Du bist die Betreiberin, das fällt in deine Verantwortung.«
»Aber an dem fetten Gewinn beteiligst du dich gern!«, schnauzte sie ihn an.
»Was dachtest du denn, wie es laufen sollte?«, empörte Onkel Georg sich. »Schließlich bin ich der Hauseigentümer, du bist bloß Pächterin! Du kannst froh sein, dass ich das Kochen übernommen habe! Und vor allem solltest du dafür sorgen, dass dieser Personalengpass bald behoben wird!«
»Hast du etwa vergessen, warum wir diesen Personalengpass haben?« Tante Angela starrte Onkel Georg an, mit einem Blick, der einen ganzen See zum Gefrieren bringen konnte. Sogar Sabine wurde kalt davon. »Heute ist Sonntag«, fuhr Tante Angela fort. »Die Arztpraxis hat zu, dein

hochnäsiges Fräulein Tochter hat folglich frei. Sie kann ohne Weiteres für Friederike einspringen.« Tante Angelas Blick wurde noch eisiger, obwohl Sabine das vorher für unmöglich gehalten hätte.

»Wenn du das willst, dann frag sie doch selbst«, maulte Onkel Georg.

»Nein. Das machst du. Jetzt sofort.« Jedes Wort von Tante Angela klang wie ein Peitschenknall, Sabine zuckte verschreckt zusammen.

Auch Onkel Georg wirkte erschrocken. Er schimpfte leise vor sich hin und ging zurück ins Haus.

Tante Angela wandte sich an die Nummern. »Gleich kommt jemand, der Tante Friederike heute vertritt. Ihr könnt sie Tante Grete nennen.« Damit verschwand auch sie wieder im Haus.

Die Nummern alberten herum, manche fingen an, Blödsinn zu machen, indem sie umherrannten und Fangen spielten. Doch sie stellten sich sofort wieder in ordentlichen Reihen auf, als die Frau herauskam, die Tante Grete hieß und Tante Friederike vertreten sollte. Sie sah sehr schön aus, mit glattem dunklem Haar und großen Augen, die einen nicht richtig anschauten.

Sabine kannte die Frau schon, einmal war sie mit am Strand gewesen, gleich am ersten Tag der Verschickungszeit, als Tante Luise mit ihnen den Tintenfisch gebaut hatte. Auch später hatte Sabine sie ab und zu gesehen. Sie wohnte auch im Haus, aber sie arbeitete nicht da, sondern woanders.

»Dann wollen wir mal«, sagte sie zu den Nummern, und ohne weiter auf sie zu achten, marschierte sie los, geradewegs in Richtung Strand und von dort immer weiter hinaus auf die gerillte Fläche, die das Meer zurückgelassen hatte. Sabine wusste, dass es sich regelmäßig vom Land

zurückzog, um Stunden später nach und nach wiederzukehren. So, als hätte jemand es verzaubert. Vielleicht die Hexen, die versteckt unter den Dünen lebten, bedeckt mit Sand, sodass nur ihr borstiges Haar herausschaute.
Da, wo das Meer verschwand, verwandelte sich das Wasser in Sand, der genauso gemustert war wie die Wellen, die ihn vorher überflossen hatten. Es musste Zauberei sein.
»Eigentlich dürfen wir hier gar nicht hin«, sagte Nummer zweiundzwanzig, doch Tante Grete schien es nicht zu hören. Sie ging immer schneller, bis die Nummern der Reihe nach zurückfielen und schließlich stehen blieben, verteilt auf mehrere Gruppen.
Tante Grete blickte sich nicht um, sie eilte dem Horizont entgegen, dorthin, wo sich Wasser und Himmel berührten. Irgendwann war ihre Gestalt ganz klein und kaum noch zu sehen. Doch mit einem Mal glaubte Sabine einen lang gezogenen Ton wahrzunehmen. Zuerst dachte sie, es sei das Heulen des Windes. Aber wenn man dem Geräusch nachlauschte, klang es wie ein Schrei.

*

Hanna? Alles in Ordnung?«

Mehrere ruckartige Atemzüge weiteten ihre Brust, offenbar hatte sie die Luft angehalten, ohne es zu bemerken. Wohl ein bisschen zu lange. Es fühlte sich an, als müsste sie gegen einen Erstickungsanfall ankämpfen.

Auf dem Display ihres Smartphones war Sabines beunruhigtes Gesicht zu sehen. Hanna riss sich zusammen, auch wenn wieder dasselbe passiert war wie die letzten Male. Sie war so vollständig in Sabines kindlicher Vorstellungswelt versunken, dass die Bilder, die dort herumgeisterten, wie zähe Schatten an ihr klebten und sie wieder hineinziehen wollten.

»Alles gut«, sagte sie hastig. »Ich sollte wohl noch einen Kaffee trinken, um meinen Kreislauf auf Touren zu bringen.«

»Diese Tante Grete – das muss besagte Margret gewesen sein, von der du vorhin gesprochen hast«, meinte Sabine. »Sie war Onkel Georgs Tochter, da bin ich mir sicher. Sonst wüsste ich niemanden, auf den die Fakten zutreffen.«

»Ich denke auch, dass sie es war«, stimmte Hanna geistesabwesend zu. Ihre Gedanken überschlugen sich. Alles passte zusammen! Margret war Tante Grete! Und natürlich auch die G. in Luises Tagebuch!

Margret hatte an jenem Sonntag freigehabt, weil die Praxis geschlossen war. Sie musste die Sprechstundenhilfe von Oles Großvater gewesen sein!

Margret hatte Luises Fernglas weggenommen und damit den Doktor beobachtet. In den sie nach Luises Vermutung verliebt war. Heimlich natürlich, denn er war ja verheiratet und hatte eine Frau und einen Sohn. Ganz zu schweigen davon, dass er der Ex von Tante Angela war. Bei der es sich zufällig um Margrets richtige Tante handelte.

Ob Margret klar gewesen war, dass er mit Massenmördern unter einer Decke gesteckt hatte?

Lieber Himmel, das war ja wie in einer griechischen Tragödie! Hanna erging sich in wilden Spekulationen, sie schaffte es kaum, sich lange genug zu konzentrieren, um Sabine für das aufschlussreiche Gespräch zu danken.

»Darf ich noch mal anrufen, wenn sich weitere Fragen ergeben?«, fragte sie.

Sabine nickte. »Natürlich! Und halt mich bitte auf dem Laufenden, ja?«

Hanna versprach es ihr.

Sie kritzelte auf dem Hotelblock herum, schrieb in ungeordneter Formation die Namen der Beteiligten auf, die in diesem generationenübergreifenden Drama eine Rolle spielten. Dazwischen zog sie Linien, die von einem zum anderen verliefen, sich kreuzten und verbanden wie bei einem komplizierten, verschachtelten Krimi.

Alles begann mit Oles Großvater, der sich als junger Arzt einem verbrecherischen SS-Verein verschrieben und zum Herrscher über Leben und Tod aufgeschwungen hatte. Gemeinsam mit dieser Angela – Hanna kannte immer noch nicht ihren Nachnamen –, die buchstäblich über Leichen ging.

Hanna erschauderte, als sie an die Frau dachte. Ein Nimbus des Bösen schien sie zu umhüllen, sie musste ein Mensch gewesen sein, der nur so barst vor skrupellosem Tatendurst. Sie hatte für sich und den Doktor Wege gebahnt und Hindernisse aus dem Weg geräumt, hatte ihn an sich gebunden und mit sich gezogen, auf diesem dunklen Pfad, der ihr Lebensweg war.

Was er wohl für ein Mensch gewesen war? Einer von denen, die es später weit von sich wiesen, Mörder zu sein? Die sich mit der Schutzbehauptung herausredeten, nur Befehle befolgt zu haben? Hatte er sich je schuldig gefühlt? Oder hatte er sich eingeredet, im Grunde ein Ehrenmann zu sein, dem böse Mächte übel mitgespielt hatten?

Diese Fragen konnte niemand mehr beantworten. Wie auch immer, am Ende hatte er Angela nicht mehr ertragen können. Gemündet hatte schließlich alles in beiderseitigem Hass. Die von Luise und Sabine belauschten Gespräche hatten ein beredtes Zeugnis davon abgelegt, ebenso wie die Details, die Ole gestern von seiner Mutter erfahren hatte.

Und doch hatten sie sich nicht voneinander lösen können, der SS-Arzt und die Heimleiterin. Hatten für den Rest ihrer Tage Haus an Haus gelebt, die ersten Jahre sogar weiter miteinander gearbeitet. Ein eingespieltes Team, zusammengeschweißt von gemeinsam begangenen Verbrechen und alter Liebe, die irgendwann in Hass umgeschlagen war. Eine mörderische Mischung, die sich spätestens mit dem Tod des kleinen Josef in ein Pulverfass verwandelt hatte. Denn plötzlich war diese junge Kinderpflegerin aufgetaucht und hatte einen Zipfel des verborgenen Grauens erspäht. Angela hatte Luise gerade noch rechtzeitig rausgeworfen, ehe alles auffliegen konnte.

Und Margret? Hatte sie als junge Sprechstundenhilfe weiter der hoffnungslosen Liebe zu ihrem Doktor nachgehangen? Oder ihn vielleicht sogar für eine Affäre rumgekriegt? Anscheinend war Margret früher eine schöne Frau gewesen. Womöglich um einiges attraktiver als die Gattin des Doktors, Oles Großmutter, die damals schon Ende dreißig und somit deutlich älter gewesen war als Margret.

Oder hatte Margret sich schlussendlich besonnen und ihr Glück woanders gesucht? Irgendwann in den Folgejahren musste sie jedenfalls Mutter geworden sein, sonst könnte sie heute nicht die Großmutter von diesem wirklich nervtötenden Zwillingspaar sein, dem sie die Villa überschrieben hatte. Blieb nur die Frage, was in den Jahrzehnten, die zwischen damals und heute lagen, sonst noch alles passiert war. Vielleicht sollte man sie einfach mal fragen, schließlich wohnte sie hier im Hotel.

Ein Videocall riss Hanna aus ihren chaotischen Gedanken. Helens lächelndes Gesicht erschien auf dem Display.

»Na, wie geht es unserer Edelfeder?«, begrüßte sie Hanna fröhlich.

»Der fehlt die nötige Tinte«, antwortete Hanna gutmütig.

»Dann hab ich direkt was für dich«, meinte Helen. »Warte, kommt gleich. Da, es ist raus.«

»Der Grundbuchauszug von der Villa?«

»Ganz genau. War ein bisschen umständlich, ich musste unseren Hausjuristen einspannen, aber dann hat's heute Morgen doch endlich geklappt.«

»Danke, Helen. Du bist ein Schatz!«

»Weiß ich. Wie läuft es sonst so? Mit dir und Katie zum Beispiel. Habt ihr euch ein bisschen zusammengerauft? Hat sie sich mit Borkum abgefunden?«

»Ich denke schon. Sie ist den ganzen Tag unterwegs, und die halbe Nacht auch noch.«

»Klingt nach einer Menge Spaß. Und was ist mit dir?« Helen hielt inne und studierte Hannas Gesichtsausdruck, dann grinste sie. »Sekunde, sag's nicht. Lass mich raten. Er ist heiß.«

Gegen ihren Willen musste Hanna lächeln. Ole war *definitiv* heiß. Wenn man ihre ganzen persönlichen Probleme mal abzog, war er der Traumtyp schlechthin.

»Glaubst du, er könnte was für länger sein?«, fragte Helen. Offenbar war ihr nicht entgangen, dass Hanna sich über irgendwas Sorgen machte.

Hanna seufzte. »Frag mich nicht so was Schwieriges, ja?«

»Du bist total verknallt, das seh ich!«, verteidigte Helen sich. »Ist ja wohl logisch, dass ich gespannt bin, wie sich das weiterentwickelt.«

»Da sind wir schon zwei«, gab Hanna zurück.

»Ich hab ihn gegoogelt«, sagte Helen. »Ist doch der Typ, der Ole Vandenberg heißt, oder?«

»Ja, das ist er.«

»Er sieht gut aus«, befand Helen.

»Aber?«

»Wieso aber?«

»Es hat sich eben nach einem Aber angehört«, sagte Hanna.

Helen schüttelte den Kopf. »Es gibt kein Aber.«

Hanna runzelte die Stirn. Warum hätte sie ein Aber heraushören sollen, wenn Helen keins sah? Womöglich deshalb, weil sie selbst eins vor Augen hatte. Ein riesengroßes, bedrohliches, dunkles Aber, und wenn sie nicht aufpasste, würde es ihr Leben verschlingen und sie vernichten.

Mit aller Willensanstrengung schüttelte sie die plötzliche Angstattacke ab und riss sich lange genug zusammen, um das Gespräch zu beenden.

Anschließend schaute sie sich den Scan an, den Helen ihr geschickt hatte. Der Grundbuchauszug wies eine Reihe von Einträgen auf, die ersten noch handschriftlich ausgeführt, in gestochen scharfer Schönschrift mit altertümlichen Buchstaben. Die Abfolge der unterschiedlichen Eigentümer begann 1898. Als Erster war ein gewisser Itzak Abraham eingetragen, bei dem es sich um jenen reichen Emdener Industriellen handeln musste, der Hannas Recherchen zufolge die Villa als Feriendomizil für sich gebaut hatte. Erstaunlicherweise war er bis zum Jahr 1938 Eigentümer geblieben. Erstaunlicherweise deshalb, weil er, worauf bereits der Name hinwies,

Jude gewesen sein musste. Und weil Borkum schon damals um die Jahrhundertwende durch und durch judenfeindlich gewesen war.

Das *Borkumlied* hatten nicht etwa die Nazis erfunden. Die Kurverwaltung hatte bereits zu Beginn des zwanzigsten Jahrhunderts den Text auf Postkarten drucken lassen und in Broschüren damit geworben, keine Juden als Gäste aufzunehmen. Ein Verbot der Regierung, das *Borkumlied* vom Kurorchester spielen zu lassen, hatte man gerichtlich erbittert bis zur höchsten Instanz bekämpft. Die seinerzeit weltoffenere Nachbarinsel Norderney war von den Borkumern medienwirksam als *Judeninsel* geschmäht worden.

Angesichts dieser Umstände war davon auszugehen, dass Abraham nicht selbst in der Villa residiert hatte, oder wenn doch, dann jedenfalls nicht sehr lange. Darauf wies auch ein lebenslanges Nießbrauchrecht hin, eingetragen schon kurz nach der Erbauung, zugunsten eines gewissen Gerrit Janssen. Dieses Nutzungsrecht hatte bis zum Jahr 1938 bestanden, da war es gelöscht worden. Der fragliche Zeitraum war durch Hannas Recherchen belegt – schon damals hatte die Villa als Hotel gedient, und jener Gerrit Janssen, dem Namen nach ein Insulaner, hatte sie vermutlich von Abraham gepachtet.

Wobei Abraham, und das war das entscheidende Kriterium, bis zum Jahr 1938 alleiniger Eigentümer der Villa geblieben war.

In jenem Jahr war die Liegenschaft lastenfrei an Georg Köhler übergegangen, dem sie dann auch die nächsten vierzig Jahre gehört hatte, bis sie im Erbgang seiner Tochter Margret zugefallen war, die sie wiederum vor zwei Jahren ihren Enkeln Isa und Jan überschrieben hatte.

Da war nirgends ein General eingetragen, der das Haus seinem treuen Leibkoch Georg Köhler hätte schenken können!

Der Eigentumserwerb hatte sich direkt zwischen Abraham und Köhler vollzogen!

Für Hanna lag auf der Hand, wie das abgelaufen war. Abraham hatte Köhler die Villa übertragen, aber sicher nicht aus freien Stücken, sondern unter dem Druck der Ereignisse. Schon in den Jahren davor hatten Juden infolge der zunehmenden Repressalien kaum eine andere Wahl gehabt, als ihre Besitztümer unter Wert zu verkaufen. Ende 1938 wurde die sogenannte *Arisierung* dann endgültig gesetzlich festgeschrieben. Ganze Heerscharen von Profiteuren hatten sich wie Geier an der Not der Verfolgten satt gefressen. In diesem Fall vermutlich irgendein höherer SS-Offizier – vielleicht sogar wirklich ein General. Der das Prachtstück von Ferienhaus, so Hannas Vermutung, schlichtweg für sich selbst haben wollte und deshalb den Eigentumsübergang an Köhler als Strohmann eingefädelt hatte.

Die ganze Transaktion hatte mit Sicherheit darauf abgezielt, dass Köhler irgendwann in späteren Jahren dem General, wer auch immer das gewesen sein mochte, das Eigentum an der Villa abtrat. Blieb die Frage, warum es nicht mehr dazu gekommen war. Doch auch da drängte die Antwort sich auf: Der General war vorher gestorben. Sehr praktisch für Georg Köhler, der später einfach sein eigenes Narrativ erfand: Die Mär vom treuen Leibkoch, der für seine Dienste großzügig belohnt worden war.

So war die Villa Aurelia durch skrupellose Nazi-Machenschaften in die Hände einer Familie gelangt, die sie immer noch ihr Eigen nannte. Angesichts dessen war es nicht verwunderlich, warum Isa und Jan keinen Wert darauf legten, dass irgendwas davon an die Öffentlichkeit drang. Ihnen ging es gar nicht um die schlimmen Zustände in dem einstigen Kindererholungsheim. Sondern um das Jahr 1938 und die obskuren Methoden, mit denen sich ihre Familie das Eigentum an der Villa unter den Nagel gerissen hatte. Nach dem Krieg hatten eigens dafür eingerichtete Restitutionsbehörden unzählige Rückerstattungsanträge jüdischer Opferorganisationen bearbeitet, doch dabei hatte man längst nicht alle fragwürdigen Immobilienverkäufe erfassen können. Dieser war offenbar einer davon.

Die übrigen Einträge erbrachten keine weiteren wichtigen Erkenntnisse. Während des Zeitraums, in dem Georg Köhler die Villa besessen hatte, waren keinerlei Belastungen eingetragen worden. Erst nach seinem Tod hatte sich eine Immobilienfirma in den 1980ern ein Nutzungsrecht bewilligen lassen und im Gegenzug vermutlich kräftig in den Ausbau mit Ferienwohnungen investiert. Margret hatte jedoch stets ihre Stellung als Eigentümerin beibehalten.

Was du ererbt von deinen Vätern hast, dachte Hanna, die mit einem Mal einen bitteren Geschmack auf der Zunge hatte. In manchen Fällen traf der Spruch von Goethe eben doch zu.

*

Katie saß auf der Hotelterrasse und wartete auf Bengt, der nur rasch mit seiner Mom ausmachen wollte, dass sie für den Dienst am Empfang heute Nachmittag jemand anderen einteilte. Sie wollten noch mal zum Kiten, weil der Wind gerade so gut war. Es war nicht etwa so, dass er vorhatte, sich vor der Arbeit zu drücken – Isa sollte seine Schicht bloß verlegen.

Katie klickte gewohnheitsmäßig auf ihrem Handy herum. Sie schickte Snaps an Bella, sah sich TikToks an und dachte zwischendurch an letzte Nacht. Da wäre es fast passiert, viel hatte nicht gefehlt. Wenn nicht auf einmal in der Nähe Leute aufgetaucht wären, würde sie jetzt zu den Mädchen gehören, die mitreden konnten.

Sie und Bengt waren auf einem Livekonzert gewesen, der Strand um sie herum ein einziges Menschenmeer, alle hatten getanzt und mitgesungen, sie selbst auch. Borkum war so krass, sie *liebte* diese Insel!

Nach dem Konzert hatten sie weitergefeiert, aber irgendwann waren sie drauflosgewandert und hatten die Party hinter sich gelassen. An einem menschenleeren Strandstück hatten sie sich in die Dünen gelegt und den Sternenhimmel betrachtet. Jedenfalls eine Zeit lang. Danach war eins zum anderen gekommen, am Ende waren sie so gut wie nackt gewesen, und Katie hatte schon in die Tasche gegriffen, um die Kondompackung rauszuholen. Doch dann waren Stimmen ertönt, ein paar Leute hatten es sich in Hörweite gemütlich gemacht. Sie und Bengt hätten ein Stück weiterlaufen können, da draußen gab es kilometerlange Strände, aber irgendwie hatte die Stimmung nicht mehr gepasst. Außerdem war es schon fast zwei Uhr gewesen, das war *wirklich* spät und Mom wahrscheinlich die ganze Zeit im Krisenmodus. Also hatten sie sich wieder angezogen und waren zum Hotel zurückgekehrt. Doch aufgeschoben war ja nicht aufgehoben, sie hatten noch genug Nächte.

Über das Urlaubsende dachte Katie nicht nach. Lieber konzentrierte sie sich auf ihren Geburtstag. Der war morgen. Vielleicht konnten sie und Bengt das zusammen feiern. Nur sie beide, irgendwo am Strand.

Sie fragte sich, wieso er so lange brauchte. Machte seine Mom Schwierigkeiten? Zögernd stand sie auf und ging durchs Hotelrestaurant in die Lobby. Hinter dem Empfangstresen stand Bengt zusammen mit seiner Mutter, sie unterhielten sich. Ziemlich leise, man verstand nichts, doch Katie spürte sofort, dass Ärger in der Luft lag.

Sie trat an den Tresen, um sich bemerkbar zu machen. Allerdings sahen Bengt und seine Mom sie überhaupt nicht, so sehr waren sie mit Streiten beschäftigt. Und weil es dabei eindeutig um sie selbst ging, nahm Katie sich das Recht heraus, stehen zu bleiben und zuzuhören.

»Ganz genau, ich *verbiete* dir, Katie weiterhin zu treffen!«, zischte Isa Bengt an.

»Das kannst du vergessen!«, antwortete Bengt. Sein Tonfall war entschlossen. »Denkst du etwa, ich lass mir von dir vorschreiben, wen ich date? Außerdem – was kann *sie* denn dafür, worüber ihre Mutter schreibt?!«

»Du hast ja keine Ahnung, was für uns auf dem Spiel steht!«, erwiderte Isa mit schneidender Stimme. »Hanna ist drauf und dran, unsere gesamte Existenz zu vernichten! Und du schleimst dich auch noch bei ihr ein, indem du mit ihrer Tochter abhängst!«

»Wer schleimt denn hier am meisten?«, fuhr Bengt seine Mutter an. »Ich sage nur: Geburtstagsdinner! Suite mit Meerblick! Und wie du ihr Ole angepriesen hast! War das dein Plan? Dass er sie flachlegt und so davon abhält, irgendwas Mieses über das Hotel zu schreiben? Und dass er dann hinterher zu dir zurückgekrochen kommt, damit du ihn wieder unter Kontrolle hast?« Er schüttelte den Kopf. »Du spinnst ja. Halt mich einfach aus deinem Scheiß raus. Ich treffe Katie, sooft und solange ich will.«

Isa starrte ihn zornig an. »Du wirst schon sehen, was du davon hast! Wenn dieser Artikel erscheint, ist dein feines Leben hier vorbei!«

»Nach den Ferien bin ich sowieso weg.«

»Ach, richtig, du willst ja für dein Abi aufs Internat«, sagte Isa mit höhnischer Miene. »Dann solltest du dir mal überlegen, wer das bezahlt.«

»Vielleicht frag ich meinen Vater«, sagte Bengt. Seine Stimme klang ruhig, aber Katie entging nicht, dass seine Hände zitterten, ehe er sie zu Fäusten ballte.

»Den könntest du tatsächlich fragen«, gab Isa mit täuschender Sanftheit zurück. »Vorausgesetzt, du schaffst es, ihn ausfindig zu machen. Dafür wünsche ich dir schon mal viel Glück.«

In diesem Moment blickte sie auf und sah Katie am Tresen stehen. Ihre Miene zeigte nicht das geringste Erstaunen oder gar Bedauern, der Ausdruck in ihren hellgrünen Augen war seltsam kalt. Fast kam es Katie so vor, als hätte Isa die ganze Zeit genau gewusst, dass sie hier stand. Als hätte sie es darauf angelegt, dass Katie jedes Wort mitbekam.

Bengt, der mit dem Rücken zu ihr gestanden hatte, fuhr herum. Seine Augen weiteten sich vor Entsetzen, und sein Mund klappte auf, entweder weil er so erschrocken war, oder weil er irgendwas sagen wollte. Katie wartete nicht ab, was als Nächstes von ihm kam. Sie ertrug Isas Anblick keine Sekunde länger. Ruckartig wandte sie sich ab und rannte Hals über Kopf hinaus.

*

Ole kämpfte gegen eine Aufwallung von Ärger an, als Isa kurz vor der Mittagspause ohne jegliche Vorankündigung ins Sprechzimmer gestürmt kam. Sie knallte die Tür hinter sich zu und fing an, wie eine Tigerin auf Beutezug auf und ab zu laufen.

Die Tür ging wieder auf, und Michaela streckte den Kopf herein. »Chef, ich hatte ihr gesagt …«

»Schon gut«, sagte Ole, und Michaela zog sich zurück.

»Was willst du?«, wollte er von Isa wissen.

»Das kannst du dir ja wohl denken!«

»Ganz egal, was ich denke – es geht dich nichts an. Ich hab zu tun, also raus hier.«

Isa ließ die Aufforderung an sich abperlen. »Gestern warst

du mit ihr im Krankenhaus, zum Röntgen. Hat sie zufällig irgendwas Ansteckendes? Dann könnte ich sie jetzt schon rausschmeißen und müsste nicht bis Samstag warten.«

Irritiert nahm er ihre Bemerkung zur Kenntnis. »Was ist denn am Samstag?«, wollte er wissen.

»Da will sie freiwillig verschwinden.«

»Hat sie das gesagt?«, fragte Ole befremdet.

»Das hat sie, und ich hoffe, sie hält sich dran. Aber deswegen bin ich gar nicht hier. Ich will mit dir über *dich* sprechen. Genauer gesagt, über deine Familie. Noch genauer: über deinen Großvater.«

Ole war hin- und hergerissen. Am liebsten hätte er Isa eigenhändig vor die Tür befördert. Doch vorher wollte er hören, was sie wusste.

»Fass dich kurz«, forderte er Isa auf. »Auf mich warten Patienten.«

»Wennschon. Früher bei deinem Vater haben sie stundenlang im Wartezimmer gesessen. Der hat sich einfach die Zeit genommen, die es dauerte, und keinen hat's gestört.«

»Komm zum Punkt, Isa!«

»Ich will wissen, was Hanna bis jetzt rausgefunden hat«, sagte sie ruhig. »Und sag bitte nicht, dass mich das nichts angeht. Es geht uns *alle* an. Dich und mich und unsere beiden Familien. Wir stecken da alle mit drin, ob wir wollen oder nicht.«

Er versuchte, es von ihrer Warte aus zu sehen, und er musste einräumen, dass sie ein berechtigtes Interesse daran hatte, was demnächst über das Hotel in der Zeitung stehen würde. Doch das wusste er momentan selbst nicht.

»Ich habe keine Ahnung, was sie genau herausgefunden hat«, behauptete er.

Sie kannte ihn zu gut. »Du lügst. Weiß sie das von Lodz?«

Perplex sah er sie an. »Woher weißt *du* davon?«

»Wie kannst du so dämlich fragen?« Sie verdrehte die Augen. »Meine Oma Margret ist bei ihrer Tante Angela aufgewachsen. Die zufällig auch für den Lebensborn in Lodz war. Zusammen mit deinem Opa, weil die beiden damals verlobt waren. Sag bloß, du wusstest das nicht!«

Ole schüttelte den Kopf. »Ich hatte keine Ahnung, bis meine Mutter es mir gestern erzählt hat«, sagte er wahrheitsgemäß.

»Na toll. Wenigstens weißt du es *jetzt*. Und bestimmt bist du endlich mit mir einer Meinung, dass man Hanna davon abhalten sollte, den Artikel zu schreiben!«

»Das ist ihre Entscheidung.«

Darauf ging sie nicht ein. »Was weiß Hanna sonst noch über Lodz?«, fragte sie stattdessen.

Er sah Isa alarmiert an. »Was gibt es denn da noch zu wissen?«

»Das musst du mich nicht fragen, ich war nicht dabei.« Mit einem Mal wirkte sie zerstreut. Unvermittelt blickte sie auf die Uhr und eilte zur Tür. Gleich darauf war sie draußen.

Ole schaute ihr konsterniert nach, und als Michaela ihm den nächsten Patienten reinschickte, stand er immer noch wie vom Donner gerührt da und versuchte sich einzureden, dass Isas hastiger Aufbruch nichts zu bedeuten hatte. Und auch nicht ihre letzte Frage. *Was weiß Hanna sonst noch über Lodz?*

Doch zugleich wusste er, dass er sich damit was vormachte.

*

Hanna war in ihren Notizen versunken. Sie musste auf alle Fälle verifizieren, wer genau dieser Georg Köhler gewesen war. Geburtsdatum und -ort gingen aus dem Grundbucheintrag hervor, aber sein Lebensweg lag bisher im Dunkeln. Sie wusste nur, dass er der Bruder von der gruseligen Tante Angela gewesen war. Und natürlich der Vater von Margret. Die sich folglich als zur Familie gehörende Zeitzeugin am ehesten für eine Befragung anbot, zumal sie ja gestern Morgen schon von sich aus einiges erzählt hatte. Auch schien sie, im Gegensatz zu Oles Mutter, geistig noch einigermaßen beieinander zu sein. Hanna musste keine Skrupel haben, ihr auf den Zahn zu fühlen.

Unklar war auch, wieso Margret überhaupt so ehrlich über ihren Vater gesprochen hatte. Und es obendrein hinterher Isa und Jan unter die Nase gerieben hatte. Wollte sie ihren Enkeln eins auswischen? Isa war jedenfalls richtiggehend in Panik geraten, sie schien unbedingt verhindern zu wollen, dass Margret noch einmal mit Hanna redete und dabei über Vergangenes auspackte. Nicht mal vor einem Rauswurf war sie zurückgeschreckt.

Mit welchen Methoden Isa und Jan die alte Frau wohl noch von ihr fernhielten? Hanna hatte sie seit dem gestrigen Morgen nicht mehr gesehen – was ihr auch ganz recht gewesen war. Allerdings hatte das heutige Gespräch mit Sabine alles verändert, denn seitdem stand fest, dass Margret Luise gekannt hatte. Wenn irgendjemand mehr über diese junge Frau wusste, dann sie!

Ob sie vielleicht doch das Tagebuch und den Inselplan mit den Koordinaten vor die Tür gelegt hatte? Hanna beleuchtete die Frage von allen Seiten, kam allerdings zu dem Schluss, dass Margret es nicht gewesen sein konnte. Sie war darauf angewiesen, dass hier im Hotel alles rundlief. Sonst musste sie ja befürchten, wieder ins Altenheim gesteckt zu werden.

Natürlich wollte Hanna sie trotzdem nach Luise fragen, und zwar so bald wie möglich. Sie würde nicht eher Ruhe geben, bis sie die benötigten Informationen beisammenhatte. Auch wenn Isa und Jan momentan sicherlich alles daransetzten, Margret zu isolieren – Hanna würde Mittel und Wege finden, mit ihr zu sprechen. Sie hatte schon Leute interviewt, bei denen der Rest der Welt geschworen hatte, sie seien unauffindbar.

Hanna war sich allerdings immer noch nicht darüber im Klaren, ob sie Oles Großvater zu einem Teil der Story machen oder ihn Ole zuliebe außen vor lassen sollte. Seine Vergangenheit als SS-Arzt, die Verbindung zu der psychopathischen Heimleiterin, der Tod des kleinen Jungen – der Vollständigkeit halber hätte seine Rolle dazugehört, zumal sein Leben und das von Angela nicht voneinander zu trennen waren. Und dennoch …

Maßgeblich war wohl, woran sie die Story festmachte. An den Menschen – oder am Haus.

Die Villa war zuerst da gewesen, wie eine Theaterbühne für alles, was später geschah. Eine Kulisse voller Rätsel, in immerwährender Metamorphose begriffen, oszillierend zwischen Luxus und Scheußlichkeit, mit vielen Verwandlungen in mehr als hundert Jahren. Verlockend und wertvoll für die einen, abstoßend und Furcht einflößend für die anderen.

Es war so viel mehr als nur ein Haus. In seinem tiefsten Inneren, wo sich all das Leid angesammelt hatte, war etwas Böses herangeblüht, das hinauswollte, und wer sich nicht vorsah, würde daran zugrunde gehen.

Hanna erschrak bei diesem Gedanken, blitzschnell konzentrierte sie sich auf etwas anderes, denn für sie stand außer Frage, dass derartig verquaste Vorstellungen nur von einem gestörten Gehirn ausgebrütet werden konnten. Womit sie wieder am selben Punkt war wie gestern. Sie brauchte unbedingt bald diese MRT, und falls sich auch da nichts fand, musste sie sich wohl einen Psychiater suchen.

Ruhelos schob sie die Notizen zur Seite. Es war fast drei Uhr. Um fünf wollte sie sich mit Ole treffen, doch vorher brauchte sie Bewegung, das half ihr immer noch am besten, einen klaren Kopf zu bekommen. Eilig zog sie ihre Laufsachen an und ging nach unten. Beim Durchqueren der Lobby schaute sie weder nach rechts noch nach links, sondern lief auf direktem Wege runter zum Strand und dann Richtung Süden. Diesmal hatte sie beim Anblick des elektrischen Leuchtturms kein Déjà-vu, und in einem Anflug von Sarkasmus dachte sie, dass man für die kleinsten Dinge dankbar sein sollte.

Am Südstrand herrschte Hochbetrieb. Auf dem Trampolin tummelten sich lachende Jugendliche, an der Milchbude drängten sich die Leute, und im Wasser vergnügten sich Schwimmer und spielende Kinder.

Am Ende des Badestrands bog sie landeinwärts ab und lief in die Greune Stee, ein von Sumpfausläufern und Dünen durchzogenes Wäldchen mit vielen kleinen, krumm gewachsenen Bäumen. Hanna hatte gelesen, dass es vor über hundert Jahren durch die Aufforstungsbemühungen eines Borkumer Lehrers im Rahmen eines Schulprojekts entstanden war. Ein auf ganzer Linie gelungenes Experiment.

Sie durchquerte den kleinen Inselwald, der in seiner Naturbelassenheit eigentümlich verwunschen wirkte, fast wie ein Märchenwald. Von überallher tönte das Gezwitscher von Vögeln. Sie entsann sich, dass Luise in ihrem Tagebuch von ihrer Absicht geschrieben hatte, hier Vögel zu beobachten. Ob sie vor ihrer Abreise noch dazu gekommen war?

Mit einem Mal wünschte Hanna sich mit aller Kraft, es herausfinden zu können, aber gleichzeitig spürte sie, dass die Antwort auf diese Frage wohl ewig im Dunkeln bleiben würde.

*

Katie war wie eine Wilde mit dem Rad losgerast. Isas Schimpftiraden hallten ihr immer noch in den Ohren, und dazu sah sie ständig dieses hasserfüllte Gesicht vor sich, es war wie ein Horrorfilm, der nicht aufhören wollte. Bengt konnte einem nur leidtun. Kein Vater, der sich um ihn kümmerte, und dazu diese Bitch als Mutter! Allein die Drohung, ihm die Schule nicht mehr zu bezahlen! Gab's noch was Mieseres?

Sie sauste mit dem Bike den Dünenweg am Meer entlang, dieselbe Strecke, die sie und Bengt gestern gefahren waren. Am *Café Seeblick* hielt sie an, um ihr Handy zu checken, denn ihr war klar geworden, dass es ihm gegenüber nicht fair gewesen war, einfach abzuhauen. Er konnte nichts dafür, dass seine Mutter so eine Arschkuh war. Im Gegenteil, er hatte sogar Katies Partei ergriffen, da konnte er schon erwarten, dass sie im Gegenzug auch zu ihm stand.

Mom hatte ihr auf WhatsApp geschrieben.

Wo bist du, Schatz? Wollte dir nur sagen, dass wir am Samstag aus dem Hotel rausmüssen. Nur, damit du schon mal Bescheid weißt. Hatte zuerst überlegt, in eine Pension zu gehen, aber dann beschlossen, dass wir für den restlichen Urlaub in ein anderes Luxushotel umziehen. Natürlich wieder in eine Suite mit Meerblick. Was denkst du?

Katie wusste nicht genau, was sie denken sollte. Außer, dass Mom dafür sicher ganz schön was hinblättern musste. Andererseits – das *Dünenschloss* war auch nicht gerade günstig, es gehörte ja ebenfalls in die Luxuskategorie. Und einen Teil der Ausgaben konnte Mom als Spesen abrechnen.

Der Umzug war Katie nach allem, was sie sich vorhin hatte anhören müssen, mehr als recht. Wäre Mom nicht damit um die Ecke gekommen, hätte sie es wahrscheinlich selbst vorgeschlagen. Anfangs hatte sie das Hotel einmalig schön gefunden, es hatte sie förmlich umgehauen. Aber mittlerweile … Es hatte irgendwas an sich, das ihr nicht gefiel, und das lag nicht bloß an Bengts unmöglicher Familie. Sie fühlte sich auf eine komische Art unbehaglich, wenn sie da reinging. Fast so, als würde sie ein Gefängnis betreten. Vielleicht lag es daran, dass Omi in dem Haus so grausam behandelt worden war, das konnte Katie einfach nicht vergessen.

Nach ihrer Überzeugung wiesen manche Orte böse Schwingungen auf. Je abscheulicher die Ereignisse waren, die dort stattgefunden hatten, umso schlimmer die Schwingungen. Mit der Schule hatten sie mal eine Fahrt zur Gedenkstätte Buchenwald gemacht, und da hatte Katie beim Anblick des Krematoriums das Gefühl gehabt, eine Monsterfaust würde ihr das Herz zusammenquetschen.

So schrecklich wie dort war es im Hotel natürlich nicht, aber inzwischen freute sie sich richtig darauf, mit Mom woanders unterzukommen. Sie und Bengt konnten sich ja trotzdem weiterhin treffen, sogar viel besser, denn dann würde nicht ständig seine Mutter im Hintergrund rumschleichen und ihnen hinterherschnüffeln.

Ja, es war eine Superidee, ein anderes Zimmer zu buchen!

Sie schickte Mom einen erhobenen Daumen und ein Kuss-Emoji, und dazu schrieb sie: *Mache gerade eine Tour mit dem Bike und melde mich!*

Dazu schickte sie ihren Standort, denn sie wusste, wie wichtig es für Mom war. Es nervte Katie oft, sie fand es ziemlich kontrollsüchtig und übergriffig, aber gleichzeitig merkte sie auch, dass Mom sich selbst daran störte – sie *wollte* gar nicht so sein. Bella hatte gemeint, es wäre was Biologisches. So ein Mutter-Kind-Ding, das man nicht abstellen konnte, auch wenn man wollte. Katie hatte lange darüber nachgedacht und schließlich entschieden, es noch eine Weile aushalten zu können. Irgendwann würde Mom von selbst damit aufhören, spätestens übernächstes Jahr, wenn Katie mit der Schule fertig und zu Hause ausgezogen war. Sie wollte ein Auslandsjahr machen, unbedingt. Mom wusste noch nichts davon, doch Einwände würde sie ganz sicher nicht erheben – sie hatte ja nach dem Abi ebenfalls eins gemacht.

Katie teilte auch mit Bengt ihren Standort, und es kam fast sofort ein Snap zurück, von der merkwürdig geformten Landmarke auf den Norddünen, die sich Großes Kaap nannte und weithin zu sehen war. Offenbar war er ihr hinterhergefahren und radelte gerade dort vorbei. Ein paar Minuten später tauchte er auch schon auf. Er trat heftig in die Pedale und bremste erst wenige Meter vor ihr ab, so hart, dass Sand vom Weg hochspritzte und ihre nackten Arme traf. Doch es machte ihr nichts aus, sie sah nur ihn. Den verzweifelten Ausdruck in seinen Augen, die Angst, sie könne ihn zurückweisen.

Nichts hätte ihr ferner liegen können. Sie hatte ihr Rad abgestellt und den Helm abgenommen, und ohne zu zögern, trat sie zu Bengt und schlang fest beide Arme um ihn. Er wandte ihr sein Gesicht zu, und im nächsten Moment küssten sie sich. Es war ein heißer, wilder Kuss, der schnell außer Kontrolle geriet. Die Leute vorm Café schauten herüber, und ein Mann, der auf einem Rad vorbeikam, rief ihnen zu, sie sollten sich bitte ein Zimmer nehmen.

Verlegen kichernd machte Katie sich los und strich sich einige Haarsträhnen aus dem erhitzten Gesicht.

»Tut mir leid«, sagte Bengt schwer atmend. Er war feuerrot angelaufen.

»Mir nicht«, erwiderte Katie. Auch ihr Atem ging schneller, sie zitterte vor Erregung und Nervosität.

»Wollen wir woanders hin?«, fragte er leise.

Sie nickte, und damit war es auch schon ausgemacht. Ohne groß drüber zu reden, stiegen sie auf ihre Räder und fuhren weiter in Richtung Nordstrand, wo es in der Einsamkeit der Dünen viele abgeschiedene Stellen gab.

Doch kaum waren sie losgefahren, da geriet Katie auch schon ins Grübeln. Bei Nacht hätte sie es romantischer gefunden, und eigentlich hätte sie sich ihr erstes Mal an ihrem Geburtstag gewünscht. Aber das konnte sie ihm jetzt unmöglich sagen. Oder?

Sie fuhr langsamer und dachte angestrengt an. Es war schließlich *ihr* erstes Mal! Bengt hatte seins schon hinter sich. Im Mai, mit einer drei Jahre älteren Studentin, hatte er erzählt. Für kurze Zeit war Katie fast vergangen vor Eifersucht, doch sie hatte einfach so getan, als wäre es das Normalste von der Welt.

Bengt blickte hinter sich, sie war zurückgefallen. Er bremste und wartete, bis sie aufschloss.

»Was ist?«, fragte er verunsichert. Anscheinend war ihr anzusehen, was sie dachte. »Hast du's dir anders überlegt?«

»Nein«, stellte sie klar. »Ich will's bloß nicht jetzt.«

»Wann denn dann?«

Ein Hauch von Ungeduld erfasste sie. »Jedenfalls nicht jetzt. Vielleicht lieber morgen.«

Er runzelte die Stirn. »Wieso morgen?«

»Da hab ich Geburtstag.« Eigentlich hätte er es wissen müssen, sie hatte es ihm gestern erzählt.

»Stimmt!«, sagte er, sichtlich verlegen. »Ich hab's nicht vergessen, ehrlich! Ich hatte jetzt bloß in dem Zusammenhang nicht dran gedacht.« Er schluckte und wurde rot. Erkennbar bemüht, souverän mit der Situation umzugehen, fügte er hinzu: »Katie, wir machen nichts, was du nicht möchtest. Ich versteh's voll. Es muss passen. Für dich soll sich alles richtig anfühlen. Du bestimmst. Hundertprozentig.«

Sie lächelte ihn erleichtert an. »Wollen wir stattdessen noch mal bei den Koordinaten suchen?«

»Klar, wieso nicht!«

Einen Moment lang kam es ihr so vor, als wäre er enttäuscht. Bestimmt wäre er viel lieber mit ihr irgendwo in die Büsche gekrochen, doch dann sah sie in seiner Miene nur die rückhaltlose Bereitschaft, auf ihren Vorschlag einzugehen.

»Diesmal sollten wir aber Werkzeug mitnehmen«, meinte er. »Auf jeden Fall einen Spaten. Für den Fall, dass es vergraben ist.«

»Habt ihr einen Spaten daheim?«, fragte Katie.

»Klar. Im Keller steht aller möglicher Kram zum Gärtnern.« Stirnrunzelnd überlegte sie, dass es sicher auffiel, wenn sie auf einmal den Spaten aus dem Hotelkeller holten und damit ins Ostland fuhren. Ganz zu schweigen von den Transportproblemen. Spaten waren lang und sperrig.

»Gibt's auf der Insel einen Baumarkt?«, wollte sie wissen.

»Natürlich.« Bengt grinste sie mit seinen schneeweißen Zähnen an. »Was glaubst du denn, wo wir hier leben?!«

Einen Atemzug lang konnte sie ihn nur hingerissen anstarren. Er sah einfach so toll aus!

Sie nahm sich zusammen und blieb sachlich. »Dann kaufen wir uns im Baumarkt einen Klappspaten.«

Sie checkte kurz im Internet, was ein Klappspaten ungefähr kostete – die Ausgabe konnte sie verschmerzen. Sie hatte noch ihr ganzes Taschengeld für diesen Monat auf dem Konto, außerdem das Urlaubsgeld von Omi und Papa.

Sie fuhren auf kürzestem Weg zurück in den Ort. Im Baumarkt gab es Klappspaten in mehreren Preissegmenten, doch Katie widerstand dem Impuls, den billigsten zu nehmen – einer der teureren konnte mit zusätzlichen Funktionen punkten. Eine Seite war als Säge nutzbar, und wenn man das Schaufelblatt verstellte, wurde es zur Hacke. Bei Bedarf konnte ein Messer zum Schneiden angeschraubt werden, und eine Tasche zum Verstauen war auch gleich mit dabei.

Für die Tour ins Ostland wählte Bengt diesmal eine andere

Route, die Katie noch nicht kannte. Dem Deichverlauf folgend, fuhren sie an endlosen Weideflächen und am Tüskendoorsee vorbei und dann weiter bis zu den einsamen Dünengebieten im Osten der Insel. Der Wind pfiff ihnen um die Ohren, und die Luft war herrlich frisch. Katie genoss den traumhaften Ausblick, und wieder fragte sie sich, ob die Borkumer sich überhaupt darüber bewusst waren, wie schön es hier war. Vielleicht hatten sich viele einfach dran gewöhnt, so wie es einem oft mit Dingen ergeht, die man zuerst liebt und irgendwann langweilig findet.

Bengt hatte gemeint, er selbst würde sich mehr von seinem zukünftigen Leben versprechen.

»Es ist nun mal ein Dorf«, hatte er erklärt. »Und weil es gleichzeitig auch eine Insel ist, kann man nicht mal eben in die Stadt fahren.«

Kopenhagen hatte ihm sehr gut gefallen, und er hatte sogar bereits überlegt, nach dem Abi dort zu studieren. Mit dem Ex von seiner Mutter verstand er sich gut, den wollte er eventuell fragen, ob er ihm ein Zimmer besorgen könne.

Sie hatten die Koordinaten in ihren Handys gespeichert und fanden die Stelle problemlos wieder. Als sie dort ankamen, war es schon nach fünf, aber für eine Suche war es noch eine Weile hell genug.

Bengt und sie hatten eine kurze Debatte darüber geführt, dass sie mit einer Ausgrabung garantiert gegen Gesetze verstießen, weil die ganze Gegend Naturschutzgebiet war, aber letztlich waren sie beide darin übereingekommen, dass es nicht anders ging. Sie taten es schließlich nicht zum Spaß, sondern zur Aufklärung eines Verbrechens.

Katie nahm sich vor, diesmal nicht so schnell aufzugeben. Doch zu ihrer Überraschung dauerte es nicht mal eine Viertelstunde, bis sie auf einen Hinweis stießen. Es war Bengt, der ihn entdeckte.

»Sieh mal!«, rief er ihr aufgeregt zu. Er hielt einen faustgroßen Stein in der Hand. Katie lief sofort hin und sah ihn sich näher an. Er war glatt und rundlich geformt wie ein überdimensionaler Kieselstein. Auf der einen Seite war er von der Sonne gebleicht und vom Regen ausgewaschen, auf der anderen dunkel verfärbt wie Onyx. Jemand hatte mit weißer Farbe ein kleines Kreuz darauf gemalt. Man sah es kaum, weil es sich auf der verwitterten Oberseite befand und stark verblasst war. Trotzdem, es war da!

Katie hielt die Luft an, ihr Herz raste. Sie hatten es gefunden! Dennoch runzelte sie die Stirn, sie sollten das nicht zu früh feiern. »Sicher, dass es gestern auch schon da war? Wie können wir das übersehen haben?«

»Haben wir aber«, meinte Bengt achselzuckend. »Der Stein muss definitiv schon lange hier gelegen haben. Fast komplett in der Erde, er steckte richtig fest und hat kaum rausgeschaut. Und er gehört eindeutig nicht hierher, denn es gibt hier überhaupt keine Steine. Den muss irgendwer da hingelegt haben.« Er deutete auf das Loch, das der Stein im Boden hinterlassen hatte, nachdem Bengt ihn mithilfe des Messeraufsatzes ausgebuddelt hatte.

Sie sahen einander an. Das Herz schlug Katie immer noch bis zum Hals, als sie Bengt zunickte. Daraufhin klappte er den Spaten auseinander und fing an zu graben.

*

Hanna und Ole hatten sich am Neuen Leuchtturm verabredet. Nicht, weil sie beide hochsteigen wollten, sondern weil der Turm als Treffpunkt für Ortsfremde nicht zu verfehlen war, egal, wo man sich gerade in näherem oder weiterem Umkreis aufhielt. Und natürlich, weil sie sich aus naheliegenden Gründen nicht vorm Hotel treffen mochten. Vorhin hatte

Hanna eine förmliche Mail an Jan geschickt, mit der Bitte um eine schriftliche Zusage für eine anteilige Kostenerstattung, falls sie wie vereinbart vorzeitig auscheckte. Bevor sie diese Zusage nicht schwarz auf weiß in Händen hielt, würde sie die Suite ganz sicher nicht räumen, sonst stritt Isa am Ende womöglich alles ab und torpedierte die Rückzahlung. Einfach aus Prinzip und weil sie es konnte. Hanna traute es ihr jedenfalls unbesehen zu.

Sie nutzte die Zeit bis zu Oles Eintreffen, um mit dem Smartphone Schnappschüsse von den Schafen und Kaninchen zu machen, die sich in friedlicher Eintracht die Wiese rund um den Leuchtturm teilten.

Auf der Insel wimmelte es nur so von Kaninchen; bei ihren Laufausflügen hatte Hanna schon jede Menge der niedlichen kleinen Nager beobachten können. So putzig der Anblick jedoch auch war – für die Sicherheit der Deiche stellten sie ein ernstes Problem dar. Hanna hatte gelesen, dass sie unter Einsatz von Frettchen aus ihren Bauten gescheucht und von abgerichteten Greifvögeln getötet wurden. In Schach gehalten wurden die wachsenden Populationen auch durch gelegentliche Ausbrüche der Kaninchenpest. Auf diese Weise sorgte die Natur selbst dafür, dass die Tierchen nicht vollends zur Plage wurden.

Pünktlich um fünf Uhr bog Ole um die Ecke und kam mit ausgreifenden Schritten auf sie zu. Hanna erfasste mit einem langen Blick seine breitschultrige Gestalt, den kraftvollen Gang und beim Näherkommen auch das Strahlen der Vorfreude in seinem Gesicht. Ihr Herz flatterte, als wäre sie fünfzehn Jahre alt und zum ersten Mal richtig verknallt. Von ihren übrigen körperlichen Reaktionen ganz zu schweigen. Als er vor ihr stand, schloss er sie ohne Umschweife in die Arme und küsste sie voller Verlangen. Ihr wurde heiß, ihre Brustwarzen zogen sich zusammen, und zwischen ihren Beinen fing es an zu pochen. Dass er bei der Umarmung eine Erektion bekam, steigerte ihre Erregung fast ins Unerträgliche.

Sie zogen den Kuss in die Länge und hörten erst auf, als die Leute um sie herum stehen blieben und gafften.

»Du hast mir gefehlt«, murmelte Ole in ihr Ohr.

»Du mir auch«, gab sie mit zittriger Stimme zurück. Ihr Inneres befand sich in Aufruhr. Sie hatte nicht damit gerechnet, dass es sie dermaßen aus den Schuhen heben würde, ihn wiederzusehen. Dass sie bei einem einzigen Kuss dahinschmolz wie Eis in der Sonne. Dass sie ewig so mit ihm hätte dastehen können, umschlungen von seinen Armen, ihr Kopf an seiner Schulter, seine Lippen an ihrer Schläfe.

Sie erschrak vor der Intensität ihrer eigenen Gefühle.

Glaubst du, er könnte was für länger sein? Helens simple Frage tönte wie leiser Sirenenalarm in ihrem Kopf.

Mittlerweile kannte Hanna die Antwort. Sie hatte keine Ahnung, wie sie es aushalten sollte, wenn es *nicht* für länger war.

Es wäre alles viel einfacher gewesen, wenn es bloß um das Körperliche gegangen wäre. Um ehrlichen, heißen, unverbindlichen Sex. Es ging *natürlich* auch darum, wem wollte sie da was vormachen? Aber nicht nur. Da war viel mehr. Wie sollte sie sonst dieses emotionale Chaos erklären, das sie in seiner Gegenwart durchströmte und völlig vereinnahmte? Dieser plötzliche Wunsch, von ihm Besitz zu ergreifen und gleichzeitig von ihm in Besitz genommen zu werden. Ihn auf eine kompromisslose Art ganz zu wollen. Alles von ihm.

Bei dem Gedanken erschrak sie erneut. Diese schon fast archaische Leidenschaft, die da in ihr hochkochte – kam das vielleicht aus derselben Ecke wie ihre Déjà-vus? War es Ausdruck einer ungeklärten geistigen Störung?

Sofort unterdrückte sie diese Betrachtungsweise, erstickte sie entschlossen im Keim. Warum sollte sie ausgerechnet den besten Liebesrausch aller Zeiten infrage stellen? Sie musste nicht ganz dicht sein, wenn sie das nicht in vollen Zügen genoss!

Hand in Hand schlenderten sie durch den Ort, Hanna war sich überdeutlich der neugierigen Blicke bewusst, die ihnen an jeder Ecke folgten. Ole fiel es sicherlich auch auf, er hätte blind sein müssen, um es nicht zu bemerken.

Trotzdem sprach sie ihn darauf an. »Dir ist schon klar, dass alle Leute uns anstarren, oder?«

»Nicht alle Leute«, sagte er trocken. »Bloß die paar Einheimischen.«

»Ja, eben. Ist dir egal, was die denken?«

Ole zuckte die Schultern. »Was sollen sie schon denken? Dass ich hier mit einer schönen Frau spazieren gehe und endlich mal wieder so richtig glücklich bin?«

»Also stört es dich nicht?«

»Kein Stück.« Forschend sah er sie an. »Dich hoffentlich auch nicht, oder?«

»Nein«, sagte sie, obwohl es nur teilweise zutraf. Ihr persönlich konnte es gleichgültig sein, in zehn Tagen war sie ja schon wieder weg. Aber Ole würde bleiben, und die Gerüchteküche um ihn herum brodeln. Die Leute kannten ihn, er war ein seriöser Arzt und überhaupt nicht der Typ Mann, der öffentlich knutschend mit Touristinnen um die Häuser zog und dann zur Tagesordnung überging.

Mit seiner nächsten Bemerkung stellte Ole die Dinge klar. »Hanna, ich weiß nicht, wie du es siehst, doch für mich ist das mit uns nicht bloß eine Urlaubsgeschichte.« Er blieb stehen und sah sie eindringlich an, und wieder verspürte sie den brennenden, unvernünftigen Wunsch, für immer mit ihm zusammen zu sein.

»Ja!«, stieß sie hervor. »Ich meine, nein.«

Er grinste flüchtig. »Was denn nun?«

Mühsam brachte sie ihre Stimme unter Kontrolle. »Ich meinte: Ja, für mich ist es auch nicht bloß ein Urlaubsflirt.« Oh, mein Gott, dachte sie nervös. Was für eine bescheuerte Konversation! War das etwa gerade eine beiderseitige Liebeserklärung gewesen? Konnten sie nicht einfach wie normale Leute eine gute Zeit zusammen haben? Mussten sie unbedingt vorher ihren Beziehungsstatus klären?

»Dann sind wir uns ja einig«, meinte Ole. In seinen Augen tanzten silberne Fünkchen, und plötzlich brachen sie beide wie auf Kommando in Lachen aus. Die peinliche Situation war entschärft, sie konnten wieder unbefangen miteinander reden. Doch Hanna wusste, dass sich etwas Grundlegendes zwischen ihnen verändert hatte. So unbeholfen und schräg dieser Dialog gerade eben auch gewesen war – er hatte die nähere Zukunft umrissen. Eine neue Basis festgeklopft. Sie waren jetzt ein Paar, und zwar nicht bloß bis zum Ende dieses Urlaubs. Wie das mit ihnen bei der räumlichen Entfernung funktionieren sollte, lag völlig im Ungewissen. Aber dass sie es beide irgendwie hinkriegen wollten, stand außer Frage.

Sie gingen zur Promenade und von dort hinab zu den Wandelhallen, wo sie sich vor einem der Lokale in Liegestühle setzten, Cocktails tranken und ihre Blicke müßig über den Strand schweifen ließen. Es herrschte Ebbe, die Leute wanderten grüppchenweise übers Watt in Richtung Seehundsbank. Für einen Moment verspürte Hanna den Wunsch, auch hinauszugehen, weiter als alle anderen, dorthin, wo der Himmel das Wasser berührte. Vage kam ihr in den Sinn, wie Sabine darüber gesprochen hatte, als sie von dem Spaziergang mit Tante Grete erzählt hatte. Margret, die jetzt oben in ihrem Zimmer in der Villa saß und vielleicht ebenfalls gerade aufs Meer hinausblickte, beseelt von dem Drang, hinauszulaufen. Zu einem Ort, den sie niemals erreichen würde, sosehr sie sich auch danach sehnte.

»Woran denkst du?«, fragte Ole, mitten in ihre wirren Fantasien hinein.

Hanna rang mit sich, ob sie es ihm erzählen sollte. Eigentlich hatte sie es nicht vorgehabt, sie wollte einfach bloß einen schönen restlichen Nachmittag und anschließend den Abend mit ihm verbringen, ohne die düsteren Schatten der Vergangenheit, die ihnen beiden sonst auf Schritt und Tritt zu folgen schienen. Doch letztlich ging es ihn ja noch viel mehr an als sie, es wäre nicht fair, wenn sie es ihm verschwieg.

»Heute Vormittag hatte ich wieder ein Gespräch mit Sabine.« Von Sabine hatte sie ihm schon erzählt, dem einstigen Verschickungskind, das so viele schreckliche Erinnerungen mit sich herumschleppte. »Dabei habe ich etwas von damals erfahren, womit ich nicht gerechnet hatte. Ich weiß jetzt, wer diese G. aus Luises Tagebuch war. Beziehungsweise *ist,* denn sie lebt noch.« In einer impulsiven Geste der Anteilnahme griff sie nach Oles Hand und hielt sie fest. »Es ist Margret. Sie hat damals als Sprechstundenhilfe bei deinem Großvater gearbeitet. Und sie war Luises Vermutung zufolge heimlich in ihn verliebt.«

Ole wirkte überrascht, aber nicht schockiert. Zu Hannas Erleichterung schien ihn diese neue Information nicht so hart zu treffen wie von ihr befürchtet.

»Dann war *sie* das«, sagte er nur nachdenklich.

»Was meinst du?«, fragte sie.

»Ach, ich erinnere mich noch gut daran, dass meine Eltern sich in meinem Beisein mal über Arzthelferinnen unterhalten haben. Nur so allgemein, ich hab bloß mit halbem Ohr zugehört, und es hat mich auch nicht interessiert, ich war da noch ein Kind. Aber im Laufe dieser Unterhaltung erwähnte mein Vater, dass mein Opa vor vielen Jahren eine Sprechstundenhilfe hatte, die sich wohl mal an ihn rangeschmissen hat. Offenbar fand ich das spannend, denn es ist bei mir hängen geblieben. Die sei allerdings kurz darauf weggezogen, hieß es. Weil sie nicht bei Opa landen konnte.« Er schüttelte den Kopf, halb ungläubig, halb belustigt. »Der alte Drachen Margret, wer hätte das gedacht! Und ich hab mich immer gefragt, wieso sie mich nicht leiden kann! Ein klassischer Fall von Übertragung!« Mit plötzlichem Ernst blickte er Hanna an. »Auf Fotos sehe ich ihm ähnlich, weißt du. Als Kind hörte ich oft, ich hätte seine Augen.«

Tröstend drückte Hanna seine Hand. »Lass es nicht so nah an dich heran!«

»Ich versuch's«, gab er zurück. »Aber einfach ist es nicht. Hast du schon mit Margret darüber gesprochen?«

Hanna schüttelte den Kopf. »Isa und Jan halten sie anscheinend von mir fern. Ich werde natürlich versuchen, an sie ranzukommen, da sind noch einige Dinge zu klären. Sie war nämlich nicht nur Sprechstundenhilfe bei deinem Opa, sondern auch die Nichte dieser furchtbaren Angela.«

»Margret war mit dieser Frau *verwandt?*«, entfuhr es ihm. Ein Ausdruck von Beklommenheit trat auf sein Gesicht.

Hanna nickte. »Die lebten damals alle zusammen in der Villa. Angela, ihr Bruder Georg – er war seinerzeit auch der Eigentümer – und seine Tochter Margret.«

»Sie hat uns nie was davon erzählt«, sagte Ole. Er starrte vor sich hin, immer noch sichtlich erschüttert.

»Na ja, es ist über sechzig Jahre her«, meinte Hanna. »Und das sind sicher keine Erinnerungen, die man teilen möchte. Sondern eher welche, die man bis ans Ende seiner Tage ruhen lassen will.«

Auf Hannas Kommentar reagierte Ole mit grüblerischem Schweigen. »Ich muss dir auch noch was erzählen«, sagte er nach einer Weile. Es klang bedrückt. »Heute Mittag platzte Isa bei mir in der Praxis rein und wollte unbedingt wissen, was du bisher rausgefunden hast. Ich hab natürlich nichts gesagt, aber das war auch gar nicht nötig. Denn diese Geschichte mit dem Lebensborn in Polen und Großvaters Verstrickung – das war ihr bereits bekannt.«

»Dann hat Margret ihr also davon erzählt«, mutmaßte Hanna.

Ole nickte. »Muss sie wohl. Doch das ist nicht der springende Punkt. Isa wollte nämlich außerdem wissen, was du sonst noch über Lodz erfahren hast.« Er hielt inne und holte Luft. »Ich hab sie gefragt, was es denn da noch zu wissen gäbe. Isa hat sofort einen Rückzieher gemacht und ist so schnell wieder verschwunden, wie sie aufgetaucht war.«

Hanna zog nachdenklich die Brauen zusammen. »Du glaubst, da ist noch mehr passiert, damals in Lodz.«

Ole zuckte die Schultern. »Ich habe ehrlich keine Ahnung, wie denn auch. Doch die Art, wie sie darüber sprach … Ihr Blick, als sie diese Frage stellte … Ja, seitdem befürchte ich, dass wir das Schlimmste über meinen Großvater noch gar nicht herausgefunden haben. Und ich bin mir ziemlich sicher, dass ich es gar nicht erfahren möchte.«

Da geht's dir wie mir, dachte Hanna. Düster malte sie sich aus, welchen Dreck sie wohl noch ausgraben würde, wenn sie nicht lockerließ. Was auch immer es war – Ole hätte darunter zu leiden. Vielleicht sollte sie es lieber sein lassen.

Mit einem Ruck stellte sie ihr fast leeres Cocktailglas auf dem kleinen Tischchen zwischen den beiden Liegestühlen ab und stand auf. »Komm, lass uns ein Stück laufen, ja?«

Ole hatte nichts dagegen. Er winkte der Bedienung und bezahlte die Getränke, dann gingen sie runter zum Strand. Sie zogen beide ihre Sandalen aus und wanderten Hand in Hand weiter, vorbei am Rummel des Badebetriebs, dorthin, wo sich die weite Sandfläche zwischen Dünen und Meer bis zur Endlosigkeit zu erstrecken schien.

Sie redeten nicht viel, es schien auch nicht nötig zu sein.

Hannas Gedanken drehten sich nicht länger um die Vergangenheit, sie dachte einfach an gar nichts mehr. Ganz dem Augenblick hingegeben, fühlte sie sich eins mit der Natur. Das unablässige Summen des Windes, der durch ihr Haar strich, die goldenen Glitzerpunkte auf den Wellen, das feine Prickeln des Sandes unter ihren nackten Fußsohlen.

Und Oles Hand, die ihre warm und fest umschlossen hielt. Sie war sich seiner Nähe bei jedem Schritt bewusst, und die Tatsache, dass sie sich immer stärker zu ihm hingezogen fühlte, konnte sie nicht mehr schrecken. Es war einfach alles, wie es sein sollte. Sie beide, allein hier draußen, zusammen gegen den Rest der Welt. Ob er sie wohl gleich wieder küsste?

Als hätte er ihr Verlangen gespürt, blieb er stehen und zog sie in seine Arme. Der Kuss war noch heißer als der beim Leuchtturm, Hanna fühlte sich wie flüssiges Wachs, das an einer Kerze herabrinnt. Sie versuchte, es auf den Cocktail zu schieben, aber sie wusste es besser. Wir sind füreinander bestimmt, dachte sie wie betäubt, denn eine andere Erklärung fiel ihr nicht mehr ein.

Ihm schien es ebenso zu ergehen.

»Verdammt, was machst du mit mir?«, stöhnte er in ihr Haar. Er hielt sie so fest, dass sie kaum Luft bekam. Doch wer musste schon atmen? Sie nicht. Wäre sie mit ihm allein gewesen, würden sie längst hier im Sand liegen, ihre Körper in einer hitzigen Vereinigung miteinander verschmolzen.

»Lass uns zu mir gehen«, raunte er ihr zu.

»Und deine Mutter?«, fragte sie.

Er lachte leise. »Ich bin schon groß und habe eine eigene Wohnung. Außerdem hört sie schlecht.«

Sie nickte, benommen vor Erregung, und Ole nahm ihre Hand und zog sie mit sich.

*

Bengt schaufelte unaufhörlich lehmigen Sand aus der Grube, er stand bereits knietief in dem Loch, das er ausgehoben hatte. Katie saß im Schneidersitz einige Schritte entfernt und sah ihm beim Graben zu. Sie hatte ihm zweimal angeboten, ihn abzulösen, aber beide Male hatte er bloß verwundert aufgeblickt und dann einfach weitergemacht, beinahe so, als wäre es der seltsamste Vorschlag, der ihm je zu Ohren gekommen war.

Gleich zu Anfang hatte er sein Hemd ausgezogen, und Katie konnte nicht aufhören, ihn anzustarren. Er war unfassbar gut in Form. Über seine Schultern und seinen flachen Bauch zogen sich Muskelstränge wie bei einem Spitzensportler. Was er ja im Grunde auch war, wenn man all das Kiten und Surfen mitrechnete.

Ihr Mund fühlte sich trocken an, schon wieder. Eilig trank sie ein paar Schlucke und bot ihm anschließend ihre Flasche an. Er nahm sie und schüttete sich eine Fontäne über den Kopf. Nachlässig strich er sich die blonden Locken aus der Stirn und fuhr sich mit der flachen Hand übers Gesicht, womit er den schon vorhandenen Dreckspuren weitere hinzufügte. Das Wasser perlte über seinen braun gebrannten Oberkörper, und Katie musste schlucken, als er danach wieder den Spaten ergriff und das Schaufelblatt in die Erde rammte.

Er grub weiter und weiter, in einem immer gleichen, fast hypnotischen Rhythmus. Den Aushub warf er neben die Grube auf einen Haufen, der stetig höher wurde.

Als er das nächste Mal innehielt, wischte er sich den Schweiß ab. »Haben wir eine Deadline, oder machen wir weiter, bis es dunkel wird?«, wollte er wissen.

Es klang nicht direkt genervt, aber Katie merkte, dass er allmählich genug hatte.

Sie konzentrierte sich und wog ein paar Fragen gegeneinander ab. Wie tief würde jemand, der wichtige Beweise verstecken wollte, sie in der Erde vergraben? Katie versuchte, sich in die betreffende Person hineinzuversetzen. Angenommen, Luise hatte damals vor ihrer Abreise hier draußen irgendwelche Geheiminformationen verbuddelt. Worauf hatte sie dabei geachtet? Auf jeden Fall hatte sie, wenn man nach dem Tagebuch ging, eine Menge Ahnung von der Landschaft und der Natur gehabt. Sie musste gewusst haben, dass Wind und Regen ständige Veränderungen bewirkten. Dass Tiere sich gern Höhlen in der Erde bauten, beispielsweise die vielen Kaninchen, die überall auf Borkum durch die Gegend hoppelten. Wenn sie hier irgendwas Wichtiges dauerhaft hatte verstecken wollen, dann hatte sie garantiert tief gegraben. Allerdings bestimmt nicht mehr als einen Meter. Man musste dabei auch einkalkulieren, dass sie eine Frau war.

Im Normalfall hätte Katie auf diese Tatsache keinen Gedanken verschwendet, im Gegenteil. Sie hasste es, wenn jemand mit solchen Machosprüchen ankam. *Das schafft sie nicht, sie ist ja eine Frau.*

Aber hier ging es um eine Situation, in der rohe Körperkraft definitiv eine Rolle spielte.

Sie schätzte die Tiefe der Grube, die Bengt schon ausgehoben hatte. Inzwischen fast ein Meter, plus/minus.

Seufzend sah sie ihn an. Er stand da und wartete auf ihre Antwort.

Vielleicht noch eine Schaufellänge, wollte sie vorschlagen, doch das schluckte sie schnell hinunter und stand stattdessen auf.

»Lass mich einfach mal ein Stück graben.« Sie streckte die Hand nach der Schaufel aus, und tatsächlich reichte Bengt sie ihr, auch wenn ihm die Zweifel deutlich auf die Stirn geschrieben standen.

Diese Zweifel teilte sie nur wenige Augenblicke später, denn schon beim ersten Spatenstich merkte sie, was für eine schwere Arbeit das war. Sie bekam das Ding kaum fünf Zentimeter in die Erde, obwohl sie hart mit dem Fuß von oben gegen das Schaufelblatt trat und alle Kraft darauf verwendete, es tiefer hineinzutreiben. Nur eine Minute später lief ihr der Schweiß in Strömen übers Gesicht, ihre Hände brannten, und ihre Füße fühlten sich vom vielen Treten schon ganz abgestorben an.

»Soll ich wieder?«, fragte Bengt, doch sie schüttelte nur verbissen den Kopf und machte weiter. Wenn er glaubte, sie würde so schnell schlappmachen, lag er voll daneben!

Beim nächsten Spatenstich war ein unerwarteter Ton zu hören, ein kurzes, scharfes *Pling.* Katie lauschte aufgeregt, dann stieß sie erneut mit dem Spaten in die Grube, und da war es wieder. Ein Geräusch, als würde Metall auf Metall treffen.

Sie warf den Spaten zur Seite und hockte sich hin. »Da ist was!« Mit den Fingernägeln kratzte sie Erde weg, aber sie bekam das Ding nicht richtig zu fassen.

Bengt kniete sich neben die Grube und spähte ihr über die Schulter. »Was ist es denn?«

»Ich kann's noch nicht erkennen. Irgendwas Metallisches auf jeden Fall.«

»Soll ich mal gucken?«

»Nein, ich schaff's schon«, sagte Katie. »Gib mir lieber das Messer.«

Bengt holte es und reichte es ihr hinab. Vorsichtig schabte Katie mit der Messerspitze die Erde über dem harten Gegenstand weg, der dabei nach und nach zum Vorschein kam. Er war tatsächlich aus Metall, es sah aus wie stumpfes Silber. Gleich darauf hatte sie es freigelegt, ein zerbeultes, angelaufenes altes Ding von der Größe eines Taschenkamms, allerdings fingerdick. An den Längsseiten wies es quadratische kleine Löcher auf, die mit sandiger Erde verstopft waren. Katie hielt es hoch und betrachtete es. Sie brauchte ein paar Sekunden, um es einzuordnen.

»Eine Mundharmonika«, sagte Bengt, der es schneller erkannt hatte. Erstaunt nahm er sie ihr aus der Hand und drehte sie hin und her. »Sieht uralt aus. Das Teil muss da schon ewig gelegen haben!«

Katie erstarrte, mit einem Mal hatte sie Angst. Hastig stieg sie aus der Grube und atmete tief durch, beide Hände auf die Knie gestützt. »Ich brauch einen Moment.«

»Ich hab gleich gesagt, dass es für dich zu anstrengend ist«, meinte Bengt.

Das hatte er höchstens *gedacht,* doch sie war nicht in der Verfassung, ihm zu widersprechen. Sie wusste selbst nicht, wieso sie sich auf einmal so elend fühlte. Dafür wusste sie, wem die Mundharmonika gehörte.

Vielleicht kann ich ihnen was auf meiner Gitarre vorspielen. Oder auf der Mundharmonika.

Bengt stach mit dem Messer in die Erde. »He, da ist noch was! Guck mal!« Er hatte einen Stoffzipfel in der Hand, brüchiges, verdrecktes Leinen, es sah aus wie uralte Lumpen. Bengt zog daran, bis es mit einem durchdringenden Knirschen aufriss. Im nächsten Moment ließ er es fallen, als hätte ihn was gebissen.

»Ach du Scheiße!«, brüllte er, bevor er mit einem Satz aus der Grube sprang. »Sieh dir das an! Sieh dir das um Himmels willen an!«

Katies Füße waren schwer wie Blei, als sie an die Grube trat und hineinschaute. Im nächsten Moment schrie sie gellend auf, als sie erkannte, was unter dem aufgerissenen Stoff zum Vorschein gekommen war. Sie starrte in die gähnenden Augenhöhlen eines menschlichen Schädels.

*

Hanna stand ein wenig befangen in der Diele von Oles Elternhaus. Er wollte nur rasch nach seiner Mutter schauen. Durch die offene Tür zum Wohnzimmer sah Hanna Hilde in einem Sessel sitzen und dösen. Der Fernseher lief in ohrenbetäubender Lautstärke. Die rumänische Haushaltshilfe hatte es sich daneben auf dem Sofa bequem gemacht und las ein Buch. Ole stellte den Fernseher leiser, woraufhin seine Mutter hochschrak.

»Junge, hast du Feierabend?«

»Ja, Mama.« Ole nahm ein Kästchen von einem Beistelltisch und reichte es ihr. »Hier, deine Hörgeräte.«

»Ach, hab ich die schon wieder vergessen?« Hilde setzte sie mit mechanischen Bewegungen ein. »Da ist ja Besuch!«, sagte sie erfreut, als sie Hanna in der Tür stehen sah. Sie stemmte sich aus dem Sessel hoch.

Max war aus dem Hundebett gestiegen und drängte sich an Oles Knie, dann schnüffelte er neugierig an Hannas Beinen.

»Hallo, Max.« Sie kraulte ihm das Fell, und er drückte zutraulich seinen Kopf an ihren Oberschenkel.

Auch Nicoletta war aufgestanden und begrüßte Hanna mit dem freundlichen *Moin,* das die Borkumer zu jeder Tages- und Nachtzeit verwendeten. Fragend wandte die Haushälterin sich anschließend an Ole. »Soll ich Tee machen?«

»O ja, bitte«, meinte Hilde. »Ich brauch einen.« Sie sah auf die Uhr. »Ist es nicht auch Zeit fürs Abendbrot?«

»Ich kann den Tisch decken«, bot Nicoletta an. »Für alle?«

Ole schüttelte den Kopf. »Hanna ist bei mir zu Besuch, wir gehen rauf in meine Wohnung.«

Hilde sagte nichts, doch sie wirkte seltsam verloren.

»Ich trinke gern eine Tasse Tee mit«, sagte Hanna spontan. Ole warf ihr einen Blick zu, aber er schien nicht verärgert, sondern eher resigniert.

Und so saßen sie wenig später zu viert um den großen Küchentisch und tranken Tee. Max lag zu Oles Füßen auf dem Boden, den Kopf auf seine Vorderpfoten gebettet. Nicoletta hatte in Windeseile alles Mögliche aus dem Kühlschrank geholt und stapelweise Brotscheiben abgeschnitten. Nebenher erklärte sie Hanna, wie man in Ostfriesland richtig Tee trank. Zuerst kam weißer Kandis in die Tasse, Kluntjes genannt, dann der Tee.

»Der Kandis muss knacken, sonst ist der Tee zu kalt«, warf Hilde ein.

Mit einem Löffel wurde anschließend ein Schuss Sahne in die Tasse gegeben, möglichst dicht am Rand. Umrühren durfte man nicht, das war gegen die Tradition. Denn die Sahne, die zuerst auf den Tassenboden sank, stieg von allein wieder auf, in Form einer Wolke, und vermischte sich auf diese Weise mit dem Tee.

Zu essen gab es Schwarzbrot und Butter sowie Wurst und Käse in reichlicher Auswahl. Nicoletta sorgte mit regelmäßigen Einkäufen dafür, dass immer genug von allem vorrätig war.

Hanna und Ole hatten noch nichts zu Abend gegessen und ließen es sich schmecken. Der erotische Ausnahmezustand, in dem sie sich vorhin befunden hatten, war in eine beschauliche Teestunde übergegangen.

Nicoletta erzählte von Bukarest, dort stammte sie her. Sie war vor fünf Jahren nach Borkum gekommen und dageblieben, so wie Hunderte anderer Rumänen, die auf der Insel lebten und arbeiteten. Hanna stellte ihr Fragen, es kam eine angeregte Unterhaltung in Gang, an der auch Ole sich beteiligte. Hilde sagte nicht viel, doch es war nicht zu übersehen, wie wohl sie sich fühlte. Ihr Gesichtsausdruck war zugewandt und fröhlich, von ihrer Demenz war nichts zu spüren.

Wie aus einer unausgesprochenen Übereinkunft heraus vermieden Hanna und Ole jegliche Äußerung, die das Gespräch auf die Vergangenheit hätte lenken können. Es hätte ihnen allen nur den Abend verdorben.

Einmal griff Ole unter dem Tisch nach Hannas Hand und hielt sie in stummer Dankbarkeit fest.

Nach dem Abendessen gingen sie beide hinauf in den ersten Stock, wo sich seine Wohnung befand. Hanna schaute sich neugierig um. Anders als in der unteren Etage war hier die Küche zum Wohnzimmer hin offen. Alles wirkte hell und freundlich, wenn auch etwas unpersönlich. Hanna vermutete, dass Ole die Wohnung seinerzeit zusammen mit seiner ehemaligen Frau Sally eingerichtet hatte. Im Zuge der Trennung hatte sie dann bestimmt viele private Gegenstände mitgenommen. Fotos, Bilder, Urlaubsandenken – all die kleinen Dinge, mit denen man seine vier Wände in ein gemütliches Heim verwandelte. Wahrscheinlich sah es deshalb hier so aus, als fehlte noch was.

Im Übrigen ähnelte die Einrichtung der von Hanna – vieles kam von IKEA. Nur das große Sofa stammte von einem teuren Hersteller, und die Landhausdielen aus Eiche, mit denen der Fußboden belegt war, hatten sicherlich auch ein kleines Vermögen gekostet. In den Ecken verteilt standen Lautsprecher, aus denen auf Oles Sprachbefehl hin Musik tönte. Anna Netrebkos schmelzender Sopran füllte den Raum, sie sang die Arie *Pace, pace, mio dio* aus Verdis *La forza del destino*.

»Gefällt es dir?«, fragte Ole. »Wir können auch was anderes hören.«

»Nein, ich liebe es«, sagte Hanna sofort. »Für mich ist Netrebko *die* Leonora! Die Aufführung in der Royal Opera ist legendär!«

Sie war unendlich verlegen. Vorhin am Strand war sie so wild auf ihn gewesen, dass ihr die Luft weggeblieben war. Jetzt fühlte sich alles förmlich und gezwungen an.

Ole seufzte. Er machte ein komisch-verzweifeltes Gesicht. »Die Stimmung ist wohl weg, oder? Liegt es an mir oder am

Tee? Du musst nämlich Folgendes wissen: Der ostfriesische Tee ist ein bekanntes Anti-Aphrodisiakum.«

Hanna musste kichern. Er stimmte sofort ein, und im nächsten Moment prusteten sie beide laut los. Damit war das Eis wieder gebrochen, und Hanna dachte bei sich, dass das vielleicht der bedeutsamste Aspekt bei einer Beziehung war, womöglich sogar wichtiger als Sex – zusammen über dämliche Witze lachen zu können.

Sie schmunzelte immer noch, als Ole am Küchentresen zwei Weingläser vollschenkte und Hanna eins davon reichte.

Aus den Lautsprechern erklang eine andere Arie, Waltraud Meier sang Wagners Isolde. Hanna lauschte dem unvergleichlichen Timbre, während Ole ihr Wein nachschenkte. Dabei berührten sich ihre Hände eine Sekunde länger als nötig, und schlagartig erwachte ihre Begierde. Sie trank nur einen Schluck, dann stellte sie das Glas vorsichtig zur Seite und rutschte von dem Küchenhocker, auf dem sie gesessen hatte.

Wonne klagend, alles sagend, mild versöhnend aus ihm tönend, sang Waltraud Meier aus dem Lautsprecher. Ihre Stimme war perfekt für die Isolde, das Crescendo voller Leidenschaft. Das Libretto leider weniger; Richard Wagner hatte es selbst geschrieben, als Texter hätte er es wahrscheinlich nicht weit gebracht. Aber diese eine Stelle am Schluss, in Verbindung mit der anschwellenden Musik …

In mich dringet, auf sich schwinget, hold erhallend um mich klinget. Heller schallend, mich umwallend … ertrinken, versinken, höchste Lust …

»Du hast mir noch nicht gezeigt, wo du schläfst«, sagte Hanna.

Ole sah sie unverwandt an. Ohne ein Wort nahm er ihre Hand und zog sie mit sich in sein Schlafzimmer.

*

BORKUM, 14. SEPTEMBER 1963
DREI WOCHEN NACH LUISES VERSCHWINDEN

Sie legte lauschend den Kopf schräg und versuchte, die Stimmen zu verstehen, die durch das offene Fenster nach draußen drangen. Die beiden stritten schon wieder, lauthals und erbittert. Der Doktor brüllte, seine Frau schluchzte und keifte, und dann knallte irgendwo im Haus eine Tür. Anschließend herrschte gespenstische Stelle. Der Junge hatte die Schule gewechselt, er wohnte jetzt in einem Internat auf dem Festland, sonst hätten die beiden sich wohl gesitteter verhalten. Vor ihrem Sohn wahrten sie immer den Schein, er war ihre ganze Hoffnung.

An den Werktagen während der Sprechstunden riss der Doktor sich zusammen und versah seinen Dienst mit der üblichen Zuverlässigkeit. Er führte die Untersuchungen gewohnt gründlich durch, meist schweigsam und unnahbar, aber immer kompetent. Nur wenn Kinder zu ihm in Behandlung kamen, wurde er zugänglicher, dann konnte er hin und wieder sogar lächeln.

Die Kurkinder behandelte er allerdings nicht mehr, obwohl ihm dadurch ein Batzen Geld durch die Lappen ging. Er war ja auch für die Aufnahme- und Abschlussuntersuchungen zuständig gewesen, außerdem für alle Wehwehchen zwischendurch, das hatte eine nette Summe von der Krankenkasse eingebracht. Dieses Geld fehlte jetzt, man merkte es schmerzhaft bei den Quartalsabrechnungen. Doch das war ihm egal, und sie bewunderte ihn für seine Standhaftigkeit. Er bewies damit nur, dass er in Wahrheit ein Ehrenmann war und dass alles, was sich in Polen zugetragen hatte, nur auf das Konto dieser

Schlange ging. Es war Angela, die ihn in die Abgründe der Schlechtigkeit hinabgezerrt und dazu getrieben hatte, all die grauenhaften Dinge zu tun!

Ach, könnte sie selbst bloß zu einer anderen Familie gehören! Würde nur nicht durch ihre Adern das gleiche verdorbene, verbrecherische Blut strömen wie bei diesem Natterngezücht, das nebenan in der Villa residierte wie von Gottes Gnaden!

Ihr eigenes Zimmer lag in dem Trakt, wo die Betreuerinnen schliefen. In die oberste Etage ging sie nur noch selten. Doch sie wusste genau, wie nobel es in Angelas Wohnzimmer aussah. Es war ausgestattet mit Fernseher und Plattenspieler, einem Wohnzimmerschrank mit beleuchteter Hausbar und nagelneuer Sitzgarnitur, alles bezahlt von der Krankenkasse. Die spuckte zuverlässig haufenweise Geld aus, eine fette Tagespauschale für jedes Kurkind, das seinen Fuß über die Schwelle setzte. Aufs Jahr hochgerechnet kam ein Vermögen zusammen, und ausgegeben wurde für die Kinder so gut wie nichts. Der Billigfraß stammte aus Militärbeständen, und alles andere kostete nicht viel. Sogar am Personal wurde gespart. Luise war seit drei Wochen weg, aber noch immer war kein Ersatz für sie gekommen, und Friederike war häufiger krank als gesund. Natürlich war sie nicht richtig krank, irgendein Kerl hatte ihr ein Kind gemacht, und so hockte sie jeden Tag endlos lange kotzend vorm Klo oder lag leidend im Bett. Sie hatte schon angekündigt, zum Monatsende aufs Festland zurückzugehen, mit dem Inselleben konnte sie sich sowieso nicht anfreunden. Bei alledem hatte Friederike noch Glück – ihre Mutter hatte ihr schon geschrieben, dass sie wieder bei ihr einziehen dürfe. Der Himmel mochte wissen, welche Lügen Friederike ihr aufgetischt hatte.

Angestrengt lauschte sie abermals und hörte erneut Geschrei aus dem Haus des Doktors. Seine Frau kreischte in einer Tour herum. Seit sie wusste, was er in Lodz getan hatte, überhäufte sie ihn mit Vorwürfen und heulte ihm die Hucke voll, und er schrie sie an, wieso sie die Vergangenheit nicht ruhen lassen könne. Das Ganze wiederholte sich mit verstörender Regelmäßigkeit, hoffentlich nahm es bald ein Ende! Angela wusste ebenfalls davon, sie hatte selbst ein paar dieser Szenen mitbekommen. Für die alte Schlange war die Frau des Doktors ein wachsendes Risiko, und das würde sie nicht mehr lange mitmachen, so viel stand fest!

Ihr Horchposten befand sich an einer Stelle, wo man sie vom Fenster aus nicht sehen konnte. Sie selbst sah leider auch nichts, doch dafür hörte sie umso mehr. Wenn es so ablief wie die letzten Tage, würde er bei Anbruch der Dunkelheit das Haus verlassen und in einen der Klubs gehen. Dort würde er sich einen hinter die Binde gießen und erst lange nach Mitternacht zurückkehren, sturzbetrunken und kaum in der Lage, aufrecht zu gehen. Im Ort hatten sie schon angefangen, zu reden. Über ihn und seine Frau, die ihm das Leben schwer machte. Der arme Mann, er konnte nicht anders, als Trost im Alkohol zu suchen.

Es hing eben immer davon ab, *wer* die Gerüchte in Umlauf brachte. In diesem Fall hatte *sie* dafür gesorgt. Sie wollte nicht, dass man schlecht über ihn redete. Er sollte endlich die Anerkennung erfahren, die ihm seit Jahren versagt wurde! Er war so ein guter Arzt, und obendrein ein feiner Mensch, wieso begriffen die Leute das nicht endlich? Warum wurde er immer noch wie ein Fremder betrachtet?

Sie musste daran denken, was Luise dazu gesagt hatte. Es stimmte, er kapselte sich ab. Doch neuerdings ging er jeden Abend aus. Auch wenn er es nur tat, um von seiner Frau wegzukommen und sich zu betrinken, so war es immerhin ein erster Schritt. Aus der Einsamkeit heraus, in eine Gesellschaft, die ihn schon noch willkommen heißen und als einen der ihren aufnehmen würde. Dafür würde sie sorgen.

Allerdings wollte sie zuerst den anderen Teil ihres Plans umsetzen. Die ganze Zeit hatte sie sich nicht getraut, aber nun war es so weit. Sie hätte schwören können, dass er sie heute während der Sprechstunde anders angesehen hatte als sonst. Nicht nur flüchtig wie ein Stück Inventar, sondern richtig. Wie ein Mann eine Frau ansieht, die ihm ins Auge sticht. Er hatte nichts gesagt, doch sie hatte es gespürt. Für eine Sekunde hatte er sie sogar fast gebannt gemustert. In dem Moment hatte sie gewusst, dass es Zeit wurde. Sie wollte nicht länger warten.

Es dämmerte bereits, Angela und Friederike scheuchten die Kurkinder ins Bett, wie immer mit Geschubse, Geschimpfe und Gebrüll. Es war wie in einer Kaserne. Manche Kinder weinten, andere maulten, zwei oder drei schrien ihren Protest heraus. Es gab immer welche, die sich nicht fügen wollten. Hätte Angela schalten und walten können wie in Polen, wären diese Kinder längst tot.

Die dunklen Gedanken verbannend, verließ sie ihr Versteck neben dem Haus des Doktors und ging zurück in die Villa, wo sie sich in ihrem Zimmer umkleidete und sorgfältig zurechtmachte. Für den einzigen Mann, den sie je geliebt hatte.

Sie wusste, in welchen Klub er ging, sie musste nur geduldig warten, bis er wieder herauskam. Ihr war egal, wie lange es dauerte, sie hätte notfalls die ganze Nacht dagestanden und nach ihm Ausschau gehalten.

Lästig war daran nur, dass ständig irgendwelche Kerle auftauchten, die sie abschleppen wollten, und mit fortschreitendem Abend wurde es immer schwieriger, sie abzuwimmeln. Einem musste sie mit ihrer Handtasche ins Gesicht schlagen, einem anderen gegen die Nase boxen. Einem dritten, der sich ihr mit Gewalt aufzwingen wollte, rammte sie ihr Knie zwischen die Beine. Er sackte zu Boden und kotzte ihr vor die

Füße, woraufhin sie hastig zurückwich und sich einen anderen Standort suchte, der etwas versteckter lag. Allerdings konnte sie von dort aus auch den Eingang des Klubs nicht so gut im Auge behalten. Nur einem Zufall hatte sie es zu verdanken, dass sie trotzdem mitbekam, wie der Doktor das Amüsierlokal verließ. Er hatte eine dralle Blondine in einem viel zu engen Kleid am Arm hängen, die ihn laut kichernd mit sich zog. Es hatte nicht den Anschein, als würde er sich dagegen wehren, doch sicher war er dafür zu betrunken.

Sofort verließ sie ihren Beobachtungsposten und stellte sich den beiden in den Weg. »Lass ihn los!«, herrschte sie die Blondine an. Es musste eine Touristin sein, das Gesicht dieser angemalten Schabracke hatte sie noch nie gesehen.

»Wer sagt das?«, nuschelte die Fremde.

»Seine Frau! Und jetzt hau gefälligst ab!«

Ihre scharfe Antwort entfaltete die beabsichtigte Wirkung. Die Blondine zog eine Schnute und stöckelte weiter, in Richtung eines anderen Klubs.

»Was tust du denn hier?«, fragte der Doktor, während er sie aus blutunterlaufenen Augen ansah. Seine Stimme klang verwaschen, er hatte ordentlich einen sitzen. Angestrengt betrachtete er sie. »Du … siehst hübsch aus«, stieß er hervor. »Genauso wie …« Er brach ab und überlegte, es fiel ihm wohl nicht ein.

Sie reckte sich unter seinem Blick und lächelte. Ja, sie wusste, dass sie schön war, und endlich sah er es auch! Mit der Frisur und dem Make-up war sie Liz Taylor wie aus dem Gesicht geschnitten, und das rote Kleid mit dem Petticoat unterm Saum betonte die Ähnlichkeit noch.

»Komm, ich bring dich nach Hause.« Sie hakte sich bei ihm ein und ließ ihrem Triumphgefühl freien Lauf. Gerade hatte sie ihn zum ersten Mal geduzt!

Er hatte sie immer schon geduzt. Klar, sie war ja noch ein

Kind gewesen, als sie sich kennengelernt hatten. Sie hatte ihn logischerweise gesiezt, sie waren nicht verwandt, und später hatte sie die Ausbildung bei ihm in der Praxis gemacht, da verstand sich Respekt gegenüber dem Lehrherrn wie von selbst. Im dritten Lehrjahr hatte er sie mal gefragt, ob er sie auch lieber siezen solle, doch das hatte sie abgelehnt. Es wäre ihr komisch vorgekommen. Zu der Zeit hatte sie ihn schon geliebt.

»Wo gehen wir hin?«, wollte er lallend wissen.

»Wir sind gleich da.«

Und das waren sie auch. Die belebte Flaniermeile lag weit hinter ihnen, die Laternen waren nur noch Lichtpunkte in der Dunkelheit. Auch an der Villa waren sie längst vorbeigegangen. Vor ihnen erstreckte sich wildwüchsiges Gelände, wo um diese Zeit kein Mensch mehr unterwegs war.

Dort stand eine Bank, von der aus man bei Tag eine prächtige Aussicht aufs Meer hatte. In der Nacht sah man nichts davon, dafür aber einen herrlichen Sternenhimmel.

Der Doktor ließ sich auf die Bank fallen, und sie setzte sich neben ihn. Viel musste sie nicht tun, ihn einfach nur da berühren, wo es die Männer verrückt machte. Prompt stöhnte er laut und fasste ihr unters Kleid, schob seine Finger in ihre Nässe. Sie zog sich rasch den Schlüpfer aus, dann öffnete sie seine Hose und kniete sich mit gespreizten Beinen auf ihn. Als er mit einem Ruck in sie eindrang, kam sie sofort zum Höhepunkt. Sie warf den Kopf in den Nacken und schrie ihre Lust hinaus, über ihr der nachtschwarze Himmel mit Myriaden von Sternen. Während er sich keuchend in ihr bewegte, konnte sie nur daran denken, wie sehr sie ihn liebte.

Sie wollte es ihm sagen, doch dann hörte sie, was er flüsterte, während er sich in ihr ergoss. »Angela! Oh, mein Gott, Angela!«

Sie erstarrte und wollte nicht wahrhaben, dass ihre Welt gerade für immer in Stücke gebrochen war. Linkisch stieg sie von ihm herunter, und da kam er auf einmal zu sich und erkannte sie.

»Du?! Um Himmels willen, was habe ich getan!?«, ächzte er, sich hochrappelnd und gleichzeitig an seinem Hosenschlitz herumfummelnd, bis er den Reißverschluss gefunden hatte. Mit entsetzt aufgerissenen Augen starrte er sie an, dann wandte er sich hastig ab und ging weg. Zuerst torkelnd, dann immer schneller, und zuletzt rannte er, ohne innezuhalten, davon, bis die Dunkelheit ihn vollständig verschluckt hatte.

*

Hanna erwachte aus einem grauenhaften Albtraum, der ihr die Luft zum Atmen nahm. Es blieben keine fassbaren Bilder zurück, nur Gefühle von Vernichtung und ewiger Finsternis. Um sie herum war es dunkel, sie lag in hilfloser Desorientierung da und starrte in die Schwärze. Im ersten Moment wusste sie nicht, wo sie sich befand, dann fiel ihr ein, dass sie bei Ole war. In seinem Bett. Nach ein paar Sekunden hatten ihre Augen sich an die Dunkelheit gewöhnt, sie konnte in schwachen Umrissen seinen Körper erkennen, oder zumindest Teile davon – den Kopf, die Schulter, den angewinkelten Arm. Er lag schlafend auf der Seite und hatte ihr sein Gesicht zugewandt. Sie musste sich konzentrieren, um die leisen Geräusche seines Atems zu hören.

Unwillkürlich musste sie daran denken, was sie alles miteinander in diesem Bett angestellt hatten. Im Hintergrund war Maurice Ravels *Bolero* gelaufen, in einer Endlosschleife. Stundenlang. Sie merkte, wie ihr das Blut ins Gesicht schoss. Danach mussten sie wohl beide eingeschlafen sein. Und offensichtlich hatte sie irgendwie falsch gelegen, weil sie Kopfschmerzen hatte.

Hastig zog sie ihre Hand unter der Bettdecke hervor und warf einen Blick auf ihre Uhr – halb elf! Schon so spät! Ihr nächster Gedanke galt Katie. Sie hatte ihre Tochter den ganzen Tag über nicht gesehen. Ständig hatten sie sich verpasst. Ab und zu hatten sie Nachrichten ausgetauscht, über den Hotelwechsel, darüber, dass Katie mit Bengt biken war, und zuletzt hatte Hanna eine Sprachnachricht an ihre Tochter geschickt, dass sie mit Ole spazieren gehen wollte. Lieber Himmel, das war Ewigkeiten her!

Sie rollte sich auf den Rücken und setzte sich auf. Von der schnellen Bewegung wurde ihr schwindlig, sie krallte sich an der Bettkante fest, weil sie Angst hatte, umzukippen. Nach mehrmaligem Durchatmen ging es wieder. Sie tastete mit den Füßen nach ihrer Handtasche, die irgendwo auf dem Boden neben dem Bett liegen musste. Hanna hatte sie dort einfach fallen lassen, als sie mit Ole … Nein, sie wollte nicht schon wieder dran denken. Sie zog die Handtasche zu sich heran, hob sie aufs Bett und wühlte darin herum, bis sie das Handy gefunden hatte. Geschockt sah sie die vielen Nachrichten und verpassten Anrufe. Alle von Katie. Der erste Anruf war schon um die Zeit gekommen, als sie unten in Hildes Küche beim Tee gesessen hatten. Hanna verfluchte sich, weil sie zwischendurch kein einziges Mal ihr Handy gecheckt hatte!

Ihr Zeigefinger zitterte, als sie das Anrufsymbol antippte. Katie ging sofort dran.

»Mom! Endlich! Wo steckst du?!«

»Bei Ole«, murmelte Hanna. Mit einem Mal fühlte sich ihre Zunge irgendwie pelzig an, fast wie nach einer Spritze beim Zahnarzt.

»Shit, ich hab mir Sorgen gemacht!«, tönte Katies aufgebrachte Stimme aus dem Handy. »Wieso kannst du mir nicht wenigstens schreiben, wo du bist?!«

»Ich …«, sagte Hanna. Mehr bekam sie nicht heraus. Neben ihr regte sich Ole, er ließ ein verschlafenes Brummen hören und setzte sich dann ebenfalls auf.

»Mom, du ahnst nicht, was wir gefunden haben, Bengt und ich! Da draußen im Ostland an der markierten Stelle, du weißt schon. Halt dich fest! Eine Mundharmonika! Und ein menschliches Skelett! Wir sind direkt zur Polizei, die nehmen jetzt Ermittlungen auf. Mom? Mom, du sagst ja gar nichts! Was ist los mit dir?«

Hanna hatte das Handy fallen lassen. Sie saß zusammengesackt auf der Bettkante, vor ihren Augen zuckten Blitze. Aber was viel schlimmer war – sie konnte nicht mehr sprechen!

Plötzlich ging das Licht an. Hanna kniff fest die Augen zu, die Helligkeit war unerträglich.

»Mom!«, hörte sie Katie schreien. »Mom, sag was!«

Dann war auf einmal Ole da. Er kniete nackt vor ihr auf dem Fußboden. »Hanna? Mein Gott, Hanna!«

An das, was danach passierte, erinnerte sie sich später nur in Bruchstücken. Oles aufgeregte Stimme, als er irgendwen anrief. Sie verstand nur Wortfetzen.

Verdacht auf akute zerebrale Ischämie. Abholung mit RTW *hier bei mir. Sofort Heli. Stroke Unit.*

Dann nahm er Untersuchungen an ihr vor, sie sollte die Arme heben, lächeln, in das Licht sehen, das er vor ihren Augen hin und her wandern ließ. Sie befolgte seine Anweisungen, obwohl es ihr Angst einjagte, so wie alles, was um sie herum geschah.

Wie durch die aufzuckenden Lichter eines Stroboskops nahm sie wahr, dass zwei Sanitäter sie auf eine Trage legten. Draußen vorm Haus stand ein Rettungswagen mit blinkendem Blaulicht.

Auf einmal war auch Katie da, sie weinte laut. »Mom! Mom!«

Schon gut, das wird wieder, wollte Hanna sagen, doch sie konnte nicht.

»Mach dir keine Sorgen«, sagte Ole zu Katie. »Ich kümmere mich um deine Mutter, versprochen!« Er gab Katie sein Handy. »Tipp deine Nummer ein, ich halte dich auf dem Laufenden.«

Im Rettungswagen stach er eine Kanüle in Hannas Armvene, legte ihr eine Blutdruckmanschette an und befestigte Elektroden auf ihrer Brust. Dabei redete er ständig beruhigend auf sie ein. Erst da begriff sie, was los war. Hatte sie einen Schlaganfall? Stroke Unit, da kamen Schlaganfallpatienten hin, so viel wusste sie.

Als Nächstes wurde sie im Rettungswagen zum Krankenhaus befördert, aber man brachte sie nicht in die Klinik, sondern in einen Hubschrauber, der dort auf einem dafür vorgesehenen Landeplatz stand, bereit zum Abflug. Jemand stülpte ihr Kopfhörer über. Erleichterung durchströmte sie, als sie sah, dass auch Ole mit einstieg.

Er griff nach ihrer Hand und drückte sie fest. »Es wird alles gut!«, versicherte er ihr. Sie hörte seine Stimme durch die Kopfhörer, er selbst trug ebenfalls welche. »Hab keine Angst! Ich bin bei dir!«

Natürlich hatte sie Angst! Aber Ole auch. Sie sah es in seinen Augen und spürte es am Zittern seiner Hand, die ihre so fest drückte, dass sie bestimmt blaue Flecken davontragen würde.

Mittlerweile konnte sie wieder einwandfrei sehen. Dafür wurden die Kopfschmerzen schlimmer.

»Wir sind gleich da«, sagte Ole. Wieder drückte er beruhigend ihre Hand.

Hanna nickte. Im Zuge ihrer Reisevorbereitungen hatte sie gelesen, dass der Helikopter von Borkum bis Emden nur eine Viertelstunde brauchte.

»Schade«, sagte sie. »Ist mein erster Flug in einem Hubschrauber. Und jetzt liege ich hier rum und sehe überhaupt nichts.«

Ole starrte sie an. In seinem Gesicht arbeitete es, und im nächsten Moment fuhr er sich mit dem Handrücken über die Augen, als müsste er dort Tränen wegwischen. Zuerst wusste sie gar nicht, warum. Doch dann wurde ihr klar, dass sie ihre Stimme zurückhatte, woraufhin sie ebenfalls ein paar Tränen verdrückte. Allerdings nicht zu viele, denn sie merkte bereits, dass sie bald wieder auf die Beine kommen würde – im wahrsten Sinne des Wortes: Nach der Ankunft in der Notaufnahme des Emdener Krankenhauses fühlte sie sich bis auf die hämmernden Kopfschmerzen wieder völlig normal. Sie konnte sich aufsetzen, ohne dass ihr schwindlig wurde.

Zum Glück hatte Ole daran gedacht, ihre Sachen mitzunehmen. Er hatte ihre Handtasche sowie Kleidung mitsamt Schuhen in einen Beutel gestopft und dabei auch das Handy nicht vergessen. Während er sich mit dem diensthabenden Arzt unterhielt, schickte Hanna eine Sprachnachricht an Helen und rief ihren Ex-Mann an. Bei ihm meldete sich ebenfalls nur die Mailbox, doch als sie ihm gerade aufs Band sprechen wollte, ging er dran.

»Hanna? Was ist passiert?« Alex klang hellwach, obwohl es fast Mitternacht war.

Sie erzählte ihm mit stockender Stimme von ihrem Zusammenbruch. »Es stehen noch Untersuchungen an. Wahrscheinlich ist es was ganz Harmloses, aber wenn … Also ich meine, falls …« Sie brach ab und holte Luft. »Ich möchte nicht, dass Katie allein auf Borkum rumsitzt. Helen konnte ich nicht persönlich erreichen, also hab ich es bei dir versucht.«

»Du hättest mich als Erstes anrufen sollen!«, sagte er mit Bestimmtheit. »Ich fahre sofort los und bin so schnell wie möglich bei ihr. Mach dir deswegen keine Sorgen und überlass alles mir, ja?«

Ihr fiel ein Stein vom Herzen. Als Nächstes rief sie ihre Tochter an. Katie ging sofort dran, doch sie brachte kaum etwas heraus. Sie weinte die meiste Zeit und flehte Hanna unter abgehackten Schluchzern an, dass sie bitte so schnell wie möglich gesund werden möge.

»Schätzchen, es geht mir schon wieder gut«, sagte Hanna gespielt fröhlich, obwohl ihr Kopf zum Zerspringen schmerzte. »Mach dir keine Gedanken! Und auch wenn ich noch ein bisschen hierbleiben muss – spätestens morgen kommt Papa und kümmert sich um alles! Ich hab schon mit ihm gesprochen! Halt einfach nur solange die Ohren steif, ja? Schaffst du das? Versprich es mir!«

Katie versprach es mit tränenerstickter Stimme.

Eine Nachtschwester brachte Hanna ein hässlich gemustertes Krankenhaushemd und eine Tablette gegen die Kopfschmerzen, und danach ging es mit diversen neurologischen und internistischen Untersuchungen weiter. Schließlich landete sie da, wo man mit letzter Sicherheit herausfinden wollte, was ihr fehlte – in einem riesigen, laut hämmernden Ungetüm von Maschine, die Schicht für Schicht die Atome in ihrem Kopf sortierte und zu Bildern anordnete. Ole war bei ihr, als sie in die große Röhre des MRT geschoben wurde, er drückte ein letztes Mal ihre Hand, bevor es losging. In der anderen Hand hielt sie einen Panikknopf, für alle Fälle. Aber sie bekam keine Platzangst, denn Ole hatte ihr vorher alles genau erklärt. Die Kopfschmerzen hatten nachgelassen, sie versuchte, sich zu entspannen. Und irgendwie war sie auch froh, dass sie es jetzt schon hinter sich bringen konnte – diese Untersuchung hatte ja sowieso angestanden, nun geschah es eben schneller als geplant.

Als es vorbei war, begleitete Ole sie ins Sprechzimmer des Neurologen, der sich die Aufnahmen des MRT schon angesehen hatte und sie nun nochmals zusammen mit Ole durchging, unter Verwendung allerlei medizinischer Fremdwörter.

Nebenher erklärte der Neurologe Hanna die Untersuchungsergebnisse auch in laienhaften Ausdrücken. Es gab keinerlei Anzeichen für einen Schlaganfall.

Dafür hatte man was anderes gefunden. Einen Tumor am Temporallappen.

Hanna nickte nur stumm, als der Neurologe ihr die Stelle auf dem Monitor zeigte. Jetzt wusste sie endlich, woran sie war. Woher all diese Déjà-vus stammten. Sie war nicht psychotisch. Sie hatte bloß einen beschissenen Hirntumor. Fast hätte sie hysterisch aufgelacht. Sollte sie das wirklich besser finden?

Dann folgten die Informationen, die ihr viel von ihrer Angst nahmen: Der Tumor war klein und höchstwahrscheinlich gutartig. Und er ließ sich mikrochirurgisch entfernen. Es musste nicht heute oder morgen passieren, doch sie sollte es sich bald vornehmen.

Dennoch bestand der Neurologe darauf, sie bis zum nächsten Tag zur Beobachtung dazubehalten, folglich wurde sie stationär aufgenommen. Sie hatte Glück und bekam ein Einzelzimmer. Vielleicht hatte jedoch auch Ole seine Hand im Spiel gehabt, denn er kannte den Neurologen, der hier Oberarzt war, noch aus Studientagen.

Ole wich die ganze Zeit nicht von ihrer Seite, und er blieb auch bei ihr, als sie schon im Bett lag. Die Krankenschwester hatte ihr noch eine Tablette gebracht, diesmal eine zum Einschlafen.

»Wie fühlst du dich?«, fragte Ole sanft. Er saß auf einem Stuhl neben dem Bett.

»Müde«, murmelte Hanna. Ihr fielen die Augen zu, sie schlief schon fast. »Was war das für ein Mittel?«

»Gutes Zeug. Hab ich selbst ausgesucht.«

»Hast du Katie geschrieben?«

»Ungefähr zwanzigmal. Und zwar so, dass sie keine Angst haben muss. Mach dir keine Gedanken.«

Das war leicht. Ihr Denkvermögen löste sich nach und nach in Nebel auf. Bevor sie vollends wegdämmerte, kam ihr noch in den Sinn, dass sie unbedingt zurückmusste. Nach Borkum, zu Luise. Die offenbar irgendwer vor über sechzig Jahren umgebracht und im Ostland verscharrt hatte, zusammen mit ihrer Mundharmonika.

Sie musste herausfinden, was damals passiert war.

*

TAG FÜNF

Katie hätte schwören können, dass sie nach dem Gespräch mit Mom kein Auge zubekommen würde, doch als sie am nächsten Morgen aufwachte, war es neun Uhr – sie hatte die restliche Nacht geschlafen wie ein Stein. Als Erstes schnappte sie sich ihr Handy und sah, dass Papa sie ein paarmal angerufen hatte. Zuletzt hatte er ihr eine Nachricht geschrieben.

Meine kleine Maus, ich komme im Laufe des Tages nach Borkum. Du bist nicht allein! Melde dich, wenn du was brauchst, ich bin für dich da! Schon mal an dieser Stelle: Alles Liebe zum Geburtstag!

Sie wollte ihm zurückschreiben, aber dann hätte er sofort versucht, sie anzurufen. Zum Telefonieren war sie momentan noch nicht in Stimmung.

Mom hatte auch geschrieben.

Alles nur erdenklich Gute zum Geburtstag, meine Süße! Richtige Gratulation hole ich später persönlich nach. Hatte eine ruhige Nacht, weiterhin alles o.k. Kann wsl heute im Laufe des Tages schon gehen. Hat Papa sich gemeldet? Mach dir keine Sorgen, alles wird gut! Hdl, Mom.

Katie war in erster Linie erleichtert, doch zugleich hatte sie das nagende Gefühl, dass Mom ihr irgendwas verschwieg. Sie checkte ihre übrigen Nachrichten, alle möglichen Leute hatten ihr gratuliert, da waren massenweise Snaps und Geburtstagsvideos, und Bella hatte eine lange Sprachnachricht geschickt, mit einem Happy-Birthday-Song. Omi hatte ihr gefühlt tausend Herz- und andere Emojis auf WhatsApp hinterlassen, sie wollte ebenfalls später anrufen.

Katie sah sich gerührt alles an, dann ging sie unter die Dusche und anschließend in Ruhe frühstücken. Mit Bengt wollte sie sich nachher am Strand treffen. In der Nacht hatten sie schon miteinander geredet, er hatte natürlich wie fast alle Leute im Hotel mitbekommen, dass ihre Mom vom Rettungswagen abgeholt worden war.

Schlaganfall, das Wort hatte sofort die Runde gemacht, es wurde geraunt, gezischt, geflüstert, teilweise auch laut ausgesprochen. Und natürlich wurde auch durchgehechelt, dass es angeblich passiert war, als Mom mit Ole im Bett gewesen war. Was wohl auch stimmte, denn Mom hatte bis auf ein Laken nichts angehabt.

Katie hatte von überallher mitleidige Blicke auf sich gezogen.

Isa, die Bitch, hatte sich sogar herabgelassen, ihr im Namen des Hotels freundlich zum Geburtstag zu gratulieren und ihr zu versichern, dass sie selbstverständlich so lange dableiben könne wie nötig, es bestehe keinerlei Verpflichtung für sie, vorzeitig auszuchecken.

Das war der Stand der Dinge, als Katie am Frühstückstisch saß und Unmengen von Rührei und Bacon in sich hineinschaufelte. Es war total ungesund, daheim hätte sie so was nicht angerührt, zumal sie meist versuchte, vegetarisch zu leben. Außerdem machte ihr zu Hause niemand Rühreier mit Bacon, Mom schon gar nicht. Die lebte noch gesünder als Katie und aß oft überhaupt nichts zum Frühstück, weil sie meist erst spät Hunger bekam.

Aber in Hotels gab es morgens immer und überall dieses ganze schädliche Zeug, genauso wie Kuchen und süße Plunderstückchen, dazu bergeweise Butter und fettige Wurst und gefühlt tausend Sorten Marmelade. Katie haute rein, bis sie pappsatt war. Schließlich hatte sie heute Geburtstag. Abgesehen davon hatte sie Nachholbedarf. Gestern Abend hatte sie keinen Bissen mehr runterbekommen, sie hatte ständig das Skelett vor Augen gehabt. Bengt hatte nach dem ersten Schreck überlegt, es komplett auszugraben, doch dann war ihnen klar geworden, dass sie sich an einem Tatort befanden und alles Weitere Sache der Polizei war. Dort hatten sie es dann auch gleich gemeldet.

Sie versuchte sich einzureden, dass es vielleicht gar nicht Luise war, die dort begraben lag. Sondern irgendwer, der zufällig auch Mundharmonika gespielt hatte. Aber in Wahrheit wusste sie genau, dass es niemand anderer sein konnte als Luise. Vermutlich hatte sie irgendwas über den Tod des kleinen Jungen herausgefunden, deshalb hatte sie sterben müssen.

Katie hatte nicht den geringsten Zweifel, wer sie ermordet hatte: Psycho-Angela. Die hatte Luise umgebracht und ihren Leichnam verscharrt. Und hinterher hatte sie das Märchen von der Entlassung verbreitet.

Katie holte sich noch ein Glas Multivitaminsaft, um das ganze ungesunde Essen runterzuspülen. Dabei trat ihr der Zwillingsbruder der Bitch in den Weg, Jan Guterson.

»Moin, Katie«, sagte er höflich. »Ich möchte dir ganz herzlich zu deinem sechzehnten Geburtstag gratulieren!«

»Danke«, sagte Katie genauso höflich, obwohl sie sich wünschte, bereits draußen zu sein.

»Das war gestern sicher eine Mordsaufregung«, fuhr er fort. Im nächsten Moment schien er zu merken, wie schräg das klang, denn er korrigierte sich sofort. »Ich meine, ein richtiger Schock.«

»Ja, das stimmt.« Katie fragte sich, was er meinte – Moms Zusammenbruch oder den Leichenfund. »Mom geht's schon besser«, fügte sie vorsorglich hinzu, ehe er fragen und sie weiter nerven konnte.

»Das freut mich sehr!«, behauptete er. »Die beste Nachricht des Tages!«

Katie spürte, dass es ihn einen Scheiß interessierte, wie es Mom ging. Und tatsächlich wollte er auf was ganz anderes hinaus.

»Sag mal, dieser Inselplan mit den Koordinaten, von dem Bengt uns da gestern erzählt hat – hast du den noch?«

»Nein, den haben wir Mom gegeben. Wir hatten die Koordinaten ja schon im Handy abgespeichert. Also Bengt und ich.«

»Dann hat deine Mutter ihn also?«

Katie zuckte die Schultern. »Ich denk schon. Wieso?«

»Nur so. Reine Neugier. Ich mache auch manchmal bei Geocaching mit, das ist hier auf der Insel ein beliebtes und gesundes Hobby für Jung und Alt. Das habt ihr zwei wirklich gut gemacht, du und Bengt! Ihr seid richtige Spürnasen!« Er bedachte Katie mit einem Lächeln und glich dabei der Bitch so sehr, dass es schon fast unheimlich war. Überhaupt sahen sich alle in der Familie ziemlich ähnlich, obwohl jeder einen anderen Nachnamen hatte. Nicht mal Bengt hieß wie seine Mutter. Das lag daran, dass Isa den Nachnamen ihres letzten Ehemannes und Bengt den seines Vaters trug. Jan hieß vermutlich wie sein Vater und Bengts Uroma Margret wie der Mann, mit dem sie irgendwann mal verheiratet gewesen war.

Jan machte den Eindruck, als hätte er noch mehr Fragen an sie. Katie trank ihr Glas eilig im Stehen leer und stellte es kurzerhand auf der Safttheke ab.

»Ich muss dann mal los!«, sagte sie.

Sie ließ Jan einfach stehen und ging wieder nach oben, um ihre Strandklamotten zu holen. Auf der Treppe fiel ihr wieder ein, dass sie unbedingt Luises Tagebuch zur Polizei bringen musste. Als sie gestern am frühen Abend zusammen mit Bengt auf der Wache gewesen war, um ihre Entdeckung zu melden, hatte sie überhaupt nicht mehr dran gedacht, weil sie dermaßen neben sich gestanden hatte. Über den Inselplan mit den Koordinaten hatten sie mit dem Polizeibeamten gesprochen, doch das Tagebuch hatte sie ganz vergessen. Bengt ebenfalls, denn er war womöglich noch verstörter gewesen als sie. Er hatte noch nie einen toten Menschen gesehen. Katie schon, bei ihrem Praktikum. Einen alten Mann, der an einem Herzinfarkt gestorben war. Natürlich hatte bei dem noch keine Verwesung eingesetzt, er hatte beinahe so ausgesehen, als ob er nur schlief.

Später hatte sie wieder an das Tagebuch gedacht und es auch direkt bei der Polizei abgeben wollen, aber dann war Mom auf einmal nicht mehr erreichbar gewesen, und Katie hatte sich solche Sorgen gemacht, dass ihr alles andere egal gewesen war. Erst recht natürlich, als es auf einmal hieß, dass Mom einen Schlaganfall hatte. Katie wurde immer noch die Kehle eng, wenn sie an diese Schreckensminuten dachte. Sie hatte solche Angst gehabt! Als Mom sie aus dem Krankenhaus angerufen hatte, war es für Katie das beste Geburtstagsgeschenk ihres Lebens gewesen.

Ole hatte ihr danach laufend geschrieben. Von den einzelnen Untersuchungen, dass es Mom gut ging und dass sie bloß zur Beobachtung dableiben müsse. Irgendwann hatte Katie sich dann auch beruhigt und war eingeschlafen.

Jetzt konnte sie das Tagebuch rasch zur Polizeistation bringen, die Zeit reichte gerade noch, bevor sie sich mit Bengt traf.

Doch als sie in die Suite kam und es holen wollte, war es verschwunden.

*

»Nein, natürlich hat meine Mom es *nicht* mitgenommen«, sagte Katie entnervt. »Es lag ja die ganze Zeit auf dem Zimmer! Es war erst weg, als ich vom Frühstück zurückkam.«

»Eventuell war's jemand vom Housekeeping«, meinte Bengt.

»Kann sein, dass die dachten, es wäre Müll. Weil es so alt aussieht.«

»Das glaubst du doch selber nicht!«

Bengt zog unbehaglich die Schultern hoch. »Denkst du, meine Mutter hat's genommen?«

»Keine Ahnung. Vielleicht auch dein Onkel. Oder deine Uroma. Was weiß ich. Von denen will keiner, dass irgendwas über das Kindererholungsheim rauskommt! Dein Onkel hat mich sogar gerade bei der Saftbar abgepasst und sich bei mir erkundigt, wo der Inselplan mit den Koordinaten ist! Ich glaube, die wissen ganz genau, wessen Leiche wir da gestern ausgegraben haben!«

Das musste Bengt erst mal verdauen, es hatte ihm sichtlich die Sprache verschlagen.

Am Badestrand herrschte Hochbetrieb. Sie saßen am Rand einer Buhne, die Füße im Wasser. Die Wellen schlugen sacht an Katies Waden, sie sehnte sich danach, hineinzuwaten und loszuschwimmen, vielleicht konnte sie all das dann einfach vergessen.

»Soll ich mal mit meiner Mutter reden?«, fragte Bengt schließlich.

»Kannst du ja versuchen. Aber ich bin sicher, dass sie alles abstreitet. Die will einfach keine schlechte Presse, so einfach ist das.«

»Kann man ja auch irgendwie verstehen, oder?«, fragte Bengt.

Katie sah ihn mit zusammengezogenen Brauen an. »Alter, dein Ernst?! Da wurde eine Frau ermordet, Bengt! Eiskalt umgebracht und wie ein Tier verscharrt, nur weil sie über die Zustände in der Villa Aurelia auspacken wollte!«

»Ich meine ja bloß, dass man das meiner Familie nicht anlasten kann«, stellte Bengt richtig. »Es ist außerdem über sechzig Jahre her!«

»Mord verjährt nicht«, gab Katie zurück, das wusste sie aus dem Geschichtsunterricht. Jahrzehnte nach der Nazizeit hatte man extra auf den letzten Drücker das Gesetz geändert, weil sonst die ganzen untergetauchten Massenmörder straflos davongekommen wären.

»Klar«, stimmte Bengt zu, sichtlich darauf bedacht, sie nicht gegen sich aufzubringen. »Was ich eigentlich meine, ist Folgendes: Meine Mutter und mein Onkel und meine Uroma haben mit all dem nichts zu tun! Trotzdem wären *sie* es, die darunter leiden müssen, wenn es in der Presse breitgetreten wird.«

Der Ausdruck *breittreten* gefiel Katie nicht. Ihre Mom haute nicht irgendwelche Klatschkolumnen raus, sie betrieb seriösen Journalismus. Für ihre Artikel hatte sie sogar schon Preise gewonnen.

»Das gibt ihnen aber noch lange nicht das Recht, Moms Material zu klauen«, sagte sie kühl. »Außerdem ist es ein wichtiges Beweismittel in einem Mordfall. Ich bin ziemlich sicher, dass es strafbar ist, so was einfach wegzunehmen!«

»Es ist ja gar nicht erwiesen, dass es einer von meiner Familie war.«

Das reichte ihr, genug war genug. Sie stieg von der Buhne ins Wasser und watete zurück an den Strand.

»Katie!« Er war aufgesprungen und eilte über die Buhne neben ihr her. »Katie, hör doch mal … Ich hab's nicht so gemeint! Ehrlich! Ich rede mit meiner Mutter. Oder warte, ich suche einfach oben bei uns in der Wohnung nach dem Tagebuch. Wenn sie's genommen hat, finde ich es bestimmt, dann können wir es der Polizei bringen!«

»Ich hab's sowieso komplett auf meinem Handy«, teilte sie ihm mit.

»Du hast … was?!« Konsterniert sah er von der Buhne auf sie hinunter.

»Ich hab's gescannt. So viele Seiten waren es ja nicht.«

»Wieso hast du das gemacht?«, fragte er erstaunt.

»Weil ich jederzeit drin lesen wollte, ohne dass Mom mich nervt, wenn ich's mitgenommen habe.«

»Dann kannst du die Scans ja der Polizei zeigen.«

»Logisch kann ich das, und das werde ich auch. Aber das Tagebuch lässt sich damit nicht ersetzen.«

»Wieso nicht?«

Sie hatte den Sandstrand erreicht und stapfte weiter, doch Bengt klebte an ihren Hacken. So schnell wollte er sie anscheinend nicht gehen lassen. Ärgerlich wandte sie sich zu ihm um.

»Kapierst du's nicht? An der Kladde war überall Luises DNA, man hätte das mit der Leiche vergleichen und dadurch definitiv feststellen können, dass sie es ist! Und man hätte möglicherweise sogar Fingerabdrücke auf dem Tagebuch sichern können, von demjenigen, der es uns vor die Tür gelegt hat. Irgendeiner muss es ja gewesen sein. Und dieser Mensch weiß vielleicht, was damals passiert ist. Wer den Mord begangen hat. Verstehst du?!«

Beklommen hob er die Schultern. »Ja, ich seh's ein. Was machen wir jetzt? Soll ich bei meiner Mutter nach dem Tagebuch suchen oder nicht?«

Katie unterdrückte ein Seufzen. Glaubte er ernsthaft, das würde noch bei ihm daheim rumliegen?

»Wenn deine Mutter es genommen hat, ist es garantiert weg«, erklärte sie.

»Was meinst du mit weg?«

»Dass sie es vernichtet hat.«

Bengt dachte nach. »Es könnte geschreddert im Reißwolf liegen. Wir haben einen im Empfangsbüro. Für Fingerabdrücke wär's dann wahrscheinlich nicht mehr zu gebrauchen, aber eventuell für DNA.«

Katie sah ihn verdutzt an. Er fing an zu kombinieren. Endlich.

»Da könntest du tatsächlich nachsehen, einen Versuch wär's wert«, meinte sie versöhnlich.

Er lächelte erleichtert. »Fahren wir noch mal mit dem Bike raus?«, fragte er.

Sein hoffnungsvoller Gesichtsausdruck zeigte ihr, was er wollte. Sie war hin- und hergerissen, aber dann kam, mit beiden Armen winkend, eine schlaksige, hochgewachsene Gestalt den Strand runtermarschiert, direkt in ihre Richtung.

»Da bist du ja, Geburtstagskind!«, tönte es schon von Weitem.

Eifrig winkte sie zurück.

»Wer ist das denn?«, fragte Bengt.

Katie grinste, sie war erleichtert, dass ihr die Entscheidung abgenommen wurde. »Das ist mein Dad.«

*

Die Routineabläufe bis zu ihrer Entlassung aus dem Krankenhaus hatten sich hingezogen. Hanna und Ole erwischten gerade noch den Katamaran, der mittags um zwei Uhr vom Emdener Außenhafen abfuhr.

Ole hatte sich kaum hingesetzt, da schlief er auch schon ein. Er hatte die Nacht auf dem Stuhl neben dem Krankenbett verbracht, und das bisschen, was er an Schlaf bekommen hatte, war über gelegentliches Dösen sicher nicht hinausgegangen. In aller Herrgottsfrühe war dann auch schon der übliche Krankenhausbetrieb losgegangen, mit Schichtwechsel, Blutdruck- und Fiebermessen, Arztvisite, Reinigungsservice und Frühstück. Danach hatten sie weiter warten müssen, bis der Neurologe, der tagsüber Dienst hatte, mit einer stundenlangen OP fertig war und seine Zustimmung erteilte, dass Hanna unter ärztlicher Aufsicht entlassen werden konnte. ›Die ärztliche Aufsicht‹ war zu der Zeit schon etwas angefressen gewesen; Ole hatte gemeint, er wisse plötzlich wieder, wieso ihm die eigene Praxis mehr zusagte als die Klinik.

Natürlich hätten sie auch ohne offizielle Entlassung gehen können, doch Ole hatte erklärt, dass so was immer aufs Personal zurückfiel und eine Menge überflüssigen Papierkrieg verursachte.

Hanna hätte während der Wartezeit noch schlafen können, sie war fast so müde wie Ole, aber sie wollte einfach bloß zurück nach Borkum. Zu ihrer Tochter, die heute Geburtstag hatte und mit dem Schock ihres Lebens fertigwerden musste.

Unablässig dachte Hanna daran, wie es Katie nach alldem wohl zumute war. Und vor allem fragte sie sich, wie sie Katie beibringen sollte, was mit ihr los war. Sie musste es ihrer Tochter sagen, so viel stand fest. Nur wann? Heute sicher nicht, entschied sie. Nicht an Katies Geburtstag!

Sie hatten ein paar Nachrichten ausgetauscht, Katie hatte ihr von dem verschwundenen Tagebuch berichtet und davon, dass sie vorher Scans gemacht hatte, die sie bereits an die Polizei weitergeleitet hatte. Inzwischen war Alex auf der Insel, auch er hatte Hanna am späten Vormittag geschrieben. Dass alles super sei und Katie happy, sie wollten gleich zusammen mittagessen gehen und dann einen Ausflug machen. Und später ein Abendessen zu dritt, Mutter – Vater – Kind, er wollte sich um alles kümmern.

Wenigstens in dem Punkt konnte Hanna beruhigt sein. Katie war jetzt nicht mehr allein. Wobei sie vermutlich auch vorher schon Gesellschaft gehabt hatte, doch diesem muskelbepackten Goldlöckchen traute Hanna kein Stück über den Weg. So, wie sie Bengt einschätzte, fuhr er seit Tagen alle Geschütze auf, um Katie flachzulegen. Ihre unschuldige, gutgläubige Tochter, die keine Ahnung hatte, was Männer wirklich meinten, wenn sie *Ich liebe dich* sagten.

Bei diesem Gedanken blickte Hanna unwillkürlich zu Ole hinüber. Er saß mit weit zurückgelegtem Kopf auf der gepolsterten Sitzbank und schlief den Schlaf des Gerechten. Sie hatte sich unrettbar in ihn verliebt und er sich umgekehrt auch in sie.

Wie kam es dann aber, dass sie sich anmaßte, über die Gefühle ihrer Tochter zu urteilen? Oder über die von Bengt?

Woher wollte sie wissen, ob ihre eigenen Empfindungen von größerer Wahrhaftigkeit waren als die von anderen?

Der Gedanke löste eine unerwartete Furcht in ihr aus. All die wilden, intensiven Emotionen, die sie in den letzten Tagen so stark vereinnahmt hatten, dieses nie gekannte Begehren, das kopflose Verlangen, sich an einen Mann zu binden, den sie erst kurz kannte – war das womöglich gar nicht echt, sondern eine Fehlfunktion ihrer Neuronen, so wie die vielen Déjà-vus? Würde alles wie von Zauberhand verschwinden, wenn der Tumor aus ihrem Kopf entfernt war?

Die Beklemmung, die sich bei diesen Erwägungen in ihr breitmachte, ließ sich nicht wegschieben, und so war sie dankbar, als sich gleich darauf Helen bei ihr meldete. Sie hatten schon am Morgen miteinander telefoniert, und Helen war seither außer sich vor Sorge. Egal, wie sehr Hanna beteuert hatte, dass es nur eine Migräne gewesen sei und dass es ihr längst wieder besser ging – am liebsten hätte Helen sich stündlich vergewissert, dass alles in Ordnung war.

»Wurdest du schon aus der Klinik entlassen?«, fragte sie. »Wie geht es dir?«

»Mir geht's gut, ich fahre gerade mit dem Katamaran zurück nach Borkum.« Hanna erwähnte den Tumor auch diesmal mit keinem Wort. Sie wollte es Helen schon noch erzählen, aber nicht jetzt und nicht am Telefon, sondern persönlich und in einer ruhigen Minute, sobald sie wieder in Frankfurt war.

»Melde dich trotzdem für ein paar Tage krank und lass die Arbeit an dem Artikel liegen«, empfahl Helen. »Irgendwelche alten Geheimnisse kannst du auch später noch ausgraben.«

Hanna griff das unbeabsichtigte Stichwort spontan auf. »Das hab ich dir ja noch gar nicht erzählt«, sagte sie. »Katie und Bengt haben gestern eine Leiche gefunden.«

»Eine … was?!« Helen schnappte hörbar nach Luft. »Und wer zum Teufel ist Bengt?«

Hanna brachte Helen auch hierzu auf den neuesten Stand.

»Oh, mein *Gott!*« Helen kriegte sich kaum ein. »Das ist ja der helle Wahnsinn! Ein richtiger Krimi! Und ihr seid sicher, dass es die Leiche von der Betreuerin ist?«

»Ich habe keine Ahnung, wie weit die polizeilichen Ermittlungen sind, aber ich hoffe natürlich, dass man es bald herausfindet.«

»Kann man dafür nicht das Tagebuch benutzen? Da müsste doch die DNA von dieser Luise drauf sein.«

»Das Tagebuch ist verschwunden«, erklärte Hanna.

»Wie, verschwunden?«

»Jemand hat es aus der Suite gestohlen.«

»Das war garantiert diese Isa!«

»Gut möglich.«

»Krass«, sagte Helen. »Sag mir auf alle Fälle Bescheid, wie es weitergeht!«

»Mach ich«, versprach Hanna, bevor sie das Gespräch mit Helen beendete.

Katie hatte ihr geschrieben, dass Bengt versuchen wollte, das Tagebuch wiederzufinden; allerdings machte Hanna sich wenig Hoffnungen, dass es gelang. Genau wie Katie war sie davon überzeugt, dass Isa unter dem Druck der Ereignisse das Tagebuch aus der Suite geholt und vernichtet hatte.

Die unhaltbaren Zustände, die vor sechzig Jahren in der Villa Aurelia geherrscht hatten, waren eine Sache. Eine ganz andere war der Mord an einer jungen Frau, die dort gearbeitet hatte. In Verbindung mit den fragwürdigen Umständen, unter denen die Villa während der Nazizeit in den Besitz der Familie gelangt war, konnte dieser plötzlich aufgetauchte Cold Case den Ruf des Hotels nachhaltig beschädigen, vielleicht sogar ruinieren.

Für Isa musste es ein sehr einfaches Kalkül gewesen sein: Ohne die DNA auf dem Tagebuch ließ sich die Identität der Leiche nicht mehr feststellen. Folglich konnte man, wenn es kein Tagebuch mehr gab, das Hotel und die Inhaberfamilie nicht mit der Toten in Verbindung bringen.

Verständlich, dass Isa zu unlauteren Methoden griff, um dieses Ziel zu erreichen.

Hanna ging hinüber zu Ole, der gerade von der Bordansage aufgewacht war. Sie waren fast da.

Hanna setzte sich zu ihm und schlang beide Arme um ihn. »Wie fühlst du dich?«, fragte sie.

»Immer noch müde. Und du?«

»Ebenfalls.«

»Wir können ja heute etwas früher schlafen gehen«, schlug er grinsend vor.

»Zusammen?«, fragte sie lächelnd.

»Was dachtest du denn?«

Sie sprachen nicht mehr über das Untersuchungsergebnis, im Grunde war schon alles gesagt. Ole hatte ihr Mut gemacht. Der Tumor ließ sich entfernen, diese Art des Eingriffs habe sich tausendfach bewährt, sie solle sich keine Sorgen machen. Und irgendwann hatte sie angefangen, ihm zu glauben, statt sich an irgendwelche Folgen aus *Grey's Anatomy* zu erinnern und nach möglichen Komplikationen zu googeln.

Er zog sie fest an sich, und wieder flog sie ein Hauch von

Angst an, dass dieses wunderbare Gefühl von Zusammengehörigkeit irgendwas mit dem Tumor zu tun hatte und bei einer Operation verschwinden könnte. Andererseits – es war die ganze Zeit da und gleichbleibend stark, wohingegen sie seit gestern kein einziges Déjà-vu mehr gehabt hatte. Bestimmt hatte das eine gar nichts mit dem anderen zu tun.

Nach der Ankunft im Hafen fuhren sie mit dem pastellbunten Inselbähnchen in den Ort und gingen vom Bahnhof aus zusammen weiter bis zur Arztpraxis, wo sie sich mit einem innigen Kuss voneinander verabschiedeten. Jedenfalls fürs Erste. Oles junge Kollegin Britta war für ihn eingesprungen und hatte heute seinen Dienst übernommen, aber sie konnte nur bis vier, dann musste sie ihre kleine Tochter von der Kita abholen. Ole kam gerade rechtzeitig, um sie abzulösen.

Hanna verwarf den Gedanken, sich für eine Weile aufs Ohr zu legen, obwohl der hinter ihr liegende Stress mörderisch war. Ausruhen war momentan keine Option, da würde sie nur ins Grübeln verfallen und womöglich doch noch Panik wegen der bevorstehenden OP bekommen. Es war am besten, wenn sie einfach planmäßig weitermachte und sich ablenkte. Sie wollte noch ein Gespräch mit Sabine führen, über den Tag ihrer Heimreise aus der Kinderkur. Und anschließend mit Katie Geburtstag feiern. Um sechs würden sie zu dritt essen gehen, Alex hatte schon ein Lokal ausgesucht. Er war in ihrer Beziehung immer der Spontane gewesen. Aus dem Stand heraus eine Feier organisieren, das war sein Ding. Leute einladen, Bier kalt stellen, Pizza kommen lassen – alles war für ihn nur eine Sache von ein paar Minuten, länger musste die Planung einer Party bei ihm nicht dauern.

Bis zum Hotel waren es nur wenige Schritte, und Hanna formulierte im Geiste bereits die Fragen, die sie Sabine noch stellen wollte. Die sie allerdings augenblicklich vergaß, als sie Margret auf der Terrasse sitzen sah.

Ohne zu zögern, ging Hanna zu der alten Frau hinüber.

»Darf ich mich zu Ihnen setzen?« Sie schob sich einfach einen Stuhl zurecht, ohne auf eine Erlaubnis zu warten. Genauso, wie Margret es bei ihrer letzten Begegnung gemacht hatte.

Margret blickte zu ihr hoch. »Da bist du ja endlich. Ich habe schon auf dich gewartet.«

*

Sie hatte eine Teetasse vor sich stehen, im typisch ostfriesischen Design, indischblaues Dekor auf weißem Porzellan. Dazu die Zuckerdose mit weißen Kluntjes und ein zum Service passendes Sahnekännchen. Die bauchige Teekanne stand auf einem Stövchen, Margret goss sich gerade ein. Entgegen der Tradition kippte sie anschließend die Sahne direkt aus dem Kännchen in die Tasse und rührte sie mit dem Teelöffel um. Auch den Zucker gab sie erst nachträglich dazu.

»Ich weiß, die echten Ostfriesen machen das nicht so«, sagte sie. »Aber ich bin ja nicht von hier, und mit diesem zeremoniellen Tassengedöns hatte ich nie was am Hut. Willst du auch einen Tee?« Margret sah sich nach der Bedienung um.

»Nein danke«, sagte Hanna rasch. Es fehlte noch, dass Isa oder Jan auf der Bildfläche erschienen. Dann konnte sie das Interview vergessen.

Sie legte ihr Handy auf den Tisch. »Haben Sie was dagegen, wenn ich unsere Unterhaltung aufzeichne?«

Margret schien kurz nachzudenken, schließlich schüttelte sie den Kopf. »Mach ruhig.«

Sie wartete, bis Hanna die Aufnahmefunktion gestartet hatte, dann eröffnete sie ohne Umschweife das Gespräch. »Ich habe dir das Tagebuch vor die Tür gelegt«, sagte sie. »Das wolltest du mich doch gerade fragen, oder?« Sie hob den Kopf und blickte Hanna aus ihren wasserhellen Augen an. Ihr weißes, sorgfältig onduliertes Haar lag in perfekten Wellen um ihren Kopf, keine Strähne war verrutscht oder zerzaust. Hanna wollte gar nicht wissen, wie viel Haarspray dafür nötig gewesen war. Hier auf der Terrasse wehte der Wind nicht besonders kräftig, aber sogar bei dieser leichten Brise flog ihr das eigene Haar ständig vors Gesicht.

»Wie sind Sie an das Tagebuch gekommen?«, fragte Hanna.

»Es lag damals in Luises Zimmer. Ich hab's verwahrt, nachdem sie weg war.«

»Mit weg meinen Sie tot, nicht wahr?«

»Natürlich.«

»Wurde Luise ermordet?«

Die alte Frau nickte.

»Von wem?«

»Von wem wohl«, gab Margret zurück. Ihre Stimme klang bitter.

»Von Angela? Was ist passiert?«

»Es kam zu einem Streit, und dann war Luise auf einmal tot. Erschlagen.« Margret hob die Schultern. »Es wäre ja sonst alles rausgekommen.«

»Sie meinen den Tod des kleinen Jungen? Hatte der Doktor was damit zu tun? War irgendein … Medikament im Spiel?«

»Nein, der Junge starb an einem Virus. Der Doktor hat ihm ein Medikament gegeben, doch das war ganz normaler Fiebersaft. Das Kind hätte allerdings überleben können, wenn Angela den Arzt früher gerufen hätte.«

»Wollte Luise das aufdecken?«, fragte Hanna. »Also die unterlassene Hilfeleistung?«

»Ja, dazu war sie fest entschlossen«, antwortete Margret. »Und das musste verhindert werden, denn sonst hätte auch die Sache mit Litzmannstadt auffliegen können. Es ging immer bloß um Litzmannstadt!«

»Mit Litzmannstadt meinen Sie das damalige Kinder-KZ in Lodz, oder?«

»Ja. Darüber durfte nichts rauskommen. Deshalb musste Luise sterben.«

»Was geschah nach ihrem Tod?«

»Sie zwangen mich, beim Vergraben der Leiche zu helfen.«

»Wer hat Sie gezwungen? Ihre Tante und Ihr Vater?«

Die alte Frau nickte. »Ich bin dann später noch mal allein rausgefahren, mit dem Rad. Da habe ich dann einen Stein auf das Grab gelegt, mit einem Kreuz drauf. Ein Grabstein war ja nicht möglich.«

»Haben Sie auch den Inselplan vor meine Zimmertür gelegt?«

Margret nickte schweigend.

Hanna sah sie zweifelnd an. Auf dem Plan standen GPS-Koordinaten. Kannte sich eine alte Frau wie Margret mit solchen Dingen aus?

Margret grinste flüchtig, ihre zerknitterte Gesichtshaut legte sich in unzählige Falten. »Du fragst dich bestimmt, wo ich die Koordinaten herhatte. Mein Enkel Jan war mir dabei behilflich. Natürlich ohne davon zu wissen.« Sie kicherte leise. »Ich hab oft mitbekommen, wie er bei diesem modernen Spiel mitmachte, wo man versteckte Dinge in der Landschaft sucht, bloß mit ein paar Zahlen und einem Handy. Ab und zu lasse ich mich von einem kleinen Pferdegespann ins Ostland kutschieren, um die Dünenlandschaft zu sehen. Mit dem Auto geht's ja nicht, und Rad fahren kann ich nicht mehr. Jan kommt öfters mit, weil mir das Auf- und Absteigen schwerfällt und weil ich auch ganz gern mal Gesellschaft habe. Bei unserem letzten Ausflug ließ ich den Kutscher anhalten und stieg da aus, wo die Bunkerreste liegen. Wo Luises Grab war, wusste ich genau. Diese Betonklötze liegen noch exakt so da wie damals, es sind perfekte Orientierungshilfen. Meinen kleinen Gedenkstein habe ich nicht mehr entdeckt, aber diese Stelle könnte ich niemals vergessen. Jan kam mir hinterhergedackelt, er wollte wissen, warum ich da herumstehe, und da meinte ich, dass mich diese ganze Bunkergeschichte interessiert. Weil ich als Kind noch den Krieg erlebt hatte und so weiter. Und ganz beiläufig habe ich ihn gefragt, auf welchen Koordinaten wir denn gerade sind und ob er mit seinem Handy herausfinden kann, wo ich in diesem Moment exakt stehe. Jan hat sich nicht mal über die Frage gewundert, er war viel zu stolz darauf, dass er es seiner alten Oma vorführen konnte. Es waren viele Zahlen, die konnte ich mir unmöglich merken, also hab ich sie mir von ihm aufschreiben lassen. Auf dem Inselplan, den ich aus dem Hotel mitgenommen hatte. Wir haben sie stapelweise am Empfang liegen, die Gäste wollen oft einen.«

Clever eingefädelt, dachte Hanna. Aber sie hatte ja von Anfang an im Gespür gehabt, dass diese alte Frau mehr auf dem Kasten hatte als der Rest der Familie.

»Sie wollten also, dass ich der Sache auf den Grund gehe«, stellte sie klar. »Dass ich dort suche und die Tote finde.«

»Nicht nur das«, sagte Margret ruhig. »Du sollst davon erzählen. Die Menschen sollen es erfahren. Nach all diesen Jahren ist es an der Zeit. Ich bin eine alte Frau und muss bald sterben. Diese Sache – ich kann sie nicht mit ins Grab nehmen. Als du in die Villa Aurelia gekommen bist, wusste ich, dass ich handeln muss. Du bist der einzige Mensch, der die Stärke hat, es ans Licht zu bringen.« Müde schüttelte sie den Kopf. »Ich selbst hatte diese Stärke nie. Habe sie immer noch nicht. Ich bin zu feige. Sonst hätte ich nicht diese Geheimniskrämerei veranstaltet, sondern es einfach gleich vor aller Welt offen zugegeben. Ich war mein Leben lang nur egoistisch. Bloß auf mein eigenes Wohlergehen bedacht. Dafür habe ich alle Skrupel über Bord geworfen. Mich über sämtliche Schranken hinweggesetzt.« Kopfschüttelnd hielt sie inne, ehe sie mit leiser Stimme weitersprach. »Ich habe einen hohen Preis gezahlt. Doch es reicht nicht. Es hat nie gereicht.« Der Blick der alten Frau richtete sich in die Ferne. »Ich höre immer noch ihre wundervolle Stimme. Wie sie singt und auf der Gitarre spielt. Und den Klang ihrer Mundharmonika. Ein Lied mochte sie ganz besonders.«

»*Blowin' in the Wind*«, murmelte Hanna.

»Ich habe immer noch diese Träume«, sagte Margret. »Davon, wie sie sang. Was sie sagte. Die Art, wie sie lachte. Ihre Liebe zur Vogelwelt.« Sie verzog das Gesicht. »Mir sind Vögel zuwider.«

Mir auch, wollte Hanna zustimmen, doch die Antwort blieb ihr im Hals stecken.

»Ich träume davon, wie ich weglaufe«, flüsterte Margret. »Hinaus ins Watt, bis es nicht mehr weitergeht. Wie ich dort stehe und schreie. Einfach nur schreie. Weil ich es nicht mehr ertragen kann, dieses kaputte Leben. Und hier sitze ich jetzt und habe es hinter mich gebracht. Trotz allem. Aber Luise … Sie hatte nichts. Für sie hat es plötzlich aufgehört.« Margrets Stimme war rau und heiser, wie Schleifpapier, das über brüchiges Holz gezogen wird. »Und das Verrückte an alldem ist: Die meiste Zeit meines Lebens habe ich sie beneidet. Darum beneidet, dass sie tot ist. Sie hatte alles überstanden. Ich war am Leben und habe gelitten. Wahrscheinlich war das meine Strafe.«

»Dafür, dass Sie all die Jahre geschwiegen haben?«, wollte Hanna wissen.

»Dafür und für schlimmere Dinge.«

»Möchten Sie darüber sprechen?«

»Was dachtest du denn, wieso ich hier sitze?« Margret ließ ein rostig klingendes Lachen hören. »Fangen wir mit Angela an. Sicher möchtest du wissen, was aus ihr wurde.«

Hanna nickte. Das interessierte sie tatsächlich brennend.

»Bestimmt weißt du schon, dass die Villa Aurelia bis zum Tod meines Vaters ein Kindererholungsheim war«, sagte Margret.

»Ja, das ist mir bekannt. Hat Ihre Tante es bis zum Schluss betrieben?«

»Das hat sie. Auf ihre widerwärtige Art. Allerdings wurde sie nach dem Tod des Jungen etwas vorsichtiger. Sie schlug die Kinder nicht mehr, und es gab auch keine Zwangsfütterungen mehr. Aber beim Keifen und Niedermachen lief sie zu neuen Formen auf, und die Sache mit den Nummern behielt sie auch bei. Das war ihr einfach in Fleisch und Blut übergegangen, noch von ihrer früheren Arbeit.«

»In Lodz?«, warf Hanna ein.

Margret nickte. »Sie hat mit dem Doktor darüber gestritten, er fand die Nummerierungen entwürdigend. Sie tat es trotzdem. Vielleicht, um ihm zu zeigen, dass sie die Stärkere war. Um ihm zu demonstrieren, dass sie ihn jederzeit nach Belieben manipulieren konnte.« Sie hielt inne. »Ich schweife ab. Also, Angela betrieb das Kindererholungsheim weiter bis zum Tod meines Vaters. Dann schmiss ich sie raus.«

»Sie taten … was?«, fragte Hanna verblüfft.

»Zwischen Angela und meinem Vater bestand über die ganzen Jahre ein Pachtverhältnis, das hatte ich dir doch schon erzählt. Mein Vater war der Eigentümer. Angela die Pächterin. Der Pachtvertrag lief auf unbestimmte Zeit. Aber natürlich konnte er wie jeder Pachtvertrag gekündigt werden. Und das tat ich, als die Villa mir gehörte. Angela musste den Betrieb einstellen und ausziehen. Ich selbst wohnte zu der Zeit schon seit vielen Jahren in Hamburg und habe alles über einen Rechtsanwalt laufen lassen, damit sie gar nicht erst auf die Idee kommt, sich zu widersetzen. Und so wurde ihrem Goldesel der Hals umgedreht.« Margret lachte kurz auf. In ihrem Gesicht zeigte sich mit einem Mal ein Ausdruck von wildem Triumph.

»Was hat sie danach gemacht?«, fragte Hanna.

»Sie versuchte noch, ein neues Kinderkurheim zu eröffnen, doch es waren Gerüchte aufgekommen. Sie konnte nichts mehr pachten.«

»Was für Gerüchte?«

»Über ihre Zeit beim Lebensborn. Dass sie da im KZ gearbeitet und jüdische Kinder aussortiert hat. Die guten ins Töpfchen, die schlechten ins Kröpfchen.« Margret sah Hanna mit unergründlicher Miene an. »Gerüchte sind manchmal wirksamer als öffentliche Anklagen. Anklagen kann man niederschlagen. Gerüchte nicht.« Sie zuckte die Achseln. »Kurz darauf wurde sie krank. Eine fortschreitende Lähmung, die nach und nach den ganzen Körper erfasst, bis man sich nicht mehr aus eigener Kraft bewegen kann. Am Ende musste sie gefüttert werden, und daran ist sie auch gestorben. An Speisebrei, der aus ihrem Magen hochkam und in ihre Bronchien gelangte.« Gleichmütig schloss sie: »Genauer gesagt, sie erstickte an ihrer eigenen Kotze.«

Hanna schauderte. Sie musste sich zusammenreißen, um die nächste Frage stellen zu können. »Sie sagten gerade, dass Sie damals schon lange in Hamburg gelebt haben. Wann sind Sie von Borkum weggezogen?«

»Das war noch neunzehnhundertdreiundsechzig. Die Umstände haben es erfordert.«

»Welche Umstände?«

»Andere Umstände«, gab Margret spöttisch zurück.

»Sie waren *schwanger?*«, vergewisserte Hanna sich.

»Ja«, sagte Margret. »Deswegen musste ich Hals über Kopf heiraten, das waren damals andere Zeiten. Eine Frau mit einem unehelichen Kind war für immer unten durch, und auch die Kinder wurden verachtet. Also haben Klaus und ich geheiratet. Vorher hat er sich aufs Festland versetzen lassen, ich wollte ja unbedingt weg.« Erklärend fügte sie ein: »Er war damals als Marinesoldat hier auf der Insel stationiert. Meine Tochter kam dann in Hamburg zur Welt. Ich nannte sie nach ihr. Nach Luise.« Margret brach ab und schwieg eine Weile. »Sie war mein einziges Kind. Leider starb sie viel zu früh. Weshalb ich mich jetzt mit meinen selbstsüchtigen Enkeln herumplagen muss. Ich fürchte, die beiden kommen nach mir.« Sie verfiel erneut in Schweigen und trank von ihrem Tee.

»In Luises Tagebuch stand als letzter Eintrag, dass Sie in den Doktor verliebt waren«, sagte Hanna.

»Es war nur eine dumme Schwärmerei. Er war ein verheirateter Mann. Ich schlug ihn mir aus dem Kopf und kam mit Klaus zusammen.«

»Leben noch andere Verwandte von Angela?«, fragte Hanna. »Irgendwer, mit dem man über sie reden könnte?«

»Nein, ich bin die einzige Hinterbliebene. Und das hätte sie wahrscheinlich am allermeisten geärgert.«

»Wie meinen Sie das?«

Margret lachte in sich hinein. »Sie hatte ein Testament aufgesetzt, weil sie nicht wollte, dass ich irgendwas von ihrem Zaster erbe, aber das hatte sie mit der Schreibmaschine geschrieben, dadurch war es ungültig. Deshalb hat die Pflegerin, die sie als Erbin bestimmt hatte, in die Röhre geguckt, weil alles an mich fiel.« Sie hob die Schultern. »Allerdings war für die jahrelange Pflege schon ein Vermögen draufgegangen. Es hat noch für die Beerdigung gereicht und für eine schöne Kreuzfahrt in die Karibik. Da hab ich auf das Wohl der alten Schlange getrunken. Und anschließend bin ich mit meiner Tochter nach Borkum zurückgezogen. Sie wurde erwachsen, hat sich verheiratet, bekam die Zwillinge. Aber das Leben war nicht gut zu ihr. Ihr Mann ist schon früh abgehauen, und dann kam der Krebs. Als sie starb, war sie erst fünfundvierzig. Zum Glück waren Isa und Jan da schon in Anstellung und aus dem Haus. Ich kam eine Zeit lang ganz gut klar. Na ja, bis es dann nicht mehr ging und ich ins Altenheim musste.«

»Der Mann, mit dem Sie verheiratet waren«, meinte Hanna. »Ist er schon lange tot?«

»Seit Ewigkeiten. Klaus starb fünf Jahre nach unserer Hochzeit bei einem Autounfall. Er war ein guter Kerl. Ich hatte ihn nicht verdient.«

»Ich habe noch eine Frage zu der Villa«, sagte Hanna. »Es heißt, dass Ihr Vater sie von einem General geschenkt bekam.«

»Das hat er immer gerne behauptet, aber es stimmte nicht. Die Villa gehörte einem Fabrikanten aus Emden, der war Jude. Das wusste hier allerdings kaum jemand, sonst hätte man ihm das Haus schon viel früher weggenommen. Alle dachten, es gehört dem Pächter, dem er es zum Betrieb eines Hotels überlassen hatte. Der war sein Freund und hat dichtgehalten, aber es kam dann doch raus, über die Finanzbehörde, die hat ja überall ihre Nase drinstecken. Auf dem Wege hat irgend so ein SS-Offizier Wind davon gekriegt und den Eigentümer gezwungen, die Villa für kleines Geld herzugeben. Offiziell wurde ein reeller Kaufpreis vereinbart, aber geflossen ist davon nur wenig. Dafür hat der Offizier dem Eigentümer in die Hand versprochen, kraft seiner Stellung dafür zu sorgen, dass ihm die Fabrik erhalten bleibt. War selbstverständlich gelogen, die kam kurz darauf unter den Hammer. Und der Jude mitsamt Familie ins KZ. Die sind alle umgebracht worden. Als Eigentümer der Villa wurde mein Vater eingetragen, der hat damals unter dem SS-Offizier gedient. Doch natürlich war es so gedacht, dass der SS-Offizier später selbst die Villa übernimmt. Er war da vorher wohl öfters in Urlaub gewesen, das Haus hatte es ihm angetan. Es sollte bloß nicht so aussehen, als würde er seine Macht missbrauchen, um sich jüdisches Eigentum unter den Nagel zu reißen, deshalb das ganze Gemauschel.«

»Aber dann ist er gestorben, oder?«, fragte Hanna.

Margret nickte. »In Polen gefallen.«

»Erinnern Sie sich noch an den Namen dieses SS-Offiziers?«

»Müller«, sagte Margret lakonisch. »Und das ist alles, was ich über den Kerl weiß.«

Hanna nahm es frustriert zur Kenntnis. Diese Spur hätte kaum kälter sein können. Trotzdem mischte sich ein Hauch von Stolz in ihre Enttäuschung – bei dem Erwerb der Villa war alles so abgelaufen, wie sie es bereits vermutet hatte. Sie hatte den richtigen Riecher gehabt.

»Die Villa stand nie unter einem guten Stern«, sagte Margret leise. »Hier hat zu lange das Böse regiert.«

Wieder wurde Hanna von einem Schaudern erfasst. Auf ihren Armen und Beinen bildete sich Gänsehaut. Und zu ihrem Schrecken hatte sie auch wieder ein Déjà-vu. Es war wie ein Eintauchen in dunkles, altes Wissen, das mit sanften Fingern nach ihr griff und sie zu sich zog, während etwas in ihrem Inneren sie glauben machen wollte, es käme aus ihr selbst. Doch zugleich begriff sie, dass es auf verstörende Weise stimmte, denn sie wusste ja, dass sie genau diese Gedanken bereits gehabt hatte. Über das Böse, das die Villa beherrschte, weil ihre Mauern zu viel Leid gesehen hatten. Oder waren es gar nicht ihre Gedanken gewesen?

Hilflos drückte sie ihre Handballen gegen die Augen, als könnte sie die Verwirrung auf diese Weise auslöschen. Bald!, schwor sie sich. Bald würde das alles aufhören! Sobald sie wieder in Frankfurt war, würde sie sich um den Termin für die OP kümmern. Dann nahm dieser verfluchte Zustand ein Ende.

»Hast du Kopfschmerzen?«, fragte Margret. »Kommt es von dem Schlaganfall?«

»Ich hatte keinen Schlaganfall«, versetzte Hanna abweisend.

Margret zuckte die Schultern, es schien ihr völlig egal zu sein.

Hinter ihr tauchte Jan auf. Umstandslos fasste er Margret beim Arm und zog sie hoch. »Du sitzt schon zu lange in der Sonne, Oma. Komm, ich bring dich rein.«

Zuerst schien es, als wollte Margret Einwände erheben, doch dann ließ sie sich ohne Widerrede von ihm ins Haus führen. Hanna checkte eilig ihr Handy – es hatte alles aufgenommen. Das ganze Gespräch war im Kasten. Sie hatte bekommen, was sie wollte.

Ein Schatten fiel über sie, Hanna erschrak.

Isa stand neben dem Tisch.

»Moin, Hanna. Es freut mich, dass du dich so schnell erholt hast.« Ihr Ton klang verbindlich, aber ihre Miene sagte: *Wärst du bloß draufgegangen!*

»Danke.« Hanna steckte ihr Smartphone ein.

»Was hattest du überhaupt? Ein Schlaganfall kann es wohl nicht gewesen sein, wenn du hier schon wieder herumturnst.«

»Es war nur eine schwere Migräne. Da hat man manchmal Seh- und Sprachstörungen. Nennt sich Migräne mit Aura. Kann leicht mit einem Schlaganfall verwechselt werden. Deshalb der Rettungsflug.«

Sie hätte Isa auch einfach sagen können, dass es sie einen Scheißdreck anging, doch ihr war daran gelegen, das Gerede über den Schlaganfall aus der Welt zu räumen, schon um Katies willen. Deshalb war sie froh, dass sie diese Erklärung aus dem Hut zaubern konnte. Ole hatte ihr erzählt, dass er anfangs auf diese Diagnose gehofft hatte, die Symptome hätten alle gepasst.

»Hast du meine Mail von heute schon gelesen?«, wollte Isa wissen.

»Nein. Was steht drin?«

»Lies sie einfach. Ich erwarte, dass du dich an unsere Abmachung hältst.«

»Hast du das Tagebuch weggenommen?«, fragte Hanna.

Darauf ging Isa nicht ein. »Du liebst ihn, oder?«, fragte sie stattdessen leise. »Du bist verrückt nach ihm. Eine Zeit lang ging's mir genauso, es war wie ein einziger Traum. Aber irgendwann bin ich aufgewacht. Das wird dir auch noch passieren. Und dann wirst du dir wünschen, ihm nie begegnet zu sein.« Isa ließ Hanna nicht aus den Augen. Ihre klaren Gesichtszüge bekamen mit einem Mal etwas irritierend Vertrautes. »Er hat etwas an sich, das dich zu ihm hinzieht, immer wieder. Es ist eine besondere Macht. Glaub mir, ich weiß, wovon ich rede. Er ist wie Scylla und Charybdis in einer Person, und wenn du ihm erst verfallen bist, kommst du immer wieder zu ihm zurück.«

Hanna stand ruckartig auf, sodass der Stuhl über das Holzdeck der Terrasse scharrte. Sie wollte sich diesen Mist nicht länger anhören.

»Hanna!« Isas Stimme klang mit einem Mal flehend. »Du musst die Sache auf sich beruhen lassen! Hör mit deinen Nachforschungen auf! Schreib den Artikel nicht! Du würdest damit so viel zerstören! Nicht nur unser Leben hier, sondern auch deine Liebe und die deiner Tochter! Das ist es nicht wert!«

Hanna schluckte, einen Augenblick lang geriet sie ins Wanken. Was, wenn Isa recht hatte? Was, wenn wirklich eine Katastrophe auf sie alle zukam, weil sie das Projekt nicht stoppen wollte? Doch diese Anwandlung wurde sofort von siedendem Zorn verdrängt. Ohne ein einziges Wort ließ sie Isa stehen und eilte ins Haus.

*

Oben in der Suite las sie als Erstes die Mail.

... dürfen wir Ihnen mitteilen, dass wir die genannte Teilsumme bereits zur Anweisung gebracht haben, sodass der vereinbarten Räumung der Unterkunft bis spätestens morgen Vormittag um 10.30 Uhr nichts mehr im Wege steht. Mit den besten Wünschen, Ihr Dünenschloss-Team.

Schlauer Schachzug, dachte Hanna widerwillig. Die hatten ihr das Geld schon zurückgezahlt, damit gab es keine Handhabe mehr, den Umzug hinauszuzögern. Doch das hatte sie auch gar nicht vorgehabt. Wenn sie nachher mit Alex und ihrer Tochter essen ging, konnten Katie und sie gemeinsam ein anderes Hotel auswählen und gleich buchen. Damit war die leidige Streiterei mit Isa vom Tisch.

Außerdem hielt sie hier sowieso nichts mehr. Mittlerweile hatte sie alles über die Villa in Erfahrung gebracht, was sie wissen wollte. Sie kannte nun die grauenhaften Dramen, die sich während der Kinderkur ihrer Mutter hier abgespielt hatten. Sie wusste vom Tod des kleinen Josef. Von dem Mord an Luise. Und sie wusste genug über das Leben und Sterben jener Frau, die über Jahrzehnte hinweg die Geschicke so vieler Menschen in ihren Händen gehalten hatte. Reuelos, kaltherzig und mit unvorstellbarer Härte.

Das Gespräch mit Sabine, die sie gleich noch anrufen wollte, diente nur der Abrundung. Material, das sie zur persönlichen Veranschaulichung der ganzen Geschichte verwenden konnte.

Ganz am Rande ihrer Überlegungen machte sich ein kaum wahrnehmbarer Störfaktor bemerkbar, zu diffus, um es richtig zu erfassen. Erst, als sie sich darauf konzentrierte, nahm es Formen an und wurde zu einer Frage.

Was war mit Oles Großvater?

Sofort schob sie den Gedanken beiseite. Sie hatte bereits entschieden, diesen Bereich außen vor zu lassen. Es war nur ein Seitenstrang des Geschehens. Keine Schiene, die sie unbedingt befahren musste. Man konnte nicht alles gleichzeitig thematisieren, wenn man eine Geschichte erzählen wollte. Wichtig war ein Fokus, und in diesem Fall war die Villa der Dreh- und Angelpunkt. Die Villa und die Menschen, die dort gelebt und gelitten hatten.

Ihr blieb noch genug Zeit, um frische Sachen anzuziehen und sich ein bisschen zu schminken. Die Nacht hatte Spuren in ihrem Gesicht hinterlassen. Ganz zu schweigen von ihrer nervlichen Verfassung. Vor dem Telefonat mit Sabine nahm sie sich bewusst eine Minute, um sich zu sammeln und die beklemmende Angst auszublenden.

Als sie den Videocall startete, war sie so gefasst wie nur irgend möglich. Ihrem lächelnden Gesicht, das in dem kleinen Bildausschnitt im Display zu sehen war, war nichts von ihren Sorgen anzumerken.

»Sabine! Wie geht es dir?«

»Danke, sehr gut. Dir auch?«

»Oh, ja sicher, alles fein.« Hanna konzentrierte sich, damit ihre Miene nicht in diesem falschen Grinsen erstarrte. Noch mehr davon, und sie sah aus wie der Joker in *Batman.*

Sie betrachtete Sabine, deren Lächeln echt war. Ihre Augen wirkten wach und lebhaft, ihre Miene spiegelte gute Laune wider. »Sehr viel Zeit habe ich nicht«, informierte sie Hanna. »Die Kinder haben mich zum Essen eingeladen, ganz spontan. Sie wollen grillen.«

Sie freute sich offensichtlich sehr auf das unerwartete Familientreffen, und ihre vergnügte Stimmung färbte ein wenig auf Hanna ab. Mit einem Mal freute auch sie sich auf das Geburtstagsessen mit Alex und Katie. Es war kein überschäumendes Glücksgefühl, aber zumindest eine kleine, zaghafte Vorfreude. Ihre Tochter wurde heute sechzehn, wenn das kein Grund zum Feiern war!

»Ich kann auch nicht sehr lange«, meinte sie. »Nachher

gehe ich mit Katie und ihrem Vater essen. Katie hat heute Geburtstag.«

»Oh, wie schön! Da wünsche ich dir schon mal viel Spaß! Und ganz liebe Glückwünsche an deine Tochter!«

»Richte ich aus. Sabine, ich zeichne ab hier wieder alles auf, ist das für dich in Ordnung?«

»Natürlich. Soll ich jetzt von meiner Heimreise erzählen?«

»Ich wollte dich zuerst noch was fragen. An dem Tag, als Luise verschwand – ist dir da irgendwas aufgefallen? Kannst du dich vielleicht an Einzelheiten erinnern? Gespräche, Eindrücke, es können auch ganz nebensächliche oder scheinbar unwichtige Dinge sein.«

Sabine runzelte die Stirn. »Nein, sie war auf einmal verschwunden. Ich habe mich bloß gewundert, dass sie sich nicht von uns Kindern verabschiedet hat. Darüber war ich sehr traurig, das weiß ich noch genau. Ich hatte irgendwie geglaubt, dass sie uns alle ein bisschen lieb hat, und wenn man jemanden lieb hat, geht man doch nicht einfach so weg, ohne Auf Wiedersehen zu sagen.« Sie hielt inne und dachte nach. »Ich weiß noch, dass ich Tante Friederike gefragt habe, ob sie mir Tante Luises Adresse aufschreiben kann, weil ich ihr eine Postkarte schicken wollte. Von zu Hause aus. Ich hatte mir überlegt, dass ich meine Oma frage, ob sie mir was auf die Karte schreibt. Aber Tante Friederike meinte nur, ich solle sie mit so einem Quatsch in Ruhe lassen. Und dabei schubste sie mich weg.« Sabine schüttelte den Kopf. »Mir erscheint es so surreal, wenn ich über diese Dinge spreche. Wie die Erzieher mit uns Kindern umgingen! All diese psychischen und physischen Misshandlungen! Heute würde man solche Leute vor Gericht bringen und ihnen verbieten, jemals wieder in die Nähe von Kindern zu kommen. Damals war es angeblich der Normalzustand. Niemand hat es kontrolliert. Und den Kindern, die zu Hause davon erzählten, hat keiner geglaubt.«

Ganz zu schweigen von denen, die zu klein waren, um etwas erzählen zu können, dachte Hanna, die unweigerlich wieder an ihre Mutter denken musste. Hatte die Nummer zwei im Bett gelegen und geschlafen, mit dem Gesicht zur Wand, als Angela Luise umbrachte? War es im Haus passiert oder draußen? Hatte eines der übrigen Kinder irgendetwas mitbekommen? Vielleicht eins von den älteren, die sich bestimmt besser erinnern konnten als Sabine? Es lebten sicher noch etliche von ihnen!

Allerdings hatte Hanna schon gezielt nach den ehemaligen Verschickungskindern Ausschau gehalten, die in diesen sechs Wochen auf Borkum gewesen waren, in der Villa Aurelia, so wie ihre Mutter. Dass sie dabei auf Sabine gestoßen war, konnte ohnehin nur als Glückstreffer bezeichnet werden. Nach über sechzig Jahren, unter einundzwanzig Kindern von Hunderttausenden, die allein in jenem Jahr deutschlandweit verschickt worden waren!

»Sabine, ich muss dir noch was Wichtiges sagen«, begann sie.

Sie hatte erwogen, es für sich zu behalten, um Sabine zu schonen. Die Nachricht von Luises Ermordung konnte eine Retraumatisierung auslösen. Doch ihr war rasch klar geworden, dass sie keine Wahl hatte. Katie hatte der Polizei schon die Scans des Tagebuchs geschickt, die ganze Sache war ins Rollen geraten. Über den gewaltsamen Tod einer ehemaligen Borkumer Kinderbetreuerin namens Luise würde spätestens nächste Woche zuerst die örtliche und dann die überregionale Presse berichten, und natürlich würde es sich in Windeseile auch in allen einschlägigen Facebook-Gruppen und damit auch bis zu Sabine herumsprechen. Da war es besser, wenn sie es von Hanna selbst erfuhr.

Andere Gründe, damit hinterm Berg zu halten, gab es nicht. Erst recht ging es Hanna nicht darum, mit Angelas Verbrechen einen Scoop zu landen, auch wenn es sicher die Auflage gesteigert hätte. Sie wollte gleich morgen als Erstes die Behörden über Margrets Aussage informieren, damit der Fall zum Abschluss gebracht werden konnte. Theoretisch hätte sie es auch jetzt erledigen können, aber dann wäre womöglich direkt jemand von der Polizeistation rübergekommen, um sich alles von Margret bestätigen zu lassen. Das hätte garantiert schon wieder für Aufruhr gesorgt und zwangsläufig die ohnehin kaum noch erträglichen Spannungen mit Isa verstärkt.

Es reichte völlig, wenn sie ihre Informationen über Angelas Täterschaft morgen nach dem Auschecken an die Polizei weitergab. Angela konnte nicht mehr verhaftet werden, und nach über sechzig Jahren kam es auf einen Tag mehr oder weniger auch nicht an.

Sabine sollte es jedoch vorher erfahren, sie würde es Hanna zu Recht übel nehmen, wenn sie auf Umwegen von Luises Ermordung hörte. Es wäre einfach unfair gewesen.

Trotzdem musste Hanna zuerst tief Luft holen und einen bangen Moment innehalten, ehe sie es ihr sagte.

»Sabine, Luise wurde damals nicht entlassen. Angela hat sie umgebracht, weil sie wegen Josefs Tod nicht lockerlassen wollte. Gestern wurde auf Borkum Luises Leiche gefunden.«

Ihre Befürchtungen bestätigten sich, Sabine zuckte wie unter einem Schlag zusammen, schockierte Fassungslosigkeit spiegelte sich in ihrer Miene. Ihr Gesicht war kreidebleich.

»Es tut mir leid«, sagte Hanna mitfühlend. »Das ist sicher schlimm für dich. Aber ich wollte, dass du es von mir erfährst statt aus der Zeitung oder irgendwo im Internet.«

»Schon gut.« Sabine kämpfte sichtlich darum, ihre Fassung wiederzugewinnen, und nach einigen Augenblicken schien es ihr zu gelingen. »Ich danke dir, dass du es mir gesagt hast. Das beantwortet eine Reihe offener Fragen. Doch dafür habe ich jetzt viele neue. Wie ist denn herausgekommen, dass es Angela war?«

»Es gab eine Zeugin, die lebte damals in der Villa. Eine alte Frau namens Margret. Sie war besagte Tante Grete, die einmal bei einem eurer Ausflüge als Vertretung eingesprungen war, du hattest mir ja davon berichtet. Sie hat mir vorhin von Luises Ermordung erzählt. Von ihr stammte auch der Hinweis, wo der Leichnam vergraben wurde. Ich möchte dich allerdings bitten, es vorläufig für dich zu behalten und nicht in der Gruppe drüber zu schreiben, weil ich die Information noch nicht an die Behörden weitergegeben habe. Das will ich erst morgen machen, weil ich vorher aus dem Hotel auschecken möchte.« Hanna hielt inne und schüttelte den Kopf. »Ist eine lange Geschichte, mit viel Privatkram. Und wir müssen ja noch über den Tag deiner Heimreise sprechen.« Sie warf einen Blick auf die Uhr. Ihr blieb nur eine Viertelstunde, wenn sie rechtzeitig in dem Lokal eintreffen wollte, das Alex für Katies Geburtstagsessen ausgesucht hatte.

»Hanna, ich glaube, heute schaffe ich das nicht mehr«, erklärte Sabine unumwunden. Sie wirkte immer noch zutiefst bestürzt. »Diese Nachricht von Luises Ermordung – das muss ich erst mal sacken lassen. Außerdem wird mir jetzt die Zeit zu knapp, ich möchte gleich rüber zu den Kindern. Können wir ein andermal weitermachen?«

Hanna nickte sofort, sie hatte nicht nur Verständnis, sondern war selbst erleichtert, das Gespräch an dieser Stelle abbrechen zu können.

»Gern«, sagte sie daher. »Ich schreib dir, ja?«

»Mach das. Bis dann, und einen schönen Abend noch!« Sabine verabschiedete sich mit ernster Miene und trennte die Verbindung.

*

Ole hätte im Stehen einschlafen können, als er endlich mit der Arbeit fertig war und die Praxis abschließen konnte. Michaela war vor einer Stunde gegangen, er hatte ein Machtwort sprechen und sie heimschicken müssen. Oft blieb sie ungefragt länger, aus Sorge, er könne sich sonst mit dem ganzen Papierkram überarbeiten, der sich regelmäßig auf seinem Schreibtisch türmte. Tatsächlich nahm der Verwaltungsaufwand immer mehr Zeit in Anspruch, egal, wie sehr er sich bemühte, mit allen digitalen und sonstigen Neuerungen Schritt zu halten. Der letzte Patient war schon längst wieder zu Hause, während er selbst immer noch am Schreibtisch saß und sich durch Computerprogramme klickte, die dringend ein wichtiges Update brauchten oder durch neue ausgetauscht werden mussten. Ständig kamen irgendwelche Vorgaben hinzu, die berücksichtigt und umgesetzt werden mussten, es war eine einzige galoppierende Bürokratie.

Als er heute mit Hanna stundenlang auf ihre Entlassung aus der Emdener Klinik gewartet hatte, war ihm in seiner Ungeduld eine Bemerkung herausgerutscht, die bei Licht betrachtet schlichtweg falsch war. Die Arbeit in der eigenen Praxis hatte sicher eine Menge für sich, aber wenn man sie in allen Details mit einer Anstellung im Krankenhaus verglich, fielen die vermeintlichen Vorzüge in sich zusammen wie ein Kartenhaus. Die Frage war bloß, warum sich die Leute darüber wunderten, dass sich immer weniger selbstständige Ärzte niederließen.

Zu Hause wartete noch mehr Papierkrieg auf ihn. Er wollte Nicoletta, die bisher auf Teilzeitbasis gearbeitet hatte, als Ganztagskraft anstellen, und zwar ab sofort. Dafür musste ein ordentlicher Arbeitsvertrag ausgedruckt, ausgefüllt und unterschrieben werden. Sie sollte zu seiner Mutter in die Wohnung ziehen, Ole wollte das Gästezimmer ausräumen und für sie neu herrichten lassen. Wofür wiederum ein korrekter

Mietvertrag abgeschlossen werden musste, ganz egal, ob sie Miete zahlte oder nicht.

Zu seiner Erleichterung hatte sie sich sofort zur Übernahme des Jobs bereit erklärt. Mit dem Steuerberater hatte er auch schon telefoniert, der würde sich um die Lohnbuchhaltung und alle Versicherungen kümmern. Und er hatte Ole auch gleich alle notwendigen Vertragsformulare als E-Mail-Anhänge geschickt.

Am liebsten wäre er einfach sofort nach oben gegangen und ins Bett gefallen. Er wollte bloß noch schlafen. Doch seine Mutter und Nicoletta saßen unten in der Küche und aßen zu Abend, es duftete einladend nach Makkaroni mit Schinken und Käse. Sein Magen meldete sich mit heftigem Knurren, und so setzte er sich kurz entschlossen dazu und verdrückte eine Riesenportion. Nicoletta hatte reichlich gekocht, er musste sich nicht zurückhalten.

Max kam in die Küche getrottet und legte sich neben Oles Füße. Gedankenverloren streichelte Ole ihm die Ohren.

»Wie geht es Hanna?«, erkundigte sich Nicoletta.

»Ganz gut so weit«, antwortete er zurückhaltend.

»War es ein Schlaganfall?«

»Nein, zum Glück nicht.«

»Was denn dann?«, wollte seine Mutter wissen. Sie war an diesem Abend wieder völlig klar, Ole hatte es mit Dankbarkeit registriert, so wie immer, wenn sie einen guten Tag hatte.

»Es war anscheinend nur eine schwere Migräne.« Er hätte auch einfach auf das Arztgeheimnis verweisen und sagen können, dass es niemanden was anging. Allerdings hatte Hanna ihn ausdrücklich gebeten, dass er ihren Krankenhausaufenthalt auf eine Migräne schob, falls jemand aus der Familie fragte. Sie wollte es ihrer Tochter und ihrem Ex vorerst ebenfalls so verkaufen. Ole hatte Verständnis dafür, dass sie ihre Sorgen von Katie fernhalten wollte, das war ihr gutes

Recht. Im Übrigen war es, bezogen auf die Symptomatik, auch ganz und gar nicht ausgeschlossen, dass es wirklich eine Migräne gewesen war, von daher war es nicht mal direkt gelogen.

Ole räumte seinen Teller ab und machte Anstalten, nach oben zu gehen, doch seine Mutter bat ihn zu bleiben.

»Ich möchte dir noch was Wichtiges über Opa erzählen«, sagte sie.

Ole verharrte mitten im Schritt, sein Magen zog sich schmerzhaft zusammen. Was Hilde auf dem Herzen hatte, konnte nichts Gutes sein, er sah es an ihrer ernsten, traurigen Miene.

»Ole und ich machen nachher die Küche zusammen sauber«, sagte Hilde zu Nicoletta. »Du kannst ruhig heimgehen, Liebes! Und herzlichen Dank für das köstliche Essen, es hat wunderbar geschmeckt!«

»Ja«, sagte Ole mechanisch. »Mir auch. Danke, Nicoletta! Um den ganzen Papierkram kümmern wir uns dann morgen.«

Er wartete, bis sie gegangen war, dann setzte er sich wieder zu seiner Mutter an den Tisch.

»Ich hätte dir vielleicht schon früher davon erzählen sollen«, begann sie. »Doch es hätte ja nichts geändert. Und niemandem wäre damit geholfen gewesen. Es war schon für deinen Vater und mich schwer genug, es zu wissen und es all die Jahre zu ertragen.«

»Was zu ertragen?«, fragte Ole mit flacher Stimme. Er ballte die Hände zu Fäusten, weil seine Finger zitterten.

»Dass wir mit einem Mörder unter einem Dach gelebt haben«, sagte Hilde ruhig. »Dein Großvater hat nicht nur Kinder für den Lebensborn selektiert. Er hat auch Menschen erschossen. Zwangsarbeiter, die damals von der SS zusammengescheucht und ins Lager verschleppt wurden, um da zu schuften. Viele waren zu krank oder zu schwach dafür, die wollte man loswerden. Sie wurden dutzendweise mit Lkws in abgelegenes Gelände gebracht. Da mussten sie eine Grube ausheben und sich an den Rand knien, dann wurden sie erschossen. Dein Großvater war dabei. Er selbst hat auch einige von ihnen erschossen.«

Ole sprang auf und rannte nach nebenan auf die Gästetoilette, wo er schwallweise die Schinkennudeln erbrach. Benommen ging er anschließend zurück in die Küche und ließ sich an der Spüle ein Glas Wasser volllaufen, das er in einem Zug hinunterstürzte.

»Wann habt ihr das erfahren, Papa und du?«, fragte er dann mit kratziger Stimme.

»Erst kurz vor Opas Tod, als er schon komplett tüdelig war. Da lag er nur noch im Bett, ich habe ihn ja damals gepflegt. Ständig erzählte er, er hätte bei den Erschießungen bloß mitgemacht, damit es schneller vorbei war und keiner länger leiden musste. Immer wieder sagte er das. Wie eine kaputte Schallplatte.«

Ole vergrub das Gesicht in den Händen. Er konnte nichts sagen. Max winselte, er schien seine Anspannung zu spüren.

Hildes Stimme bebte, als sie weitersprach. »Ich hab aufgepasst, dass keiner mehr zu ihm ins Zimmer ging, außer deinem Vater und mir. Und sicher fragst du dich, warum ich es dir jetzt noch erzähle. Ausgerechnet, nach so vielen Jahren. Aber ich wollte es dir bei klarem Verstand sagen, mein Junge. Nicht in geistiger Verwirrtheit wie dein Großvater, der zuletzt nichts mehr begriffen hat. Du sollst es wissen, damit es dich nicht innerlich zerreißt, wenn ich darüber faseln muss, so wie er. So, wie ich es auch schon getan habe, über die Kinder von Litzmannstadt.« Hilde suchte seinen Blick, in ihren Augen stand ein flehender Ausdruck. »Du musst mich von den Leuten fernhalten, sonst kommt doch noch alles raus!« Sie hielt inne und holte tief Luft, ehe sie stockend fortfuhr. »Ich weiß, dass ich krank bin und dass meine klaren Tage seltener werden. Dass ich immer mehr vergesse. Stück für Stück für Stück, bis alles weg ist!« Plötzlich begann sie zu weinen. »Ach, ich habe solche Angst, Junge! Angst davor, dass ich dich eines Tages nicht mehr erkenne! Es bringt mich um, daran zu denken, dass ich dich auf diese Weise für immer verliere! Dich und meine Liebe zu dir! Dass du einfach aus meinem Kopf und meinem Herzen verschwindest und ein Fremder für mich bist! Wie soll ich denn dann weiterleben?!«

Sofort stand er auf und zog sie von ihrem Stuhl hoch, um sie fest in die Arme zu nehmen.

»Mama, du wirst mich nie verlieren!«, sagte er beschwörend. »Das verspreche ich dir! Hab keine Angst! Ich werde immer für dich da sein!«

Sie weinte in seinen Armen, und es zerriss ihm das Herz, denn er wusste ja, dass alles genauso geschehen würde, wie sie es voraussagte. Man konnte es verlangsamen, eine Weile hinauszögern, doch am Ende würde es so kommen wie immer bei dieser Erkrankung. Er konnte nur hoffen, dass sie weniger darunter litt als er. Dass das Vergessen gnädig zu ihr war. Und vor allem, dass er selbst niemals vergaß, wie sie vor dieser Zeit gewesen war. Gütig, herzlich, ein Leben lang für ihn da. Das Wichtigste war, dass *er* sich daran erinnerte.

Vielleicht war es allein das, worauf es ankam.

*

Die *Heimliche Liebe* war ein Café-Restaurant am Elektrischen Leuchtturm mit einem phänomenalen Ausblick aufs Meer. Hanna war nach dem Gespräch mit Sabine spät dran und radelte daher im Rekordtempo vom Hotel zum Südstrand. Dort angekommen, stellte sie erleichtert fest, dass Katie und Alex auch eben erst eingetroffen waren. Als sie vom Rad stieg, sah sie Katies wippenden blonden Pferdeschwanz in der Eingangstür. Die beiden betraten gerade das Lokal, und Hanna schloss eilig zu ihnen auf.

»Schätzchen!« Ohne große Vorrede nahm sie ihre Tochter in den Arm. Sie musste an sich halten, nicht in Tränen auszubrechen. Nicht nur aus Sentimentalität, weil ihr Kind auf einmal so erwachsen war, sondern auch wegen der unaufhörlichen inneren Anspannung, unter der ihre Nerven vibrierten. Bevor sie Katie wieder losließ, riss sie sich mit aller Macht zusammen. Voller Liebe blickte sie ihre Tochter an. »Herzlichen Glückwunsch zum Geburtstag, meine Kleine!«

»Die schon ungefähr drei Zentimeter größer ist als du«, mischte Alex sich trocken ein.

»Sprach der alte Besserwisser«, gab Hanna ebenso trocken zurück.

Sie begrüßten einander mit einer kameradschaftlichen Umarmung. Hanna freute sich aufrichtig, ihn zu sehen. Das beiderseitige Unbehagen, das die ersten Monate nach ihrer Trennung bestimmt hatte, war längst vergessen. Sie gingen schon seit fast dreizehn Jahren getrennte Wege, auch wenn ihre gemeinsame Tochter in all der Zeit ein festes Bindeglied geblieben war. Sie waren nicht gerade dicke Freunde, aber wenn sie Kontakt hatten, verstanden sie sich gut.

Es entging Hanna nicht, dass Katie sie forschend musterte. Nicht nur, um sich zu vergewissern, dass es ihr auch wirklich wieder gut ging, sondern auch, um zu ergründen, ob sie womöglich mit irgendwas hinterm Berg hielt. Schon als Kind hatte Katie ein ungewöhnliches Gespür an den Tag gelegt. Sie verfügte über eine besondere Begabung, Stimmungen und Gefühle von anderen wahrzunehmen.

Hanna unterdrückte eine Aufwallung von verzweifelter Besorgnis. Vielleicht hatte sie die Migräneversion nicht glaubhaft genug rübergebracht. Oder man konnte es ihr einfach am Gesicht ablesen.

Sie musste für Ablenkung sorgen. Betont forsch hängte sie sich bei ihrer Tochter ein, als sie gemeinsam zu dem Fenstertisch gingen, den Alex vorbestellt hatte. Nachdem sie Platz genommen hatten, bewunderten sie die großartige Aussicht und die nostalgisch-maritime Innenausstattung des Restaurants. Danach waren sie eine Weile damit beschäftigt, sich auf der Speisekarte Gerichte auszusuchen, und im Anschluss präsentierte Hanna ihrer Tochter das Geburtstagsgeschenk, das sie schon vor dem Urlaub besorgt und vorhin im Hotel noch rasch per Mailanhang an Katie weitergeleitet hatte.

»Schau mal in deine Mails«, sagte sie.

Katie zog ihr Smartphone heraus und tippte auf das Mailsymbol.

»Mom!«, rief sie in kindlicher Begeisterung. »Nina Chuba! Mega! Oh, mein Gott! *Danke!*« Sie umschlang Hanna mit beiden Armen und drückte sie so fest an sich, dass Hanna für einen Moment die Luft wegblieb. Strahlend sah sie sich die Details an. »Wow! Zwei Karten! Da kann Bella auch mit! Und sogar VIP! Alter!«

Katies Überschwang und ihre unbekümmerte Freude führten dazu, dass sich Hannas innere Erstarrung löste. Das Herz floss ihr über vor Liebe zu ihrem Kind, und nicht zum ersten Mal in ihrem Leben machte sie sich bewusst, dass es nichts auf der Welt gab, was dem gleichkam.

»Wer oder was ist Nina Chuba?«, wollte Alex wissen. Belustigt hatte er Katies Reaktionen verfolgt.

»Papa, die kennst du nicht?« Katie schüttelte den Kopf. Sie klickte ein YouTube-Video an und ließ ein paar Takte von *Mangos mit Chili* laufen.

»Ist das Rap?«, fragte Alex.

Katie verdrehte die Augen. »Papa!«

»Verdammt, ich bin wohl wirklich alt.« Gespielt reumütig versteckte Alex sein Gesicht hinter der Speisekarte. Über den Rand hinweg äugte er zu Hanna hinüber. »Wusstest du, wer das ist?«

Hanna grinste. »Na ja, ich lebe mit einer fünfzehnjährigen Tochter zusammen. Sorry. Sechzehnjährige Tochter. Und du bist nicht alt, höchstens deine Playlist.«

»Die ist aber nicht so alt wie deine«, parierte Alex mit einem Augenzwinkern. »Ich sag nur: Verdi.«

Sie lachten alle. Ein Gefühl wohltuender Leichtigkeit hatte Hanna erfasst, ganz bewusst gab sie sich dem Glück des Augenblicks hin.

Die Bedienung brachte das bestellte Essen. Katie hatte sich für Borkumer Pannfisch entschieden, Hanna für Kabeljau und Alex, der es noch nie so mit Fisch gehabt hatte, für ein Rinderfiletsteak. Die Portionen waren reichlich bemessen, die Zubereitung schmackhaft, und obwohl Hanna vorher überzeugt gewesen war, kaum was runterzubringen, aß sie fast alles auf und war sogar mit einem Dessert einverstanden.

Zwischendurch erzählte Katie, was sie von Alex zum Geburtstag bekommen hatte – einen Gutschein in unbestimmter Höhe. Für den Führerschein.

Hanna musste schlucken, als sie das hörte. Sie hatte sich schon informiert und wusste, dass es locker dreitausend Euro kosten konnte. Mindestens. Mit den Fahrstunden durfte man schon ein halbes Jahr vor dem siebzehnten Geburtstag anfangen, und die Prüfung konnte man drei Monate vorher ablegen. Von daher war es durchaus sinnvoll, das Geld bis dahin auf der hohen Kante zu haben.

Dagegen waren ihre Konzertkarten geradezu armselig. Sie warf Alex einen indignierten Blick zu. Letztes Jahr das E-Bike, dieses Jahr der Führerschein … Womit würde er wohl erst zu Katies Achtzehntem um die Ecke kommen?

Er schien zu ahnen, was sie dachte. Unmerklich zuckte er mit den Schultern. Nimm's mir nicht übel, sagte sein Blick.

Während sie auf den Nachtisch warteten, verschwand Katie auf die Toilette, und Alex nutzte ihre Abwesenheit, um das Thema anzuschneiden, das Hanna heute so gern ausgespart hätte.

»Wie geht es dir?«, fragte er. Seine Miene drückte tiefe Besorgnis aus. Er ergriff ihre Hände und beugte sich über den Tisch zu ihr. »Und sag jetzt nicht, dass alles gut ist. Ich sehe doch, dass das nicht stimmt!«

Sie verkrampfte sich unter seinem prüfenden Blick. »Alex, ich will nicht drüber reden«, brach es aus ihr heraus. »Nicht heute! Nicht an Katies Geburtstag!«

Er erschrak sichtlich. »Ist es … was Schlimmes? War es doch ein Schlaganfall?«

Sie schüttelte vehement den Kopf. »Nein, nein! Es ist alles in Ordnung! Ich lass mich operieren, dann ist alles wieder okay!«

Anscheinend hatte sie zu viel gesagt.

»Du hast einen Hirntumor.« Er hatte ins Blaue geraten, aber ihre Reaktion bewies ihm, dass er richtig getippt hatte. Entgeistert sah er sie an. »Verdammt, Hanna!«

»Es ist klein, es ist höchstwahrscheinlich gutartig, und es lässt sich mikrooperativ entfernen«, wiederholte sie gebetsmühlenartig, was man ihr gestern in der Emdener Klinik gesagt hatte.

»Wann wolltest du mit Katie darüber sprechen?«, fragte er.

»Ich sag's ihr schon noch«, versicherte sie. »Bloß auf keinen Fall heute!«

Alex nickte. »Das verstehe ich. Ehrlich, ich versteh's.« Er fuhr sich mit der Hand übers Gesicht, und als er Hanna wieder ansah, stand ein beschwörender Ausdruck in seinen Augen. »Mach bloß keinen Scheiß, hörst du? Wehe, du wirst nicht wieder ganz gesund!«

Sie lachte, ein unsicheres, gekünstelt klingendes Lachen. »Ich tu mein Bestes, verlass dich drauf.«

»Dieser Doc, von dem Katie mir erzählt hat – ist das zwischen dir und ihm was Ernstes?«, wechselte Alex abrupt das Thema.

Sie hob die Schultern, wollte irgendeine unverbindliche Bemerkung vom Stapel lassen. Doch dann sagte sie schlicht: »Ja.«

Zu ihrer Verwunderung schien er sich darüber zu freuen. »Wurde ja auch mal wieder Zeit«, meinte er. »Hoffentlich hält's diesmal länger.«

Antworten musste sie darauf nicht mehr, denn Katie kam von der Toilette zurück. Hanna produzierte wie auf Knopfdruck ein Lächeln, und auch Alex bemühte sich redlich um einen gut gelaunten Gesichtsausdruck.

Katie blickte zwischen ihnen hin und her. »Hab ich was verpasst?«

»Seht mal, da kommt schon unser Nachtisch«, sagte Hanna.

Doch Katie ließ sich nicht beirren. »Was ist los?«

Hanna schaute stumm auf die Apfelringe, die sie sich zum Dessert bestellt hatte. Alex kam ihr zu Hilfe.

»Wir haben gerade über Moms Artikel gesprochen«, behauptete er.

»Über was denn genau?«, wollte Katie wissen, woraufhin Alex Hanna einen ratlosen Blick zuwarf.

Hanna beschloss, die Bombe platzen zu lassen. »Darüber, wer Luise umgebracht hat.«

Katie starrte sie mit offenem Mund an und merkte dabei gar nicht, dass Alex mindestens so verblüfft war wie sie. »*Das* hast du rausgekriegt?!«

Hanna nickte. »Es war Angela. Margret hat es mir vorhin erzählt. Sie hat es all die Jahre mit sich herumgetragen. Sie hat uns auch das Tagebuch und den Inselplan vor die Zimmertür gelegt.«

Katie konnte es immer noch kaum fassen. »Hast du's schon der Polizei gesagt?«

»Das will ich morgen machen, sobald wir aus dem Hotel raus sind. Für heute reicht mir der Stress mit Isa. Übrigens, wir sollten uns gleich mal eine Unterkunft raussuchen, dann können wir direkt buchen. Was hältst du vom *Vier Jahreszeiten?*«

Katie interessierte sich nicht die Bohne für eine neue Unterkunft, sie wollte in allen Einzelheiten wissen, was Margret gesagt hatte. Gebannt hörte sie zu, als Hanna das Gespräch wiedergab, mit leiser Stimme, sodass abseits des Tisches keiner was mitbekam.

»Klingt nach einer richtig guten Soap«, befand Alex. »Vor allem das gruselige Ende dieser ruchlosen Angela! Das nenne ich mal ausgleichende Gerechtigkeit!« Fragend wandte er sich an Hanna. »Gibt es da vielleicht noch mehr alte Geheimnisse?«

Hanna setzte ein Pokerface auf, damit man ihr nicht anmerkte, dass sie Informationen zurückhielt. Etwa, dass die ruchlose Angela die Ex-Verlobte von Oles Großvater war und dass die beiden für die SS in einem polnischen KZ Kinder selektiert hatten. Ohne Oles Zustimmung würde sie darüber kein Wort verlauten lassen, auch nicht privat.

Anscheinend deutete Alex Hannas verschlossenen Gesichtsausdruck richtig, denn er ritt nicht länger auf der von ihm aufgeworfenen Frage herum. Er kniff, nur für Hanna sichtbar, ein Auge zu. *Was auch immer du herausgefunden hast, bei mir ist es sicher,* signalisierte ihr sein Blick. Sie quittierte die stumme Botschaft mit einem schwachen Lächeln.

Anschließend lenkte sie die Unterhaltung auf den Namen des Lokals, in dem sie gerade saßen, und Alex berichtete, was er auf der Website darüber gelesen hatte. Demnach gab es zur Entstehung des Namens *Heimliche Liebe* zwei Versionen. An der Stelle, wo sich das Restaurant befand, hatte im Krieg eine

Geschützbastion gestanden, und der ersten Version zufolge hatten sich die hier stationierten Soldaten anlässlich eines spontanen Wettbewerbs auf den freundlich klingenden Namen für das martialische Bauwerk geeinigt. Eine andere Überlieferung besagte, dass Soldaten aus dem Ruhrgebiet für die Bezeichnung verantwortlich waren, denn auf dem Hügel oberhalb des Baldeneysees existierte ein gleichnamiges Restaurant, ebenfalls mit einer großartigen Aussicht. Dieses Ausflugslokal in Essen gab es immer noch, Alex war selbst schon dort gewesen. Er tendierte zu der Version, dass Soldaten aus dem Revier den Namen mitgebracht hatten.

»Das Heimatgefühl der Menschen aus dem Pott ist bekanntlich legendär«, schloss er.

Hanna widersprach ihm nicht, denn er musste es wissen. Die ersten zehn Jahre seines Lebens hatte er in seiner Geburtsstadt Gelsenkirchen verbracht und würde bis ans Ende seiner Tage Schalke-Fan bleiben.

Sie aßen ihren Nachtisch und suchten nebenher ein Hotel heraus. Hanna buchte für sich und Katie eine Suite bis zum Ende des Urlaubs, fest entschlossen, in der verbleibenden Woche so viel Inselflair zu tanken wie nur möglich. Einfach mal das Leben genießen, solange es ging. Die ungewisse Zukunft ausblenden und sich auf die Gegenwart konzentrieren. Auf das Hier und Jetzt. Auf den Sommer, ihr Kind und ihre Liebe. Ihre Recherchen waren so weit abgeschlossen, sie konnte kürzertreten und mehr Zeit mit Katie verbringen. Und natürlich mit Ole, denn wenn sie erst wieder in Frankfurt war, konnten sie sich nicht mal eben nach Feierabend treffen.

Seit ihrer gemeinsamen Rückkehr am Nachmittag hatte er sich nicht mehr gemeldet; vermutlich hatte er sich nach Praxisschluss gleich hingelegt, um den verpassten Schlaf nachzuholen.

Mittlerweile schien Katie auf heißen Kohlen zu sitzen. Sie tippte auf ihrem Handy herum, und Hanna sah aus den Augenwinkeln, dass sie Nachrichten an Bengt schrieb.

Sie tauschte einen bezeichnenden Blick mit Alex, dem ebenfalls nicht entging, dass das Vater-Mutter-Kind-Treffen sich dem Ende zuneigte. Er ließ die Rechnung kommen und übernahm die Bezahlung, während Katie bereits aufstand und erklärte, dass sie noch mal loswolle.

»Danke euch beiden für alles! Hab euch extrem lieb!« Eine rasche Umarmung für Hanna, eine Kusshand für ihren Vater, und schon war sie draußen.

Hanna schaute ihr nach und kam nicht gegen die melancholischen Gefühle an, die in ihr aufstiegen. Ihre wundervolle, erwachsene Tochter!

»Glaubst du, sie trifft sich jetzt wieder mit diesem Surferboy?«, fragte Alex. Er wirkte leicht beunruhigt.

»Ich glaub's nicht nur, ich weiß es«, sagte Hanna.

»Dir ist schon klar, dass der Typ ihr an die Wäsche will, oder? Und dass sie vielleicht denkt, ihr Geburtstag könnte der passende Zeitpunkt dafür sein.«

Hanna hob ein wenig unbehaglich die Schultern. Was sollte sie dazu auch sagen?

»Ist sie … Ich meine, hat sie vorgesorgt?«, wollte Alex verunsichert wissen.

Hanna kicherte, sie dachte an die peinliche Szene, als sie Katie die Kondome überreicht hatte. »Sie ist alt genug«, sagte sie.

Gleichzeitig wusste sie, dass das nicht stimmte. Kinder waren nie alt genug. Sie erreichten niemals das Alter, ab dem Eltern aufhören konnten, sich um sie zu sorgen.

»Danke für die Einladung, ich mach mich dann auch mal auf die Socken«, sagte sie zu Alex. Sie stand auf und legte ihm die Hand auf die Schulter.

Er wirkte ein wenig enttäuscht, und für einen Moment war sie versucht, noch auf ein Glas Wein mit ihm hier sitzen zu bleiben, aus alter Verbundenheit und weil er sich extra ein Bein ausgerissen hatte, um herzukommen und für Katie da zu sein.

Dann machte sie sich klar, dass er das nicht aus Gefälligkeit für sie getan hatte, sondern für Katie, die ebenso sein Kind war wie das ihre. Außerdem ahnte sie, dass er nicht eher Ruhe geben würde, bis sie ihm alles über ihre Untersuchungsergebnisse erzählt hatte, und sicherlich würde er sie auch zu ihren Recherchen ausfragen wollen. Er war einfach von Berufs wegen neugierig, und zu seinen speziellen Gaben gehörte es, nie lockerzulassen.

Er stand ebenfalls auf und drückte sie sanft an sich.

»Lass nicht zu, dass Katie sich von dem Surferboy das Herz brechen lässt«, sagte er. Hanna antwortete darauf mit einem frustrierten Achselzucken. Was dachte er denn, wie sie dagegen angehen sollte? Auf der Rückfahrt zum Hotel überlegte sie düster, dass er vielleicht recht hatte mit seiner Vermutung. Dass Katie ihren sechzehnten Geburtstag womöglich als passenden Zeitpunkt betrachtete. Und dass Bengt sie anschließend auf seiner Bucket-Liste durchstrich und fallen ließ.

Aber wäre es etwa besser, wenn die beiden sich richtig ineinander verliebten? Was würde es mit dieser Liebe machen, wenn der Artikel über das Hotel erschien?

Angesichts dieser Frage verloren Hannas übrige Sorgen schlagartig jede Bedeutung.

*

Ole schrak hoch, er war von einem Geräusch aufgewacht. Es war dunkel im Zimmer, er lag im Bett und hatte tief geschlafen. Zuerst dachte er, Max wäre vielleicht zu ihm nach oben in die Wohnung gekommen, das tat er manchmal, wenn die Türen nur angelehnt waren und ihm unten in Hildes Wohnzimmer langweilig wurde. Umso größer war sein Schreck, als plötzlich das Licht anging und Isa vor seinem Bett auftauchte. In ihrem schicken Bürooutfit, auf hohen Hacken und dezent geschminkt, wirkte sie wie eine Erscheinung, die unmöglich echt sein konnte. Nicht in seinem Schlafzimmer.

Er machte keinen Hehl aus seinem Zorn. Fluchend schwang er die Beine aus dem Bett und stand auf.

»Wie bist du ins Haus gekommen?«, wollte er wissen.

»Deine Mutter hat mich reingelassen, sie war noch auf.«

Er sah auf die Uhr. Fast Mitternacht. Er hatte keine drei Stunden geschlafen. Nicht annähernd genug.

»Was willst du schon wieder?«, fuhr er sie an.

Anstelle einer Antwort sah sie sich um. »Sieht alles so aus wie früher, als ich hier mit dir geschlafen habe. Sogar die Bettwäsche hast du noch. Hab ich dir mal aus Paris mitgebracht, erinnerst du dich? War richtig teuer. Aber dafür aus echter Seide. Zum Schlafen gibt es nichts Besseres. Und beim Sex ist es auch perfekt.«

»Ich schlage vor, du gehst«, sagte er, um Beherrschung ringend. »Sonst könnte es sein, dass ich dich mit Gewalt hinausbefördere.« Er war tatsächlich in der Stimmung dazu, sie beim Kragen ihres edlen Blazers zu packen und die Treppe runterzuzerren. Ein Gefühl von Fassungslosigkeit hatte sich seiner bemächtigt. Wie hatte ihm früher nur entgehen können, wie sie wirklich war? So abgebrüht und skrupellos. Hatte sie sich so gut vor ihm verstellt, oder war er einfach nur blind gewesen?

»Keine Sorge, ich will dich nicht lange aufhalten, und wenn du ans Handy gegangen wärst, hätte ich ja auch gar nicht erst rüberkommen müssen«, teilte sie ihm mit. »Ich wollte dich über unsere speziellen … Familienbande informieren. Margret hat uns heute Abend eine neue schmutzige Einzelheit anvertraut.«

»Was zum Teufel meinst du?«

»Meine Oma und dein Opa.«

»Komm zur Sache«, befahl er brüsk.

»Genau das richtige Stichwort. Bei den beiden ging's zur Sache, und das Ergebnis steht hier vor dir.« Sie deutete mit spitzem Zeigefinger auf ihre Brust. »Natürlich die übernächste Generation, und wir teilen uns nur einen einzigen Vorfahren. Weshalb du bloß mein Halbcousin bist.«

Ole starrte sie an, hilflos dem Abscheu ausgeliefert, der in ihm hochkroch. »Wer behauptet das?«

»Wer wohl? Die Person, die damals direkt an der Zeugung beteiligt war. Meine Großmutter Margret höchstselbst. Ich weiß es allerdings auch erst seit heute Abend. Die alte Scharteke verrät uns all diese Dinge aus ihrer gruseligen Vergangenheit nur häppchenweise. Immer bloß so, wie sie gerade in Stimmung ist. Am Tag nach dem Geburtstagsdinner hat sie uns beispielsweise die Sache über den Lebensborn erzählt. Und tags darauf von den erschossenen Zwangsarbeitern.« Isa blickte ihn fragend an. »Kennst du diese Geschichte schon?«

Ole nickte nur stumm.

»Margret weiß haarklein über alles Bescheid«, fuhr sie fort. »Zwischen ihrem versoffenen Vater – mein Urgroßvater mütterlicherseits, den ich zum Glück nie kennengelernt habe – und dieser Psychopathin Angela gab es wohl regelmäßig Auseinandersetzungen, da wurde das immer wieder auf den Tisch gepackt, und Margret war oft dabei, schon als Kind. Ihr Vater und ihre Tante haben sich ganz ungeniert über diese ganzen SS-Verbrechen unterhalten, egal, ob Margret zuhörte oder nicht. Eine Zeit lang hatten sie sogar vor, deinen Opa mit den erschossenen Zwangsarbeitern zu erpressen, weil er die Kurkinder nicht mehr behandeln wollte, aber dann ging es Angela wohl auf, dass sie sich mit ihrer gemeinsamen KZ-Vergangenheit selbst reingeritten hätte. Und so lebten sie in einem ewigen Patt all die Jahre weiter Haus an Haus und haben sich gehasst wie die Pest.«

Ole wurde bewusst, dass er nur Boxershorts trug. Hastig griff er nach seiner Jeans und stieg hinein. Anschließend streifte er sein T-Shirt über.

»Isa, dieser ganze Scheiß ist mir maximal egal«, sagte er mit erschöpfter Stimme, und in diesem Augenblick war es nichts weiter als die Wahrheit. Es tangierte ihn kaum, dass Isa über seinen Großvater weitläufig mit ihm verwandt war. Ganz im Gegensatz zu den Morden, die der Mann begangen hatte. Sein Großvater, der SS-Arzt. Der einst denselben Eid geschworen hatte wie er. *Ich werde den höchsten Respekt vor menschlichem Leben wahren.*

Das würde für immer auf ihm lasten. Er würde lernen müssen, diese Bürde zu tragen.

Isa betrachtete ihn, in ihrem Blick lag eine Spur von Mitleid. »Ich würde dir ja gern sagen, dass das alles war. Doch das wäre gelogen. Das Schlimmste kommt erst noch. Sie hat es uns heute angekündigt. ›Das Schlimmste wisst ihr noch nicht, aber ihr werdet es erfahren.‹ Das waren ihre Worte. Frag mich nicht, was das sein soll! Trotzdem glaube ich ihr. Du kannst dir nicht vorstellen, wie sehr ich sie angefleht habe, uns endlich alles über die Vergangenheit zu sagen! Darauf meinte sie nur: ›Alles zu seiner Zeit.‹ Ich habe keine Ahnung, was sie Hanna schon erzählt hat, doch sie wird nicht damit aufhören. Nicht, solange Hanna in Reichweite ist. In Margret ist so viel Hass und Wut, Ole! Ich habe das Gefühl, sie will uns irgendwas heimzahlen, das wir überhaupt nicht getan haben! Sie sagt ständig, es sei ein schwerer Fehler von ihr gewesen, wieder in die Villa zu ziehen. Aber ins Seniorenheim will sie natürlich auch nicht zurück.«

»Sie ist doch *deine* Großmutter«, sagte Ole.

»Was willst du damit sagen? Dass ich sie einsperren soll?« Isa lachte verzweifelt auf. »Ich hab's versucht, und es ging nach hinten los. Es gibt einen Fonds, aus dem die Hypothek bezahlt wird, und auf diesem Geld hockt sie.« Sie hielt inne, und zum ersten Mal nahm er offene Angst in ihren Augen wahr. »Margret kann uns jederzeit auf dem Trockenen sitzen lassen. Das hat sie uns schon angedroht.«

»Und was soll ich deiner Meinung nach machen?«

»Überrede Hanna, dass sie von der Insel verschwindet. Sie kann meinetwegen über das Hotel schreiben, was sie will! Sie soll bloß abreisen!«

»Rede nicht solchen Unsinn.« Ole deutete resolut auf die Tür. »Die Unterhaltung ist beendet.«

Sie zuckte die Achseln und wandte sich ab. In der offenen Zimmertür blieb sie stehen. »Glaub mir, du wirst es bereuen! Wir werden es *alle* bereuen! Doch du am meisten.«

Bei ihren Worten lief ihm ein Schauer über den Rücken, und von irgendwoher schien ihm eine Stimme zuzuflüstern, dass er besser auf Isa gehört hätte.

*

Katie und Bengt waren noch auf der Beachparty. Sie tanzten ausgelassen zu der Musik, die aus den großen Lautsprechern dröhnte. Das Gedränge um sie herum war unbeschreiblich, aber genau das liebte Katie so daran. Diese Enge, die vielen Berührungen. Leuchtende, lachende Gesichter überall, in Ekstase zurückgeworfene Köpfe, hochgereckte Arme – alles schien zu verschmelzen, wie ein einziger, weit ausgedehnter Körper, der sich im selben Rhythmus bewegte, zu den stampfenden Takten, die von den Boxen vorgegeben wurden. Sie schwitzte, ihr Haar war eine einzige wirre Masse, doch das war ihr egal. Es war die Geburtstagsparty ihres Lebens, und Bengt, der die ganze Zeit dicht neben ihr war, machte es für sie vollkommen. Unter seinen intensiven Blicken wurde ihr heiß, sie war sich seiner Gegenwart überdeutlich bewusst.

Auf einmal hörte er einfach auf zu tanzen, um sie mit festem Griff ganz nah zu sich heranzuziehen und beide Arme um sie zu schlingen. So, als gäbe es in diesem Augenblick nur sie beide auf der Welt. Und dann neigte er seinen Kopf zu ihr herab und küsste sie, auf eine bisher nicht gekannte Art, so intensiv und verlangend, dass sie das Gefühl hatte, in seinen Armen zu zerschmelzen. Gleich darauf ließ er sie wieder los und tanzte weiter, selbstvergessen den harten Rhythmen der Musik hingegeben.

Katie machte es ihm nach, aber es kam ihr vor, als hätte er sie auf eine andere Ebene gehoben, dorthin, wo ihr Herz schneller raste als je zuvor und das Blut in ihren Ohren pochte. Ja, sie wollte es heute Nacht, der Kuss hatte es besiegelt. Für sie war es wie ein Versprechen, dass Bengt und sie zusammengehörten. Das, was sie in seinen Armen empfand, war so einzigartig und neu, dass es gar nicht anders sein konnte. So musste sich die Liebe anfühlen!

Sie tanzten endlos lange so weiter, die Nacht hatte gerade erst angefangen. Wind strich über ihre Haut, ihre Füße stampften in den Sand. Der Himmel war ein Sternenmeer, es roch nach Salz und Algen, nach Schweiß und Sunblocker und fettigen Fritten von der Milchbude, nach Haschisch und Bier und bunten Cocktails. Es war ein wilder Mix, an den sie sich für den Rest ihres Lebens immer erinnern wollte, weil sie auf geheimnisvolle Weise wusste, dass die Welt nur in dieser einen Nacht so riechen würde. So einzigartig und aufregend wie das Balancieren auf einem schwankenden Seil, über eine verlockende Tiefe, in die man jederzeit hinabstürzen konnte.

Sie holten sich was zu trinken, riesige Becher voll eiskalter Fassbrause. Inmitten der Menschenmenge war es viel zu laut, um sich zu unterhalten, aber Katie wollte überhaupt nicht reden. Sie wollte tanzen, auf und ab springen, alles in sich aufsaugen. Mit gespreizten Fingern fuhr sie sich durchs offene Haar und bog den Kopf zurück, um sich die Sterne anzusehen.

Da nahm Bengt ihre Hand und zog sie mit sich, immer weiter den Strand entlang, weg von der Feier und vorbei an den hoch aufragenden Dünen zu ihrer Rechten. Links von ihnen war das Meer, doch der Strand war hier so breit, dass es in der Dunkelheit nicht zu sehen war. Nach einer Weile machte Bengt die Taschenlampe an seinem Handy an und leuchtete ihnen den Weg aus. Sie redeten immer noch nicht, obwohl die Musik längst in der Ferne verklungen war.

Für Katie fühlte es sich an, als würde sie unaufhaltsam einer nur für sie bestimmten Verheißung entgegenstreben, und als er sie seitlich in die Dünen zog, wusste sie, dass es jetzt so weit war. Sie hatte Angst, und die Aufregung verschlug ihr den Atem, aber als Bengt sie erneut in die Arme schloss und mit dieser neuen, ungezügelten Leidenschaft küsste, konnte sie es kaum erwarten. Plötzlich schienen seine Hände überall zu sein, und sein Mund zog feurige Spuren über ihre nackte Haut. Er zerrte an ihrem Shirt und schob es hoch, woraufhin sie es kurzerhand abstreifte, ebenso die Shorts mitsamt Slip, bis sie nichts mehr anhatte. Bengt schälte sich aus seiner Jeans und riss sich das Hemd in einer einzigen fließenden Bewegung vom Körper, so, wie Männer es machten, mit einem Griff zwischen die Schulterblätter und dann ruckartig über den Kopf. Katie zog sich ihre Shirts immer anders aus, mit gekreuzten Armen vor dem Oberkörper, beide Hände am Saum. Sie fand es seltsam, dass Männer sich ihre Hemden und Pullis auf andere Weise auszogen als Frauen, und sie hatte sich schon gefragt, ob es vielleicht was Biologisches war.

Doch dieser Gedanke dauerte nicht länger als das Ausziehen seines Shirts, er verflüchtigte sich schneller als ein Atemzug. Bengt hatte die Taschenlampe an seinem Handy wieder ausgemacht, stattdessen lief Musik bei eingeschalteter Displaybeleuchtung, sodass es nicht völlig finster um sie herum war. Sein Smartphone lag in einer seiner Sandalen, die er ebenfalls ausgezogen hatte. Katie konnte in dem schwachen Licht die Konturen seines Körpers erkennen, die Muskelstränge, die über seine Schultern und Arme liefen, die angedeuteten Formen seines Sixpacks, die sehnigen Oberschenkel.

Ihr Mund fühlte sich mit einem Mal trocken an, sie befeuchtete ihre Lippen mit der Zunge und konnte nur noch daran denken, wie heiß er aussah. Sie wusste, dass er sie ebenfalls gerne anschaute, doch sie fand sich selbst nicht so besonders. Ihr Gesicht mochte sie, das war wirklich schön, fast so schön wie bei Mom. Aber ihr Busen war viel kleiner als der von Bella, ihre Beine und Arme unmöglich lang.

Er bückte sich plötzlich und fummelte in der Hosentasche seiner Jeans herum, für einen Augenblick sah sie die einzelnen Segmente seiner Wirbelsäule und die Wölbung seines nackten Hinterns, dann richtete er sich wieder auf, ein winziges viereckiges Plastiktütchen in der Hand. Ganz ähnlich wie die Dinger, die sie selbst in der Tasche hatte.

Für sie war es ein unerwarteter Moment der Ernüchterung, sie musste gegen den Impuls ankämpfen, sich ihre Klamotten zu schnappen und alles wieder anzuziehen. Ging das nicht irgendwie zu schnell? Sollten sie nicht vorher reden? Bloß – worüber? Vielleicht noch mal über das Tagebuch. Bengt hatte überall danach gesucht, jedoch nichts gefunden. Auch nicht im Reißwolf. Damit war das Thema auch schon erledigt.

Nichts, worüber man sich länger unterhalten konnte als eine Minute, wenn überhaupt.

Und dann war auch dieser Gedanke weg, ihr Kopf war wie leer gefegt. Das Herz hämmerte wie ein Maschinengewehr gegen ihre Rippen, ihr Körper sandte ihr widersprüchliche Signale zu. Sie wollte es, aber auch irgendwie nicht.

Doch dann nahm er sie erneut in die Arme und küsste sie, bis es nichts mehr gab außer dem Sternenhimmel über ihr und dem leisen Rauschen des Windes.

*

Hanna packte im Hotel ihre Sachen zusammen, sie wollte morgen zeitig auschecken, möglichst vor dem Frühstück. In dem anderen Hotel würden sie nicht vor zwei Uhr aufs Zimmer können, doch das Gepäck durften sie vorher dort unterstellen. Die restliche Zeit würden Katie und sie schon herumbringen. Sie konnten gemütlich zusammen frühstücken gehen, danach vielleicht eine Runde schwimmen oder einfach bloß faul am Strand sitzen. Ole hatte morgen auch frei, da konnten sie sogar was zu dritt unternehmen. Falls Katie Lust dazu hatte. Gut denkbar, dass sie es vorzog, den Tag mit Bengt zu verbringen. Hanna wollte sich auf alle Möglichkeiten einrichten und keinen Druck auf ihre Tochter ausüben.

Während sie geschäftig im Zimmer umherging und alles, was sie bis morgen nicht mehr brauchte, in ihrem Koffer verstaute, blickte sie immer wieder auf die Uhr. Kurz vor Mitternacht, und keine Spur von Katie. Am Strand fand eine große Party statt. Sofern Katie überhaupt dort war und nicht längst woanders.

Hanna entwich ein Stoßseufzer, sie musste endlich aufhören, sich ständig deswegen verrückt zu machen. Wenn sie nicht aufpasste, würde sie sich zu einem richtigen Kontrollfreak entwickeln! Was sie schlimmstenfalls sogar bereits war.

Zwischendurch sah sie auf ihr Handy. Alex hatte ihr geschrieben, er übernachtete in einem Hotel am Südstrand und wollte morgen die erste Fähre nehmen. Er bedankte sich noch einmal für den netten Abend und wünschte ihr alles nur erdenklich Gute.

Keine Nachricht von Katie, keine von Ole. Er war seit ihrer Rückkehr nicht online gewesen, ein untrügliches Zeichen, dass er früh schlafen gegangen war. In diesem Fall ohne sie, was auch ganz in Hannas Sinne war. Ihre Blödeleien auf dem Katamaran hatte sie nicht ernst genommen, damit hatten sie beide nur die gedrückte Stimmung auflockern wollen. Außerdem hatte sie nicht vor, bei Ole zu übernachten, solange sie mit Katie hier auf der Insel war. Es hing ihr immer noch nach, dass sie gestern ungeplant in seinem Bett eingeschlafen war, und rückblickend empfand sie es als hochgradig peinlich, dass man sie nur mit einem Bettlaken bekleidet aus seinem Haus befördert hatte. Katie hatte bisher kein Wort darüber verloren, vermutlich war sie einfach nur erleichtert über den glimpflichen Ausgang des dramatischen Geschehens. Doch sie machte sich bestimmt keine Illusionen darüber, was sich vorher zwischen Hanna und Ole in seiner Wohnung abgespielt hatte. Und nicht nur Katie hatte es mitgekriegt, sondern auch alle möglichen anderen Leute.

Hanna war mit Packen fertig und versuchte, ihre wachsende Nervosität in den Griff zu bekommen, indem sie sich in das E-Book vertiefte, das sie bereits auf der Hinreise angefangen hatte. Ein viel gepriesener Roman, der seit Wochen ganz oben auf der Bestsellerliste stand. Aber sie konnte sich nicht konzentrieren. Was auch immer sie in den letzten paar Minuten gelesen hatte – sie hatte es schon wieder vergessen. Die naheliegende Erwägung, ihre Zerstreutheit könne vielleicht mit dem Ding in ihrem Gehirn zusammenhängen, verdrängte sie nach Kräften. Wenn es so wäre, hätte sie ja nichts dran ändern können, jedenfalls nicht für den Moment.

Sie rief auf dem Handy ihren Mailaccount auf und sah, dass Sabine ihr noch am späten Abend geschrieben hatte.

Liebe Hanna,

unser Gespräch geht mir nicht aus dem Kopf, weshalb ich mich kurz vorm Schlafengehen noch einmal hinsetze und dir schreibe. Es hat mich in meinen Grundfesten erschüttert, dass Luise ein so grausames Ende gefunden hat! Ich weiß nicht, was aus ihrer Mörderin geworden ist, und eigentlich möchte ich es auch gar nicht wissen. Angela war damals schon in ihren mittleren Jahren, folglich ist sie mit Sicherheit zwischenzeitlich verstorben. Wenn es eine Hölle gibt, so ist sie gewiss dort, und ich stelle mir vor, dass ihre Seele in ewigem Feuer verbrennt.
Ebenso male ich mir aus, dass Luise an einem besseren Ort ist. Dass ihre Seele nie ganz gegangen ist. Es ist vielleicht nur ein dummer Aberglaube, doch ich bin davon überzeugt, dass manche Seelen, die besonders rein und gut sind, in unserer Welt fortbestehen. Dass sie Wege finden, sich uns mitzuteilen. Uns Mut zu machen, uns aufzurichten und der Verzweiflung in uns die Stirn zu bieten. Und dass sie mithelfen, die Dinge ins Gleichgewicht zu bringen.
Ich sehe immer noch den wunderschönen Sand-Tintenfisch vor mir, den Luise an unserem ersten Tag auf Borkum mit uns gebaut hat. Das ist eine meiner schönsten Erinnerungen! Oder der Tag, an dem sie mich und Nummer sechs – ich kenne immer noch nicht seinen richtigen Namen – vom Strand zurückgeholt hat, als wir so kläglich mit unseren Fluchtplänen gescheitert waren. Ich spüre noch, wie fest sie

meine Hand gehalten hat, als wir zur Villa Aurelia zurückgingen. In diesem Moment habe ich mich so beschützt und sicher gefühlt!
Und jene Nacht, in der sie mir Lieder vorsang – das werde ich immer in meinem Herzen behalten.
All das Böse, das sich dort zugetragen hat, konnte dieses kleine leuchtende Stückchen meiner Erinnerungen nicht auslöschen, ich habe es über die Jahrzehnte in meinem Inneren bewahrt und gewusst, dass ich nicht allein war.
Da du mich gefragt hattest, ob ich mich an Vorfälle im Zusammenhang mit Luises Verschwinden entsinne, bin ich nochmals lange in mich gegangen und habe viel darüber nachgedacht. Doch zu meinem Bedauern ist mir nichts mehr dazu eingefallen. Dafür kam eine andere Erinnerung zum Vorschein, wobei ich allerdings bezweifle, dass es mit Luise zu tun hatte. Denn das Gespräch, das mir auf einmal wieder ins Gedächtnis kam, fand lange nach ihrem Verschwinden statt, am Tag vor unserer Heimreise …

*

Borkum, September 1963

In der Villa Aurelia herrschte schon den ganzen Tag eine Riesenaufregung. Morgen ging's nach Hause! Ein allerletztes Mal mussten sie die komischen Ringelmützen aufsetzen, die schlabbrigen Einheitsklamotten anziehen und in Zweierreihen durch den Ort marschieren. Dazu sangen sie alle laut: »Wohlauf in Gottes schöne Welt, lebe wohl, ade! Die Luft ist blau und grün das Feld, lebe wohl, ade! Die Berge glühn wie Edelstein, ich wandre mit dem Sonnenschein, lalalalalalala, ins weite Land hineiheihein, lalalalalala, ins weite Land hinein!«

Jedes ›Lebe wohl, ade!‹ sang Sabine besonders laut, sie schrie es fast. Die kleinen Sträflinge, Hand in Hand und nach Zahlen sortiert – morgen wurden sie freigelassen! Es würden bald andere Kinder kommen, aber an die wollte Sabine nicht denken, auch wenn die neuen Nummern ihr jetzt schon leidtaten. Manchmal überlegte sie, dass es gut wäre, wenn sie schon schreiben könnte, dann hätte sie alles aufgeschrieben, jeden Tag von jeder Woche, und die Nächte auch. Sie hätte es ihren Eltern und ihrer Oma vorlesen können. Vielleicht auch ihrem Kinderarzt Doktor Müller, der ja die Kur verordnet hatte, und seiner Sprechstundenhilfe Frau Gutmann, dann hätten die sich mal irgendwo über die Gemeinheiten von Tante Angela und Tante Friederike beschweren können. Sabine wusste zwar nicht, wo, doch es gab bestimmt eine Stelle dafür.

An ihrem letzten Tag mussten alle Nummern ihre Sachen packen. Es war ein komisches Gefühl, das ganze Zeug wieder in den Koffer zu legen – außer Socken und Unterhosen hatte Sabine nichts davon getragen. Alles war so sauber und frisch gebügelt wie am ersten Tag. Von den Unterhosen hatte sie nur jede Woche eine frische nehmen dürfen, die anderen mussten im Fach liegen bleiben. Von den Socken hatte sie nur zwei Paare angehabt. Die benutzten Sachen waren gestern alle gewaschen worden und kamen zu dem übrigen Zeug in den Koffer. Heute hatten sie alle frische Unterhosen und Socken anziehen dürfen, die mussten sie morgen auch noch mal tragen. So nahmen sie nur saubere Sachen mit nach Hause. Und fast das ganze Taschengeld, denn sie hatten ja nur einmal was kaufen dürfen. Fast alle hatten sich den rot-weiß gestreiften Leuchtturm geholt. Bevor die Koffer zugemacht wurden, kriegte jeder ein Gruppenbild, von dem Tag, als der Fotograf da gewesen war, das kam auch mit rein.
Abends mussten alle Nummern unter die Brause, einschließlich Haare waschen. Die kleinen Nummern, die es nicht allein konnten, schrien und weinten und wehrten sich, doch es half nichts, Angela und Friederike zerrten sie mit vereinten Kräften vor die gekachelte Wand, rieben ihnen das beißende Shampoo in die Haare und spritzten sie von Kopf bis Fuß mit dem Schlauch ab. Abtrocknen mussten sich hinterher alle allein, und so standen die Kleinen, die auch das nicht selbst hinbekamen, zitternd und mit blauen Lippen da, bis sich die höheren Nummern erbarmten und ihnen halfen. Sabine ließ das Haarewaschen und Abbrausen mit zusammengebissenen Zähnen über sich ergehen. Sie hatte eine Möglichkeit gefunden, es auszuhalten. In Gedanken zählte sie. Doch nicht bloß von eins bis hundert, sondern sie ließ immer eine Zahl aus. Also zwei,

vier, sechs und so weiter. Manchmal fing sie auch mit eins an, dann ging es mit drei, fünf, sieben weiter. Noch vor hundert hatte sie alles überstanden.

Sie half Nummer sechs beim Abtrocknen und kämmte ihm auch die strubbeligen nassen Haare, weil Nummer einundzwanzig fand, dass er zu groß zum Helfen war. Aber Sabine sah ja, dass er es nicht richtig konnte. Sie waren die Letzten, alle anderen waren schon raufgegangen.

Tante Angela stand im Flur vor den Waschräumen und unterhielt sich mit Onkel Georg. Er war runtergekommen, weil schon wieder der Wasserhahn klemmte.

»Wir müssen endlich neue Armaturen besorgen«, sagte er. »Die alten tun's einfach nicht mehr.«

»Die halten schon noch ein Jahr«, meinte Tante Angela. Dann fragte sie: »Hast du dir schon was wegen seiner Frau überlegt?«

»Er würde das nicht wollen«, sagte Onkel Georg.

»Er soll es ja gar nicht mitbekommen. Tagsüber ist er oft zu Hausbesuchen unterwegs, und der Junge ist im Internat.«

»Meine Tochter wird sich bestimmt freuen, die hätte dann endlich freie Bahn«, meinte Onkel Georg.

»Die will ihn nicht mehr«, sagte Angela.

»Wieso denn nicht? Sie himmelt ihn doch seit Jahren wie ein Mondkalb an!«

»Du solltest einfach mal weniger saufen, dann würdest du vielleicht auch mehr mitkriegen. Sie hat jetzt einen Stecher, so einen Marinesoldaten. Heute Morgen hat sie mir erzählt, dass sie den heiratet und mit ihm wegzieht. Ihre Arbeit hat sie schon gekündigt.«

»Wieso weiß ich davon noch nichts?«, beschwerte sich Onkel Georg. »Ich bin ihr Vater!«

»Wahrscheinlich warst du zu betrunken. Also, was ist jetzt mit seiner Frau?«

»Ich denk mir was aus«, sagte Onkel Georg.
»Hauptsache, bald«, sagte Angela.
Dann entfernten die beiden sich, und gleich darauf war zu hören, wie sie ebenfalls raufgingen.
Sabine stand frierend im Waschraum, Hand in Hand mit Nummer sechs, der genauso bibberte wie sie, aber klugerweise keinen Ton von sich gegeben hatte. Sie hatte keine Ahnung, worüber Tante Angela und Onkel Georg sich unterhalten hatten, und es war ihr auch ganz egal. Sie wollte bloß ungesehen wieder nach oben.
Schließlich wagten sie es, sie schlichen wie die Mäuschen die Treppe rauf und schlüpften sofort ins Bett. Sie hatten Glück, außer den Kindern bemerkte sie niemand.
Sabine zog die Bettdecke hoch bis an die Nasenspitze und sah hinüber zu dem Pisspott, der in der Mitte des Schlafraums stand und sicher bis morgen früh wieder überlaufen würde. Sie schwor sich, ihn nicht mehr zu benutzen, dann drehte sie das Gesicht zur Wand, in der Hoffnung, dass sie keine bösen Träume bekam. Und in dieser letzten Nacht in der Villa Aurelia klappte es tatsächlich.

*

Beim Lesen hatte Hanna mehrere quälende Déjà-vus gehabt, es war, als hätte sich aus Sabines Beschreibungen ein Gespinst gebildet, das sie von allen Seiten umschloss. Sie war drauf und dran gewesen, das Handy mit aller Kraft gegen die Wand zu schleudern. Stattdessen atmete sie mehrere Male tief ein und aus und versuchte, sich auf den Rest von Sabines Mail zu konzentrieren.

> Liebe Hanna, so wenig ich auch damals begriffen habe, worum es bei diesem Gespräch ging, sosehr erfüllt es mich heute mit mulmigen Gefühlen. Rückblickend scheint es ein Wortwechsel von Verschwörern gewesen zu sein, die nichts Gutes im Sinn hatten, und ich hoffe sehr, dass ich mich irre. Falls es dir gelingt, bei deinen Recherchen mehr darüber herauszufinden, wäre ich dir sehr verbunden, wenn du mich in dieser Hinsicht beruhigen könntest.
> Alles Gute und herzliche Grüße bis zu unserem nächsten Call,
> Deine Sabine.

Hanna wünschte, sie hätte Sabines Bedenken zerstreuen können, aber die Tatsachen sprachen für sich. Ole hatte ihr erzählt, dass seine Großmutter jung gestorben war, bei einem Unfall. Sie war in der Badewanne ausgerutscht, dabei hatte sie sich den Kopf angeschlagen und war ertrunken. Sein Großvater hatte sie leblos vorgefunden, als er von einem Hausbesuch zurückgekommen war.

Zutiefst erschüttert schloss sie die Augen und überdachte die Konsequenzen von Sabines Schilderung. Wie um alles in der Welt sollte sie Ole beibringen, dass seine Großmutter höchstwahrscheinlich einem Mordkomplott zum Opfer gefallen war, genauso wie vor ihr schon Luise? Gar nicht, entschied sie sofort. Er musste es überhaupt nicht erfahren. Alle Beteiligten waren tot. Niemand konnte mehr für die Tat zur Rechenschaft gezogen werden. Am besten dachte sie nicht mehr dran, sondern konzentrierte sich auf die Probleme der Gegenwart. Von denen sie reichlich hatte.

Immer noch keine Nachricht von Katie. Ihr Finger zuckte über dem Textfeld im Chat, und schließlich gab sie dem immer stärker werdenden Impuls nach.

Alles o.k. bei dir?

Sie wartete ein paar atemlose Sekunden, dann sah sie unten am linken Rand des Displays, dass ihre Tochter was schrieb. Und wieder aufhörte. Und wieder anfing.

Dann endlich kam eine Nachricht.

Alles gut.

Hanna ließ langsam den Atem entweichen. *Alles gut?* Ging's noch kürzer? Warum hatte Katie für diese zwei Worte so oft ansetzen müssen? Und wieso schrieb sie nicht wenigstens, wann sie wieder da sein wollte?

Hanna konnte sich nicht damit zufriedengeben.

Wann kommst du zurück?, schrieb sie.

Diesmal antwortete Katie sofort.

20 min

Hanna war erleichtert. Sie hatte befürchtet, es würde so was kommen wie *Bald*. Oder gar nichts. Zwanzig Minuten, das war etwas, womit sie klarkam.

Eilig schickte sie Katie ein Kuss-Emoji. Dann traf völlig unerwartet eine Nachricht von Ole bei ihr ein.

Noch auf?

Ja, schrieb sie mit klopfendem Herzen zurück. Er war anscheinend aufgewacht und hatte gesehen, dass sie online war.

Was machst du?, schrieb er als Nächstes.

Auf Katie warten, sie kommt gleich, antwortete sie.

Darauf Ole: *Können wir reden?*

Sie wollte gerade zurückschreiben, da klopfte es an der Tür. Als sie öffnete, stand Margret vor ihr.

»Können wir reden?«, fragte sie mit ihrer knarzenden Altfrauenstimme, wie ein seltsames Echo von Oles letzter Nachricht. Hanna schüttelte die aufkommende Beklemmung ab und nickte nur wortlos, während sie Margret einließ und auf den Schreibtischstuhl deutete. Das Sofa war vom Housekeeping schon zum Bett umfunktioniert worden.

Melde mich nachher, hab noch ein Gespräch, schrieb sie an Ole, dann schloss sie den Chat. Wenn Margret reden wollte, brauchte sie das Handy für die Aufnahmefunktion.

Die alte Frau setzte sich auf den Stuhl, beide Hände auf den silberbeschlagenen Gehstock gestützt.

»Ich weiß, es ist spät«, sagte sie. »Aber tagsüber komme ich kaum noch aus dem Zimmer. Isa und Jan sind wie die Schießhunde, sie laufen mir auf Schritt und Tritt hinterher. Heute Nachmittag konnten wir beide uns nicht zu Ende unterhalten. Das würde ich gern nachholen.«

Hanna nickte abermals, von einem unerwarteten Zögern erfüllt. Ihr Finger schwebte über der Aufnahmetaste, dann ließ sie ihn sinken. Der Entschluss fiel plötzlich und war endgültig. Die nagenden Zweifel, die quälende Ungewissheit und überhaupt das ganze Dilemma, in dem sie zuletzt festgesteckt hatte – alles löste sich mit einem Schlag in Luft auf.

Sie würde diesen Artikel nicht schreiben! Es musste eine andere Möglichkeit geben, die ganze Geschichte aufzuarbeiten. Mit einem Mal hatte sie auch schon eine Idee. Noch ganz diffus und unausgegoren, doch sie hatte ja bisher nicht drüber nachgedacht. Womit sie gleich nach dieser Unterhaltung anfangen wollte.

Hanna atmete wie befreit auf, weil die Entscheidung so viele Sorgen auf einmal zum Verschwinden brachte. Es blieben auch keinerlei gemischte Gefühle zurück, weil sie wusste, dass es richtig war. Es gab keine Alternative.

Denn egal, wie sie es auch drehte und wendete, gleichviel, welchen Ansatz sie wählte – es würde letztendlich immer auf Ole zurückfallen. Er würde für alles büßen müssen, auf ihn würden die Leute mit den Fingern zeigen. Dazu durfte es nicht kommen. Sie liebte ihn, und sie würde nichts tun, was ihm Leid bescherte.

Sie hatte es im Bruchteil einer Sekunde beschlossen, aber die alte Frau schien zu spüren, dass Hanna in Gedanken woanders war. Ungeduldig stieß sie ihren Gehstock auf den Fußboden und fing ohne Umschweife an zu reden.

»Ich habe noch längst nicht alles über diese Verbrecherbande erzählt«, sagte sie. »Hatte ich überhaupt schon erwähnt, dass mein Vater auch mit in Litzmannstadt war? Er hat dort die Erschießungen der Zwangsarbeiter beaufsichtigt.« Ihr Blick bohrte sich in Hannas Augen. »Und der Doktor hat mitgeschossen.« Ihre Stimme bekam einen anklagenden Unterton, sie stieß den Gehstock erneut auf den Boden. »Dann wäre da noch die Sache mit dem angeblichen Unfall seiner Frau, das hab ich bisher keinem verraten.« Ein Ausdruck von Hass und Abscheu verzerrte ihre Züge.

Hastig hob Hanna die Hand. »Warten Sie, Frau Hansen. Sie müssen mir all das nicht mehr erzählen. Ich werde diesen Artikel nicht schreiben.«

Die alte Frau zuckte zusammen und starrte sie ungläubig an. »Was hast du da gerade gesagt?«

»Ich schreibe den Artikel nicht.«

In Margrets Miene spiegelte sich blanke Wut. »Was hat

dich umgestimmt? Waren es Isa und Jan? Haben sie dir Geld angeboten?«

»Machen Sie sich nicht lächerlich!«

»Dann ist es seinetwegen! Wegen dem Doktor! Hat er dich bezirzt und mit Liebesgefühlen vergiftet? So weit ist es schon mit dir gekommen? Dass du dich selbst aufgibst und alles für ihn tust?«

»Meine Beweggründe gehen Sie nichts an«, sagte Hanna. Sie war hin- und hergerissen zwischen Mitleid, Ärger und Unbehagen. Hinzu kam das jähe Entsetzen, das sie bei dem Wort *Erschießungen* erfasst hatte – offenbar lag Ole richtig mit seiner Befürchtung, das Schlimmste über seinen Großvater noch gar nicht zu wissen. Ganz zu schweigen davon, dass der tödliche Unfall seiner Großmutter offenkundig in Wahrheit ein Mord gewesen war.

Durch diese weiteren Informationen fühlte Hanna sich in ihrer Entscheidung erst recht bestärkt.

Dagegen schien Margret regelrecht davon besessen zu sein, die toten Mitglieder ihrer Familie nachträglich anzuklagen und ihre Verbrechen aufzudecken. Und ihr Hass erstreckte sich erkennbar auch auf Oles Großvater. Was hatte er ihr angetan? Hatte Hanna ihr vorschnell geglaubt, dass ihre Gefühle für den Doktor nur eine dumme Schwärmerei gewesen waren? Stammte das Kind, mit dem Margret damals schwanger gewesen war, in Wahrheit womöglich von ihm?

Hannas Mitgefühl gewann die Oberhand. Wie auch immer, Margret war ein Opfer gewesen, aufgewachsen unter Kriegsverbrechern und Mördern. All das Leid, das sie erfahren hatte – sie konnte es keinem mehr heimzahlen. Sich an niemandem mehr rächen. Es war zu spät, alle waren tot. Nur die Nachkommen dieser Menschen waren noch da. Sollten die jetzt stellvertretend für die Sünden ihrer Vorfahren büßen? Wollte Margret in biblischem Sinne Zeugnis ablegen?

Der Herr lässt niemanden ungestraft, er sucht die Kinder für die Schuld der Väter heim, bis ins dritte und vierte Glied …

Was hatte diesen Wahn bei Margret ausgelöst?

Es ist das Haus, wisperte eine Stimme in einem dunklen Winkel von Hannas Gedanken. *Das Böse, das seit damals in der Villa wohnt. Es hat bei ihrer Rückkehr von ihr Besitz ergriffen, so wie früher schon, und sie kann nicht anders, wenn sie sich davon befreien will.*

Hanna schob die abstruse Anwandlung zur Seite, sie musste aufhören, diesen esoterischen Unfug an sich heranzulassen. Es gab genug psychologisch fundierte Erklärungen für Margrets Verhalten. Sie war eine traumatisierte alte Frau, die all diese früheren Kränkungen niemals verarbeitet hatte. Ihr Leben lang hatte sie die Verbrechen ihrer Familie und des Mannes, für den sie gearbeitet hatte, vor der Welt geheim gehalten. Ein Zustand, der nach ihrer Rückkehr an den Schauplatz ihrer leidvollen Erfahrungen unerträglich geworden war. Hannas Auftauchen musste wie eine Initialzündung gewirkt haben.

Die Frage war nur, wieso sie nicht gleich alle verfügbaren Informationen auf den Tisch gepackt hatte. Warum von Beginn an diese Salamitaktik, fast so, als hätte sie sich jedes Mal erneut aufraffen müssen, den nächsten Schritt zu tun?

Margret hatte es bei der letzten Unterhaltung mit ihrer Feigheit begründet. Doch das erschien Hanna mit einem Mal unglaubhaft. Dafür hasste Margret die Menschen, die sie zum Opfer gemacht hatten, viel zu sehr. Der Grund für ihre zögerlichen Offenbarungen lag woanders. Fast kam es Hanna so vor, als wollte Margret etwas Grundlegendes verbergen. Als sei ihr zwar daran gelegen, all die Missetaten der anderen anzuprangern, zugleich jedoch ein letztes Geheimnis so lange wie nur irgend möglich zu bewahren und es vielleicht sogar mit ins Grab zu nehmen.

»Du *musst* diesen Artikel schreiben!«, rief Margret außer sich. Plötzliche Panik stand in ihrem Gesicht. Sie stemmte sich hoch und fuchtelte mit dem Gehstock herum. »Die Welt muss davon erfahren! Von dem Bösen in diesem Haus! Es muss aufgedeckt werden! All das, was mir angetan wurde … Was den armen Kurkindern angetan wurde …«

Hannas Mitleid wurde von Verachtung verdrängt. »Tun Sie doch nicht so, als würde Ihnen das Schicksal der Kinder auch nur das Geringste bedeuten!« Mit erzwungener Höflichkeit fügte sie hinzu. »Ich darf Sie bitten, zu gehen. Wir sind hier fertig.«

Sie wandte sich ab, um Margret die Tür zu öffnen. Den mörderischen Schlag, der im nächsten Moment ihren Kopf traf, sah sie nicht kommen. Sie nahm nur noch wahr, dass der Fußboden auf sie zuraste. Dann versank alles binnen eines einzigen Wimpernschlags in absoluter Schwärze.

*

Nachdem Katie die Nachricht an Mom geschrieben hatte, zog sie sich an und holte die Bürste aus ihrer Tasche, um ihr rettungslos zerzaustes Haar zu entwirren. Es ziepte schmerzhaft, sie fluchte mehrmals laut. Aber es musste sein, sie konnte unmöglich wie ein Mopp ins Hotel zurückkehren.

Bengt saß stumm und mit hängendem Kopf neben ihr im Sand, beide Unterarme locker auf die angezogenen Knie gelegt. In einer Hand hielt er sein Smartphone, Katie konnte im schwachen Licht der Displaybeleuchtung sein Gesicht erkennen. Es wirkte ratlos.

Er musste gemerkt haben, dass es ihr nicht gefallen hatte, doch bis jetzt hatte er kein einziges Wort gesagt. Sie selbst allerdings auch nicht. Was eigentlich scheiße war, denn wenn sie einfach weiter den Mund hielt, würde es ihn vielleicht in der Annahme bestärken, sie sei selbst an ihrem Frust schuld und würde sich jetzt bloß nicht trauen, es zuzugeben.

»Es tut mir leid«, sagte er mitten in ihre chaotischen Gedanken hinein.

Katie räusperte sich mühsam und unterdrückte mit aller Macht eine dämliche Erwiderung, etwa *Was denn?* oder *Ist doch nicht schlimm.* Sie wollte erst mal abwarten, was er als Nächstes sagte.

»Ich hätte mir ehrlich gewünscht, dass es schön für dich ist«, sagte er. Es klang niedergeschlagen. »Aber … ich bin so verrückt nach dir. Ich konnte … ähm, ich konnte nicht anhalten.«

»Es ging viel zu schnell, und es hat *wehgetan*«, fuhr sie ihn an. Auf einmal war es ganz leicht, es ihm zu sagen.

Bengt zog den Kopf ein. »Tut mir leid«, wiederholte er. Wie zu seiner Rechtfertigung fügte er hinzu: »Beim ersten Mal tut's oft weh.«

Damit fachte er ihre Wut höchstens noch an. Was glaubte er, wer er war? Ein Experte fürs erste Mal? Katie wusste selbst, dass es wehtun konnte! Bei Bella und den meisten ihrer anderen Freundinnen hatte es auch wehgetan. Doch das hieß ja nicht, dass beim Sex bloß einer auf seine Kosten kommen musste!

Bengt schien zu merken, dass er momentan bei ihr unten durch war. Unbeholfen griff er nach ihrer Hand, die sie ihm jedoch sofort entzog.

Sie stand auf und hängte sich ihre Tasche über die Schulter. »Ich muss los. Meine Mom bleibt extra meinetwegen auf, und morgen früh müssen wir ja auschecken.«

»Katie, nicht! Lass uns drüber reden!«

Das fiel ihm ein bisschen spät ein. Sie blickte stur an ihm vorbei.

»Ich weiß, dass es meine Schuld ist«, fuhr er fort, während

er ebenfalls aufstand. »Und ich möchte es gern wiedergutmachen.« Bittend schaute er sie an. »Gibst du mir noch eine Chance?« Er hielt inne, als wollte er ihr was Wichtiges sagen, ohne genau zu wissen, wie er es formulieren sollte. »Ich hab mich in dich verliebt«, platzte er mit einem Mal heraus. »So richtig. Es hat mich voll umgehauen.« Er schluckte heftig. »Das ist mir vorher noch nie passiert. Du bist … Du bist es einfach! Verstehst du?«

Katie sah ihn mit großen Augen an. Plötzlich spürte sie ihren Herzschlag in der Kehle. War sie auch in ihn verliebt? Vorher hatte es sich so angefühlt. Hinterher irgendwie nicht mehr. Aber jetzt war sie nicht mehr sicher.

Dann zog er sie in seine Arme und senkte seine Lippen auf ihren Mund, und sie ergab sich diesem heißen, betörenden Kuss, als hätte sie die ganze Zeit nur darauf gewartet.

Vielleicht hatte sie das ja tatsächlich.

*

Ole starrte auf sein Handy, als könnte er damit erzwingen, dass endlich eine Nachricht von Hanna erschien. Wie lange konnte ein Gespräch mitten in der Nacht dauern? Und mit wem sprach sie überhaupt? Mit ihrem Ex, der heute mit ihr und Katie in der *Heimlichen Liebe* zu Abend gegessen hatte?

Dieses Treffen war auch der Grund gewesen, wieso er Hanna nach Praxisschluss keine Nachrichten mehr geschickt hatte. Ihre Tochter hatte Geburtstag, die drei wollten ein Familientreffen veranstalten. Da machte es sich nicht besonders gut, wenn ein neuer Liebhaber dazwischenfunkte.

Und später, nach dem herzzerreißenden Gespräch mit seiner Mutter, war er innerlich wie gelähmt gewesen. Er hatte nur dasitzen können, den Kopf in beide Hände gestützt und völlig außerstande, einen klaren Gedanken zu fassen. Vor lauter Erschöpfung hatte er sich irgendwann hingelegt und war eingeschlafen – bis Isa ihn hochgescheucht hatte, mit einer weiteren Hiobsbotschaft aus der verrotteten Schatzkiste des alten Drachen. Er hatte gegen einen Brechreiz ankämpfen müssen, und hätte er nicht schon vorher alles ausgekotzt, hätte er Isa vielleicht vor die Füße gereihert.

Und das sollte nicht alles sein, wenn man ihr glauben wollte. Gott im Himmel, was kam sonst noch auf ihn zu?

Ole stand auf und ging in die Küche, wo er ein großes Glas Wasser trank. Und dabei erneut auf sein Handy schaute. Immer noch nichts.

Womöglich hatte Hanna vergessen, sich zu melden. Es war schon spät, sie war garantiert müde. Viel mehr als er hatte sie in der letzten Nacht auch nicht geschlafen, von dem ganzen emotionalen Stress ganz zu schweigen. Vielleicht war sie eingenickt.

Kurzerhand beschloss er, rüberzugehen und nachzusehen, ob in ihrer Suite noch das Licht an war. Dann würde er einfach da stehen bleiben und warten, bis sie mit ihrem Gespräch fertig war, mit wem auch immer sie gerade eins führte. Falls es hinter ihrem Fenster bereits dunkel war, würde er sie schlafen lassen. Auch wenn ihn das, was er heute von seiner Mutter erfahren hatte, förmlich zerriss und alles in ihm danach schrie, seine Verzweiflung mit Hanna zu teilen – es hatte sicherlich Zeit bis morgen.

Unten im Erdgeschoss kam Max angetappt und stupste seinen wolligen Kopf gegen Oles Beine.

Ich will mit, sagten seine dunklen Augen.

»Na komm, alter Junge, dann dreh'n wir einfach noch 'ne Runde«, sagte Ole. Er schnappte sich die Hundeleine, legte sie Max an und verließ mit ihm das Haus.

*

Hannas Lider flatterten, sie bekam die Augen nicht richtig auf. In ihrem Kopf wütete ein unvorstellbarer Schmerz, und ihr Körper fühlte sich taub an. Sie musste nur die Lider wieder sinken und sich in die Schwärze zurückfallen lassen, dann würden die Schmerzen aufhören.

Am Rande ihres Blickfelds huschte eine dunkle Gestalt herum und tat irgendwas, doch es hatte keine Bedeutung. Das waren nur Schatten, die würden sofort verschwinden, wenn sie die Augen schloss.

Aber da war ein scharfer Geruch, der sie daran hinderte. Es roch nach … Rum. Der Geruch war überall, die ganze Luft war davon getränkt. War sie auf einer Party? Eine ostfriesische Teeparty vielleicht, die Ostfriesen gaben ja gern Rum in ihren Tee. Ob sie es genauso machten wie mit der Sahne? Vom Löffel in die Tasse, ohne umzurühren?

Von irgendwoher ertönte Gebrabbel, und Hanna begriff, dass jemand im Zimmer war.

»Das Böse muss ausgebrannt werden«, murmelte die Stimme. »Es muss für immer vom Angesicht der Erde verschwinden!«

Für den Bruchteil einer Sekunde tauchte Margrets Gesicht über ihr auf.

»Es tut mir so leid!«, stammelte die alte Frau. »Es tut mir so leid!«

Wie durch ein Blitzlichtgewitter sah Hanna, wie Margret den Gehstock gegen die Decke stieß, mehrmals hintereinander. Ein Gegenstand fiel herab und landete direkt neben Hannas Kopf. Sie blinzelte, bis sie es erkannte. Es war der Rauchmelder. Dann stieß die scharfe Spitze des Gehstocks dagegen, bis der Deckel abbrach und die Batterien heraussprangen.

Hannas Lider flatterten erneut, beinahe so, als wollten ihre Augen der alten Frau etwas mitteilen.

Sie hatte wieder ein Déjà-vu. Es war machtvoller und klarer als alle bisherigen. Fast schien es, als wäre sie in Margrets Kopf. Oder Margret in ihrem.

Beim nächsten Atemzug fielen ihr die Augen wieder zu. In der Dunkelheit hinter ihren Lidern wartete willkommenes, schmerzloses Vergessen.

*

BORKUM, 25. AUGUST 1963
AM TAG VON LUISES VERSCHWINDEN

Nichts von dem, was an jenem Tag geschah, war von ihr geplant. Sie hatte einfach nur einen Ausflug mit Luise machen wollen, so, wie sie beide es schon die ganze Zeit vorgehabt hatten. Natürlich hatte sie dabei im Sinn gehabt, Luises Misstrauen zu zerstreuen. Sie davon zu überzeugen, dass niemand am Tod des Kindes schuld war, schon gar nicht der Doktor. Und im selben Atemzug hatte sie Luise noch einmal klarmachen wollen, dass ihre Gefühle für ihn sich auf Mitgefühl und menschliche Anteilnahme beschränkten. Weil er schlichtweg ein guter und fairer Chef war und nie auch nur das leiseste Anzeichen von unkorrektem Verhalten an den Tag legte.

Sie hatte sich alle Worte genau zurechtgelegt und sie sich so oft im Geiste vorgesagt, dass sie fast selbst daran glauben konnte.

Allerdings wirklich nur beinahe, denn in Wahrheit wusste sie genau, dass sie ihn bis zum Wahnsinn liebte. Warum sonst hätte sie wohl seiner Frau den scheußlichen anonymen Brief schreiben sollen, mit all den Verfehlungen, die er sich in Litzmannstadt hatte zuschulden kommen lassen? Auch wenn das, was er dort getan hatte, letztlich nur auf den Einfluss dieser widerlichen Schlange Angela zurückzuführen war, reichte es allemal, seine Frau in Gewissensnöte zu stürzen. Die hatte keine Ahnung von seiner Vergangenheit gehabt, er hatte sie erst nach dem Krieg kennengelernt. Eine farblose Person, die überhaupt nicht zu ihm passte. Sie hörte gern Schallplatten und las Liebesromane, viel mehr wusste man nicht über sie.

Den Brief bereute sie mittlerweile, denn was würde geschehen, wenn seine Frau auf die Idee kam, ihn anzuzeigen, statt ihn einfach bloß zu verlassen? In der letzten Zeit hatte sich die Verfolgung von Kriegsverbrechern verschärft, man hörte immer wieder von Festnahmen und Gerichtsverfahren. Erst vor drei Jahren war auf Borkum ein früherer Amtsarzt verhaftet worden und wegen Beihilfe zum Mord an über zweihundert Juden ins Zuchthaus gewandert.

Sie versuchte, nicht daran zu denken. Ändern konnte sie es jetzt sowieso nicht mehr. Aber seine Frau hatte angefangen, ihm Szenen zu machen, und das war auch Angela nicht entgangen. Es war eine Situation entstanden, die einem Angst machen konnte.

Noch mehr Angst hatte sie allerdings davor, dass Luise sich an die Behörden wandte, obwohl es da überhaupt nichts aufzudecken gab. Außer natürlich, dass Angela den Doktor zu spät gerufen hatte, doch dadurch wurde der Junge auch nicht wieder lebendig, und gestorben wäre er sicher so oder so.

Alles in allem war sie zuversichtlich, als sie mit Luise an diesem letzten Sonntag im August hinausradelte. Sie wollten eine große Tour machen, einmal rund um die Insel. Ihr Aufbruch fand in aller Frühe statt, sie wollten was vom Tag haben, denn heute hatten sie beide frei.

Das Aufstehen war ihr nicht leichtgefallen, sie war immer noch verkatert von letzter Nacht. Ärger stieg in ihr auf, wenn sie daran dachte, dass sie derart kopflos für diesen Marinesoldaten die Beine breit gemacht hatte. Einfach so, weil sie sich beweisen wollte, wie begehrenswert sie war. Und er hatte nicht mal aufgepasst. Aber daran wollte sie jetzt nicht denken. Sie hatte schon mit anderen Männern geschlafen, und nie war was passiert.

Das Wetter war herrlich. Nicht zu warm und nicht zu kalt,

und nur ab und zu schob sich eine Wolke vor die Sonne. Der Wind blies kräftig, so wie meistens auf dieser Insel.

Wieder ging ihr durch den Sinn, wie mühselig es war, hier Fuß zu fassen. Sie war jetzt schon so lange da, fast sechzehn Jahre. Ihre Mutter war im letzten Kriegsjahr umgekommen, bei einem Bombenangriff verbrannt, so wie fast der ganze Rest der Familie. Eine Schwester, ein Bruder, der Großvater. Die Großmutter hatte zusammen mit ihr überlebt, und bei der war sie auch geblieben, bis ihr Vater aus dem Krieg zurückgekehrt war und sie nach Borkum mitgenommen hatte. Die Großmutter war lieber zu Hause geblieben, sie hatte ihren Schwiegersohn immer gehasst.

In der ersten Zeit hatte ihr Vater Zimmer der Villa an Feriengäste vermietet, bis Angela aufgekreuzt war und die Idee mit dem Kinderkurheim hatte. Im Jahr darauf war auch der Doktor auf die Insel gekommen, mit seiner Frau und seinem Sohn, und hatte nebenan die Praxis aufgemacht.

Sie alle waren von Anfang an isoliert gewesen, und daran hatte sich kaum was geändert. Nicht mal an der örtlichen Schule, auf die sie einige Jahre gegangen war, hatte sich jemand für sie interessiert. Sie gehörte zu einer Gruppe von Außenstehenden, die in einem undurchsichtigen Manöver hier gelandet waren, aber niemals Wurzeln geschlagen hatten. Vielleicht hatten sie es irgendwie ausgestrahlt. Das Böse, das sie mitgebracht hatten. Dieses Böse, das auch auf sie selbst abzufärben schien, denn wie war es ihr sonst möglich, widerspruchslos unter Mördern zu leben und einen davon sogar zu lieben?

Luise fuhr voraus, ihr hellbraunes Haar schimmerte in der Sonne. Nach einer Weile wurde sie langsamer und blickte lächelnd über die Schulter zurück.

»Wollen wir eine Pause machen? Da drüben ist eine wunderbare Stelle!«

Damit meinte sie zweifellos, dass da eine Menge Vögel herumpickten.

Im Gegensatz zu Luise konnte sie selbst dem Gepiepse und Geflatter nichts abgewinnen. Am schlimmsten fand sie die gierigen, ständig auf Beutezug befindlichen Möwen. Bei denen musste man höllisch aufpassen, dass sie einem nicht im Sturzflug das Fischbrötchen aus der Hand schnappten.

Beide stellten sie die Räder ab und suchten sich einen Rastplatz ein wenig abseits des Weges. Dort setzten sie sich auf einen der Betonklötze, die von der Bunkersprengung übrig geblieben waren. Sie aßen die mitgebrachten Brote und tranken Tee aus Thermoskannen. Die Brote hatte Luise gleich nach dem Aufstehen gemacht, ebenso den Tee. Sie war, das musste jeder zugeben, die Fürsorglichkeit in Person.

Nach dem Essen holte sie die Mundharmonika raus und spielte ein wehmütiges Lied. Es zog einem das Herz zusammen, ihr dabei zuzusehen. Die Traurigkeit, die sie umschwebte, war fast mit Händen zu greifen.

Ebenso wie ihre Entschlusskraft, als sie die Mundharmonika sinken ließ und unvermittelt anhob zu sprechen.

»Wir müssen endlich über den Tod des Jungen reden, Grete. Ich werde morgen zur Polizei gehen und Anzeige erstatten.«

Bis ins Mark erschüttert starrte sie Luise an. »Gegen wen? Und warum?«

»Zum einen gegen den Doktor. Er hat dem Kind irgendeine Medizin gegeben und es anschließend sterben lassen.«

»Das war ein ganz normaler Fiebersaft, Luise! Nichts Verbotenes!«

Luise musterte sie stirnrunzelnd. »Nehmen wir an, es wäre wirklich so gewesen. Aber zu der Zeit lag der kleine Josef bereits im Sterben, und das hätte der Doktor erkennen und entsprechend handeln müssen. Noch schlimmer war das Verhalten deiner Tante. Sie hat das Kind grob misshandelt. Sie hat es zwangsgefüttert, Grete! Und als der Kleine sich später in einem lebensbedrohlichen Zustand befand, hat sie es versäumt, den Doktor zu rufen. Das musste *ich* tun.« Sie schüttelte den Kopf. »Ich habe es mir lange durch den Kopf gehen lassen, Grete. Den Entschluss habe ich mir nicht leicht gemacht, und ich wollte heute auch mit dir hier rausfahren, um es dir in Ruhe und unter vier Augen sagen zu können. Denn zum einen geht es um deine Tante, zum anderen um deinen Chef. Deine Tante ist dir sicherlich egal, doch ich weiß, dass du Gefühle für den Doktor hast, Grete. Trotzdem kann ich diese Sache nicht länger auf sich beruhen lassen. Ein Kind ist gestorben, und diese beiden sind dafür verantwortlich.«

»Aber wenn du zur Polizei gehst, wird das Kind auch nicht lebendig!«, hielt sie Luise vehement entgegen.

Fieberhaft drehte sie ihre Thermoskanne in den Händen und suchte dabei nach den Worten, die sie sich zurechtgelegt hatte. Sie musste Luise erklären, wie der Doktor wirklich war. Es stand völlig außer Frage, dass er nicht mehr der Mann war, der in jenem polnischen Lager Kinder für den Lebensborn aussortiert und die untauglichen ins Gas geschickt hatte! Er hatte nichts mehr mit dem SS-Arzt gemein, der an den Massenerschießungen teilgenommen hatte! Er hatte sich verändert! Man musste nur *einmal* mit ihm reden, um das zu bemerken!

Luise starrte sie schockiert an, ihre Gesichtszüge waren erstarrt, die Augen weit aufgerissen vor Schreck.

Und da begriff Margret, dass sie all das, was ihr gerade in den Sinn gekommen war, nicht bloß gedacht, sondern in ihrer Panik und ihrem erbärmlichen, verkaterten Zustand laut ausgesprochen hatte.

Luise sprang auf und wollte zu ihrem Rad gehen, doch das konnte Margret nicht zulassen. Sie rannte hinter Luise her und hieb ihr die fast volle Thermosflasche auf den Kopf. Einmal, zweimal, dreimal, und danach so viele weitere Male, bis ihr Arm von den vielen Schlägen völlig gefühllos und ihre Windjacke über und über mit Luises Blut bespritzt war.

Trotzdem lebte Luise noch, als Margret sie auf den Rücken drehte. Ihre Augen starrten glasig in den Himmel, und ihre Lippen zuckten in dem Bemühen, Worte zu bilden. Margrets Herz raste, als wollte es ihr aus der Kehle springen.

»Es tut mir leid«, stammelte sie. »Es tut mir so leid!«

In diesem Moment brachen Luises Augen, sie lag still. Ihre Brust bewegte sich nicht mehr. Sie war tot.

Mit mechanischen Bewegungen packte Margret die zerbeulte Thermoskanne in ihren Rucksack, und die blutbesudelte Windjacke stopfte sie ebenfalls hinein. Dann zerrte sie Luises Leiche hinter die Bunkertrümmer und legte dort auch das Rad ab.

Anschließend fuhr sie wie von Furien gehetzt zurück zur Villa, wo sie in ihrer abgrundtiefen Verzweiflung ihre Tante und ihren Vater einweihte. Wenn jemand wusste, was jetzt zu tun war, dann die beiden. Sie kannten sich schließlich mit solchen Dingen aus.

*

Ole hatte eine kurze Runde mit Max um den Block gemacht und dann den Weg zum Hotel eingeschlagen. Dort spähte er zu den Fenstern von Hannas Suite hoch und war im ersten Moment enttäuscht, weil kein Licht mehr zu sehen war. Er wollte schon wieder gehen, aber dann hielt ein kurzes Flackern seinen Blick fest. Da, noch eins!

Ungläubig trat er ein paar Schritte näher heran, um es besser sehen zu können. Wenn man nicht zu genau hinschaute, hätte man es mit dem Flackern eines Fernsehers verwechseln können, doch das war es nicht.

Da oben brannte es! In Hannas Suite war ein Feuer ausgebrochen!

Er ließ die Hundeleine fallen und rannte zur Eingangstür des Hotels. Mit beiden Händen rüttelte er an der Stange, aber die Tür war verschlossen.

»Feuer!«, brüllte er aus Leibeskräften. »Feuer!« Mit wilden Blicken sah er sich um, nach irgendeinem massiven Gegenstand, mit dem er die Glastür einschlagen konnte – vergeblich. Außerdem war das Glas garantiert einbruchsicher. Isa und Jan hatten auch bei der Ausstattung der Sicherheitstechnik weder Kosten noch Mühen gescheut.

Wieso funktionierte dann der verdammte Rauchmelder nicht? In jedem Zimmer musste einer sein, das Piepen schrillte durch alle Wände, man hätte es bis hier draußen hören müssen!

Ein Nachtschwärmer kam vorbei, einer von den späten Partyheimkehrern. Betrunken schwankend blieb er stehen.

»Ey, ist das ein Feuer?«

Ole riss sich zusammen, bei Feuer gab es nur eine erste Regel – einen Notruf absetzen. Er tat es und lief dabei auf und ab wie ein aufgepeitschtes Raubtier im Käfig. Max stand mit hängenden Schlappohren da und winselte ängstlich.

Zwei weitere Nachtschwärmer kamen näher, ein junges Pärchen. War das nicht …?

»Katie!«, brüllte Ole. Er legte einen Spurt hin wie zuletzt in seiner Jugend und bremste schlitternd dicht vor ihr ab. »Gib mir deine Schlüsselkarte! Du hast doch eine, oder?«

Sie nickte erschrocken und zog die kleine weiße Plastikkarte aus ihrer Tasche. »Was ist denn?«, fragte sie, und gleich darauf sah sie es selbst.

»Oh, mein Gott, Mooom!«, schrie sie.

Sie sprintete aus dem Stand los, Ole kam kaum hinterher. Er musste sie zur Seite drängen, weil sie versuchte, die verschlossene Eingangstür aufzureißen.

»Lass mich!«, beschwor er sie, mit zitternden Fingern die Karte vor den elektronischen Türöffner haltend.

Endlich konnte er rein. Er raste durch die Lobby und dann die Treppe hoch, immer zwei Stufen auf einmal nehmend. Katie und Bengt waren dicht hinter ihm. Weder im Treppenhaus noch oben im Flur deutete etwas auf den Brand hin. Erst ungefähr in der Mitte des Gangs fing Ole einen schwachen Rauchgeruch auf.

Doch das reichte offenbar – in der nächsten Sekunde schrillte es ohrenbetäubend von allen Seiten, sämtliche Brandmelder im Treppenhaus sprangen gleichzeitig an.

Ole öffnete die Tür zur Suite und dachte im letzten Moment daran, dass er sie nicht einfach weit aufreißen durfte. Damit hätte er dem Feuer frischen Sauerstoff zugeführt, was zu Stichflammen führen konnte.

Hanna lag nur einen Schritt von der Tür entfernt auf dem Boden, eine Seite ihres Kopfs blutüberströmt. Sie bewegte sich nicht. Vor der Fensterfront waberte Rauch, einer der beiden Vorhänge stand in Flammen. Es stank durchdringend nach Rum und Qualm.

Ole zögerte keine Sekunde, er fasste Hanna unter den Armen und zog sie aus der Gefahrenzone.

Gerade als er die Tür wieder zuschlagen wollte, bemerkte er eine Gestalt im Zimmer. Es war Margret. Inmitten von Rauchschwaden saß sie auf dem Boden, den Rücken gegen die Wand gelehnt. In der einen Hand hielt sie eine Flasche, in der anderen ein Feuerzeug, eines von den langen, die man zum Anzünden von Teelichten in einem Stövchen benutzte.

Ole zog sich sein T-Shirt vors Gesicht und hielt die Luft an, während er zu ihr eilte und sie ebenfalls aus dem Zimmer holte.

Wieder im Flur, schlug er hustend und japsend die Tür hinter sich zu. »Bengt, du trägst Margret nach unten!«, befahl er dem Jungen. »Und atme möglichst wenig!«

Dann hob er Hanna auf seine Arme und trug sie im Laufschritt in Richtung Treppe.

Katie lief weinend neben ihm her. »Mom!«, rief sie immer wieder. »Mom!«

Die Rauchentwicklung war stärker geworden, sie mussten sofort hier raus. Auf der Etage hatte längst eine kopflose Flucht eingesetzt, aus allen Zimmern kamen Menschen gestürzt, manche in Unterwäsche, andere mit hastig übergeworfenen Bademänteln. Einer hatte noch versucht, seinen Koffer zu packen, aber ihn nicht richtig zugemacht. Beim Rennen ging das Ding auf, die Hälfte des Zeugs fiel heraus. Von überallher ertönten Schreie, und von ferne waren jetzt auch die Sirenen der Feuerwehr zu hören.

Sie husteten alle von dem eingeatmeten Qualm, als sie endlich ins Freie kamen, manche mehr, manche weniger. Irgendein Brandschutzbeauftragter vom Hotelpersonal zählte mit überkippender Stimme mehrmals alle Gäste und übrigen Hausbewohner durch und scheuchte sie zu einer Sammelstelle abseits des Gebäudes.

Ole bettete Hanna vorsichtig in den Dünensand und prüfte umgehend ihre Vitalfunktionen. Als er ihren Herzschlag spürte, entwich ihm ein erleichtertes Stöhnen. Ihr Puls ging schnell, aber regelmäßig. Der Atem war flach, doch es gab keine Aussetzer.

Aber die Kopfverletzung … Er biss die Zähne zusammen, als er die tiefe Wunde sah. Sie reichte bis auf den Knochen.

Katie kniete schluchzend neben ihm. Ole legte ihr seine Hand auf den Rücken. Er hätte ihr gern gesagt, dass Hanna alles unbeschadet überstehen würde, doch das konnte er nicht. Noch nicht. Stattdessen orderte er per Handy einen Rettungsflug aufs Festland.

Mit heulendem Martinshorn fuhr ein Löschfahrzeug der Feuerwehr vor, gefolgt von einem zweiten. Behelmte, mit

Atemschutzgeräten ausgestattete Einsatzkräfte sprangen heraus. Einige kümmerten sich um das Ausfahren der großen Drehleiter, andere um das Ausrollen und Verbinden der Druckschläuche. Funksprüche flogen hin und her. Der Einsatzleiter sprach mit dem Brandschutzbeauftragten und verteilte Befehle, woraufhin ein Löschtrupp ins Hotel stürmte.

»Sie ist tot!«, hörte Ole eine Frau im Hintergrund sagen. Es klang ungläubig und zugleich auf merkwürdige Art erleichtert. Als er den Kopf wandte, sah er Isa dort stehen, in einen teuren Chiffonfummel von Nachthemd gehüllt und auf ihre Großmutter hinabblickend, die Bengt ein paar Schritte entfernt in den Sand gelegt hatte.

»Bist du sicher?«, fragte Jan, der hinter Isa auftauchte, in T-Shirt und Boxershorts und mit absurd hoffnungsvollem Gesichtsausdruck.

Der Einsatz der Feuerwehr war in vollem Gange. Ein Fenster der Suite war zersprungen, Flammen schlugen heraus, doch unter den gezielten Löschangriffen der von innen vorrückenden Feuerwehrleute wurden sie rasch schwächer.

Ole stemmte sich hoch, um nach Margret zu sehen. Isa hatte recht, für den alten Drachen kam jede Hilfe zu spät. Wahrscheinlich war sie schon tot gewesen, als er sie aus dem Zimmer gezogen hatte. Gut möglich, dass sie an einem Schlaganfall oder Herzinfarkt gestorben war, bevor sie ihren perfiden Plan zu Ende führen konnte. Sie hatte überall Rum verschüttet, doch sie hatte nur einen Vorhang angesteckt. Weiter war sie wohl nicht gekommen.

Er ging zurück zu Hanna. Neben ihr kniend, beugte er sich über sie, dann nahm er ihre Hand und drückte sie fest. Wie aus dem Nichts fielen auf einmal Tropfen auf ihr Gesicht, und da merkte er, dass er weinte.

»Es wird alles gut! Du packst das!«, sagte er zu ihr, und er hätte alles hergegeben, wenn sie es nur hören könnte.

Ihre Lider hoben sich einen winzigen Spalt, sie sah ihn an und flüsterte etwas. Er musste sein Ohr dicht vor ihren Mund halten, um es zu verstehen.

Danach hob er den Kopf, gleichzeitig lachend und weinend.

»Was hat sie gesagt?«, fragte Katie unter Tränen. Bengt kniete an ihrer Seite und hatte beschützend den Arm um sie gelegt.

Ole sah sie verlegen an. »War nur ein Insider.«

»Ich will's aber wissen!«

Sie ist mindestens so eigensinnig wie ihre Mutter, dachte er.

Er räusperte sich. »Sie hat gesagt: ›Zum Glück hab ich heute mehr an.‹«

»Mehr als was?«, fragte Bengt begriffsstutzig.

»Ist wirklich ein Insider«, erklärte Katie. Sie wischte sich über die Augen. An Ole gewandt, fügte sie hinzu: »Sie schafft's doch, oder?« Ihre Lippen zitterten, ihre Fassung hing am seidenen Faden.

Diesmal antwortete Hanna selbst, ihre Stimme war leise, aber fest. »Versprochen, Schätzchen.«

*

IN DER WOCHE DANACH

Sie lag zwei Tage auf der Intensivstation, dann war sie offiziell über den Berg. Eine schwere Schädelprellung, eine üble Fleischwunde und eine leichte Rauchvergiftung, so lautete die Diagnose in Laiensprache. Dafür keine Fraktur, keine Blutungen unter der Schädeldecke und auch sonst keine unmittelbar lebensbedrohlichen Verletzungen.

Bei alledem hatte sie doppeltes oder sogar dreifaches Glück gehabt – der Rum, den Margret vergossen hatte, kam aus dem Kühlschrank, und die Marke hatte nur knapp über vierzig Prozent. Zudem bestanden die Vorhänge sowie Wand- und Bodenbeläge der Suite aus schwer entflammbarem Material. Bis es im Zimmer lichterloh gebrannt hatte, waren alle längst draußen gewesen. Außerdem waren im ganzen Hotel Rauchabzüge installiert, die beim Anspringen der Brandmelder automatisch aktiviert worden waren.

Am dritten Tag wurde Hanna auf die Normalstation verlegt, wo sie sich in einem Blumenmeer wiederfand. Alle möglichen Leute hatten ihr Genesungswünsche in Form von bunten Sommersträußen zukommen lassen. Kollegen, Freunde, die Redaktionsleitung – sogar Isa und Jan hatten Blumen geschickt, im Namen des Hotels und mit den besten Wünschen für eine rasche Genesung. Der Formulierung nach hätten sie langjährige enge Bekannte sein können.

»Wahrscheinlich haben sie Angst, dass du sie verklagst«, meinte Helen abfällig. Es war der fünfte Tag, und sie war extra nach Emden gekommen, um Hanna im Krankenhaus zu besuchen. Natürlich hatte sie nicht eher geruht, bis Hanna ihr haarklein alle Einzelheiten berichtet hatte. Mittlerweile wusste sie auch über den Tumor Bescheid.

»Eins verstehe ich nicht«, sagte sie, während sie auf Hannas dicken Kopfverband deutete. »Wieso haben sie dir das Ding nicht gleich rausgenommen, wo du gerade schon ein Loch im Kopf hattest?«

Hanna grinste. »Es ist auf der anderen Seite.«

Helen wurde ernst. »Wann willst du's operieren lassen?«

»So bald wie möglich.«

»Hast du Angst?«

Hanna runzelte die Stirn. Was für eine dämliche Frage, klar hab ich Angst!, wollte sie sagen. Aber das stimmte überhaupt nicht. Seltsamerweise.

Langsam schüttelte sie den Kopf. »Eigentlich nicht«, meinte sie, selbst erstaunt darüber. »Ich hatte eine Wahnsinnsangst, aber jetzt ist sie weg. Keine Ahnung, warum.«

»Ich weiß es«, witzelte Helen. »Weil sich herausgestellt hat, dass du einen unkaputtbaren Schädel hast.«

Hanna lachte, allerdings nur kurz, dann wurde sie nachdenklich. Noch etwas war seltsam, und auch das war ihr heute erst aufgefallen. Sie hatte keine Déjà-vus mehr. Es hatte einfach komplett aufgehört. In einer Aufwallung von schwarzem Humor überlegte sie, dass der Schlag auf den Kopf vielleicht ein paar Dinge in Ordnung gebracht hatte. Doch dann erinnerte sie sich wieder an diesen furchtbaren Albtraum. Es waren nur flüchtige Schemen davon zurückgeblieben, aber wenn sie die zusammensetzte, ergab sich ein Bild. Es war düster und grausam und zeigte einen Mord. Für Hanna stand fest, dass Margret Luise umgebracht hatte. Auch wenn es keine Beweise dafür gab und Margret nicht mehr belangt werden konnte, so wusste Hanna dennoch mit einer tiefen inneren Gewissheit, dass sie es getan hatte. Aus diesem Grund hatte Margret auch die Preisgabe ihrer Informationen mit so vielen Finten garniert. Hatte Haken geschlagen, Fakten verschwiegen und verbogen, ihr Wissen gestreut und sich zu ihrer eigenen Rolle bedeckt gehalten. Eines stimmte sicherlich: Sie hatte ihren Frieden finden wollen, weshalb Luises Leichnam entdeckt werden musste. Sühnen sollten jedoch andere.

Helen riss sie aus ihren Gedanken. »Wusstest du, dass richtig viele berühmte Leute Hirntumore hatten?«

Hanna tat ihr den Gefallen und stellte die folgerichtige Frage. »Wer denn zum Beispiel?«

Helen zählte sie wie aus der Pistole geschossen auf, sie musste fleißig recherchiert haben. »Yves Saint Laurent. Mark Ruffalo. Lance Armstrong. George Harrison. Bob Marley. Liz Taylor.«

»Liz Taylor«, echote Hanna. »Wirklich?« Sie wusste selbst nicht, warum sie da nachfassen musste. Vielleicht, weil sie die Schauspielerin immer bewundert hatte. Elizabeth Taylor hatte unglaubliche Pionierarbeit für die Aidshilfe geleistet, und in ihren frühen Filmen war sie phänomenal gewesen.

»Ja, es gibt da ein ganz berühmtes Foto von Herb Ritts«, sagte Helen. »Der hat sie mit kurz geschorenem Haar und OP-Narbe in Szene gesetzt. Eine Wahnsinnsaufnahme. Warte, ich such's dir raus.« Helen googelte das Foto und schickte einen Link auf Hannas nagelneues Handy. Das vorherige war bei dem Brand ruiniert worden, aber sie hatte zum Glück alles Wichtige in der Cloud gespeichert.

Hanna betrachtete das Foto von Liz Taylor und nickte. Eine Kämpfernatur. Sie atmete durch. Das schaff ich auch, dachte sie. Und mit einem Mal wusste sie genau, dass es so kommen würde.

»Helen, ich muss dich gleich rausschmeißen. Ole will in einer Stunde da sein, und vorher möchte ich noch mit einem lieben Menschen telefonieren.«

»Du hast doch schon endlos mit Katie geredet! Oder willst du deine Mutter anrufen?«

»Nein, mit der hab ich heute auch schon gesprochen. Ich meinte Sabine. Sie will mir noch von ihrer Heimreise erzählen.«

Helen blickte sie verwundert an. »Hast du den Artikel nicht gecancelt? Oder hab ich da was missverstanden?«

»Nein, nein, das ist richtig. Ich wollte ihn wirklich nicht mehr schreiben. Wegen Ole. Stattdessen hatte ich mir überlegt, einen Roman daraus zu machen. Darin hätte ich alles fiktionalisiert darstellen können.«

Helen zog skeptisch die Brauen hoch. »Du hast noch nie einen Roman geschrieben. Und wie ich gehört habe, ist die Buchbranche das reinste Haifischbecken. Außerdem ist ein Roman nicht dasselbe wie guter alter Journalismus.«

»Du sagst es«, stimmte Hanna sofort bereitwillig zu. »Und ob ich das mit dem Roman überhaupt hingekriegt hätte – keine Ahnung, ehrlich nicht. Allerdings hat sich diese Frage mittlerweile erledigt. Denn jetzt wird aus der Geschichte wie ursprünglich geplant doch ein Artikel.«

»Was hat dich umgestimmt?«, wollte Helen wissen.

»Nicht was. *Wer*. Es war Ole. Er will unbedingt, dass alles rauskommt. Ungeschönt und unverfälscht.«

»Alles?«, fragte Helen zweifelnd.

Hanna spürte, dass sie errötete. »Nicht das mit uns beiden. Aber ansonsten alles. Die Verbrechen seines Großvaters und die von Angela und ihrem Bruder. All die furchtbaren Dinge, die sie in Lodz getan haben. Und natürlich auch die ganzen Grausamkeiten, die sich später im Kinderkurheim abgespielt haben.«

»Hat Ole keine Angst, dass er damit den guten Ruf seiner Praxis ruiniert?«

»Er sagt, dass er darauf keine Rücksicht nehmen kann. Und

ich soll es auch nicht. Er besteht darauf, dass ich nichts weglasse.«

Hanna verschwieg Helen, dass sie dennoch einen Punkt unerwähnt lassen wollte – das zuletzt von Sabine belauschte Gespräch. Davon wusste außer ihr und Sabine niemand, und Hanna hatte Sabine bereits das Versprechen abgenommen, es für sich zu behalten. Auch wenn sich in Verbindung mit Margrets Äußerungen die Annahme aufdrängte, dass Angela und ihr Bruder Oles Großmutter ermordet hatten, ließ es sich nicht mit vollständiger Sicherheit verifizieren, und für Ole wäre es nur ein weiterer Hieb in eine ohnehin schon blutende Wunde gewesen.

Hanna schluckte eine von den Schmerztabletten, die in einem Schieber sortiert auf ihrem Nachttisch standen. Ein paar Tage würde sie die Dinger wohl noch brauchen, wenn sie nicht ständig einen Brummschädel haben wollte.

Helen nahm sie vorsichtig in den Arm. »Ich bleib in der Nähe«, sagte sie, bevor sie zur Tür ging. »Vielleicht quartiere ich mich für ein paar Tage auf Borkum ein und schau mal nach Katie.«

»Alex ist ja noch da, er will bis zum Ende des Urlaubs bei ihr bleiben.«

»Vier Augen sehen mehr als zwei. Ich sag nur: Goldlöckchen«, meinte Helen, schon auf halbem Weg nach draußen.

Lächelnd sah Hanna ihr nach. Dann klopfte sie das Kopfkissen zurecht und setzte sich aufrecht hin. Sabine wartete sicher schon auf den Anruf, es war bereits fünf Minuten nach der vereinbarten Zeit.

»Hanna!« In Sabines ebenmäßigen Zügen zeigte sich unübersehbar der Schreck über Hannas Erscheinung, obwohl sie sich erkennbar bemühte, ganz normal zu wirken. »Mein Gott, ich war so entsetzt! Wie geht es dir inzwischen?«

»Viel besser«, sagte Hanna wahrheitsgemäß.

Sabine war nicht die Einzige, die schockiert gewesen war. Der Vorfall hatte Wellen geschlagen, es hatte in allen Zeitungen gestanden. Das Luxushotel des Schreckens und die wahnsinnige alte Killerin! Bundesweit war darüber rauf und runter berichtet worden. Doch nichts davon war in die Tiefe gegangen, alles hatte sich an der Oberfläche bewegt. Eine alte Frau, die in ihren jungen Jahren schon einmal gemordet hatte, weil sie nicht wollte, dass die unzureichende Behandlung eines kranken Kindes auffliegt. Und am Ende ihres Lebens ein weiterer Mordanschlag auf eine Journalistin, damit die frühere Tat nicht herauskam.

Hanna wusste es besser. Margret hatte sie nicht etwa umbringen wollen, um irgendwas zu vertuschen. Sie hatte spontan und aus hilfloser Wut zugeschlagen, weil Hanna sich geweigert hatte, den Artikel zu schreiben und damit gleichsam in Margrets Namen all jene anzuklagen, die einst ihr Leben ruiniert hatten.

Über die dunklen familiären Abgründe hinter dieser letzten Verzweiflungstat war nichts an die Öffentlichkeit gedrungen, genauso, wie Hanna es gewollt hatte.

Dass sich in der Villa, die heute ein edles Hotel beherbergte, früher ein verrufenes Kinderkurheim mit drakonischen Erziehungsmethoden befunden hatte, wurde in den Zeitungsberichten höchstens in Nebensätzen erwähnt. Die SS-Vergangenheit der damaligen Betreiber war komplett unter den Tisch gefallen, da hatte wohl das dramatische Potenzial gefehlt. Oder es hatte einfach niemand herausgefunden, es gehörte ja auch nicht zu den offiziell zugänglichen Informationen. All das würde Hanna in ihrem Artikel aufdecken, sie hatte noch genug exklusives Material für eine Story.

»Wie hat deine Tochter diese schreckliche Sache überstanden?«, erkundigte Sabine sich mitfühlend. »Was macht sie gerade?«

»Katie bleibt bis zum Ende des Urlaubs auf Borkum, weil das näher zu Emden ist, wo ich im Krankenhaus liege. So kann sie ab und zu herkommen. Ihr Vater ist auch da. Es geht ihr ganz gut.«

Das war indessen nur ein Teil der Wahrheit. Katie hatte sich mit Selbstvorwürfen zerfleischt, weil sie nicht da gewesen war. Hanna hingegen dankte dem Himmel dafür. Die Vorstellung, Margret hätte auch ihrer Tochter etwas antun können, war unerträglich. Im Übrigen war Katie genau zur rechten Zeit zurückgekommen. So, wie auch Ole in letzter Sekunde unten vor dem Hotel aufgetaucht war und das Feuer gesehen hatte. Hannas Mutter war davon überzeugt, dass das Schicksal seine Hände im Spiel gehabt und auf unergründlichen Wegen dafür gesorgt hatte, dass alles gut ausging.

»In der Zeitung waren Fotos von der Villa«, sagte Sabine. »Besonders schlimm sieht der Schaden nicht aus.«

»Ja, die Feuerwehr war schnell vor Ort, es ist nur eine Suite richtig ausgebrannt. Aber die Rauchentwicklung hat das Hotel fürs Erste unbewohnbar gemacht, da muss viel saniert werden.«

»Zahlt sicher alles die Versicherung«, meinte Sabine. »Und dann kann wieder kräftig Geld mit der alten Hütte verdient werden.« Es klang auf unbestimmte Weise grimmig.

Hanna konnte es ihr nachfühlen. Unwillkürlich dachte sie an Margret, an deren Worte über das Böse, das die Villa beherrschte. Dieses Böse hatte Margret auslöschen wollen, das war ihr Motiv gewesen, sonst nichts. Sie hatte sich vom Trauma ihrer Jugend befreien wollen. Von den schrecklichen Erinnerungen an eine schreckliche Familie. Und den Erinnerungen an sich selbst.

Hastig verdrängte Hanna die belastenden Gedanken und konzentrierte sich wieder auf Sabine.

»Magst du mir jetzt vom Tag deiner Heimreise erzählen?«,

fragte Hanna sie. »Ich nehme dann auch wieder alles auf, wenn das für dich in Ordnung ist.«

Sabine nickte. »Natürlich.«

Und dann begann sie zu berichten.

*

Borkum, September 1963

Gleich nach dem Frühstück ging es los. Ein letztes Mal dickes Schwarzbrot mit Massen von ranziger Margarine und wenig Marmelade obendrauf, dazu der rote Tee und ein paar Kopfnüsse von Tante Friederike, damit es besser rutschte. Jeder bekam ein Proviantpäckchen für unterwegs, und alle durften sie ihre Trinkflaschen mit rotem Tee auffüllen. Sabine hatte keine Trinkflasche mehr, weil sie die auf der Hinfahrt im Bus vergessen hatte, aber sie durfte bei Nummer sechs mittrinken, das hatten sie schon ausgemacht.

Dann wurde das Außenklo aufgeschlossen, alle mussten noch mal rein.

Neben dem Haus standen schon die Koffer bereit, und gleich darauf kam tuckernd der Bus angefahren. Tante Friederike und Onkel Georg halfen dem Busfahrer beim Einladen des Gepäcks, während Tante Angela die Kinder in den Bus scheuchte und sie dabei durchzählte.

Aus Versehen zählte sie dabei Nummer sieben mit, doch die Nummer gehörte ja Josef, und der war jetzt tot. Tante Angela wurde wütend, weil sie von vorn anfangen musste, aber schließlich saßen alle Nummern im Bus, und sie stieg vor sich hin schimpfend wieder aus.

Der Bus fuhr ratternd und schwankend los, und Sabine blickte zurück. Sie wusste nicht, was sie erwartet hatte.

Vielleicht, dass da jemand stand und winkte. Aber es waren schon alle wieder reingegangen. Man sah nur noch Tante Friederikes dicken Hintern aus dem Außenklo ragen, wahrscheinlich kotzte sie wieder.
Am Hafen stiegen sie alle aufs Schiff, und während der gesamten Fahrt über das Meer musste Nummer zwei wieder in eine Schüssel brechen. Keiner saß neben ihr, weil es so eklig war, doch Sabine ging einmal zu ihr, denn sie hatte sich an Josef erinnert.
Sabine strich der armen Nummer zwei über den Kopf. »Ist bald vorbei«, sagte sie leise zu ihr. »Bald bist du wieder zu Hause bei deiner Mama!«
Dann ging sie zurück zu Nummer sechs und nahm seine Hand. Seit Josef weg war, hielten Nummer sechs und sie sich oft an den Händen, nicht nur beim Spazierengehen. Von den großen Nummern hatten schon welche gelästert, dass sie verliebt wären. Aber das war Quatsch, sie waren ja noch nicht mal in der Schule, und es stimmte auch gar nicht.
In Wahrheit taten sie es nur, weil sie sich dann weniger allein fühlten.
Vom Schiff stiegen sie wieder in einen Bus um, in dem sie viele Stunden sitzen mussten. Es schüttete den ganzen Tag, und Sabine betrachtete die Muster, die das Regenwasser auf den Scheiben hinterließ. Linien und Kurven, Zacken und Punkte, sogar Kreise, doch keine runden, sondern längliche. Sabine stellte sich vor, dass es Zahlen gab, mit denen man ausrechnen konnte, in was die Regentropfen auf der Scheibe sich verwandelten. Darüber schlief sie schließlich ein.
Sie erwachte erst, als der Bus anhielt und alle Nummern um sie herum nach draußen trampelten. Sie war eine von den Letzten. Nur Nummer sechs war noch da. Er sah sie an.

»Tschö dann«, meinte er.
»Tschö«, antwortete Sabine. Sie hatte das Gefühl, irgendwas sagen zu müssen, aber auf einmal wurde ihr der Hals eng, und sie bekam kein Wort mehr heraus.
Nummer sechs drehte sich um und rannte mit den anderen nach draußen, und sie tappte mit steifen Beinen hinterher. Als sie ausstieg, war in ihr alles taub und leer. Es war einfach irgendwie nichts mehr übrig von ihr.
Vorm Bus stand ihre Oma.
»Da bisse ja widder«, sagte sie.
»Jau«, gab Sabine zurück.
Ihre Oma zerwuschelte ihr das Haar und nahm den Koffer.
»Wo hasse denn mein Rucksack?«, fragte sie dann.
»Hab ich auffe Hinfahrt aus Versehen im Bus vergessen.«
»Hm. Ach, wat sollet. War ein altes Ding. War et denn schön da auf Borkum?«
»Nee«, sagte Sabine. »Et war ganz schlimm da.«
»Bisse viel anne frische Luft gewesen?«, wollte ihre Oma wissen, als hätte sie Sabines Antwort gar nicht gehört.
»Wir waren spazieren«, sagte Sabine.
»Dat is schön! Hasse auch immer ordentlich dein Teller leer gegessen?«
Sabine hob nur die Schultern. Sie wollte nicht über das Essen reden.
»Wat is mit die Socken? Hasse die alle widder mitgebracht?«
Das konnte Sabine bejahen. Dann platzte sie heraus: »Et war ganz schlimm da, Omma!«
»Wieso dat denn?«
»Die waren so gemein zu uns!«
»Habt ihr Haue gekricht?«
Sabine nickte stumm.
»Ein bisschen wat hinter die Löffel hat noch keinem ge-

schadet«, meinte ihre Oma, und damit war das Thema für sie erledigt.

Sabine fühlte sich immer noch ganz leer und steif, und als sie zu Hause ankamen, wurde es sogar noch schlimmer. Jetzt kam sie sich auf einmal wie dünnes Glas vor, so wie bei den Cognacgläsern ihrer Oma. Die gingen einem in der Hand kaputt, wenn man sie zu fest anfasste.

Ihre Mutter nahm sie in den Arm. »Guck dich bloß an, du bis ja richtig braun geworden!« Dann ließ sie Sabine wieder los und rannte schimpfend rüber zu Sabines Schwestern, die sich gerade mal wieder in der Wolle hatten.

Sabine ging ins Kinderzimmer. Alle vier Betten waren ordentlich gemacht. Auf ihrem Bett lag ihre Puppe.

Da brach ein lang gezogener Schrei aus ihr heraus. »Toni!«, schrie sie. »Toni! Toni!« Immer wieder rief sie den Namen ihrer Puppe. Sie presste sie an sich, wiegte sich zusammen mit ihr hin und her und weinte und weinte. Ihre Tränen liefen über den kleinen Plastikkopf, bei dem das Haar nur aus gekräuselten, eingeritzten Linien bestand. »Ich hab dich so vermisst, Toni!«, flüsterte sie unter abgehackten Schluchzern in das winzige Ohr, und dann wiegte sie ihre Puppe weiter und sich selbst ebenfalls, bis keine Tränen mehr kamen.

Sie hörte auf zu weinen, und das Gefühl, wie Glas zerbrechen zu können, ließ nach. Vielleicht wurde ja alles wieder gut, dann würde das Gefühl ganz weggehen.

Aber tief in ihrem Inneren wusste sie, dass immer etwas davon übrig bleiben würde.

*

EPILOG

Manchmal, wenn Hanna an die Ereignisse des vergangenen Jahres zurückdachte, erschien ihr alles wie ein schlechter Traum. Doch zugleich hatte sich der Spruch, mit dem ihre Mutter bei allen sich bietenden Gelegenheiten um die Ecke kam, auf wundersame Weise bewahrheitet: Man weiß nie, wofür es gut war.

In Hannas Fall war das Gute, das ihr von all dem geblieben war, eindeutig Ole. Ihre Angst, dass ihre Gefühle für ihn mit dem Tumor verschwinden könnten, hatte sich nicht bestätigt. Sie hatte nie mit ihm darüber gesprochen, weil er sie dann vermutlich insgeheim für verrückt gehalten hätte – was sie auf gewisse Art wohl auch eine Zeit lang gewesen war, mit all diesen Déjà-vus und den seltsamen Ahnungen.

Die Operation hatte vor fünf Monaten stattgefunden, und nichts von dem, was Hanna so sehr befürchtet hatte, war eingetreten. Sie liebte Ole immer noch, vielleicht sogar mehr als vorher. Ihr Denkvermögen und ihre Konzentrationsfähigkeit hatten nicht gelitten, ihre Gesundheit war vollständig wiederhergestellt. Der Tumor war gutartig gewesen, sie musste sich keine Gedanken mehr deswegen machen. Das in Frankfurt vergessene Geburtstagsgeschenk ihrer Mutter – ein Gutschein für eine Wellnesswoche in einem erstklassigen Ayurveda-Hotel – hatte sie im Anschluss an ihre Reha nach der OP eingelöst und sich hinterher wie neugeboren gefühlt.

Alles in allem, so lautete das Fazit, hatte sie ein Wahnsinnsglück gehabt.

Beruflich lief es weiterhin rund. Sie schrieb jetzt wieder vermehrt für das Politikressort, eine verlässliche Routine.

Ihr Artikel über die Villa Aurelia war wie erwartet auf breite Resonanz gestoßen, zahllose Zuschriften von ehemaligen Verschickungskindern hatten die Mailpostfächer und den Briefkasten der Redaktion geflutet, und eine Produktionsgesellschaft wollte aus dem Stoff eine TV-Dokumentation machen. Wobei, das hatte man dort schon signalisiert, das Liebes- und Familiendrama der SS-Verbrecher interessanter war als das Leid der Verschickungskinder.

Auf Borkum hatte die örtliche Presse nach dem Erscheinen von Hannas Artikel ebenfalls darüber berichtet, aber anschließend war man rasch wieder zur Tagesordnung übergegangen. Der Brand und die alte Mörderin hatten definitiv für mehr Wirbel gesorgt als die Entlarvung längst verstorbener NS-Täter und das Unwesen, das sie in einem einstigen Kindererholungsheim getrieben hatten.

In Oles Praxis hingen jetzt bloß noch seine eigene Promotionsurkunde und die seines Vaters, doch es war nicht erkennbar, dass er wegen des Skandals um die Verbrechen seines Großvaters auch nur einen einzigen Patienten weniger gehabt hätte. Er hatte es selbst kaum glauben können, und manchmal kam es Hanna so vor, als würde ihn die allgemeine Gleichgültigkeit mit Verbitterung erfüllen. Einmal hatte sie ihn gefragt, ob er denn um jeden Preis für die Sünden seiner Vorväter büßen wolle, worauf er nur stumm die Achseln gezuckt hatte. Womöglich hatte sie mit ihrer nur halb im Scherz gemeinten Frage einen empfindlichen Punkt berührt.

Im Juli fuhr sie wieder nach Borkum, diesmal ohne ihre Tochter. Bella hatte übermorgen Geburtstag, da wollte Katie nicht aus Frankfurt weg. Was wiederum völlig in Hannas Sinne war, denn sonst wäre sicher vieles bei Katie wieder aufgewühlt worden. Die furchtbare Nacht des Feuers, ihre zerbrochene Beziehung zu Bengt – es gab zu viele schmerzhafte Erinnerungen.

Zwischen Katie und Bengt war es ziemlich schnell wieder vorbei gewesen. Isa und Jan hatten die Villa keine vier Wochen nach dem Brand an eine Hotelkette verkauft und waren nach Österreich übergesiedelt. Dort hatten sie dem Vernehmen nach eine Pension eröffnet. Bengt war in ein Kaff an der Nordseeküste gezogen, wo er ein Internat besuchte. Anfangs hatten Katie und er sich viel geschrieben, doch bevor sie sich wiedersehen konnten, hatte er Schluss gemacht. Ihm war eine andere über den Weg gelaufen. Ein paar Wochen lang hatte Katie sich mit heftigem Liebeskummer gequält. Irgendwann war ihr Herzschmerz in Wut umgeschlagen, und daraus war mittlerweile Gleichgültigkeit geworden. Jedenfalls ging sie wieder regelmäßig feiern und hatte meist gute Laune.

Ole wartete am Hafen auf Hanna, und sie umarmten und küssten sich minutenlang, wie immer, wenn sie sich mehrere Wochen nicht gesehen hatten. Sie stellte wieder einmal fest, dass das letzte Mal viel zu lange her war, daraus durfte kein Dauerzustand werden. Immerhin gab es Zukunftspläne. Im kommenden Jahr würde Katie Abi machen und ins Ausland gehen, nach London. Ein großer Einschnitt, auch für Hanna. Ihr Entschluss stand noch nicht endgültig fest, auch wenn Ole es lieber heute als morgen in trockenen Tüchern gehabt hätte. Allerdings lief momentan alles darauf hinaus, dass sie zu ihm auf die Insel ziehen würde. Sie liebte Borkum, es ließ sich gut dort leben, und die Leute waren ausnahmslos nett und freundlich. Es war eine beschauliche, heimelige Idylle. Keine Straßenbahnen, kein Verkehrslärm, keine stinkenden Abgase. Stattdessen Meer und endlose Strände und die vermutlich beste Luft im ganzen Land.

Die Villa hatte ihren Schrecken für sie verloren. Wenn sie an dem in frischem Weiß erstrahlten Gebäude vorbeiging, empfand sie höchstens noch ein leises Unbehagen. Schließlich wäre sie fast dort umgekommen. Ihre Mutter und Sabine sowie Tausende andere Menschen hatten in dem Haus traumatische Kindheitswochen verbracht. Ein kleiner Junge war gestorben. Und eine junge Frau, die gehofft hatte, dort neu anfangen zu können, war auf grausame Weise ermordet worden.

Aber das Haus hatte keine Macht mehr über sie. Es war kein lebendiges, Bosheit verströmendes Wesen. Die dunklen Ängste, die seelischen Abgründe und vor allem die schaurigen Déjà-vus, von denen sie manchmal geglaubt hatte, sie kämen direkt aus der Hölle – all das war verschwunden.

Bloß in ganz seltenen Momenten fragte sie sich, warum es nicht erst mit der Operation aufgehört hatte, sondern schon in der Nacht des Brandes. Doch das war eine Frage, die wohl für immer unbeantwortet bleiben würde.

Als sie und Ole mit der kleinen bunten Inselbahn in den Ort fuhren, erzählte er von seiner Mutter. Hilde hatte nur noch vereinzelt gute Tage, insgesamt verfiel ihr Geist mehr und mehr. Ole hatte eine Pflegerin eingestellt, um Nicoletta zu entlasten. Eine Unterbringung wollte er so lange wie möglich hinauszögern.

Ansonsten lief bei ihm alles wie gehabt. Er arbeitete zu viel und schaffte es nur selten, seine guten Vorsätze zu befolgen.

Sie gingen zu ihm nach Hause und stiegen gleich aufs Rad, um nicht zu spät zu kommen. Hanna lieh sich Hildes Fahrrad aus, die fuhr nicht mehr damit. Bei der *Heimlichen Liebe* bogen sie nach links in die Süderstraße ein und stellten vor dem evangelischen Friedhof die Räder ab. Die Planung der Beisetzung hatte sich lange hingezogen, weil die Behörde die Formalitäten zuerst absegnen und dann in Abstimmung mit der Gemeindeverwaltung ein passender Termin gefunden werden musste. Aber am Ende hatte es doch noch geklappt.

Der kleine Urnenfriedhof wies kaum Ähnlichkeiten mit einer herkömmlichen Begräbnisstätte auf, er war ein einziger blühender Garten, über und über bewachsen mit herrlich bunten Sommerstauden. Inmitten einer offenen, wie ein Boot geformten Umrandung luden Ruhebänke zum Verweilen ein.

Der Trauerredner war schon da, Hanna und Ole begrüßten ihn mit Handschlag, ebenso wie den Bestatter, der in pietätvoller Haltung vor der schmucklosen, auf einem Sockel ruhenden Urne stand.

Außer Hanna und Ole waren noch zwei andere Trauergäste gekommen. Eine Frau und ein Mann, beide Ende sechzig. Sie hielten einander bei den Händen.

»Sabine!« Hanna begrüßte sie mit einer herzlichen Umarmung. Dass Sabine wieder in einer Beziehung war, überraschte und freute sie gleichermaßen. Der Mann sah nett aus, groß und freundlich und wie jemand, der gern anpackte.

»Darf ich vorstellen?«, sagte Sabine, während reihum Hände geschüttelt wurden. »Das ist Wolfgang.«

»Oder auch Nummer sechs«, warf Wolfgang trocken ein.

Auf Hannas ungläubigen Blick hin nickte Sabine lächelnd. »Stell dir vor, als all die Berichte über die Brandstiftung und den Mordversuch in der Villa erschienen sind, hat er sich an seine Kinderkur auf Borkum erinnert. Vor drei Monaten hat er unsere Gruppe auf Facebook entdeckt. Und auf diesem Wege auch mich.« Sie lächelte immer noch, doch ihr Blick wurde mit einem Mal ernst. »Wir haben uns wiedergefunden«, fügte sie leise hinzu.

Hanna und sie sahen einander schweigend an, sie mussten ihre Gedanken nicht in Worte fassen.

Ein Kreis hatte sich geschlossen. Und heute würde sich ein weiterer schließen.

Gemeinsam mit Ole und den anderen lauschte Hanna dem Trauerredner, der mit seinen Worten ein Bild zeichnete, das eine junge Frau namens Luise vor ihnen erstehen ließ. Eine Frau, die es geliebt hatte, Vögel zu beobachten und Gitarre und Mundharmonika zu spielen. Die sich hingebungsvoll um die ihr anvertrauten Kinder gekümmert und letztlich für sie ihr Leben gegeben hatte.

Als nach dem Ende seiner Rede die Urne in das ausgehobene Grab gesenkt wurde, spielte der Bestatter auf seinem Handy ein Lied ab, *Blowin' in the Wind* von Bob Dylan.

Während zu den Schlussakkorden die wehmütige Melodie der Mundharmonika ertönte, trat Sabine an Hannas Seite und umarmte sie fest. Sie trauerten beide um einen wunderbaren Menschen, der viel zu kurz gelebt hatte.

Nach der Beisetzung kehrten sie in der *Heimlichen Liebe* auf einen Tee ein. Sie saßen an einem Fenstertisch mit Blick auf das sonnenbeschienene Meer. In einer Gesprächspause wandte Hanna den Kopf und sah über die funkelnde Wasseroberfläche. Ole nahm ihre Hand und drückte sie fest, und Hanna drückte zurück. Ihr privates Morsezeichen, dass sie zusammengehörten.

Ihm zu begegnen, war eine dieser schicksalhaften Fügungen gewesen, wie es sie vielleicht nur einmal im Leben gibt. Meist widerfahren sie einem dann, wenn man nicht danach Ausschau hält.

Es geschieht binnen eines Augenblicks. Jemand wirft einen Stein ins Wasser, und alles gerät in Bewegung. Eine Welle folgt auf die nächste, dicht an dicht und in kürzester Zeit, und nach wenigen Sekunden ist nichts mehr zu sehen. Trotzdem ist die Welt danach nicht wie vorher, es hat sich etwas verändert.

Manchmal sogar alles.

***

NACHWORT

Vorab ist festzuhalten, dass das im Roman dargestellte Kinderkurheim sowie das Hotel nie existiert haben. Weder die *Villa Aurelia* noch das *Dünenschloss* sind an der beschriebenen Stelle auf Borkum zu finden, ebenso wenig wie die Arztpraxis. Soweit es Ferienunterkünfte, Kurheime oder Hotels mit diesen Bezeichnungen auf Borkum oder anderswo geben sollte, haben sie nichts mit den Schauplätzen im Roman zu tun. Auch die handelnden Figuren sind allesamt fiktiv, ihre Namen frei erfunden, Ähnlichkeiten mit echten Personen reiner Zufall.

Dafür sind die Ähnlichkeiten mit wahren Ereignissen so erdrückend, dass ich erstmals einem Buch eine Triggerwarnung vorangestellt habe. Die betreffenden Geschehnisse im Roman sind fiktionalisiert dargestellt, beziehen sich aber auf reale Vorfälle und Zustände in Kindererholungsheimen, die durch Zeitzeugen und historische Forschung vielfach belegt sind. Dazu gehören

- unzählige Fälle sowohl psychischer als auch physischer Misshandlungen, unter anderem, dass Kinder gezwungen wurden, ihr Erbrochenes zu essen.
- Kinder, die in Särgen aus ihrer Kur nach Hause kamen.
- Ärzte, die an SS-Massenmorden beteiligt waren und später in der Bundesrepublik Kinderkurheime betreuten oder betrieben.
- medizinische Versuche an Kindern in Kinderkurheimen (u. a. mit hohen Dosen von Contergan).

Das ist nur eine beispielhafte Aufzählung, die viele andere Missstände – etwa, wie Krankenkassen und sonstige Institutionen in diesem Gefüge agierten – außen vor lässt. Zusammenfassend ist jedenfalls festzuhalten: Das Schicksal von Millionen Verschickungskindern ist ein dunkles Kapitel bundesdeutscher Geschichte, das in seinen Dimensionen immer noch kaum fassbar und bei Weitem nicht aufgearbeitet ist.

Hervorzuheben ist, dass ein Buch wie dieses eine so tiefgreifende, Jahrzehnte umspannende Tragik höchstens zu streifen vermag. Es erhebt keineswegs einen wie auch immer gearteten dokumentarischen Anspruch. Vielmehr ist es das, was es sein soll – ein Unterhaltungsroman, wenn auch einer mit sehr vielen wahren Bezügen.

Einer von diesen Bezügen betrifft meine eigene Familie, und das ist auch der eigentliche Grund, warum ich dieses Buch unbedingt schreiben wollte.

Meine Schwester war in den frühen 1960ern mit ungefähr fünf Jahren für sechs Wochen auf Norderney, sie weiß nicht mehr viel darüber. Doch mir war noch im Gedächtnis geblieben, dass ihre Kur in späteren Jahren häufiger ein Thema in der Familie war – sie sollte auf Norderney aufgepäppelt werden, weil sie »dünn wie ein Biafra-Kind« war – eine damals geläufige Bezeichnung für Kinder, die zu wenig wogen. Und dass sie, als sie nach Hause kam, weniger auf den Rippen hatte als vorher. Sie weiß noch genau, dass sie dort geschlagen wurde, was ihr weder vorher noch nachher je widerfahren ist; ansonsten hat sie kaum Erinnerungen an jene sechs Wochen. Als ich im Zuge meiner Recherchen mit ihr darüber sprach, meinte sie, ich solle aber auch auf jeden Fall noch mit unserem Bruder reden, der sei ja ebenfalls sechs Wochen lang in einem Kindererholungsheim gewesen. Ich war fassungslos – davon hatte ich gar nichts gewusst! Oder sagen wir es genauer: Ich muss es vergessen oder zumindest verdrängt haben.

Als Entschuldigung kann ich nur anführen, dass ich damals während seiner Verschickung dreizehn Jahre alt war und mitten in der Pubertät steckte; mein Hauptinteresse galt der BRAVO. Selbst bei äußerster Anstrengung vermag ich mich nicht zu erinnern, dass mein Bruder im Alter von zehn Jahren ganze sechs Wochen lang nicht zu Hause war. Ich weiß nur noch dunkel, dass er irgendwann braun gebrannt heimkam, wild und ungebärdig und zu Streichen aufgelegt wie eh und je.

Über seine Zeit in dem Borkumer Kindererholungsheim hat er nie geredet. Als ich ihn darauf ansprach, meinte er, das habe er damals mit sich allein ausmachen müssen, weil er nach seiner Rückkehr rasch gemerkt habe, dass niemand wirklich etwas davon hören wollte. Und so habe er sich entschieden, darüber zu schweigen.

Und dann hat er mir alles erzählt. Es war herzzerreißend! Jedes erschütternde Detail, jede noch so kleine Einzelheit, die Namen der Betreuer, sämtliche Abläufe – er hatte nichts vergessen! Jeder einzelne Tag hatte sich in sein Gedächtnis gebrannt. Seine kindlichen Fluchtpläne, sein furchtbares Heimweh, seine verzweifelte Hoffnung, dass die sechs Wochen irgendwann vorbei waren und er nicht mehr die Nummer 16 sein musste.

Nach diesem Gespräch, das mir sehr naheging, stand für mich außer Frage, dass mein Roman auf Borkum spielen musste. Kurz entschlossen reiste ich zu Recherchezwecken dorthin. Gleich am ersten Tag wanderte ich durch den idyllischen Ort und fand nach einer Weile unter der alten Adresse das einstige Heim. Ich habe Fotos für meinen Bruder gemacht und mir mit leisem Schaudern vorgestellt, was die Mauern dieses so einladend wirkenden Anwesens, so sie denn hätten reden können, für Geschichten erzählen würden. Auch wenn es nicht als Vorlage für das im Roman beschriebene, fiktive Kurheim diente – allein die damals dort übliche Methode, die

Kinder mit Nummern statt mit Namen zu benennen, löst Beklemmung aus.

Andere frühere Borkumer Kinderkurheime sind zu schönen Ferienunterkünften geworden, mindestens eins ist immer noch für Kindererholungen zuständig, eins beherbergt nun einen Kindergarten. Manche haben dem Zahn der Zeit nicht widerstanden und sind verschwunden oder durch andere Gebäude ersetzt worden.

Geblieben sind jedoch die Erinnerungen und Gefühle all der Verschickungskinder, denen dort und an anderen Orten Leid zugefügt wurde. Ihnen und meinen Geschwistern ist dieses Buch gewidmet.

Abschließend möchte ich wie immer denen danken, die mir beim Schreiben des Romans mit ihrem Wissen und ihrer Unterstützung zur Seite standen. In ungeordneter Reihenfolge sind hier zu nennen:

Christoph, der mit wahrer Engelsgeduld und äußerst fundiert alle medizinischen Fachfragen beantwortet und das Buch vorab mit erfahrenem ärztlichem Blick gelesen hat,

Beate, die ihre herausragende musikalische Expertise beigesteuert hat,

Stefanie und andere liebe Delia-Kolleginnen, die mir ihr profundes Wissen zum Thema Geocaching zur Verfügung stellten,

im Bereich Brandschutz der hochgeschätzte Ehemann meiner Delia-Kollegin Petra, seines Zeichens Feuerwehrhauptmann, sowie weitere Delia-Autorinnen, die sich bestens mit dem Thema auskennen,

meine Freundin Ulla und viele andere einstige Verschickungskinder, darunter etliche Verwandte und Bekannte, die ihre bewegenden persönlichen Erinnerungen an ihre Kinderkur mit mir teilten,

meine Lektorinnen Anna und Andrea – mit euch zusammenzuarbeiten fühlt sich für mich regelmäßig wie ein Privileg an!

Dank gebührt auch wie immer meinen Kindern und Enkeln, die mein Leben hell und den Alltag leicht machen. Was wäre ich ohne euch!

Ein ganz besonderer Dank gilt meiner Mutter, die während der Nacharbeiten an diesem Roman verstarb. Wie kein anderer Mensch hat sie mich über die Jahrzehnte meiner schriftstellerischen Bemühungen begleitet, hat Mut gemacht, nach Niederlagen getröstet, sich bei Erfolgen unbändig mitgefreut. Sie war in meinem Leben immer die Erste, mit der ich Freud und Leid teilte. Farewell, Mama, du fehlst mir so sehr!

Eine Frau in Gefahr. Ein Mann vor der Zerreißprobe seines Lebens. Eine Liebe im Schatten ungesühnter Naziverbrechen.

EVA VÖLLER

HELLE TAGE, DUNKLE SCHULD

KRIMINALROMAN

Ruhrgebiet, 1948. Der Kriminalbeamte Carl arbeitet für die Abteilung Kapitalverbrechen im Essener Polizeipräsidium, nachdem er während der Nazizeit seinen Beruf nicht ausüben konnte. Im Zuge von Mordermittlungen erfährt er von einer grauenvollen Bluttat, die sich drei Jahre zuvor gegen Kriegsende ereignet hat. Während er dem flüchtigen Täter von damals nachspürt, geschehen weitere Morde. Erst allmählich erkennt Carl, dass sie Teile eines tödlichen Puzzles sind. Nicht nur er selbst gerät dabei ins Fadenkreuz des Mörders, sondern auch die Frau, die er liebt – die verwitwete Krankenschwester Anne, die verzweifelt an eine bessere Zukunft für sich und ihre Schwestern glaubt. Doch Anne hütet ein düsteres Geheimnis, von dem auch Carl nichts ahnt …

»Die Autorin verquickt auf hervorragende Weise eine Mordermittlung aus dem Ruhrgebiet im Jahr 1948 mit der Aufklärung eines Massakers an Zwangsarbeitern in Essen kurz vor dem Zusammenbruch des Naziregimes. […] Ein fantastisches Buch!« Westfälische Nachrichten

Der Mord an einem Richter führt Kriminalinspektor Carl Bruns vor Augen, wie stark die Justiz auch noch Jahre nach dem 2. Weltkrieg von alten Nazigrößen unterwandert ist: Die spannende Fortsetzung des SPIEGEL-*Bestsellers* Helle Tage, dunkle Schuld!

EVA VÖLLER

ALTE TATEN, NEUER ZORN

KRIMINALROMAN

Ein besonders heikler Fall landet 1949 auf dem Schreibtisch von Kriminalinspektor Carl Bruns: In Essen wurde der angesehene Richter Dr. Vahrendonk Opfer eines Giftmords. Erste Ermittlungen ergeben, dass der Tote zu Hause ein wahrer Tyrann war und seine junge Ehefrau misshandelte, als er von ihrer Affäre erfuhr. Ist sie die gesuchte Mörderin? Plötzlich tauchen als Anklageschriften formulierte Vorwürfe auf, die Vahrendonk bezichtigen, während der Nazizeit aufs Grausamste seine Macht missbraucht zu haben. Durch die Urteile des Richters hat ein Vater seine leicht gehandicapte Tochter verloren, ein Sohn seinen Vater, ein jüdischer Anwalt seine ganze Familie. Sie alle haben ein Motiv für den Mord. Doch für wen geht Vergeltung über alles?

DROEMER